Katharina Gerwens
Schürzenjäger

PIPER

Zu diesem Buch

Als bei der Polizei in Kalverode ein Puppenschrank abgegeben wird, glauben die Hauptkommissare Jörg Ottenhöver und Markus Wissing an einen makabren Scherz: Im Inneren verbirgt sich eine nackte Puppe mit leeren Augenhöhlen und einem rosafarbenen Söckchen. Schon bald steht fest: Um diese abstruse Geschichte soll sich die Neue kümmern, die junge Diplomverwaltungswirtin Annalena Brandt. Eine Woche später wird an der Dreiländergrenze zwischen Westfalen, Niedersachsen und den Niederlanden eine weibliche Leiche entdeckt, der ebenfalls beide Augen fehlen. Und kurz darauf stößt man im Kloster Bardel auf eine weitere misshandelte Puppe, diesmal mit einem hellblauen Strumpf. Mit ihrer These, dass die zweite Puppe auf ein männliches Opfer hinweisen könnte, stößt Annalena bei ihren Kollegen auf taube Ohren. Kriminalhauptmeister Markus Wissing hat nämlich ganz andere Sorgen: Die Tote ohne Augen war seine heimliche Geliebte …

Katharina Gerwens wuchs in einem Dorf im Münsterland auf. Nach ihrer Ausbildung zur Journalistin arbeitete sie in verschiedenen Verlagen, ist heute als freie Lektorin und Autorin tätig und lebt mit Mann und Kater in Niederbayern. Gemeinsam mit Herbert Schröger schrieb sie eine erfolgreiche Krimiserie über den fiktiven Ort Kleinöd in Niederbayern. Mit »Schürzenjäger« kehrt sie in ihre westfälische Heimat zurück.

Katharina Gerwens

Schürzenjäger

Ein Westfalen-Krimi

Piper München Zürich

Mehr über unsere Autoren und Bücher:
www.piper.de

Von Katharina Gerwens liegen bei Piper vor:
Stille Post in Kleinöd (mit Herbert Schröger)
Die Gurkenflieger von Kleinöd (mit Herbert Schröger)
Anpfiff in Kleinöd (mit Herbert Schröger)
Rufmord in Kleinöd (mit Herbert Schröger)
Selig in Kleinöd (mit Herbert Schröger)
Schürzenjäger

FSC
www.fsc.org
MIX
Papier aus verantwortungsvollen Quellen
FSC® C014496

Originalausgabe
März 2013

Umschlaggestaltung und -motiv: Hauptmann & Kompanie Werbeagentur, Zürich
Satz: Uhl und Massopust GmbH, Aalen
Gesetzt aus der Aldus
Papier: Munken Print von Arctic Paper Munkedals AB, Schweden
Druck und Bindung: GGP Media GmbH, Pößneck
Printed in Germany ISBN 978-3-492-27419-7

1. Kapitel

Später würde Markus Wissing sich Vorwürfe machen. Er hätte das Ausmaß der Bedrohung gleich erkennen und vor allem sofort reagieren müssen. Aber so war das Leben: Im Nachhinein wusste man vieles besser, und die guten Ratschläge der anderen kamen auch erst dann, wenn man ihrer nicht mehr bedurfte. Und die Frage, ob wirklich hätte etwas verhindert werden können, würde ohnehin für immer unbeantwortet bleiben.

Vor ihm stand eine alte Dame mit ihrer Enkeltochter. »Da müssen Sie sofort wat machen. Verstehn Sie, dat is Sachbeschädigung, und außerdem hinterlässt es Spuren auf einer Kinderseele, nicht wahr, meine Süße?«

Das Kind hatte gleichgültig mit den Schultern gezuckt, und der Kriminalhauptmeister hatte die Großmutter reden lassen, geistesabwesend genickt und dabei überlegt, ob er wirklich mit diesem riesigen Papier- und Bücherberg in sein neues Büro umziehen sollte. Insgeheim jubilierte er. Ein eigenes Zimmer – nur für ihn. Ein Neuanfang. Mitten auf dem graubraunen Resopalschreibtisch stand bereits ein Strauß Maiglöckchen. Steffi hatte sie gestern Abend für ihn geschnitten, und ihr intensiver Duft erfüllte die ganze Dienststelle.

Er unterdrückte ein ungeduldiges Seufzen. Wenn es nach ihm ginge, hätte die alte Schachtel gleich wieder heimgehen können. Kinderkram! Inzwischen hatte die resolute Matrone das angebliche Beweisstück aus ihrer gigantischen Einkaufstasche gewuchtet. Empört hielt sie ihm die etwa vierzig mal vierzig Zentimeter große Kiste unter die Nase.

Er warf einen kurzen Blick darauf. »Ja?«

»Schauen Sie sich dat mal an. Eine Schande!«

»Gut.«

Er betrachtete das kleine Mädchen. Es war höchstens vier und hatte zwei straff geflochtene Zöpfe, die steif vom Kopf abstanden. Er fragte sich, wann er zuletzt so riesige blaue Augen gesehen hatte. Sollte es tatsächlich möglich sein, durch die Augen bis auf den Grund einer Seele zu blicken, so war diese Kinderseele noch bar jeder Blessuren.

Das sorgfältig geschreinerte, quadratische Kästchen war etwa fünfzehn Zentimeter tief und aus violett schimmerndem Pflaumenholz gefertigt. Irgendjemand hatte es liebevoll abgeschliffen und poliert und die zwei in zierlichen Scharnieren hängenden Flügeltüren mit winzigen messingfarbenen Türdrückern bestückt. Markus Wissing hatte keine Kinder, aber als er dieses Objekt in der Hand hielt, wünschte er sich eine Tochter, der er diesen wunderbaren Puppenschrank hätte schenken können. Laut und vernehmlich seufzend fragte er sich, warum die besorgte Oma dieses herrliche Fundstück nicht direkt an ihre Enkelin weitergegeben hatte. Das hätte ihm eine Menge Arbeit erspart und der Lütten garantiert besser gefallen als ein Ausflug ins Kommissariat.

»Interessant«, murmelte er, drehte und wendete die Kiste, lächelte Großmutter und Enkelin an und bemühte sich um seinen freundlichsten Ton. »Wo haben Sie denn das gefunden?«

»Am Dorfbrunnen, mitten auf dem Marktplatz.«

Markus Wissing nickte. »Und wann war das?«

»Heute Morgen. Direkt nach dem Spargeleinkauf. Wissen Sie, ich kaufe ja nur an dem Stand von der Overbeck meinen Spargel. Da können die anderen sagen, was sie wollen, Stefanie Overbeck hat eindeutig die beste Qualität. Mag sein, dass sie den aus Holland holt, aber was geht's mich an? Hauptsache, er schmeckt, oder?« Sie warf ihm einen Blick zu, bei dem ihm heiß und kalt wurde. Genau so hatte er sich als Kind gefühlt, wenn er bei einer Lüge ertappt wurde. »Ich meine, ich will den Spargel doch essen und nicht mit dem reden«, ergänzte die alte Dame.

Dann fischte sie die Plastiktüte mit dem Spargel aus ihrem großen Einkaufskorb und hielt sie ihm unter die Nase. »Riechen Sie mal! Also wie ich da so stehe und sie mir meine Bestellung abwiegt, da sehe ich das Ding da auf dem Brunnenrand. ›Was ist das denn?‹, habe ich gefragt. Wie man eben so fragt, wenn einem was komisch vorkommt. Und die Steffi hat dann auch dahin geguckt und gesagt: ›Keine Ahnung, gehört mir nicht.‹ Also hab ich es mir geholt.«

Markus Wissing starrte sie an. Sie hatte Stefanies Namen auch jetzt wieder so eigenartig betont, dass es ihm verdächtig vorkam. Er schluckte und bemühte sich um Sachlichkeit. »Aha, neben dem Spargelstand von der Frau Overbeck also«, hielt er fest und nickte nachdenklich.

Das kleine Mädchen starrte begierig auf das Objekt in den Händen des Beamten. Er hätte es ihr am liebsten geschenkt.

»Machen Sie es doch endlich mal auf«, verlangte die alte Dame energisch.

Markus Wissing runzelte die Stirn und fragte, strenger als er wollte: »Haben Sie da etwa schon reingeguckt?«

»Na klar«, verkündete die Großmutter des Kindes selbstbewusst. »Und erschrocken haben wir uns, zu Tode erschrocken. Nicht wahr, Marie?«

Das kleine Mädchen zog die Stirn kraus und nickte. Ihre mittelblonden Zöpfchen wippten. »Ein bisschen schon.«

Kriminalhauptmeister Markus Wissing machte sich auf eine tote Ratte oder eine kopflose Taube gefasst. Als kleiner Junge hatte er diese Art von Scherzen besonders geliebt. Einmal hatten sie eine komplette, von den Katzen mit Genickbissen erlegte Mäusefamilie in eine Pralinenverpackung gebettet und am Pfarrhof darauf gewartet, dass die Haushälterin des Pastors die Schachtel zum Sonntagskaffee öffnete. Bedauerlicherweise hatten sie dann aber doch genau diesen Augenblick verpasst. Aber der Pfarrer hatte in seiner Sonntagspredigt davon gesprochen. »Mit dem Tod spielt man nicht! Der Tod ist groß.« Da war er genauso rot geworden wie vorhin, als die Alte ohne Vorwarnung von Stefanie zu erzählen begann. Er dachte an sie, an ihren Marktstand und an ihre durchgeknöpften Kleider mit dem wunderbaren Darunter, und ein Lächeln huschte über sein Gesicht.

»Dann wollen wir mal sehen.« Er zog an den winzigen Griffen des puppenschrankähnlichen Gegenstandes und öffnete die Flügeltüren.

»Das ist nicht lustig«, ermahnte ihn die fürsorgliche Großmutter, setzte sich die Lesebrille auf die Nase, beugte sich vor und hielt warnend einen Zeigefinger in die Luft: »Also für mich ist das ein Fingerzeig. Aber mich fragt ja keiner.«

Das kleine Mädchen stand mit gefalteten Händen neben seiner Großmutter und schien den Atem anzuhalten.

Wissing verschlug es die Sprache. In der Kiste lag eine nackte Puppe aus den Fünfzigerjahren mit sanft lächelndem Mund, leeren Augenhöhlen und einem rosafarbenen Söckchen am linken Fuß.

Wissing untersuchte den glatten Plastikkörper. »Was soll das denn?«

»Das zu beantworten ist Ihr Geschäft, deshalb sind wir ja zu Ihnen aufs Revier gekommen«, triumphierte die Alte.

Er nahm die Puppe aus dem Kistchen und drehte sie um. Jemand hatte in die glänzenden Pobacken des Zelluloidkörpers die Buchstaben »O« und »S« eingeritzt.

Wissing zog die Nase kraus und fuhr sich durch das dunkle Haar. »O und S, was könnte das heißen?«

»Das müssen Sie herausfinden«, forderte die resoluteste aller Großmütter und griff mit der linken Hand nach ihrer riesigen Einkaufstasche und mit der Rechten nach der Enkelin. »Komm, Marie, der Kommissar muss nun ermitteln.«

Es war Samstag um elf Uhr fünfundvierzig, und Markus Wissing hätte eigentlich bis spätestens zwölf Uhr seinen Schreibtisch geräumt haben wollen.

Das konnte er nun vergessen. Er nahm das Holzkästchen und trug es in den Raum, der ab übermorgen sein eigenes Büro sein würde. Auf dem fast zwei Meter breiten Schreibtisch stand bereits sein aufgeklappter Laptop. Horst Toplischek, der Kollege aus der Kriminaltechnischen Untersuchung, war damit beschäftigt, ein neues Programm zu installieren. »Hey, Markus«, sagte er. »Soll ich dir ein neues Passwort verpassen? Falls nicht, dann logg dich hier bitte mit deinem alten ein.«

Markus beugte sich vor und hielt den Atem an. Der Mundgeruch seines Kollegen war unerträglich. Schnell tippte er »THE_MA01« in den Rechner, eine Verbindung aus den Abkürzungen seines Vornamens und dem seiner Frau Thekla. Auf dem Bildschirm wurden acht kleine schwarze Pünktchen sichtbar.

Er ging zum geöffneten Fenster, stellte das Holzkistchen auf die Fensterbank, öffnete eines der kleinen Flügeltürchen und hielt die Puppe hoch.

»Wie findest du das?«

Horst Toplischek blickte kurz auf, strich sich über den ergrauenden Bart und murmelte: »Nett.« Dann wandte er sich wieder dem Computer zu.

»Frau Heidschulte hat's gebracht«, meinte Markus Wissing stöhnend. »Als wichtiges Beweisstück. Jetzt muss ich diesen Quatsch auch noch protokollieren.«

Kollege Toplischek blieb gelassen. »Kenn ich, hat mein Sohn mit seiner kleinen Schwester ihrer Puppe auch mal gemacht. Da gab's dann aber 'nen richtigen Rüffel.« Er grinste. »Na super, da hast du ja was für die Neue, da weiß sie gleich, wo's langgeht.«

Markus grinste. »Das ist überhaupt die Idee.«

»Na bitte, wenn du mich nicht hättest! Und jetzt mach mal hinne und räum deinen Schreibtisch da drüben leer, dann kann ich da schon mal der ihren Rechner installieren – unsereiner will ja auch mal Feierabend haben. Und weißt du was, wir geben ihr das Passwort ›Püppchen_2.5‹ – weil sie ja am zweiten Mai bei uns anfängt.«

»Eine gute Idee. Dann wissen wir immer, wann für uns das neue Leben begann. Die Zusammenarbeit mit einer studierten Kriminalhauptkommissarin.« Er schüttelte sich. »Kannst du ihr nicht noch ein kleines Spielchen auf den Rechner installieren – damit sie uns nicht nervt, wenn nix los ist. Was weiß ich, Tetris oder so?«

Horst Toplischek wurde blass. »Das hättste auch früher sagen können. Ich hab grad alle vorinstallierten Spiele gelöscht.«

»War nur ein Scherz. Die soll hier arbeiten. Arbeiten, wie wir alle.«

Markus Wissing beugte sich über den Maiglöckchenstrauß auf seinem neuen Schreibtisch und ging beschwingt in sein ehemaliges Zimmer zurück. Der Papierberg auf dem zu räumenden Arbeitsplatz war in der Zwischenzeit leider nicht geschrumpft. Er griff nach einem Umzugskarton und schaufelte alles hinein. Ein bisschen wehmütig war ihm schon zumute. Fast zwölf Jahre hatte er hier gesessen, und wenn er hochsah, hatte er in das stets beleidigt wirkende Gesicht von Jörg Ottenhöver geblickt. Dieses grundsätzlich schlecht gelaunte Gegenüber war nun der Neuen vorbehalten. Sollte die sich an Jörg die Zähne ausbeißen.

»Neue Besen kehren gut! Ha, ha, ha«, murmelte er und gab dem Umzugskarton einen Tritt. Ihr gemeinsamer Chef Ewald Schmeing hatte gut reden. Der würde in knapp zwei Jahren in Rente gehen, und dann hatten er und Jörg sich ganz allein mit der Neuen herumzuschlagen, die nicht nur viel jünger war als sie, sondern auch noch ihre Vorgesetzte sein würde. Wenigstens hatte er dann sein eigenes Zimmer und konnte die Tür hinter sich schließen. Ein Zimmer mit Maiglöckchenduft.

Vierundzwanzig war die Neue erst, genau zwanzig Jahre jünger als er und mindestens elf Jahre von Jörg entfernt. Er und Jörg hatten es noch ganz klassisch hingekriegt: Sie hatten alles von der Pike auf gelernt und sich brav über die Laufbahn des mittleren Polizeivollzugsdienstes, über Kriminalmeister und Kriminalobermeister bis zum Kriminalhauptmeister hochgearbeitet.

Aber die Neue kam mit einem Diplom in der Tasche und einem besonders guten Zeugnis von der Kriminaltechnischen Schule des BKA in Wiesbaden. Was sollten sie hier mit so einer? Hier war doch nix los! Kriminaloberrat Ewald Schmeing hatte seinem alten Freund, dem pensionierten Schuldirektor, damit garantiert einen Gefallen tun wollen. »Hol doch die Kleine her, sie kann zu dir ins Haus ziehen. Dann bist du nicht mehr so allein, und ich habe eine kompetente Nachfolgerin. Mit meinen Jungs kommt deine Annalena schon klar. Da bin ich mir ganz sicher.« Markus konnte sich das Altherrengespräch gut vorstellen. Und jetzt hatten sie den Salat.

Er würde ihr die Kiste aufs Auge drücken. Ein Püppchen für das Püppchen. Da sollte sie mal zeigen, was sie beim BKA gelernt hatte.

Fast vergnügt stapelte er nun weitere Papiere und schichtete Plastikkörbchen aufeinander. Für ihn lief es gut. Er bekam sein eigenes Büro, und Annalena Brandt durfte sich jeden Tag den miesepetrigen Ottenhöver anschauen, während er seine Nase in jene Blumensträuße tauchte, die Stefanie für ihn pflückte. Das war doch was.

»Hey, warum hast du die Alte denn nicht zu mir geschickt?« Horst Toplischek stand vorwurfsvoll mitten im Raum. »Ich hab doch grad diese Fortbildung gemacht, weißt schon, in zeugenzentrierter Befragung. Vielleicht hat deine Oma das Ding ja gar nicht gefunden, sondern selbst gebastelt. Einfach um ein bisschen Aufmerksamkeit zu kriegen. Es gibt von allem. Auch so was. Hab ich gelernt.«

»Du kriegst den nächsten Zeugen, versprochen!«

Horst Toplischek nickte zufrieden. »Dann mach ich mal Feierabend.«

»Tu das!«

Zeugenbefragung! Markus Wissing grinste. Ausgerechnet der! Vis-à-vis von Horst Toplischek und gnadenlos dem Mundgeruch ausgeliefert, hätten vermutlich die Unschuldigsten alles zugegeben, um bloß wieder frische Luft schnappen zu können. Demonstrativ riss er das zweite Fenster seines zukünftigen Büros auf und lüftete ausgiebig.

Die Holzkiste mit der nackten Puppe landete im leeren Regal seines noch leeren Arbeitszimmers, lag dort achtundvierzig Stunden lang unbeachtet herum, und Markus Wissing sollte sich im Laufe seines Lebens immer wieder fragen, ob nicht alles anders gekommen wäre, wenn er rechtzeitig reagiert und sich mit der Angelegenheit befasst hätte. Aber auf das, was dann wirklich geschah, wäre er sowieso niemals gekommen.

Der letzte Tag. Annalena Brandt sah sich in ihrer kleinen Wiesbadener Wohnung um. Als sie vor zweieinhalb Jahren hier eingezogen war, hatte sie gemeint, eine Ewigkeit läge vor ihr. Aber nun, da die Ausbildung abgeschlossen war, kam es ihr im Rückblick wie ein kurzweiliger Nachmittag vor. Um sie herum standen gepackte Kisten und Koffer. Das Apartment war möbliert gewesen, und jetzt, da sie Schränke und Regale leer geräumt und Poster von der Wand genommen hatte, wirkten die Kiefernbretter, der helle Einbauschrank mit seinen leeren Fächern und die kleine, nackte Küche ärmlich und ziemlich heruntergekommen.

Sie ging zum Fenster und hielt nach dem Wagen der Spedition Ausschau, bei der sie einen Beiladeplatz gebucht hatte. Kein größeres Auto in Sicht. In einem Anflug von Aktionismus beschloss sie, ihr Hab und Gut bis zum Aufzug zu schleppen. So würden die Spediteure nicht sehen, wie beengt sie gelebt hatte. Wer weiß, was die sonst erzählten, und was dann wieder in Kalverode geredet wurde. Angeblich zerrissen die sich jetzt schon an den abendlichen Stammtischen wegen ihrer Rückkehr das Maul.

Keuchend blieb sie im Hausflur neben ihren Kartons stehen und wischte sich den Schweiß von der Stirn. Sie sah sich die Ladung an. Eigenartig, sie reiste mit der gleichen Anzahl von Kisten und Koffern ab, mit der sie auch angereist war. Ein Leben, in dem äußerlich nichts dazugekommen, aber auch nichts verschwunden war. Innerlich aber war sie gereift, zumindest ging sie davon aus. Sie hatte alle Prüfungen beim Bundeskriminalamt bestanden und hatte nun den akademischen Grad einer Diplom-Verwaltungswirtin, was sich jedoch, wenn sie ehrlich war, so langweilig und bieder anhörte, als wäre sie damit für die Aufsicht in einer Werkskantine prädestiniert.

Egal. Am Montag würde sie ihre erste Stelle bei der Polizeiinspektion Kalverode antreten und sich auf dem dortigen Revier das Wort Kriminalhauptkommissarin an das Türschild heften. »Kriminalhauptkommissarin Annalena Brandt« oder besser umgekehrt? Erst Annalena Brandt und dann die Berufsbezeichnung? Sie wusste es nicht.

Wieder einmal fragte sie sich, ob es richtig gewesen war, sich ausgerechnet für Kalverode zu bewerben. Es war von Anfang an klar gewesen, dass sie den Job bekommen würde, schließlich leitete der beste Freund ihres Vaters die Dienststelle, und Ewald Schmeing hatte natürlich dafür gesorgt, dass sie eine Zusage erhielt. Er verkaufte sie schon als seine Nachfolgerin mit einer Einarbeitungszeit von zwei Jahren.

Kalverode. Würde sie sich dort überhaupt durchsetzen können? Alles so nah, alles so vertraut und jeder mit jedem bekannt, und ihr Vater, meine Güte, ihr Vater kannte ja alle und wusste von allen alles. Waren das gute Voraussetzungen? Egal. Sie hatte sich entschieden. Hoffentlich richtig.

Ihre Kommilitonen hatten darauf geachtet, die ersten Dienstjahre in großen Städten und so weit entfernt wie möglich von ihrem Heimatort zu absolvieren. Nur Annalena ging an den Platz ihrer Kindheit zurück. Weil sie sentimental war, weil ihr Vater dort lebte und – so warf sie sich nun vor – weil sie naiv war.

Durch das offen stehende Fenster des Treppenhauses sah sie den bestellten Lastwagen in die Einfahrt biegen und bekam mit einem Mal Panik. Kalverode. Das konnte nicht gut gehen. Niemals!

Kriminaloberrat Ewald Schmeing hatte seinem Begrüßungsschreiben an sie ein Organigramm der Dienststelle beigelegt. Ursprünglich hatte sie gedacht, er wolle sie damit willkommen heißen und vorab über Kollegen und Zuständigkeiten informieren. Jetzt aber fürchtete sie, dass dieser so sorgfältig gezeichnete Überblick von Personen und Dienstgraden als Warnung gedacht war: Schließlich waren ihr die künftigen Kolleginnen und Kollegen bekannt und vertraut, entweder als Geschwister einstiger Schulfreundinnen oder als Mitglieder des Kirchenchors und des Laientheaters. Bis auf die Sachbearbeiterin des Reviers kannte sie alle. Und, was noch schlimmer war: alle kannten sie.

Besonders gut konnte sie sich an Jörg Ottenhöver erinnern, mit dem sie sich laut Plan des Kriminaloberrates ab Montag ein Büro teilen würde. Als sie sieben und er achtzehn war, hatte er sie im Stadtpark aus einem Eisloch des Ententeichs gefischt und ihr das Leben gerettet. Es war ihr erster und einziger Versuch gewesen, Schlittschuh zu laufen. Seitdem hatte er einen besonderen Platz in ihrem Herzen – als ihr ganz persönlicher Schutzengel.

In diesem Moment öffnete sich die Aufzugstür, und die Mitarbeiter der Spedition verfrachteten Annalenas Fuhre in ihren Transporter. Sieben Kisten und zwei Koffer. Ihr Leben von zweieinhalb Jahren.

Sie nahm ihren Rucksack und ging durch die Verdistraße bis zur nächsten Bushaltestelle. Erstmals war ihr ein wenig mulmig zumute. Worauf hatte sie sich da eigentlich eingelassen? Während der Bus am Kurpark entlangfuhr, entdeckte Annalena Pavillons, die unter blau blühenden Glyzinien zusammenzubrechen drohten, und wie so oft dachte sie auch jetzt wieder, dass sie viel zu selten in dieser schönen Stadt spazieren gegangen war.

Ab heute war es definitiv zu spät.

In Frankfurt und in Düsseldorf musste sie umsteigen. Die Bahnhöfe rochen nach großer Welt und Freiheit. Sogar der Bahnhof von Münster hatte noch das Flair einer Großstadt. Aber sie wusste, wohin sie kommen würde: in die tiefste Provinz. Die Passagiere des Regionalexpress, in den sie in Münster umgestiegen war, hatten einer nach dem anderen den Zug verlassen. Fast hätte Annalena in Dülmen die Verbindung der Prignitzer Eisenbahngesellschaft nach Coesfeld verpasst und sich ein Taxi suchen müssen. Aber der holländische Zugführer hatte sie rennen sehen und mit breitem Grinsen auf sie gewartet. Grenzübergreifende Freundlichkeit.

In Coesfeld war sie gemeinsam mit acht Personen in den Bus gestiegen. Jetzt, eine Haltestelle vor dem Rathaus Kalverode, war sie der letzte Fahrgast und hatte das Empfinden, sich aus dem Mittelpunkt des Geschehens direkt ans Ende der Welt katapultiert zu haben. Aber sie hatte es ja nicht anders gewollt.

Der Tag war sonnig und beinahe sommerlich gewesen. Endlich legte sich die Dämmerung über Kalverode – Feierabend! Er fühlte sich erschöpft. Schon lange hatte er nicht mehr so konzentriert und intensiv gearbeitet wie an diesem Nachmittag, aber er hatte seine Feuerprobe bestanden. Es war schneller und einfacher gegangen, als er gedacht hatte. Er war nun mal ein guter Handwerker. Da konnten sie sagen, was sie wollten, und um den Rest würden sich die anderen kümmern.

Nun zündete er sich eine Zigarette an und verspürte so etwas wie Zufriedenheit. Alles perfekt geplant und durchgeführt. Am morgigen 1. Mai würde er in aller Ruhe seinen kurzen Ausflug machen und mal wieder richtig durchatmen können. Um diese Jahreszeit roch die Welt intensiver als sonst. Als hätten auch die Gerüche ihren Winterschlaf gehalten, um nun zu erwachen und sich mit aller Wucht zu entfalten. Das verwirrte ihn. Gerüche verrieten so viel. Er ging durch die Stadt und wusste alles.

Die Dämmerung machte den Ort auch nicht hübscher. Sein Wagen parkte mit heruntergelassenen Fenstern auf dem gepflasterten Kirchplatz und wurde von einer milden Brise durchlüftet. Er hatte das Gefühl, dass alles an ihm nach den Tinkturen seiner Kindheit stank. Er hasste diesen Geruch. Konzentriert blies er den Rauch gegen beide Handflächen, und legte sich die zu einem Dach gefalteten Hände vor Mund und Nase.

Die Kamera hing vor seiner Brust. Während er durch die menschenleeren Straßen ging, fühlte er sich wie eine Figur aus einem Zwanzigerjahre-Film: den Mantelkragen hochgeschlagen, einen breitkrempigen Hut weit in die Stirn hineingezogen und im Mundwinkel eine brennende Zigarette. Für den Bruchteil einer Sekunde fühlte er sich stark und unbesiegbar.

Hinter den Fenstern der Einfamilienhäuser huschten geschäftige Schatten. Mindestens zwei in jedem Häuschen. Hier lebte man nicht allein, das gehörte sich nicht. Wer allein lebte, hatte Schuld auf sich geladen.

In diesem Moment überholte ihn der Überlandbus und hielt an der einzigen Haltestelle des Ortes, direkt vor dem Rathaus. Die Kirchturmuhr schlug exakt zehn Mal, viermal für die volle Stunde und sechsmal für den Sechsuhrschlag. Eine einzige Passagierin stieg aus dem Autobus. Der Fahrer hob die Hand zum Gruß und steuerte mit seinem nun komplett leeren und festlich ausgeleuchteten Gefährt die nächste Haltestelle im nächsten Ort an. Wenn dort niemand stand, würde er direkt bis in die Niederlande fahren, geradewegs nach Enschede. Vermutlich wohnte er dort, womöglich in einem Haus direkt neben dem Busbahnhof. Na, dann guten Abend, dachte er und murmelte es auf Niederländisch vor sich hin: »Goedenavond!« Das hörte sich irgendwie weicher an als auf Deutsch.

Dann nahm er die Fremde in Augenschein und folgte ihr unauffällig. Sie trug einen schweren Rucksack auf den Schultern und sah aus, als könnte sie eine perfekte Kandidatin für Marinas Persönlichkeitsveränderungsprogramm sein. Sie bewegte sich wie eine junge Frau und kleidete sich wie eine »Trutscheltrulla«. So nannte seine derzeitige Lebensgefährtin all jene, die sich ihrer Meinung nach zu spießig anzogen. Und in Kalverode gab es viele davon.

Das Mädel vor ihm trug eine schwarze Flanellhose und einen bordeauxroten Anorak. Dazu altmodische, aber sorgfältig geputzte Lederschnürschuhe. Ihr mittelblondes Haar war rechts gescheitelt, die Brille altbacken. Leicht vornübergebeugt und mit festen und zielsicheren Schritten bog sie in die Agnesstraße ein und steuerte auf das Haus des pensionierten Schuldirektors zu. Helmut überholte sie, murmelte erneut »Goedenavond!« und nahm aus den Augenwinkeln das sehr junge und erstaunt lächelnde Gesicht der Fremden wahr. Sie blickte zu einem dunklen Fenster hoch und winkte jemandem zu.

Er blähte seine Nasenflügel. Sie roch nach Unsicherheit, Einsamkeit und Verschwiegenheit – und ein klein wenig nach Vanille und Mottenkugeln. Er wusste, was das bedeutete.

»Die Annalena kehrt zu ihrem Vater zurück«, hieß es bei den Tratschtanten von Kalverode. »Geht in die Welt raus, studiert und kommt zurück, um den alten Dackel zu betütteln. Was für ein Leben.«

Die junge Frau betätigte die Türklingel, woraufhin in der Diele des Lehrerhauses ein Licht entzündet wurde. Wenig später öffnete ein älterer Herr mit Gehhilfe die Tür.

Sie hatte gewusst, dass der Vater hinter dem großen Wohnzimmerfenster sitzen und auf die Straße schauen würde. Warum sollte sich ausgerechnet das ändern? Als Kind hatte Annalena gedacht, dass er pausenlos Besuch erwarte und in ewiger Vorfreude eines bedeutenden Empfangs lebe. Jetzt wusste sie es besser. Walter Brandt wartete täglich in den zwei Stunden, die den Tag von der Nacht trennten, auf den Abend, um »den Tag abzuhaken«. Als trüge er die Verantwortung für die Zeiteinteilung auf der Welt und als läge es an ihm, mit leichten Handbewegungen die Dämmerung über das verschwindende Tageslicht zu streichen. Damals war Annalena so stolz auf ihn gewesen. Er selbst nannte es seine Nachdenkstunden, aber worüber er nachdachte, verriet er weder Tochter noch Frau.

Beide hielten ihn für allwissend.

Als sie mit ihrem Rucksack die Straße überquerte und das dunkle Fenster sah, hinter dem sie ihren Vater wusste, begriff sie, dass genau das der Grund war, warum sie sich nach Kalverode hatte versetzen lassen. Es tat einfach gut, erwartet zu werden. Sie war wieder zu Hause.

Sie erkannte Jörg Ottenhöver auf den ersten Blick und staunte doch, wie heftig er in die Jahre gekommen war. Ein mittelalter Schutzengel mit Bauchansatz, Haarausfall und Brille. Harmlos und vermutlich um einiges schutzbedürftiger als sie selbst. Er blickte so betrübt hoch, als habe er gerade von einem Justizirrtum erfahren und fühle sich schuldig. Sie lächelte.

»Kollegin Brandt?« Gebeugt stand er auf und gab ihr förmlich die Hand. Offensichtlich hatte er keine Ahnung mehr von der Rolle, die er in ihrem Leben gespielt hatte. Steif wies er auf ihren Schreibtisch, der dem seinen gegenüberstand. Dort duftete in einem mit Wasser gefüllten Einmachglas ein Strauß weißer Flieder. Halbherzig murmelte Polizeihauptmeister Jörg Ottenhöver: »Na, dann mal auf gute Zusammenarbeit!«

Es klang so, als meine er das genaue Gegenteil. Annalena ließ sich nichts anmerken: »Ebenso. Und danke für die Blumen.«

Sie öffnete eine Schublade, verstaute ihre Handtasche und setzte sich. Dann versuchte sie, den Computer hochzufahren. Er blinkte und wartete auf die Eingabe eines Passwortes. Sie tippte ihren Namen: Nichts geschah.

Es war eigenartig still. Ihr einstiger Schutzengel fixierte sie. Sie räusperte sich, wies auf den Fliederstrauß und versuchte sich an einem Scherz: »Wer hat denn da für mich diesen kleinen Diebstahl auf sich genommen und den Flieder aus dem Garten meines Vaters geholt? Da wächst nämlich der gleiche.«

Schweigen und Räuspern.

Annalena wurde rot. Na, wunderbar. Ein Anfang wie aus dem Lehrbuch. Und zwar aus dem Lehrbuch fürs Fettnäpfchentreten.

Hinter sich spürte sie den riesigen Wandspiegel, der ihr schon beim Betreten des Raumes aufgefallen war. Sie hasste Spiegel. Spiegel waren Verräter. So oft war sie schon, wenn sie sich schön und schlank und stark fühlte, in ihr eigenes Spiegelbild hineingelaufen und, augenblicklich eines Besseren belehrt, von genau diesem Anblick korrigiert worden.

»Sei vorsichtig«, hatte ihr Vater sie am Vorabend bei einem Glas Wein gewarnt. »Halt dich zurück, und lass die anderen auf dich zukommen. Die werden nicht begeistert sein, dass ausgerechnet du die neue Kollegin bist. Du hast studiert und in ihren Augen die Weisheit mit Löffeln gefressen, während sie sich langsam bis zum Hauptwachmeister hochgearbeitet haben: Schritt für Schritt, von Besoldungsgruppe zu Besoldungsgruppe. Den ganzen steinigen Dienstweg. Und jetzt kommst du und hast gleich eine höhere Gehaltsstufe als beide zusammen, zumindest wird das vermutet. Und, was noch schlimmer ist: Ich hatte fast jeden deiner Kollegen in meiner Schule. Dafür kannst du zwar nichts, aber wenn du sie anschaust, sehen sie meinen strengen Blick und sind wieder die kleinen Jungs. Also, stell die Weichen richtig. Von Anfang an. Und sei freundlich und zugewandt.«

Jetzt hatte sie also bereits ihren Schutzengel verärgert. Seufzend beugte sie sich über ihren Rechner.

»Ich kann mir kein Passwort einrichten, und er nimmt auch kein neues an. Haben Sie mir vielleicht schon eines gegeben?«

»Keine Ahnung.« Jörg Ottenhöver hob die Schultern. »Ich war am Wochenende nicht da, der Wissing hat sich um alles gekümmert.« Er beugte sich vor und rief in Richtung der geschlossenen Tür des Nachbarzimmers: »Markus? Markus, komm! Aber sofort!«

»Ist die etwa schon da?«, schallte es zurück.

»Exakt, so isses.«

Aus dem Nebenzimmer war Gepolter zu hören. Dann öffnete sich die Tür, und Markus Wissing stand im Raum. Ein Mann wie ein Erdbeben. Auch ihn hatte Annalena seit unzähligen Jahren nicht mehr gesehen. Damals hatte er einer jungen Frau, die bei den Brandts als Hausmädchen angestellt war und dort in einer kleinen Dachwohnung wohnte, den Hof gemacht. Annalena erinnerte sich noch an die schmucke Uniform des Polizeianwärters und an das Motorrad, mit dem er verwachsen zu sein schien und dessen Motor er niemals abstellte. Zumindest war es ihr so vorgekommen.

Jetzt trug der einstige Polizeianwärter keine Uniform, sondern Jeans und ein kariertes Hemd, von dem die obersten drei Knöpfe geöffnet waren und eine behaarte Brust erahnen ließen. »Ich dachte, Akademiker kommen immer eine Viertelstunde zu spät«, begrüßte er sie.

Annalena schluckte und schwieg. Eine weitere falsche Bemerkung, und sie hätte es sich mit beiden Kollegen verdorben.

»Unsere diplomierte Kommissarin kommt nicht innen Rechner rein«, erklärte Jörg Ottenhöver. »Hast du da vielleicht schon was gemacht, dich eingeloggt, ein Passwort vergeben oder so?«

»Jaja, warte.« Er ging zur Pinnwand. »Und zwar mit dem hier. Schauen Sie mal.«

»Püppchen_2.5« las Annalena laut vor und sah ihn fragend an.

»Das hat nichts mit Ihnen persönlich zu tun, sondern damit, dass ich schon eine Recherche für Sie habe. Sozusagen als Einstiegsgeschenk. Und damit ich das nicht vergesse, hab ich die Erinnerungsfunktion gleich als Passwort genommen.« Er wandte sich an seinen Kollegen. »Oma Heidschulte hat am Samstag ein Objekt vorbeigebracht.«

Jörg Ottenhöver verdrehte die Augen. »Ach was. Mord, Totschlag oder Aliens? Die kommt mindestens einmal im Monat. Was steht diesmal an?«

Markus Wissing wandte sich an die neue Kollegin. »Ich würde sagen: Großes ED. Machen Sie das für uns? Die große erkennungsdienstliche Erfassung mit allem Drum und Dran?«

Sie nickte. »Klar«, sagte sie, stand auf und reichte ihm die Hand. »Aber erst würde ich mich gern vorstellen.«

»Wir wissen doch alle schon, wer Sie sind.« Er lachte ein wenig zu laut. »Wurde ja auch Zeit, dass mal eine Studierte zu uns kommt und uns zeigt, wo's langgeht. Jetzt bringe ich Ihnen erst mal das Objekt, das zumindest eine hier im Ort in große Erregung versetzt hat, nämlich Oma Heidschulte.«

Annalenas frühzeitig gealterter Schutzengel am Schreibtisch gegenüber fixierte sein Spiegelbild in ihrem Rücken und nickte bedächtig. »Wenn das man gut geht.« Sie hatte keine Ahnung, was er damit meinte.

2. Kapitel

Annalena Brandt entdeckte gleich, was weder Markus Wissing noch Horst Toplischek wahrgenommen hatten: Was Oma Heidschulte vorbeigebracht hatte, war eine alte Puppe, und zwar ein Sammlerobjekt. Ein Spielzeug, das nicht jahrelang unbeachtet auf dem Dachboden gelegen hatte, sondern fester Bestandteil eines ordentlichen Haushaltes gewesen war. Vermutlich hatte sie auf einem Stühlchen gesessen und war regelmäßig abgestaubt und liebkost worden. In unlädiertem Zustand wäre sie sicher ein paar Hundert Euro wert gewesen.

Die Schildkrötpuppe aus den Fünfzigerjahren hatte mollige Ärmchen und pralle Waden und war längst nicht so dünn und knochig wie die Puppen, mit denen Annalena als Kind gespielt hatte. Sie trug auch keine langen Haare, an der sich kleine Puppenmütter als Friseurinnen versuchen konnten. Annalena erinnerte sich an ihre schwarzhaarige Bärbel aus Kunststoff, die bereits beim ersten Versuch, ihr eine Hochsteckfrisur zu verpassen, das Haar verlor. Damals war der helle Teppich in ihrem Zimmer mit schwarzen Schlieren überzogen gewesen, und die Mutter hatte – wie so oft – mit ihr geschimpft. Dabei war es doch Bärbel gewesen, die ihr Haar nicht an sich halten konnte, nicht Annalena.

Solche Dramen wären mit dem Fundstück in Kalverode nicht passiert. Die knapp fünfunddreißig Zentimeter große Puppe hatte einen anmodellierten Bubikopf als Frisur und bewegliche Arme und Beine. Ihre Ellenbogen waren leicht angewinkelt, die Kniekehlen durchgedrückt. Sie hatte ungewöhnlich große Füße, und als Annalena sie aufstellte, blieb die Puppe stehen. Aufrecht und blicklos. An ihrem Hals war das Markenzeichen der Firma zu erkennen. Der Zelluloidkörper fühlte sich kalt an. An den fein geformten Händen waren Daumen und kleine Finger abgespreizt. Ob sich in früheren Jahren kleine Mädchen genau daran verletzt hatten? Ihr jedenfalls hatte der abgespreizte Daumen gleich einen Faden aus der Wollweste gezogen.

Sie bemerkte, dass Jörg Ottenhöver sie von seinem Arbeitsplatz aus beobachtete, und ihr war klar, dass er und Markus Wissing sich über ihren unglaublichen Einfall amüsierten: Als erste Aufgabe für die unerwünschte Neue eine große erkennungsdienstliche Maßnahme bei einer Puppe!

Aber warum eigentlich nicht? Was, wenn das hier kein Scherz, sondern eine versteckte Warnung war? Hinweise auf ein Verbrechen? Warum beispielsweise waren die Buchstaben O und S so schnell und hastig in den Puppenpo geritzt worden, hatte es da einer eilig gehabt? Bei der Herstellung des Schranks hingegen, in dem die Puppe versteckt gewesen war, hatte sich jemand richtig viel Zeit genommen und ihn mit Liebe zum Detail geschreinert.

Entsprechend den Vorschriften zum großen erkennungsdienstlichen Programm vermaß Annalena die Puppe, wog sie, fotografierte sie von allen Seiten und untersuchte sie nach Fingerabdrücken. Sie fand zwei unterschiedliche Muster, scannte sie ein und übermittelte sie an die AFIS-Datenbank des Bundeskriminalamtes. Ohne Ergebnis. Alles andere hätte sie auch gewundert. Vermutlich hatte Oma Heidschulte die Puppe beim Auffinden angefasst und danach Kollege Wissing. Würde sie den aber jetzt um seine Fingerabdrücke bitten, so hätte sie es sich bereits am ersten Tag mit beiden Mitarbeitern verdorben.

Sie seufzte demonstrativ und verschlüsselte ihre Ergebnisse, um den gesamten Datensatz ans BKA zu schicken. Vielleicht gab es ja schon Fälle, in denen verstümmelte Puppen auf mögliche Kapitalverbrechen hinwiesen. Während die Daten transferiert und in die Suchmaschine eingegeben wurden, grübelte sie darüber nach, ob das rosafarbene Söckchen absichtlich oder aus Versehen am linken Fuß des Spielzeugs steckte. Wenn beispielsweise die ganze Installation als ein Zeichen galt: Sollte dann damit auf das Geschlecht angespielt werden? Dabei war doch klar, dass die Puppe weiblich war. Allein die anmodellierte Haartolle wies sie als kleines Mädchen aus.

Anschließend machte Annalena sich daran, die leeren Augenhöhlen der Puppe zu untersuchen. Warum hatte jemand die vermutlich strahlend blauen Glasaugen herausgeschnitten? Sie prüfte die Schnittkanten an den Ober- und Unterlidern, riss sich dabei den Zeigefinger ihres Latexhandschuhs am spitzen Zelluloid auf und notierte, dass als Tatwerkzeug ein Teppichmesser infrage käme.

Ihr Computer meldete den Eingang einer E-Mail. Leider gab es in keiner Datenbank des BKA irgendwelche Übereinstimmungen.

»Schade«, murmelte Annalena und wandte sich wieder der Puppe zu.

»Bei dem Gehalt, das Sie beziehen, müssten Sie eigentlich schon eine Lösung parat haben«, murmelte Jörg Ottenhöver aggressiv und fixierte sie aus zusammengekniffenen Augen. Mit seinen nach unten gezogenen Mundwinkeln sah er aus wie die menschgewordene schlechte Laune. Trotz seiner Rundlichkeit hatte er etwas Hungriges und zugleich Vorwurfsvolles an sich. Als würde er niemals satt werden, als könne er sich mit seinem Einkommen kein ordentliches Mittagessen leisten. Als würde ihm das Leben permanent etwas vorenthalten.

So schnell also wurden aus einstigen Schutzengeln verbiesterte Konkurrenten, dachte Annalena und verkniff sich eine Antwort.

Vor nicht einmal zwei Tagen hatte sie sich auf ihrer Fahrt nach Kalverode ausgemalt, wie die Begegnung mit ihrem einstigen Retter Jörg Ottenhöver ablaufen würde. Sie würde ihm die Geschichte ihrer Lebensrettung erzählen, und er würde sich erinnern, wie er die kleine Annalena, triefnass und mit Schlittschuhen an den Füßen, auf den Arm genommen und zu ihr nach Hause in die Agnesstraße getragen hatte. Er würde sich ins Gedächtnis rufen, wie Vater und Mutter Brandt ihr Kind in Decken wickelten, das Hausmädchen ein heißes Bad einließ und Elfriede

Brandt mit zitternder Stimme immer wieder »danke« murmelte und dann in der Küche für sie alle Tee kochte. Inzwischen hatte Annalenas Vater sein Portemonnaie hervorgeholt und dem mutigen Retter einen Fünfzigmarkschein in die Hand gedrückt.

So hatte man es ihr erzählt. Das waren die Erinnerungen ihrer Eltern. Und in ihrer Phantasie waren sie und Jörg sich über diese Erinnerungen nähergekommen und so vertraut miteinander geworden, dass sie bereits zur Mittagszeit beim Du angelangt wären. Damit wäre die wichtigste Hürde schon genommen gewesen.

Leider deckte sich die Realität so gar nicht mit diesen Träumen.

»Gibt es hier im Ort eigentlich eine Puppensammlerin?«, wollte sie nun wissen und bemühte sich, so sachlich wie möglich zu klingen.

Jörg Ottenhöver schnaubte verächtlich. »Puppen? Keine Ahnung. Wir befassen uns nicht mit Spielzeug, wir haben Wichtigeres zu tun!«

Zack, wieder eine didaktische Einheit, die ihr um die Ohren geknallt wurde. Sie lächelte angestrengt: »Vielleicht gibt es hier trotzdem eine Kollegin oder einen Kollegen, die ich fragen könnte. Sie haben mich übrigens noch niemandem vorgestellt. Könnten wir das nicht schnell nachholen?«

»Die wissen schon alle, wer Sie sind«, gab er patzig zur Antwort. »Und Sie können sich ja das Organigramm ansehen. Hier hängt es.« Er wies auf die Pinnwand hinter sich, an der die Grafik mit bunten Nadeln festgesteckt war.

Zu gern hätte Annalena nun mit Oberlehrerinnenstimme darüber doziert, dass ein Organigramm nicht die Menschen ersetzte, dass Namen und Dienstgrade weitaus weniger aussagten als ein Händedruck, ein Blickkontakt, ein kurzes Gespräch. Aber sie schwieg. Man würde ihr doch nur Besserwisserei vorwerfen. Worauf hatte sie sich eingelassen? Es war noch nicht einmal zehn Uhr vormittags, und sie hatte sich bereits ihre Zukunft verdorben. Das sollte ihr mal einer nachmachen.

Sie biss sich auf die Lippen und stand auf. Gute Miene zum bösen Spiel. Außerdem: So viele Namen waren es ja nicht. An der Spitze der dreistufigen Abbildung war Kriminaloberrat Ewald Schmeing als Dienststellenleiter und Chef des Erkennungsdienstes eingetragen. Schade, dass er heute nicht da war. Er hatte sich zu einer Fortbildung mit dem schönen Titel »Ruhestand, aber richtig« gemeldet.

Sie seufzte. Mit Ewald Schmeing, dem Freund ihres Vaters, war sie per Du. Er hätte sie freundlich begrüßt und herumgeführt. Sie hätte sich willkommen gefühlt. Auf ihn hatte sie insgeheim gebaut. Ob er überhaupt wusste, wie schlecht sich seine Jungs benahmen?

Direkt unter Ewald, in der zweiten Hierarchiestufe, standen drei Namen mit fett gedruckten Dienstgradbezeichnungen: Annalena Brandt, Kriminalhauptkommissarin z. A., Jörg Ottenhöver, Dienstgruppenleiter, sowie Kriminalhauptmeister Markus Wissing. Besonders das »z. A.« hinter ihrem Namen war ihr peinlich, denn ihr Vater hatte ihr verraten, dass Ewald seinen Mitarbeitern gegenüber »z. A.« nicht als Abkürzung für »zur Anstellung«, sondern als »zum Anbeißen« übersetzt hatte. Dabei entsprach ihr Aussehen nicht gerade den gängigen Schönheitsklischees der Hochglanzmagazine, und sie war definitiv kein Typ »zum Anbeißen«. Ewalds Deutung war ein Witz, den sie gar nicht lustig fand.

Auf der dritten Stufe der Hierarchie war die für sie alle zuständige Sachbearbeiterin eingetragen: Hedwig Hagenkötter.

Länger als notwendig blieb Annalena vor dem Organigramm stehen und atmete tief durch. Dann wandte sie sich an Jörg Ottenhöver. »Sagen Sie, diese Frau Hagenkötter, wo ist …« Sie verstummte.

Der Spiegel war viel riesiger, als sie beim ersten Blick wahrgenommen hatte. Und er hing so, dass Jörg Ottenhöver sich, sobald er an seinem Schreibtisch Platz genommen hatte, darin betrachten konnte, was er möglicherweise auch von morgens bis abends tat.

Jetzt sah sie sich selbst in diesem Spiegel, wie sie hinter dem

Kollegen stand, der miesepetrig sein gegenüberliegendes Spiegelbild fixierte. Von dieser Seite aus wirkte der Raum doppelt so groß. Annalena schluckte. Wie komisch sie aussah, so bieder mit ihrem dunkelblauen Rock, der hellen Bluse und der blau-beige gestreiften Strickweste. Sie trat einen Schritt zur Seite, und ihr schoss durch den Kopf, dass ihr Outfit oder auch sie selbst mit schwarzen Stiefeln um einiges besser gewirkt hätte. Aber so, mit flachen Schnürschuhen und diesem spießigen Rock mit der Kellerfalte, wirkte sie wie ein vom Schicksal vernachlässigtes Mädchen. Na gut, sie war nun mal nicht zum Anbeißen. Sollten die Jungs das doch gleich kapieren.

Sie sah sich mit den Augen ihres abtrünnigen Schutzengels und begann, ihn zu verstehen: Mit so einer Spießertussi, wie sie es war, wollte wohl niemand zusammenarbeiten.

Annalena Brandt hasste Spiegel. Sie müssten verboten werden.

Jörg Ottenhöver sah sie an. »Was wollten Sie fragen?«

Sie drehte sich um und wies auf den Namen der Sachbearbeiterin. »Ist Frau Hagenkötter heute da? Ich habe sie noch gar nicht gesehen.«

»Um halb elf bringt sie uns meistens einen Kaffee.« Er beugte sich vor und fixierte die Zeitanzeige im rechten unteren Feld seines Computers. »Also in exakt fünfundzwanzig Minuten. Dann lernen Sie die auch kennen.«

Annalena ahnte: Wenn sie bis dahin wie eine Prinzessin hinter ihrem Schreibtisch sitzen blieb und sich bedienen ließ, würde sie sich möglicherweise an diesem Vormittag eine Feindin zulegen.

Über Hedwig Hagenkötter wusste sie nichts. Als sie ihrem Vater am Vorabend den Namen genannt hatte, nahm der an, sie sei vermutlich nicht in Kalverode aufgewachsen oder zur Schule gegangen. Zumindest nicht in einer seiner Grundschulklassen.

»Ich geh dann mal zu ihr«, murmelte Annalena.

»Machen Sie das. Die Hedi sitzt im Geschäftszimmer. Direkt neben der Kaffeemaschine.« Er wies auf die Tür zum Flur. »Da raus und dann zweimal rechts.«

Offensichtlich war er heilfroh über ihren Abgang. Sie sah, wie sich seine Mundwinkel hoben und er zum Telefon griff.

»Ja, ich versteh dich so gut. Ja. Klar, es geht nur in kleinen Schritten. Das weißt du, und das weiß ich auch. Immer eins nach dem anderen. Nichts geht auf einmal. Das wär doch wirklich langweilig, wenn alle Probleme sofort und auf Anhieb gelöst werden könnten. Versuche einfach, die nächsten fünf Minuten durchzuhalten. Und danach wieder fünf Minuten.« Lachen. »Nein. Ein Schritt folgt dem nächsten. Logo. Mach dir keine Sorgen. Ich glaub an dich. Wat? Nee du, wirklich, lass dat. Dat lohnt doch nicht!«

Die Frau telefonierte und hatte ihr den Rücken zugewandt.

Annalena sah breite Schultern, hochgestecktes dunkles Haar, das an der Kopfhaut weiß nachwuchs, und hörte eine Stimme, die ihr sympathisch war. Kein Spiegel im Raum. Sie atmete auf.

»Gut, dann verbleiben wir so. Okay? Du hältst durch. Du packst dat! Ich weiß es. Und anrufen tuste den nicht! Versprochen? Wenn's gar nicht geht, rufste lieber noch mal bei mir an. Bloß nicht bei dem Döskopp. Klaro?« Hedwig Hagenkötter legte auf und drehte sich um.

»Moin, Entschuldigung, ich musste grad die Welt retten oder zumindest unsere kleine Stadt.«

Annalena reichte ihr die Hand. »Hörte sich ganz so an, als würd es Ihnen gelingen.«

Sie lachte. »Kaffee?« Ihrer sympathischen Stimme haftete weiterhin der etwas zu engagierte Ton einer Telefonseelsorgerin an.

Annalena nickte. »Gern. Ich wollte mich bei Ihnen vorstellen.«

»Sie wurden uns ja schon lange angekündigt. Ich jedenfalls freue mich, dass Sie nun da sind.« Mit dieser Bemerkung bestätigte sie quasi offiziell Annalenas Eindruck, dass die Kollegen ihr Kommen nicht gerade bejubelten. Fürsorglich meinte sie dann: »Aber Sie packen das schon. Und wenn nicht, kommen Sie einfach zu mir.« Sie war wunderbar resolut.

»Setzen Sie sich.« Sie schob ihrer neuen Kollegin und zukünftigen Chefin einen Stuhl zu, stellte eine Kanne Kaffee und Tassen auf den Besprechungstisch und verschwand im Nebenraum. »Moment mal.« Dann kam sie mit einem großen Blumenstrauß zurück. »Herr Schmeing hat mich gebeten, Ihnen das hier zu überreichen. Also, auf einen guten Anfang. Unser Boss macht sich ja grad schlau in Richtung Ruhestand. Heute gibt's ja auch für jeden Quatsch einen Einführungskurs.«

»Aller Anfang ist schwer.« Annalena lächelte und suchte nach einer Vase für das Gebinde aus rosafarbenen Tulpen und Osterglocken.

Hedwig Hagenkötter reichte ihr einen Glaskrug. »Ich finde es schön, dass wir weibliche Verstärkung bekommen haben. Und merken Sie sich eins: Männer sind zu allem fähig. Wir sollten sie so weit bringen, dass sie für uns den Kaffee kochen.«

Annalena nickte. »Hat Herr Wissing Ihnen eigentlich schon von diesem ominösen Puppenfund erzählt?«

Hedwig Hagenkötter schüttelte den Kopf. »Ich hab den heut noch gar nicht gesehen. Der räumt schon seit Freitag sein Zimmer ein. Und überhaupt: Wir haben es hier nicht so dick mit der Kommunikation. Haben Sie sicher schon gemerkt, oder? Der Ottenhöver ist auch so'n Stiller. Nur der Toplischek, aber mit dem will keiner reden, Sie kriegen schon noch raus, warum. Übrigens, die Protokolle schreibt hier jeder selbst. Ich krieg die dann aber zum Formatieren und für die Ablage. Sonst wüsste ich ja gar nicht, was so passiert. Reden tun die nämlich nicht so viel. Was ist denn das für eine Geschichte mit den Puppen?«

»Warten Sie, ich zeig's Ihnen.«

»Meine Güte, wer macht denn so was?« Hedwig Hagenkötter nahm die Puppe aus dem Schrein und wiegte sie in ihrer Armbeuge, als handle es sich um ein kleines verletzliches Lebewesen.

»Es löst Schrecken aus, nicht wahr? Auch wenn es nur ein Spielzeug ist. Auf mich wirkt das wie ein Zeichen. Wie eine Warnung.« Annalena hoffte, dass sie nicht gleich ausgelacht wurde.

»Es ist grausam«, bestätigte Hedwig Hagenkötter. »Sinnlos grausam.« Ihre rundliche Resolutheit wirkte mit einem mal zerbrechlich.

Die neue Kommissarin strich über den Kopf des Fundstücks. »Meiner Meinung nach ist es eine alte Puppe. Ein Sammlerobjekt. Die lag nicht in einem Keller oder auf einem Dachboden. Kennen Sie hier im Ort jemanden, der oder die Puppen sammelt?«

Hedwig Hagenkötter zuckte mit den Schultern. »Keine Ahnung, wir wohnen noch nicht so lange hier. Grad mal zwanzig Jahre. Also, wir sind keine Einheimischen, und damit will ich sagen, dass ich nicht alle kenne. Aber ich kann mich mal in meiner Gruppe umhören.«

»Ihre Gruppe?« Annalena sah fragend auf.

»Meine Selbsthilfegruppe. Liebessucht, Einsamkeit, Sehnsucht. Sie wissen schon, Generation Ehrenamt. Heutzutage müssen wir uns ja alle selbst helfen. Man engagiert sich in einem sozialen Randbereich, bekommt einen Orden vom Bürgermeister und verzichtet dafür auf ein Honorar. Als ich jung war, habe ich ein paar Semester Psychologie studiert. Dann kamen die Kinder, ein ständig herumreisender Mann und eine Existenz als Hausfrau. Dies hier ist mein drittes Leben. Sachbearbeiterin bei der Polizei. Ich muss eben immer irgendetwas tun.« Sie wies auf das Telefon. »Das vorhin war ein klassischer Notfall. Ein junges Ding verliebt sich und ruft den Kerl fünf Mal pro Stunde an, und in der Zwischenzeit schickt sie auch noch Smileys per SMS oder twittert. Klar geht die Kleine dem auf den Keks. Selbst wenn sie zuckersüß aussieht. Und ich muss dann die Seele flicken, wenn so ein Typ ihr das Herz zerreißt.«

»Das ist bitter.« Annalena lächelte und wies wieder auf die Puppe. »Die wurde am Samstag hier abgegeben. Von Frau Heidschulte.«

»Und der Wissing hat sie entgegengenommen?«, fragte Hedwig Hagenkötter lauernd. »Das ist wieder mal typisch, der nimmt doch so was nicht ernst. Und jetzt drückt er Ihnen auch noch die Ermittlung aufs Auge. Männer!«

»Die Puppe könnte jemandem gehören. Vielleicht kommen wir so weiter.«

Hedwig Hagenkötter hob die Augenbrauen. »Soll ich etwa in allen europäischen Polizeistationen und Zentralrechnern nach einer Vermisstenmeldung für eine Schildkrötpuppe suchen?«

Annalena trank einen Schluck Kaffee und lächelte verträumt. »Das wär's. Eine Datenbank für vermisste kleine Dinge. Gibt's aber leider noch nicht. Wirklich schade. Ein Sammlungsort für Spielzeug, Haarspangen, Feuerzeuge, Lieblingsbücher und alles, was man irgendwann und irgendwie verliert.«

»Ich dachte, Sie bringen uns einen Kaffee?« Jörg Ottenhöver steckte den Kopf durch die Tür und sah noch gekränkter und beleidigter drein als sonst.

»Bedien dich selbst, du bist groß genug!« Hedwig Hagenkötter wies mit einer Kopfbewegung auf die gefüllte Kanne. »Und für den Markus kannste dann auch gleich ein Tässchen mitnehmen. Wir stecken grad in einer wichtigen Recherchearbeit. Ist das klar?«

Jörg Ottenhöver kuschte. Annalena staunte.

Eine Stunde später waren sie beim Du.

»Ich könnte deine Großmutter sein«, meinte Hedwig beim Mittagessen in der kleinen Kneipe an der Kirche und lachte. »Wir wären sicher ein Superteam.«

»Sind wir ja so auch«, wiegelte Annalena die Begeisterung ihrer Mitarbeiterin ab.

Jetzt war genau das passiert, wovor ihr Vater sie gewarnt hatte. »Verschwister dich bloß nicht mit Leuten, die unter dir stehen, immer nur Beziehungen auf deiner Ebene oder eins nach oben – aber niemals nach unten. Glaub mir, sonst wirst du es nie zu was bringen.« Wenn Annalena an Hedwig Hagenkötters Stellung im Organigramm dachte, so war ihr Du eindeutig auf der falschen Stufe angesiedelt. Es fühlte sich dennoch gut an.

Sie beschloss, diesen Vorfall heute Abend zu verschweigen, und wusste schon jetzt, dass das nicht einfach sein würde. Aber was war schon einfach in ihrem Leben? Nichts. Als Tochter eines Schuldirektors hatte sie von klein auf gelernt, dass ihr Dasein aus einer immerwährenden Prüfungssituation bestand und dass sie ständig bewertet wurde. Tatsächlich funktionierte sie häufig so, dass gute Noten heraussprangen.

»Mir fällt da grad was ein«, sagte Hedwig. »Also, mein Mann hat eine Spielzeugeisenbahn. Früher war er Lokführer, das steckt ihm eben im Blut. Er kann einfach nicht von seinen Zügen lassen. Seit einem Jahr baut er den gesamten Eisenbahnknotenpunkt von Coesfeld als Modell nach.« Sie schüttelte verständnislos den Kopf. »Aber so ist er wenigstens weg von der Straße. Und dann hat er auch noch den Tick, dass er nur da wohnen kann, wo auch Züge fahren. Deshalb haben wir uns einen alten Bahnhof gekauft.« Sie grinste.

»Respekt.« Annalena fragte sich, worauf sie sich da eingelassen hatte.

»Unser ganzer Dachboden ist mit seiner Anlage zugebaut. Das hat aber auch sein Gutes, denn weil ich dort keine Wäsche mehr aufhängen kann, musste er mir einen Wäschetrockner kaufen. Das ist ja so was von bequem.« Hedwig sah verzückt auf ihre helle Bluse. »Aber was ich eigentlich sagen wollte: Mein Albert hat eine Frau, die ihm diese winzigen Häuschen zusammenbaut, und die heißt Kitty. Kitty«, wiederholte sie dann nachdenklich. »Ich glaub, die hat was mit Puppen anne Hacke.«

Die junge Kommissarin konnte es nicht fassen. Coesfeld als Verkehrsknotenpunkt? Sie erinnerte sich an ihre Anreise vor zwei Tagen und an ihre Fahrt mit der Prignitzer Eisenbahngesellschaft. Dann sah sie auf die Uhr und fragte: »Sollten wir nicht bald mal wieder zurück?«

»Stimmt. Meine Güte, wie ich mich immer verquatsche. Andererseits, unsere Kollegen überziehen auch oft die Mittagspause. Deswegen müssen wir uns nun keinen Kopp machen.«

Humpelnd kreuzte eine etwa fünfzigjährige Frau ihren Rückweg zur Polizeiinspektion.

»Mensch, Kitty«, sprach Hedwig Hagenkötter sie an. »Grad hab ich an dich gedacht.« Sie stellte Annalena als neue Kollegin vor, und die Kommissarin wusste, dass sie von dieser Kitty bis zum Ende ihrer Tage als zweite Sachbearbeiterin wahrgenommen werden würde. Hoffentlich kam das niemals ihrem Vater zu Ohren. Das würde garantiert eine besondere didaktische Einheit nach sich ziehen.

»Sag mal, Kitty, sammelst du nicht auch Puppen?«, fragte Hedwig die schmächtige Frau.

»Ich habe einen Gnadenhof für alte Puppen«, stellte die klar. »Wenn du das meinst.«

»Ach ja, stimmt. Dann kommst du am besten gleich mit, und wir nehmen das zu Protokoll.«

»Dass ich Puppen sammle?« Die Angesprochene zog verständnislos die Stirn kraus. »Ist das jetzt etwa auch verboten?«

Annalena griff ein. »Hör mal, Hedwig. Das geht zu weit. Wir können deine Bekannte nicht einfach so mitnehmen. Das ist doch keine Verhaftung!« Entschuldigend wandte sie sich an die dunkelhaarige Frau mit dem verhärmten Gesichtsausdruck. »Wir haben eine Puppe gefunden und wissen nicht genau, was das zu bedeuten hat. Hätten Sie mal Zeit, Ihren Kennerblick drauf zu werfen?«

»Sie muss identifiziert werden«, murmelte Hedwig andächtig. »Kennen wir doch aus dem ›Tatort‹. Ich wette, dass du die Puppe kennst.« Ihre Augen leuchteten. »Sag mal, fehlt dir vielleicht eine?«

Kitty hob ihre Schultern so an, dass ihr Kopf fast zwischen den Schlüsselbeinen verschwand, und Annalena musste unwillkürlich an eine Schildkröte denken. Kurz überlegte sie, ob sie sich nicht doch jetzt noch mal mit ihrem Dienstgrad vorstellen sollte. Doch sie ließ es bleiben. Das würde die Sache nur unnötig kompliziert machen. Außerdem hatte diese Kitty sie garantiert schon als Schreibkraft gespeichert. Der erste Eindruck – darüber hatte sie in ihrem Studium viel gelernt. Wenn der sich einmal verfestigte, war es schwer, die Dinge wieder ins Lot zu bringen.

»Kann ich so nicht sagen«, murmelte Kitty. »Ich zähl sie nicht jeden Tag.«

»Komm doch mit, bitte«, umwarb Hedwig die Puppensammlerin. »Schau sie dir nur kurz an. Das hilft uns bei unseren Ermittlungen.«

Ermittlungen – wieder so ein Wort von unangemessener Wichtigkeit. Annalena verdrehte die Augen.

»Das geht nicht.« Kitty wandte sich an Hedwig Hagenkötter. »Ich hatte deinem Mann versprochen, ihm heute noch sechs Häuser zu liefern. Und zwar gegen Mittag. Und jetzt ist es schon fast zwei. Der wartet garantiert auf mich. Du kennst ihn ja. Hat ein bisschen länger gedauert, weil ich ihm auch noch den Freizeitpark in den Bülten gebacken habe.«

»Ach, das heißt jetzt Freizeitpark? Interessant.« Annalena wunderte sich. Seit einigen Jahren wurden die banalsten Dinge mit hochtrabenden Namen ausgestattet. Die Bülten, das war doch nichts anderes als eine Ansammlung lächerlich kleiner Hügel am Rande des Ortes. Als Kind hatte sie dort die Geister alter Germanen vermutet und jede kleine Erhebung als Hünengrab gedeutet.

»Lass dich von meinem Albert bloß nicht so stressen«, meinte Hedwig Hagenkötter. »Seit der Rentner ist, ist er nur noch am Rödeln.« Ihre Stimme hatte jetzt wieder diesen salbungsvollen und zugleich tröstenden Unterton: »Ich kann dich dann zu ihm fahren und auch wieder heim – wenn du nur schnell mitkommen würdest. Bitte.«

»Na gut!« Langsam gingen sie zu dritt in das Alte Amtshaus zurück, das seit dem Neubau des Rathauses als Polizeiwache diente. Hier hätte das Team der Kalveroder Polizeiwache richtig viel Platz haben können, belegte aber gerade mal fünf der früheren neun Amtsräume. Annalena fragte sich, ob das etwas mit den ständig steigenden Heizkosten zu tun haben könnte, und achtete kaum auf das Gerede der beiden Frauen an ihrer Seite. Hätte es was mit den Energiekosten zu tun, so könnte sie zumindest für die Sommersaison ein eigenes Zimmer beziehen. Das würde sie Ewald Schmeing vorschlagen. Gleich wenn er von seinem Workshop für Rentner zurückkam. Der würde sein kleines Mädchen schon nicht im Stich lassen. Eine Diplomverwaltungswirtin brauchte definitiv ein eigenes Büro. Und vor allem einen Raum ohne Spiegel und dazu ein neues Namensschild: »Annalena Brandt, Kriminalhauptkommissarin/Dipl. Verw.«. Das wirkte doch schon ganz anders: Dann wüsste jeder gleich Bescheid und niemand, nicht einmal diese Kitty mit ihrem Gnadenhof für alte Puppen, käme auf die Idee, sie als Schreibkraft abzutun.

»Hier ist sie. Schau mal.«

Kitty saß eigenartig verdreht auf einem schwarzen Ledersessel am Besprechungstisch und verzog das Gesicht, als hätte sie Schmerzen. »Gib mal her.«

Lange und ausgiebig betrachtete sie die Puppe. »Ja, die könnte von mir sein. Davon habe ich einige. Sieht aus wie Inge, meine Inge hatte aber ein kariertes Kleidchen an. Rot-weiß kariert. Und was soll das mit den Augen?« Sachlich untersuchte sie das Spielzeug und murmelte dann vor sich hin: »Die müsste doch auch eine Nummer haben …«

Noch bevor Annalena nicken und ihr den Fundort der Nummer nennen konnte, hatte sie schon die eingravierte Kennung unterhalb des Halses entdeckt und sich die Zahlenfolge notiert.

»Da muss ich zu Hause nachgucken. Ich hab da ein Buch, in dem alle Nummern drinstehen und auch, woher die Puppen kommen und für wie viel Euro ich sie freikaufen musste. Ganz früher hab ich sie noch so gekriegt, weil die Leute nicht mehr für sie sorgen konnten. Aber heute wollen die ja für alles Geld. Sogar dafür, dass man ihre Puppen bei sich aufnimmt und für sie sorgt.«

Hedwig Hagenkötter stand hinter ihr und machte Annalena mit beruhigenden Gesten klar, dass die Besucherin einen stadtbekannten Dachschaden hatte, insgesamt jedoch harmlos war.

»Wenn du mich später heimfährst, können wir ja beide nachgucken.« Die Sammlerin sprach ausschließlich mit Hedwig Hagenkötter, ohne einen Blick an die Neue zu verschwenden. »Wird schwer, die zu reparieren. Wenn es meine Inge ist. Ich kenn aber einen guten Puppendoktor. Weißt du, das haben sicher die vom Zirkus gemacht.«

Jetzt mischte Annalena sich wieder ein. »Vom Zirkus?«

Kitty wandte sich um. »Ja, seit Freitag ist da so ein kleiner Zirkus auf dem Kirmesplatz am Stadtpark. Fahrende Leute, von denen kam ja noch nie was Gutes. Ich sag dir, immer wenn die da sind, passiert ein Unglück. Als ich meinen Unfall hatte, war auch ein Zirkus in der Stadt.« Sie schluckte und putzte sich die Nase.

Hedwig Hagenkötter legte Kitty eine Hand auf die Schulter und meinte: »Komm, Kitty, jetzt fahren wir erst zu meinem Albert, und du gibst dort die Häuschen ab und meinetwegen auch die selbst gebackenen Bülten, und dann bring ich dich heim, und wir gucken nach der Nummer.«

»So machen wir das.« Kitty stand auf.

»Was für ein Glück, dass es eine Puppe ist«, verkündete Annalena kurze Zeit später dem Kollegen Ottenhöver. »Die kann nämlich zum Puppendoktor gebracht werden, sieht hinterher wieder aus wie neu. Bei einem Menschen ginge das nicht. Einmal ohne Augen, immer ohne Augen.«

»Mehr haben Sie nicht herausgefunden?« Annalenas einstiger Schutzengel warf einen vorwurfsvollen Blick auf seine Armbanduhr und suchte dann wieder sein Spiegelbild. So, wie er sich nun betrachtete, schien er gerade den finstersten aller Gesichtsausdrücke zu proben.

Selbstbewusst konterte sie: »Ich habe Hedwig Hagenkötter zu einer Frau namens Kitty geschickt. Diese Kitty sammelt Puppen und hat glücklicherweise ein Verzeichnis über ihre Sammlerstücke angelegt. Mit Nummern. Vermutlich gehört das nun augenlose Spielzeug ihr. Eine eigenartige Person!«

»Mittelgroß, dunkelhaarig, Ende vierzig und humpelnd?« fragte ihr Gegenüber, und als Annalena nickte, sagte er betont ruhig: »Dann kann es nur die Siebert sein.«

»Ja, Kitty Siebert. Kennen Sie sie?«

»Sie etwa nicht?«, fragte er zurück und fixierte sein Spiegelbild, als müsse ihm dieses seine schlechte Laune bestätigen.

Dann brüllte er los. Unvermittelt und ohne Vorwarnung: »Ja, spinnen Sie denn total? Es widerspricht absolut unseren Regeln, erstens eine Sachbearbeiterin in den Fall einzubinden und die zweitens auch noch auf Ermittlungstour zu schicken. Wo sind wir denn? Dass die Hedwig eigenmächtig zu der Siebert fährt, vermutlich auch noch mit ihrem Privatwagen, also das ist so ungeheuerlich, da fehlen mir die Worte. Wie soll sie das jemals abrechnen, das Benzin, und vermutlich bewegt sie sich jetzt auch noch in einem versicherungsfreien Raum. Sie müssen verrückt sein!«

Annalena wurde abwechselnd blass und rot. Sie war also nicht am Ende der Welt, sondern in der Hölle gelandet.

Betont ruhig sagte sie dann: »Jetzt halten Sie den Ball aber mal etwas flacher, Herr Kollege. Ich erbitte mir einen höflichen Umgangston. Das wenigstens muss drin sein.«

»Was ist denn hier los?« Markus Wissing kam aus seinem Büro und baute sich zwischen den Schreibtischen seiner Kollegen auf.

»Die stresst«, jammerte Jörg Ottenhöver und wies auf Annalena. »Die hat die Hagenkötter als Ermittlerin losgeschickt. Kannst du dir das vorstellen? Ausgerechnet Hedwig, und dann noch allein und ohne Zeugen.«

»Echt?« Markus Wissing lachte. »Das fängt ja gut an.«

3. Kapitel

Der Vater empfing sie mit einem Spargelessen. Das war irgendwie rührend. Hatte er etwa den ganzen Tag an sie gedacht und in der letzten Stunde Spargel geschält, anstatt ordnungsgemäß vom Wohnzimmer aus die Dämmerung zu kontrollieren? Sie schluckte. Ihr Plan, nur kurz bei ihm reinzuschauen und sich dann in die eigene Dachwohnung zurückzuziehen, würde nicht aufgehen.

Er wollte Geschichten hören. Annalena sah es ihm an.

»Wir müssen doch deinen ersten Arbeitstag feiern. Holst du einen Weißwein aus dem Kühlschrank?«

Auf dem Tisch lag eine Decke, die sie als Kind bestickt und der Mama zum Muttertag geschenkt hatte. Weißer Damast mit einer Bordüre weiß-gelb-grüner Gänseblümchen. Sie war damals acht gewesen und hatte sich beim Sticken das Tuch bis an die Nasenspitze gehalten, um das hellgrau gezeichnete Muster erkennen zu können. Danach hatte sie die Brille bekommen. Und erst mit der Brille gesehen, wie krumm und schief sie gestickt hatte. Und sich geschämt. Warum hatte ihr niemand gesagt, dass ihre Stickerei scheußlich war?

In Annalenas Erinnerung unterteilte sich die Welt seitdem in eine Phase vor und nach der Brille. Vor der Brille war alles angenehm unscharf und verwischt gewesen, als wäre die Welt in große und weiche Nebenwolken getaucht, die dafür sorgten, dass ihr nichts passierte – was so nicht stimmte, denn sie stieß dauernd irgendwo an und hatte ständig blaue Flecken. Seit sie eine Brille hatte, sah sie plötzlich raue Oberflächen, spitze Kanten, gesplitterte Steine, Regentropfen, Schneeflocken – aber auch jedes einzelne Blatt am Baum, die himbeereisfarbenen Näschen kleiner Katzen und die wunderbar weichen Flaumfedern flauschiger gelber Küken.

An all das erinnerte sie sich beim Anblick dieser Tischdecke. Und auch daran, dass sie erst als Brillenträgerin damit begonnen hatte, sich nicht nur in Schönschrift, sondern auch in Kleinschrift zu üben. Sie hasste die riesigen Buchstaben aus ihrer Vor-Sicht-Zeit, wie sie es später nannte, und hatte sich für alles neue Hefte zugelegt.

Annalena schüttelte sich. Erinnerungen hatten etwas Überfallmäßiges an sich. Sie kamen aus dem Hinterhalt, sprangen an einem hoch und sorgten für Sprachlosigkeit. Bedauerlicherweise gab es kein Gesetz, das sie verbot. Keine geschützten Räume. So wie es allenthalben rauchfreie Zonen gab, müsste es auch ausgewiesene erinnerungsfreie Räume geben.

Sie wies auf die Tischdecke mit dem stümperhaft gestickten Blümchenmuster: »Wo hast du die denn ausgegraben?«

»Ja, da staunst du.« Walter Brandt nickte stolz. »In einem ordentlichen Haushalt findet sich alles wieder. Und nun mach den Wein auf und setz dich.« Bedächtig schlurfte er mit seinem Rollator zum Herd und deckte dann das Essen auf. Er konnte es kaum erwarten, wollte lieber von ihren Worten als von Spargel und Schinken gesättigt werden, hatte ihren Geschichten den ganzen Tag entgegengehungert. »Los, erzähl!«

»Alles okay«, murmelte sie.

Er sah sie an, als müsse er gleich einen Tadel wegen offensichtlicher Maulfaulheit und Widerspenstigkeit ins Klassenbuch eintragen. »Okay ist mir zu wenig. Was hast du heute gemacht?«

»Eine Puppe untersucht.« Sie lächelte schief. »Die haben mir eine Puppe gegeben.«

»Wer die? Ewald etwa? Ach was, der übt ja für seine Rente. Aber wir haben doch schon den 2. Mai und nicht den 1. April. Wollten die dich etwa auf den Arm nehmen? Und das hast du dir gefallen lassen?«

»Nein, die jüngeren Kollegen, du kennst sie sicher. Jörg Ottenhöver und Markus Wissing.«

Er sah sie nachdenklich an. »Was war mit der Puppe?«

»Sie war nackt und hatte keine Augen.« Annalena füllte sich

Spargel auf den Teller. Ein Butterfleck beschmutzte die Tischdecke, was die Kommissarin z. A. auf eigenartige Weise befriedigte. Sollte die Decke doch ebenso viele Schmutzflecken haben wie der hinter ihr liegende Tag. Und dann alles rein in die Waschmaschine und wie neu zurück.

Der Vater schenkte Wein nach. Annalena bemerkte, dass seine Hände zitterten. Sie hatte schon am Samstag bei ihrer Ankunft gedacht, dass er erschöpft wirkte, das aber auf seine chronischen Schmerzen und den Umbau des Hauses zurückgeführt. Jetzt jedoch wirkte er nicht nur erschöpft, sondern plötzlich alt.

Seit dem Unfall an jenem unsäglichen 18. Januar vor zwei Jahren, bei dem Annalenas Mutter ums Leben kam, war er in kein Auto mehr gestiegen und hatte Kalverode nicht mehr verlassen. Für Ausflüge in die Stadt und zum Markt wuchtete er sich in seinen Rollstuhl, innerhalb des Hauses bewegte er sich mit dem Rollator. Aus der Ferne hatte sie in den letzten Monaten das Empfinden gehabt, dass er das alles wunderbar managte und seinem Leben wieder Sinn und Erfüllung abtrotzte. In allen Telefonaten sprach er von seinen Projekten, und tatsächlich hatte er in den letzten Monaten das ganze Haus umbauen lassen, vor allem das Erdgeschoss. So gab es keine Türschwellen mehr, die Teppichböden waren aus den Zimmern entfernt worden, und der gesamte Wohnbereich war in dunkelrotem Terrakotta gefliest. Alle Türen waren Schiebetüren und liefen lautlos auf Schienen. »Du wirst dich wundern, es sieht hier aus wie in einem Kurbetrieb«, hatte er gescherzt.

Bis vor zwei Monaten hatte ihm eine Dorfhelferin zur Seite gestanden, jetzt schaffte er es allein. Er wollte es alleine schaffen. Im Bad gab es eine Hebevorrichtung, mit der er sich in die Wanne hinein- und vor allem auch wieder hinaushieven konnte, die drei Stufen zur Eingangstür waren zu einer Rampe umgebaut worden. Er herrschte über ein Regiment dienstbarer Maschinen, die er alle mit weiblichen Vornamen bedacht hatte. Die Spülmaschine hieß Minna, die Waschmaschine Amanda, der Wäschetrockner Trude und die Kaffeemaschine Käthchen. Außerdem hatte er ein halbes Dutzend Freundinnen, die sich rührend um ihn sorgten.

»Du musst dich gar nicht um mich kümmern. Ich hab doch meine Mädels«, hatte er ihr versichert, als sie ihm verriet, dass sie sich nach Kalverode versetzen lassen wolle. »Nicht dass du das meinetwegen machst. Jeder lebt sein Leben. Ich in der unteren Wohnung, du unterm Dach. Und nur wenn du Lust hast, besuchst du mich. Da freue ich mich sehr.«

»So machen wir das, Papa«, hatte sie ihn beruhigt und tatsächlich geglaubt, dass es so ginge und sie weiterhin ihre unabhängigen Leben führen könnten, nur ganz nah nebeneinander.

Dabei hatte sie doch einen gesunden Menschenverstand! Er war einsam. Wie auch sie in Wiesbaden einsam gewesen war trotz der anderen Kommilitonen und einiger Bekannter.

Vielleicht lag es ja in ihrer Familie. So wie bei anderen Immobilien, Schmuck, Geld oder besondere Talente von einer Generation an die nächste weitergegeben wurden, war es bei ihnen die Einsamkeit. Eine fragwürdige Mitgift. Die Ehe ihrer Eltern hatte ihr gezeigt, wie einsam man sein konnte. Auch zu zweit. Und erst jetzt begriff sie, dass das möglicherweise um einiges schlimmer war, als ganz allein zu sein. Als Solistin konnte sie immerhin noch die Hoffnung haben, dass sich der Zustand ändern könnte, doch die Einsamkeit zu zweit war wie eingemauert sein. Sie erinnerte sich an Momente, in denen die Mutter vorsichtig nach der Hand des Vaters gegriffen hatte. Manchmal, wenn sie gemeinsam beim Abendbrot saßen. Er war dann zusammengezuckt, als fürchte er diese Berührung. Die letzten Jahre hatten sie auch nicht mehr in einem Zimmer, nicht einmal mehr in einem Stockwerk geschlafen. Der Vater in seinem provisorischen Arbeitszimmer im Erdgeschoss zwischen Büchern und Papieren, die Mutter im Schlafzimmer der Dachwohnung. Dort, wo nun Annalena schlief.

»Die Puppe war nackt?«, wiederholte Annalenas Vater und verschüttete mit zitternden Händen ein paar Tropfen Weißwein.

Annalena nickte.

»Und sie hatte keine Augen, als hätte jemand sie geblendet«, präzisierte er und sah sie lange an. »Weißt du, was das bedeutet?«

Annalena schüttelte den Kopf. »Vielleicht ist es ein Zeichen? Was weiß ich. Hedwig, unsere Sachbearbeiterin, erzählte was vom bösen Blick. Aber eine Puppe?«

»Wenn, dann steht sie stellvertretend für etwas«, murmelte Walter Brandt. »Irgendjemand denkt, ihr wäret in der Lage, die Zeichen zu deuten, wodurch möglicherweise etwas Schreckliches verhindert werden könnte.«

»Ganz schön viele Konjunktive«, meinte Annalena lächelnd.

»Alles, was du dir vorstellen kannst, ist möglich«, gab er zurück und lächelte ebenfalls.

»Lieber nicht.« Das war jetzt doch ein bisschen zu schnell aus ihr herausgerutscht, und sie schluckte. Ihr Vater wusste nichts von ihr. Er hatte keine Ahnung, was Annalena dachte. Wenn all das Wirklichkeit werden würde, was sie sich manchmal ausmalte! Bloß nicht! Dabei wäre es schon schön, wenn sie Ottenhövers Bürospiegel mit bloßer Gedankenkraft zertrümmern könnte, oder sollte sie es mit einem spitzen Schrei versuchen, wie Oskar Matzerath in der »Blechtrommel«?

Der Vater blickte durch sie hindurch und schwieg.

Sie suchte nach Worten und schlug vor: »Nehmen wir einmal an, der Zeichengeber und Puppenschinder hat mit der Sache nichts zu tun, möchte aber uns – also der Polizei – ein Verbrechen melden. Da genügt doch ein anonymer Hinweis. Wozu also diese ganze Installation?«

»Was ist denn heutzutage noch anonym?«, belehrte Walter Brandt seine Tochter. »Du müsstest das doch am ehesten wissen.«

»Ja, da hast du recht.« Annalena nickte.

Sie schwiegen.

So ging es ihr oft mit ihrem Vater. Plötzlich stand ein Schweigen zwischen ihnen, und wenn sie nicht achtgab, baute es sich auf und wurde unüberwindlich. Aber was sollte sie ihm erzählen? Etwa, dass sie bereits in alle verfügbaren Fettnäpfchen getreten war? Er würde ihr gute Ratschläge geben wollen und Tipps, wie sie die Dinge wieder ins Lot bringen könne. Aber sie würde ja doch nichts von all dem umsetzen, weil sie eben Annalena war und nicht Walter Brandt. Außerdem war sie kein sechsjähriges Schulkind mehr, auch wenn er sie immer mal wieder so behandelte. Für ihren Vater blieb sie immer die Kleine. Sie hätte es wissen müssen.

Das Schweigen hielt schon so lange an, dass sie sich unwohl zu fühlen begann.

Gerade als sie von Jörg Ottenhöver und dessen unsäglichem Wandspiegel berichten wollte, räusperte sich ihr Vater und sagte: »Was ich dir die ganze Zeit schon erzählen wollte, aber lach mich bitte nicht aus … Man wird im Alter eben ein bisschen schratig.«

Annalena beugte sich vor.

Er seufzte. »Ich war doch immer so ein Realist. Aber nun, nach dem Tod deiner Mutter, bin ich ins Grübeln gekommen. Ob es nicht doch Dinge hinter den Dingen gibt.«

»Du triffst dich mit Gespenstern?« Die Besorgnis hinter ihrer flapsigen Bemerkung war unüberhörbar.

Er zog die Stirn kraus. »Nein, so weit geht es nun auch nicht. Aber ich beschäftige mich in letzter Zeit vermehrt mit Spökenkiekerei und Aberglauben.« Er nahm ihren besorgten Blick wahr und beruhigte sie. »Natürlich rein wissenschaftlich.«

»Natürlich«, bestätigte sie. »Du bist doch kein Spinner!«

Er nickte erleichtert. »Ich werde ein Buch darüber schreiben. Über die alten Mythen gerade in dieser Gegend, über Vorurteile, Geistergläubigkeit und Dämonen. Weißt du, das ist eben doch nicht so einfach abzutun. In vielen dieser Geschichten steckt einiges an Wahrheit, Weisheit und Wissen.«

»Wenn Mama damit kam, wolltest du nichts davon hören.«

»Ja, das tut mir jetzt auch leid.« Er klang kleinlaut. »Ich habe es tatsächlich für Spinnerei gehalten. Aber je länger ich darüber nachdenke … Vermutlich hatte ich Angst davor. Sie hat sich da aber auch so reingesteigert!«

»Du meinst also, diese Puppe könnte ein Zeichen aus der Aberglaubenkiste sein? Möglicherweise ein spezielles Zeichen nur für mich?«

Er nickte. »Denk doch nur mal an die Worte ›blind‹ und ›Blendung‹.«

»Und?« Sie sah ihn erwartungsvoll an.

Als sie klein war, hatte sie in ihm ein wandelndes Lexikon gesehen. Egal welche Frage sie ihm stellte, der Vater hatte immer eine Antwort gewusst. Er interessierte sich für alles, kannte sich in allem aus, wusste alles, konnte alles und verfügte zudem über die Fähigkeit, spannend zu erzählen. Er war unerreichbar. Er war ihr Held gewesen. Ihr ganz persönlicher Zauberer und ein sprechendes Wörterbuch.

Ihr Vater hatte sich an der Tischkante aufgerichtet und schlurfte nun mithilfe seines Gehwagens durch die Küche.

»Komm.«

Sie folgte ihm aus der Küche in den dunklen Flur und von dort durch eine Schiebetür in das ehemalige Esszimmer. Er hatte es nun endgültig zu seinem Büro umfunktioniert, und sie pfiff anerkennend durch die Zähne.

»Das ist aber schön geworden.«

»Es ist der hellste Raum«, antwortete er kurz und wies stolz auf die mit Büchern und Ordnern gefüllten Regale, die die Wände bedeckten. Direkt vor dem Fenster stand sein großer gläserner Schreibtisch mit einem Computer, und zwei Monitoren. Wenn er aufblickte, lag vor ihm die Agnesstraße, eine der wichtigsten Verbindungsstraßen des Ortes. Jeder, der zum Park, Krankenhaus oder Friedhof wollte, musste an seinem Fenster vorbei, und da es keine Vorhänge gab, saß er hinter seinen Glasscheiben wie in einem Schaufenster. Er sah jeden, und jeder sah ihn. Wer Zeit hatte, erzählte er, kam auf einen Plausch herein. So war er ständig über alles informiert.

Mittlerweile war es draußen dunkel geworden, und Annalenas Vater griff nach einer Fernbedienung, drückte diverse Knöpfe, und wenig später erstrahlte das Zimmer in hellem Licht. Draußen vor den schwarzen Fensterscheiben senkten sich die Jalousien.

»Darf ich vorstellen, mein Denk-, Schreib- und Besprechungszimmer. Nimm doch Platz.« Er klang stolz.

Während er seinen Computer hochfuhr, ließ sie sich in einen der schwarzen Ledersessel fallen.

Dieser Raum war fast doppelt so groß wie Annalenas möblierte Wiesbadener Studentenwohnung. Platz zu haben, was für ein Luxus. Auch ein Einzelbüro wäre Luxus, sie würde sich möglichst schnell darum kümmern. Mindestens das hatte sie erwartet, als sie sich nach Kalverode bewarb. Dass ihre Kommilitonen, die sich in pulsierende Großstädte versetzen ließen, in Großraumbüros mit schlechter Luft und künstlichem Licht landen würden, war das Eine.

Sie aber hatte sich nach Kalverode beworben, weil sie insgeheim mit einem Sonderstatus rechnete, einer Art Belohnung für ihr Kommen. Ewald Schmeing als Freund ihres Vaters würde sie fördern, ihr einen eigenen Raum mit eigenem Schrank, Schreibtisch, Besprechungstisch und Stühlen zur Verfügung stellen. Daran hatte sie nie gezweifelt. Und wo war sie stattdessen gelandet? In einem alten Amtshaus, vor einem riesigen Ballettspiegel und unmittelbar gegenüber einem miesepetrigen Kollegen, der ihr nichts Gutes zu wünschen schien.

»So, da haben wir es.« Walter Brandt las vor:

Blendungen werden durch Zaubertricks hervorgerufen und unterteilen sich in körperliche und geistige Blindheit. Eine körperliche Blindheit wird durch den bösen Blick verursacht. Dieser wiederum geht von Augenkrankheiten, von alten Frauen sowie Hexen und Zauberern aus. Es wird auch berichtet, dass Begegnungen mit einem Geist zur Erblindung führten. Als Beispiel sei das Schicksal des Scharfrichters Z. erwähnt: Diesem begegnete genau acht Tage nach der Hinrichtung eines Delinquenten um elf Uhr nachts das Gespenst des von ihm Geköpften. Der Geist blies ihm kurz und verächt-

lich in die Augen, worauf der Scharfrichter für immer erblindete. Dies ist die sogenannte rächende Strafe.
Blendung hingegen gilt als Bestrafung eines unerlaubten Anblicks und tritt gelegentlich als Strafe für die Neugier auf ein göttliches Wesen auf. Auch wer ein höheres Wesen beleidigt oder – egal ob absichtlich oder aus Versehen – Nixenwäsche verunreinigt, kann durch kurzfristige Blendung bestraft werden. Allerdings schützt das Tragen von Heilkräutern oder das Vorzeigen eines vierblättrigen Kleeblattes gegen diese Formen der Erblindung. Berichtet wird von heidnischen Westfalen, die einst wegen der Misshandlung christlicher Heiliger unvermittelt erblindeten und erst durch die Taufe wieder sehend wurden.

Annalena lachte auf. »Über diese Information müsste sich die katholische Kirche aber freuen.«

»Wo sie doch sonst jegliche Form des Aberglaubens ablehnt«, bestätigte der Vater, stutzte kurz und sagte dann: »Hör mal, hier ist noch eine Information, die auf dein Puppenproblem passen könnte: ›Als Strafzauber wird Blendung durch das Ausschlagen eines gemalten Auges erwirkt.‹«

Sie nickte und sah ihn nachdenklich an. »Wenn man das Ausschlagen eines gemalten mit dem Ausstechen zweier befestigter Augen gleichsetzt. Aber was genau ist ein Strafzauber?«

»Wenn dir jemand etwas angetan hat, kannst du ihn aus der Ferne mit einem Zauber bestrafen«, antwortete Annalenas Vater ernst.

Annalena erschrak. Ob er tatsächlich an all das glaubte? Scherzhaft murmelte sie: »Vielleicht hat die Puppenbesitzerin jemandem etwas angetan – und dieser Jemand hat erst mal stellvertretend einer ihrer Puppen das Augenlicht genommen. Das hieße dann in letzter Konsequenz, dass auch die Puppenmutter, diese Kitty, blind wird – also wirklich, das ist ja der reinste Voodoo.«

»Mag sein, keine Ahnung.« Der Vater fuhr seinen Computer herunter und seufzte demonstrativ: »Gruselig, oder? Warten und zuschauen, wie jemand erblindet. Was sagt denn die Siebert dazu? Ist es ihre Puppe? Tun ihr schon die Augen weh? Die Arme. Die hat doch schon genug mitgemacht.«

»Wir wissen noch gar nicht, ob es Kittys Puppe ist. Sie selbst hat übrigens als Erstes die Zirkusleute verdächtigt. Wusstest du, dass wir einen Zirkus in der Stadt haben?«

Er nickte. »Ja, seit Freitag. Genau, das passt zu ihr. Alles Fremde macht ihr Angst. Früher war sie ganz anders. So'n richtig wilder Feger. Dieser Unfall hat ihr Leben auf den Kopf gestellt. Seitdem ist sie richtig komisch und verschratet immer mehr.«

Hedwig Hagenkötter war nach ihrem Dienstgang zu Kitty Siebert nicht mehr an ihren Arbeitsplatz zurückgekehrt und hatte sich auch telefonisch nicht gemeldet.

»Die fängt doch schon um sieben Uhr morgens an und hat deshalb um drei Feierabend«, hatte Jörg Ottenhöver seine Kollegin belehrt, als Annalena sich fragte, ob Hedwig etwas passiert sein könnte. »Die sehen Sie heute nicht mehr. Und das sage ich Ihnen: Mir ist das sehr recht. Redet wie ein Wasserfall, ohne Punkt und Komma!«

Von ihm, dachte Annalena nun, konnte man das nicht behaupten. Sie stand in ihrer Dachwohnung. Ganz früher hatte ein Hausmädchen hier gewohnt, später Annalenas Mutter. War das der richtige Platz für sie? Ihre sieben Umzugskisten stapelten sich zwischen Wohnzimmer und Küche. Einzig die Koffer hatte sie bislang geleert. Da war sie noch nicht richtig angekommen und fragte sich schon, ob sie an diesem Ort überhaupt ankommen wollte.

Der Vater und sein Strafzauber. Sie hatte ihn für den klügsten und vernünftigsten Mann auf der Welt gehalten, und nun war er offensichtlich in eine Phantasiewelt abgerutscht, mit der sie lieber nichts zu tun haben wollte. Wer hätte das von ihm gedacht! Sie ging in ihre kleine Küche und öffnete wütend die leeren Schränke und Schubladen.

Unglaublich, wie hellhörig das Haus war. In der Wohnung unter sich hörte sie ihren Vater rumoren. Er sprach mit Minna, seiner Spülmaschine. Der Tonfall war lockend, verführerisch. Als müsse er sie dazu überreden, jetzt, um diese Zeit, noch ein wenig zu arbeiten. Annalena verstand kein Wort. Ihr war unheimlich zumute.

In ihren Psychologievorlesungen hatte sie gelernt, dass nicht nur psychisch kranke, sondern auch vereinsamte Menschen dazu neigen, mit den Dingen zu sprechen und Maschinen, Möbeln und Pflanzen eine Seele zu verleihen. Aber ihr Vater war nicht wirklich einsam. Hatte seinen Ausguck an der Agnesstraße und eine Reihe von Frauen, die sich darum rissen, ihn betütteln zu dürfen. Er saß hinter seinem Fenster und konnte bei Bedarf jeden zu sich hereinwinken. Was er ja gelegentlich auch tat, wenn sie ihn richtig verstanden hatte.

Vermutlich waren es gerade Frauen, die sich von seinem Aberglaubenprojekt angesprochen fühlten und ihn bei dieser pseudowissenschaftlichen Recherche unterstützten, die für ihn in alten Geschichten wühlten und ihm Familiengeheimnisse anvertrauten. Sie wusste nicht, was sie davon halten sollte. Aber war sie die Hüterin ihres Vaters?

In der kleinen Diele und im Schlafzimmer ihrer Wohnung drehte sie alle Spiegel zur Wand, als wären die daran schuld, dass Ottenhövers überdimensionierter Spiegel sie so erschreckt hatte. War es überhaupt gestattet, ein Arbeitszimmer der öffentlichen Verwaltung wie ein Spiegelkabinett auszustatten? Das Alte Amtshaus war doch kein Lustschloss! Selbst wenn, wie Hedwig Hagenkötter erzählt hatte, vor ewigen Jahren eine alternde Ballerina dem größtenteils weiblichen Nachwuchs von Kalverode verheißen hatte, auf sämtlichen Bühnen der Welt zu glänzen, käme er nur zu ihr in den Ballettunterricht, selbst wenn es so gewesen war und die Primaballerina zur Förderung einer guten Haltung generös ihren eigenen Spiegel installiert hatte – der gehörte da nun nicht mehr hin. Kein einziger dieser Balletteleven hatte es auch nur bis zur nächsten Provinzbühne geschaft: die ostwestfälischen Wuchtbrummen waren nun mal zu stämmig und ungelenk, um sich in irgendwelche Herzen hineinzutanzen.

Wie sollte sie, Annalena, arbeiten können, wenn sie an ihrem Schreibtisch saß und diesen furchtbaren Spiegel in ihrem Rücken wusste? Jörg Ottenhöver brauchte nur über sie hinwegzuschauen, um seinen finsteren Blick in ihren Nacken zu bohren. Nein, das würde sie sich nicht gefallen lassen.

Jetzt einen kleinen Strafzauber aussprechen, damit der Spiegel zerbrach – vielleicht gab es ja wirklich so was wie magisches Denken.

Mit diesem tröstenden Gedanken schlief sie ein.

»Käthchen hat uns schon Kaffee gekocht.« Walter Brandt stand stolz in der Tür zu seiner Wohnung. Er musste gelauscht haben, hatte in diesem hellhörigen Haus wahrgenommen, dass Annalenas Wecker klingelte, hatte sie ins Bad tapsen hören und war dann selbst aufgestanden, um den Frühstückstisch zu decken. Bestürzt begriff Annalena, dass er alles von ihr mitbekommen würde, jeder Augenblick in ihrer Wohnung wäre seinem Lauschangriff ausgesetzt. Wie ein Widerhaken würde er sich in ihr Leben einklinken und teilhaben wollen an ihren Abenteuern – möglichweise noch unter dem Vorwand, auf sie aufzupassen. Würde sie jemals einen Liebhaber mit in dieses Haus nehmen können?

Annalena verpasste die vorletzte Stufe der hölzernen Wendeltreppe und stolperte.

»Kommst du zum Frühstück?«

»Wehret den Anfängen« – dieser Satz von Ewald schoss ihr durch den Kopf. Er neigte dazu, den Alltag mit Kalendersprüchen zu kommentieren. Es tat weh, aber wenn nicht jetzt, dann nie. Sie schüttelte den Kopf und bemühte sich, dem enttäuschten Blick ihres Vaters auszuweichen.

»Nein, ich muss los. Ich bin schon spät dran. Außerdem kann ich nur frühstücken, wenn ich ausgeschlafen bin. Das weißt du doch, gemeinsames Frühstück also nur am Wochenende. Können wir uns darauf einigen?« Sie nahm den gereizten Unterton in ihren Worten wahr und auch ihren Fluchtimpuls, und sie schämte sich.

Er nickte und schluckte.

Als Annalena die Haustür aufriss und nach draußen stürzte, suchte ihr Fuß instinktiv nach einer Stufe, dort war aber inzwischen die Rampe für den väterlichen Rollstuhl, und so wäre sie an diesem Tag noch vor Arbeitsbeginn fast zum zweiten Mal gestolpert.

4. Kapitel

Acht Uhr fünfundvierzig. Annalena betrat ihr Büro und atmete auf. Kollege Jörg Ottenhöver war noch nicht da. Gestern hatte sie sich noch nicht vorstellen können, dass sie sich bereits heute darüber freuen würde. War es eigentlich möglich, sich spontan versetzen zu lassen, oder musste sie da durch? Müßig, darüber nachzudenken. Sie würde ja doch bei ihrem Vater bleiben.

Aus dem Besprechungszimmer vernahm sie die muntere Stimme Hedwig Hagenkötters, die offensichtlich um diese Zeit schon fit genug war, gebrochene Herzen telefonisch zu kitten. Vermutlich gab's davon im Wonnemonat Mai besonders viele.

Am Ende des langen Flurs war die Tür zum Dienstzimmer des Kriminaloberrats geöffnet, und Ewald Schmeing winkte ihr zu: »Das lob ich mir: Morgenstund hat Gold im Mund oder – wie man so schön sagt: Der frühe Vogel fängt den Wurm. Herzlich willkommen bei uns.« Er lachte und entblößte dabei einen goldenen Eckzahn. »Na, schon eingelebt?«

Sie hob die Schultern. »Geht so, danke für die Blumen.«

»Gern geschehen.« Er faltete seine Hände und legte einen großväterlichen Blick auf. »Das wird schon. Eine komische Geschichte, das mit der Puppe von der Siebert, oder? Kaum ist man mal einen Tag nicht da …«

Annalena sah ihn an: »Es war also doch ihre Puppe?«

»Ja. Ach, das kannst du ja noch gar nicht wissen. Hedwig hat es mir gerade erzählt. Ein ziemlich teures Teil übrigens. In Sammlerkreisen mindestens zweihundert Euro wert. Wie man für ein so altes Ding so viel Geld ausgeben kann – na ja, ich muss das ja nicht verstehen.« Er schüttelte den Kopf. »Aber Hedwig hat unserer Frau Siebert geraten, eine Anzeige gegen unbekannt zu erstatten wegen Diebstahl und grober Sachbeschädigung. Auch wenn ich daran zweifle, dass wir diesen Unhold jemals finden.

Wer macht denn so was? Einer Puppe die Augen ausstechen? So einer muss doch total pervers sein.«

Annalena schwieg. Sie fragte sich, warum Hedwig Hagenkötter sie gestern nicht kurz angerufen und informiert hatte. Das wäre doch das Mindeste gewesen. War es wirklich so, dass die hier im Augenblick des Feierabends alle Belange ihres Jobs vergaßen und sich für nichts mehr verantwortlich fühlten? Das konnte ja heiter werden! Sie suchte Ewalds Blick. »Was hat die Siebert denn dazu gesagt?«

Der Kriminaloberrat hob die Schultern. »Hedwig hat mit ihr gesprochen, die wird dir schon alles erzählen. Und zwar in epischer Breite. Rechne mit dem Schlimmsten!« Er verdrehte die Augen und schien damit anzudeuten, dass ihn solche Geschichten nervten.

Annalena erinnerte sich plötzlich an Jörg Ottenhövers gestriges Ausrasten und murmelte: »Ich hatte keine Ahnung, dass Hedwig Hagenkötter ihren Arbeitsplatz nicht verlassen darf. Es hörte sich so selbstverständlich an, als sie sagte, sie würde die Siebert nach Hause fahren. Und ich fand das eine gute Idee.« Dann schwieg sie und ärgerte sich über sich selbst. Sie hatte es doch gar nicht nötig, sich zu rechtfertigen.

Ewald lachte. »Ach, der Jörg, nimm den bloß nicht so ernst. Hunde, die bellen … Du weißt schon.«

Annalena hatte den Freund ihres Vaters mindestens zehn Jahre lang nicht mehr gesehen. Auch an ihm war die Zeit nicht spurlos vorübergegangen. Während er sie vermutlich als pubertierendes Teeniemonster im Gedächtnis hatte, erinnerte sie sich an einen mittelgroßen kompakten Mann mit lauter Stimme, der sein spärliches Haupthaar oberhalb des linken Ohrs scheitelte, damit die dunkelblonden Strähnen von links nach rechts gekämmt die beginnende Glatze verdeckten. An einen Mann, der immer wusste, was Recht und Ordnung war.

In den vergangenen zehn Jahren war er rund und rotgesichtig geworden und hatte sein Haar verloren. Das ist im Alltag sicher praktischer, schoss es ihr durch den Kopf. Sie erinnerte sich, wie er früher bereits beim leisesten Windhauch schützend beide Hände auf den Kopf gelegt hatte, als befürchte er, dass ihm die Frisur davonflöge.

»Befragt sie am besten noch mal«, schlug Ewald Schmeing vor. »Macht sich irgendwie ziemlich schlecht, wenn da so ein Protokoll von der Sachbearbeiterin in den Akten landet. Das wirft kein gutes Licht auf uns. Weißt du was, der Wissing könnte mit dir da hinfahren. Markus?«, schrie er durch den Flur.

»Ja, ich komm ja schon«, schallte es zurück. »Sekunde noch.« Dann stand Kriminalhauptmeister Wissing in der Tür. »Was gibt's?« Er kniff seine grauen Augen zu einem Schlitz zusammen. Vermutlich hatte er gerade vor dem Spiegel seine Elvis-Presley-Tolle frisch gelackt. Die glänzte verwegen.

»Annalena und ich haben beschlossen, dass man die Siebert, du weißt schon, die Kitty, noch mal befragen sollte.«

»Warum das?«

»Beispielsweise um herauszufinden, wer sie zuletzt besucht hat und ob einer ihrer Gäste die Puppe geklaut haben könnte.«

»Ach was, das Ding hat also der Siebert gehört? Hätt ich mir ja denken können.« Er drehte sich zu Ewalds Waschbecken und begutachtete sich in dem dort hängenden Spiegel.

Der Kriminaloberrat seufzte. »Du kriegst ja anscheinend gar nichts mehr mit.«

»Na hör mal, ich räum seit zwei Tagen mein neues Büro ein. Da bin ich voll ausgelastet.« Markus Wissing klang empört.

»Dann wird's Zeit, dass du mal wieder unter Leute kommst. Kannst bei der Gelegenheit der neuen Kriminalhauptkommissarin gleich die Gegend zeigen.«

»So ein Quatsch. Die kommt doch von hier.«

»Sie war aber ein paar Jährchen nicht mehr da. Hier hat sich viel verändert. Oder?« Er grinste. »Und damit mein ich nicht nur, dass wir älter geworden sind.«

Jetzt war der Zeitpunkt gekommen. Annalena schluckte. »Ich muss da mal kurz was klären.« Sie setzte sich sehr gerade hin. »Dieser Spiegel da in unserem Arbeitszimmer. Der muss weg.«

»Weg?«

»Ja, lasst uns den abhängen. Der kann doch in dein Büro oder ins Besprechungszimmer. Da kommt er sowieso besser.«

»Also, ich hab den eigentlich nie richtig wahrgenommen«, meinte Markus Wissing. »Immerhin hatte ich ihn die ganze Zeit in meinem Rücken, aber mich hat der nie in meiner Arbeit oder beim Denken behindert.«

»Können wir uns das nicht noch mal vor Ort anschauen?«, schlug Annalena vor und steuerte auf ihr Büro zu.

Kopfschüttelnd folgten ihr die beiden Männer.

Wenig später traf Jörg Ottenhöver ein und nickte mechanisch erst Ewald und dann Markus zu. Dann überprüfte er mit zusammengezogenen Augenbrauen sein Spiegelbild und platzierte eine kleine und abgegriffene Aktentasche in exaktem rechten Winkel auf den kunstledernen und polizeigrünen Schreibtischschoner. Direkt neben einen silbern glänzenden Brieföffner mit der Gravur »Westfälische Nachrichten«, dessen Spitze auf Annalena zielte. Alles schien ordentlich und nach Plan ausgerichtet zu sein.

Er würdigte seine neue Kollegin keines Blickes.

»Stört dich der Spiegel eigentlich?«, wollte Ewald von ihm wissen. »Immerhin ist er ja direkt gegenüber von dir.«

»Gar nicht, macht doch den Raum größer.« Jörg entledigte sich seiner Windjacke und hängte sie über die Rücklehne seines Stuhls.

Markus nickte. »Das stimmt. Da hat er recht.« Mit einem leichten Kopfnicken trat er auf sein Spiegelbild zu und lächelte sich an.

Jörg seufzte demonstrativ und verzog den Mund: »Jetzt sind wir schon so lange in diesem Amtshaus und hatten nie was zu meckern, und die da ist grad einen Tag da und will schon alles ändern. Ich hab ja gleich gesagt, nix als Ärger mit 'ner Neuen.«

Annalena hatte das Empfinden, als würde der Spiegel hinter ihr immer boshaftere Bilder produzieren. Aber so schnell wollte sie nun auch nicht klein beigeben und wandte sich erneut an den Freund ihres Vaters: »Du, Ewald, versteh mich nicht falsch, also, der kann da schon bleiben, der Spiegel, nur dann hätte ich doch gerne ein eigenes Zimmer. Ich bin es von klein auf gewohnt, ungestört und in einem eigenen Raum zu arbeiten. Und da sind ja auch noch vier Büros frei. Hedwig hat mir gestern alles gezeigt …«

»Ja, ein eigenes Zimmer, für jeden von uns. Das wär's. Für dich und mich und das verwöhnte Luxusweibchen«, wandte Jörg sich an Markus.

Ewald schien es nicht gehört zu haben. Er schüttelte den Kopf. »Fahrt erst mal zu der Siebert und macht ein vernünftiges Protokoll. So früh am Morgen kann ich solche Dinge noch nicht entscheiden.«

Markus Wissing schwieg während der ganzen Fahrt, und Annalena bemühte sich, dieses Schweigen auszuhalten. Spätestens bei der Siebert würden sie ja so tun müssen, als wären sie ein Team, und spätestens dann würde diese Kitty begreifen, dass Annalena nicht die Hilfsschreibkraft der Hagenkötter war, sondern eine handfeste Kommissarin, die kluge und geschickte Fragen stellte. Sie überprüfte gewissenhaft, ob sie auch alles dabeihatte – Diktiergerät, Block, Bleistift und Handy – und putzte dann in aller Ruhe ihre Brille. Der Typ neben ihr beobachtete sie aus den Augenwinkeln, drehte dann den Rückspiegel zu sich und begutachtete sein glänzend gelacktes Haar. Sie biss sich auf die Lippen. Zumindest war sie heute nicht ganz so spießig angezogen wie gestern. Schwarze Jeans, violettes T-Shirt und graues Jackett.

Er nickte ihr zu. »Das wird schon. Knopf hoch.«

»Heißt das nicht eigentlich Kopf hoch?«

Er lächelte. »Hauptsache, Sie wissen, was ich meine, oder? Also, Kitty Siebert wohnt in einem von den alten Zollhäusern. Eigentlich sollten die abgerissen werden, aber jetzt stehen sie unter Denkmalschutz«, erklärte Markus ein paar Augenblicke später und bog den Rückspiegel wieder in Position.

Sie nickte beiläufig. Natürlich kannte sie die Zollhäuser. Sie war fünf Jahre weg gewesen – kein ganzes Leben. Winzige graue

Dreizimmerhäuschen mit Schieferplattenfassade, je einem Fenster rechts und links von der Eingangstür, einem Dachboden zum Wäschetrocknen und einem handtuchgroßen Garten. Alle gleich und eines neben dem anderen ordentlich aufgereiht.

Vor den einzeln liegenden Gehöften blühten Rhododendronbüsche in Weiß, Rosa und Lila. Ein Traum. Annalena rückte ihre Brille zurecht, schwieg und spürte mit leiser Genugtuung, wie es dem Mann an ihrer Seite ungemütlich wurde.

Markus Wissing seufzte nun auch vernehmlich und presste dann hervor: »Wat solln wir die denn eigentlich fragen?«

Annalena zog die Stirn kraus und tat so, als müsse sie nachdenken. Dann blickte sie aus ihrem Fenster und wollte mit abgewandtem Kopf wissen: »Kennen Sie Frau Siebert?«

»Klaro. Die is immer so'n bisschen bedröppelt. Is nich so einfach mit der.«

Bedröppelt, dachte Annalena, was für ein wunderbares Wort. Als würde jemandem das Leid der Welt in kleinen Dosen, aber dafür regelmäßig, sozusagen tröpfchenweise, verabreicht. Und es passte. Auf sie hatte die Siebert gestern ziemlich deprimiert gewirkt.

»Kommt sicher, weil se so viel alleine ist«, diagnostizierte Markus Wissing.

Links ging es ins Wohnzimmer, rechts ins schmale und enge Treppenhaus, und am Ende des kleinen Flures war die Küche. Kitty Siebert ging ihnen voraus. Annalena fiel auf, dass sie heute nicht so stark hinkte wie gestern. An der schmiedeeisernen Garderobe hingen zwei Krückstöcke. Einer aus Naturholz und ein schwarz lackierter.

Auf dem Frühstückstisch waren zwischen Brot, Butter, Käse und einem Marmeladenglas die Bauteile für einen Miniaturcampingplatz ausgebreitet: Zelte, Sonnenschirme, Rasenflächen. Es roch mehr nach Plastikkleber als nach Kaffee.

»Wow, das sind ja sicher hundert Einzelzeile, wenn nicht zweihundert? Wo soll der denn hin?«, wollte Markus Wissing als Erstes wissen und beugte sich mit Kennermiene über das Sammelsurium von bunten Folien, winzigen Tischen und Sonnenliegen. Annalena bemerkte, dass sogar ein klitzekleiner roter Miniaturrollstuhl dabei war.

»Wo schon, an dem Hagenkötter seinen Drilandsee natürlich«, gab Kitty schroff zurück, stemmte sich die Hände auf die Hüften und wollte wissen: »Wat is'n los?«

»Es geht um die Puppe«, begann Annalena. »Um Ihre Puppe. Wir fragen uns, wer die mitgenommen haben könnte.«

»Das wüsste ich auch gern. Kommen Sie mal mit.« Sie hinkte ihnen ins Wohnzimmer voran.

In dem etwa fünfundzwanzig Quadratmeter großen Raum standen auf einem blau gemusterten Teppich ein beiges Sofa nebst passendem Sessel, ein Eichentisch, dessen Oberfläche mit Delfter Kacheln gefliest war, ein altmodisches und tief ausladendes Fernsehgerät und drum herum Regale, auf denen Puppen saßen, eine neben der anderen.

»Die Inge saß hier«, sagte Kitty Siebert so vorwurfsvoll, als habe die Puppe selbst beschlossen, auf und davon zu gehen. »Ihr Platz ist zwischen diesen beiden, aber ich habe es nicht gemerkt, weil die Lücke geschlossen worden war. Aber nicht von mir. Denn das wüsste ich.« Ihre Stimme hatte was Anklagendes, Missbilligendes. Sie maß ihre Puppen mit einem tadelnden Blick, als wären sie schuld am Elend der Welt und hätten ihr Gnadenbrot eigentlich nicht verdient.

Annalena begutachtete das Regal. Alles blank geputzt. Kein einziges Staubkörnchen. Trotzdem bepinselte sie die Fläche mit Grafitpulver und versuchte, Fingerabdrücke zu nehmen. Die anschließend darüber geklebte Transparentfolie zeigte nichts.

»Putzen Sie das Regal oft?«

»Nur jeden zweiten Tag«, murmelte Kitty Siebert fast entschuldigend und holte einen Plan hervor, der Annalena schwach an einstige Schülerlisten ihres Vaters erinnerte. Name, Geburtsdatum und Verhaltensauffälligkeiten waren darauf festgehalten gewesen. Auf diesem Blatt aber waren säuberlich Eigennamen, Erkennungsnummern, Standorte und Preise der Puppen vermerkt. Für ihre verloren gegangene Inge hatte Kitty Siebert einhundertneunundachtzig Euro bezahlt, um sie zu retten. Annalena hatte den Verdacht, dass die Puppen Kitty Siebert darin unterstützten, Schwermut anzusammeln. Das ganze Haus roch danach.

»Was meinen Sie, wie viele Bahnhöfe, Villen und Stadtverwaltungen ich zusammenbasteln muss, um die zu retten?« Wieder hatte Kittys Ton etwas Anklagendes. »Mehr als zwei Euro pro Stunde gibt der mir nämlich nicht dafür, weil die Bausätze schon so teuer sind, sagt er.« Sie wies Richtung Küche. »Deswegen muss ich beim Frühstück schon damit anfangen. So komm ich auf zwanzig Euro am Tag. Ist ja auch nicht gerade viel.«

»Hat er Sie in letzter Zeit besucht?«

Kitty Siebert drehte sich blitzschnell um und sah Annalena mit großen Augen an. »Der Hagenkötter? Nein, der war noch nie hier. Hier gibt's ja keine Gleise. Der hält sich nur da auf, wo ein Zug vorbeifährt. Wissen Sie das denn nicht?«

»Und Nachbarn, sind Nachbarn zu Besuch gekommen?«, bot Markus Wissing an.

»Die kommen mir nicht ins Haus«, antwortete Kitty schnell. »Was meinen Sie, wie schnell so ein paar Kinderhände das alles durcheinanderbringen können. Nee, diese unerzogenen Blagen. Und dann muss ich wieder tagelang übern Teppich kriechen und mir meine Teile zusammensuchen, und irgendeins fehlt immer!«

»Also bekommen Sie niemals Besuch?«, fragte Annalena nach.

»Manchmal kommt der Friedemann vorbei, aber nicht zu Besuch, nur so zum Reden.«

Markus staunte. »Was, der Friedemann, der besucht dich?« Er schien kurz zu überlegen. Dann grinste er und meinte: »Aber der Friedemann klaut keine Puppen, der lässt sie höchstens tanzen.«

»Sie kennen den?« Annalena suchte den Blick ihres Kollegen.

»Jeder hier kennt den. Er ist ein bisschen schräg. Aber sonst ganz okay. Aussteiger auf höchstem Niveau.« Er verdrehte die Augen und tippte sich an die Stirn. »Wenn ich so viel Kohle hätte wie der, würd ich mir mein neues Leben anders gestalten. Mit netten Mädels in die Karibik anstatt allein im Wohnmobil der Luxusklasse durchs Venn und ab und zu nach Kalverode oder über die Grenze zu den Holländern. Aber ich sag immer: Jedem Tierchen sein Pläsierchen … Und zu seiner Alten kann er ja nun auch nicht mehr zurück.«

Er wandte sich an Kitty. »Kennste schon den Neuen von dem Friedemann seiner Frau?«

Kitty nickte. »Und wie. Das ganze Wochenende ist der Typ hier durch die Gegend gelaufen, hat Fotos gemacht, so komisch rumgeschnuppert und siebengescheit geguckt. Scheint wirklich en fiese Möpp zu sein.« Sie schüttelte sich. »Den? Nee, nich mal tot auf'n Gartenzaun!«

»Wat macht der denn für Fotos?«, fragte Markus.

»Keine Ahnung. Bilder ohne Leute. Vielleicht Wolken? Der schleicht hier jedenfalls immer alleine herum.«

Während die beiden weiterspekulierten, was man denn außer Menschen überhaupt fotografieren könne, fragte Annalena sich, warum beide so schnell von diesem Herrn Friedemann abgekommen waren, und hakte nach.

»Das ist kein *Herr* Friedemann, so heißt der mit Vornamen«, korrigierte Kitty gewissenhaft und fügte hinzu: »Meistens sitzen wir in der Küche und gucken in den Garten. Er denkt viel über das Leben nach. Und wenn man über das Leben nachdenkt, gehört der Tod ja wohl auch dazu. Darüber reden wir.«

»Aha, also über Leben und Tod«, fasste Markus zusammen und ergänzte: »Hat ja auch sonst nix zu tun, der gute Friedemann Vortkamp.«

»Auf jeden Fall würd der nie 'ne Puppe mitnehmen«, erklärte Kitty Siebert im Brustton der Überzeugung. »Was soll er auch damit? Die etwa in seinem Auto rumkutschieren?«

»So kommen wir nicht weiter.« Annalena verstaute die Utensilien zur Sicherung von Fingerabdrücken in ihrem kleinen Aktenkoffer und streifte sich die Latexhandschuhe von den Händen. »Wann war denn dieser Herr mit dem Vornamen Friedemann zuletzt hier?«

»Is sicher schon 'ne Woche her. So oft kommt der ja nun auch nicht. Manchmal, wenn's grad passt, fährt er mich dann noch mit dem ganzen Gepröddel zum Hagenkötter. Hier kommt ja nur viermal am Tag der Bus vorbei, und als ich neulich einen ganzen Rangierbahnhof und dann noch den Gronauer Wasserturm zusammengebaut habe, also das war schon sperrig.«

»So genau wollen wir es gar nicht wissen«, fiel Markus ihr ins Wort.

»*Wir* nicht, *ich* aber schon«, unterbrach Annalena ihn und bemühte sich, Kitty Siebert anzulächeln. »Also, fassen wir es doch noch mal zusammen: Der einzige Mensch, der sich zusätzlich zu Ihnen gelegentlich in diesem Haus aufhält, ist demnach Friedemann – wie war der Nachname?«

»Vortkamp«, sagte Markus schnell, und Annalena hatte das Gefühl, dass sie diesen Namen irgendwoher kannte.

Kitty Siebert sah betreten zu Boden. »Ich glaub schon. Sonst kommt keiner.«

»Dann muss jemand eingebrochen sein«, stellte Markus Wissing fest.

Die Puppensammlerin wurde ganz blass. »Bei mir? Eingebrochen?«

Markus nickte. »Wie sonst sollte die Puppe weggekommen sein? Hast du was gemerkt? Hast du deine Wertsachen durchgeguckt, fehlt was? Geld, Schmuck, Edelsteine, Papiere?«

Kitty Siebert schüttelte den Kopf. »Du weißt doch, dass ich davon nix habe. Ich hab nur die Puppen. Und die machen mich eher arm als reich, undankbares Pack!«

»Na ja, ist ja auch egal.« Es war ihm anzumerken, dass er die Sache hinter sich bringen wollte. »Wir schreiben jetzt einfach ›vermutlich Einbrecher‹ auf. Dann haben wir wenigstens was fürs Protokoll. Dafür müsste ich jetzt aber noch schnell deine Türen und Fenster inspizieren.«

»Mach das.« Sie nickte. »Nutzt vermutlich nix, aber schadet wohl auch keinem.«

»So isses.« Er zog die Vorhänge zur Seite und begann sofort zu schimpfen: »Das ist ja so was von windig hier, da kommt ja jeder auf Anhieb rein, sogar ohne eine Scheibe einzuschlagen oder eine Tür aufzubrechen. Guck doch nur mal den Fensterkitt an. Der bröselt einem ja unter den Fingern weg. Also wirklich, Kitty, wenn dir deine Puppen was wert sind, solltest du dich ein bisschen besser absichern.«

»Wie denn, du weißt doch, dass ich kein Geld habe.«

»Kaufst eben mal eine Puppe weniger«, gab er pragmatisch zurück. »Hast ja genug von den Dingern.« Dann drehte er sich um. »So, und damit hätten wir's auch schon. Frau Brandt schreibt das Protokoll, und wenn du mal wieder inner Nähe vom Amtshaus bist, Kitty, kommst schnell mal rum und unterschreibst bei der Hedwig der Brandt ihren Aufsatz. Machen wir das so?«

Kitty nickte.

»Das mit dem Protokoll wär so nicht nötig gewesen«, merkte Annalena auf der Heimfahrt an. »Zudem bin ich es gewohnt, solche Details vor einer Befragung zu klären. Ziemlich unprofessionell, das Ganze. Einschließlich unseres Auftritts. Da müssen wir schon noch ein bisschen dran arbeiten.« Sie sah ihn von der Seite an. Die sollten bloß nicht denken, dass sie alles mit ihr machen konnten.

Er schnaufte mit hochgezogenen Augenbrauen. »Sie haben das ja schließlich studiert.«

»Und Sie haben es von der Pike auf gelernt«, konterte Annalena und beschloss für sich, die Sache mit dem Protokoll zu schlucken. Sie würde mit ihrer Niederschrift neue Standards setzen. Das hatte er dann davon.

»Und jetzt?«, fragte er nach einer Weile.

»Wenn ich sowieso einen Aufsatz darüber schreiben muss, will ich auch noch die Fundstelle des Puppenschreins sehen«, sagte sie.

Er schüttelte den Kopf. »Da gibt's nix mehr zu sehen. Das ist mitten auf'm Marktplatz. Am Samstag war Wochenmarkt, und danach ist die städtische Putzkolonne über den Augustin-Wibbelt-Platz gefegt. Wenn da noch Spuren waren, sind die jetzt garantiert verwischt, aber …« Er biss sich auf die Lippen.

»Was aber?«, hakte sie nach.

»Ich könnte die Stefanie mal fragen«, sagte er mehr zu sich als zu ihr. »Immerhin lag der Kasten bei der ihrem Gemüsestand. Vielleicht hat die was gemerkt, als sie ihren Stand aufgebaut und den Spargel drapiert hat.«

»Gut, dann befragen wir die jetzt«, sagte Annalena bestimmt.

Er schüttelte den Kopf. Schweißperlen erschienen auf seiner Stirn. »Nein, die ist jetzt nicht da, die hat gerade Schicht bei der Zeitung.« Demonstrativ wies er auf die Uhr des Dienstwagens. »Fahren wir lieber zurück auf die Wache. Sonst lässt uns der Ewald noch suchen. Wir haben schon viel zu viel Zeit in diesen Puppenkram gesteckt.«

Annalena hob die Schultern und lehnte sich zurück.

Zwei Minuten später wandte sie sich an ihren Kollegen: »Wieso ist die Kitty so arm? Ich meine, das Haus gehört doch ihr. Warum lässt sie alles so verkommen? Allein die kaputten Fenster, da heizt sie sich ja zu Tode.«

»Was Sie alles wissen wollen!« Markus schüttelte den Kopf. »Was ist denn so ein Häuschen schon wert? Hier, in dieser Gegend? Nichts. Grad dass sie keine Miete dafür zahlen muss. Dann kriegt se ein bisschen Frührente, wegen dem Unfall und weil die Fabrik dichtgemacht hat. Aber reich werden kann man von so was natürlich nicht.«

»Was hat sie gearbeitet?«

»War Buchhalterin in der Baumwollspinnerei. Deswegen pfriemelt die wohl so gern mit die kleinen Häuskes rum. Absolut pingelig. Also für mich wär das nix. Aber so ist sie wenigstens gut beschäftigt und weg vonne Straße.« Er lachte.

»Und der Unfall?« Annalena sah ihn an.

»Ach das, hässliche Sache.« Er schwieg.

»Erzählen Sie mal.«

»Da gibt's nicht viel zu erzählen. Die haben einen Betriebsausflug gemacht, und dann, wie üblich eben: alle breit wie 'ne Eule, der Bus hält, die meisten von der Truppe steigen aus, die Kitty auch und rutscht dabei irgendwie weg. Keiner hat's so richtig gesehen, weil die Leute ja winken müssen, und der Bus fährt weiter: direkt über der Kitty ihren Fuß, während die Kollegen fröhlich mit den Armen wedeln und der Busfahrer nicht zählt, ob die Mannschaft vollständig am Straßenrand steht. Tja, so war dat dann. Hat aber gutes Schmerzensgeld gekriegt vonne Firma. Da kann man nicht meckern. Da warn se schon großzügig. Das ist aber alles wieder draufgegangen, als der ihre Eltern ins Heim mussten.« Er seufzte. »Und jetzt isse allein. Allein mit ihren Puppen. Gnadenhof für Puppen! So ein Schwachsinn.«

Hedwig winkte ihr zu, kaum dass sie das Alte Amtshaus betreten hatte. »Die Puppe gehört der Kitty.«

Annalena nickte. »Ja, wir waren grad bei ihr. Erkennungsdienstlich ist da leider nichts mehr zu machen. Alles blitzeblank geputzt.« Sie sah, wie Markus Wissing in seinem Zimmer verschwand, und fragte vertraulich: »Warum bist du denn gestern nicht zurückgekommen? Die Info hätt ich schon gebraucht. Ist ja ein wichtiges Detail.«

»Na hör mal, ich hatte Feierabend.«

»Und wenn du mich kurz angerufen hättest?«

Hedwig nickte ohne den Anflug eines schlechten Gewissens. »Okay, mach ich beim nächsten Mal. Aber was hättest du schon groß unternehmen können? Geht doch nur um eine Puppe.«

Annalena ging nicht weiter darauf ein, sondern fragte: »Hat sie dir was von Besuchern erzählt?«

»Die Kitty, nee, die lässt doch keinen in ihr Haus. Alles Bazillenträger und Schmutzreintrager. Direkt gefragt hab ich sie aber nicht. Hat sie euch denn reingelassen?«

»Problemlos.«

Während Hedwig eine Tasse aus dem Schrank fischte, redete

sie ohne Unterlass auf ihre neue Kollegin ein: »Ich hab gestern ganz vergessen, dir zu sagen, wie du am besten mit dem Wissing klarkommst. Sei bloß nicht zu nett zu dem. Wenn du ihm übern Mund fährst, dann pariert er.« Sie nickte bestätigend. »Ist er von seiner Frau gewohnt. Bei der muss er auch immer kuschen.«

Annalena blies auf ihren dampfenden Kaffee und lächelte.

»Und jetzt?«, wollte Hedwig nach einer Weile wissen.

»Jetzt schreib ich mein Protokoll. Und wenn Frau Siebert mal vorbeikommt, soll sie es unterschreiben.«

»Mein Albert hat gesagt, dass sie morgen wieder liefert. Er braucht noch zwei Bahnlager und mehrere Silos für seine Modelleisenbahn. Ich kann ihm ja sagen, dass er sie danach zu uns schicken soll.«

»Das weiß sie schon.«

Annalena ging unwillig in ihr Büro. Dort warteten ein Wandspiegel und ein Konzentrat an schlechter Laune mit dem Namen Jörg Ottenhöver auf sie.

Ihr einstiger Schutzengel telefonierte, sprach leise, schnell und holländisch. Er hatte den Kopf auf die rechte Hand gestützt und den Hörer gegen das linke Ohr gedrückt. Sein Raunen hörte sich eher privat als dienstlich an, und er blickte entnervt auf, als Annalena das Zimmer betrat.

Sie nickte kurz, vermied krampfhaft den Blickkontakt mit dem Spiegel und fuhr ihren Computer hoch.

Als Erstes änderte sie das Passwort. »Püppchen« – was hatten die sich eigentlich dabei gedacht? Sie gab das Wort »Kaktus« und als Zahlenfolge das Geburtsjahr ihres Vaters in umgekehrter Reihenfolge ein. Das würde so leicht keiner knacken. Dann hackte sie das Protokoll der Kitty-Siebert-Befragung in den Computer.

Missmutig und mit zusammengekniffenen Augenbrauen fixierte ihr Gegenüber sich selbst im Spiegel und murmelte weiter ins Telefon.

Annalena tippte blind und sah aus dem Fenster, während ihre Finger die Tastatur bearbeiteten. Protokoll für eine Puppe! Das

Ganze war eine Farce, eine reine Beschäftigungstherapie. Dass Onkel Ewald da mitmachte! Draußen verblühte gerade der weiße Flieder und ließ sie an schmutzige Unterwäsche denken. Der lilafarbene Flieder wirkte nicht ganz so derangiert. Aber alles in allem wich der Frühling langsam dem Sommer. Sobald die Eisheiligen vorbei waren, würde sie ihre kleine Dachterrasse bepflanzen, wenn sie dann noch hier war. Momentan zweifelte sie noch daran.

Sie überflog ihren Bericht, besserte vier Tippfehler aus und stellte dabei fest, dass sie die Hausnummer von Kitty Siebert nicht wusste.

Ihr Gegenüber telefonierte immer noch. Aber Markus Wissing müsste es wissen. Behutsam stand sie auf und klopfte an seine Tür. Keine Antwort.

Sie drückte die Klinke herunter.

Er hatte ihr den Rücken zugewandt, stand am Fenster und sprach besorgt ins Telefon: »Mein Herzstück, wo steckst du? Seit Freitag hab ich kein Wort mehr von dir gehört, fast wär ich grad bei dir aufgetaucht. Rein dienstlich, wenn du verstehst, was ich meine. Aber das klären wir besser unter uns. Also, heute Abend komm ich vorbei. Wenn du das hörst, kannst du dich jetzt schon freuen, ansonsten wird es eine Überraschung. Ich liebe dich.«

Er legte das Telefon auf die Station zurück, entdeckte erst jetzt Annalena und gab sich geschäftig: »Mittagessen. Ist ja schon zwölf. Thekla hasst es, wenn ich zu spät komme.«

Und schon war er aus der Tür. Annalena rief ihm ihre Frage hinterher. Er drehte sich kurz um und rief zurück: »Nummer sechsundzwanzig!«

Sie trug die Hausnummer von Frau Siebert im Protokoll nach. Ordnung muss sein.

5. Kapitel

Er stieg in seinen Wagen, und plötzlich war der Geruch wieder da und rief Bilder aus der Kindheit in ihm wach. Die alte Angst kehrte zurück und schnürte ihn ein. Er hatte immer ganz sauber sein müssen, keimfrei. Daran erinnerte er sich. Wie sie ihn gewaschen hatte, überall. In jede Hautfalte war sie mit dem rauen Waschlappen hineingefahren. Wenn er sich verletzt hatte, gab es kein tröstendes Stück Schokolade und kein »Heile-heile-Gänschen-Lied«, wie andere Mütter es ihren Kindern vorsangen, sondern hysterisches Geschrei und ausgiebige Bepinselungen mit antiseptischen Jodtinkturen.

»Dass du mir bloß nicht krank wirst, dass du mir bloß nicht stirbst. Du bist meine Lebensversicherung«, jammerte sie, während sie ihn behandelte. Er hatte Angst vor dieser Mutter gehabt. Fürchtete sich auch jetzt noch. Sobald sie etwas von ihm wollte, schien sie ihre Krallen auszufahren. Sogar durchs Telefon vermeinte er diese Hände mit den langen Fingernägeln zu spüren, schraubstockgleich nahmen sie seine Oberarme in die Zange. Deshalb hatte er schon als kleiner Junge langärmelige Hemden getragen. Immer. So sah niemand die blauen Flecken.

Wie oft hatte sie ihn hochgehoben und geschüttelt, als erwarte sie, aus ihm könne etwas herausfallen und sie glücklich machen. Er hatte sie stets enttäuscht. Sie musste unglücklich bleiben, und das war seine Schuld. Jetzt, da er erwachsen war, ließ er es nicht mehr zu, dass sie ihn berührte, aber ihre Krallen waren weiterhin ausgefahren und verletzten nun seine Seele.

Er nahm die Hände vom Lenkrad. Die Hände rochen nach ihr – und nach der anderen. Kraftvoll betätigte er den elektrischen Fensterheber. Ein Windhauch erfüllte den Wagen mit Fliederduft und ließ die Erinnerungen verblassen. Es wurde Zeit. Man erwartete ihn zu einer Besprechung.

Ihm war klar, dass sie ihn beobachteten und mehr von ihm wussten, als ihm lieb war. Er war erpressbar. Sie hatten ihn an einem verregneten Wintertag direkt vor der Spielbank in Bad Bentheim abgepasst und ihn wie in schlechten Filmen in ihr Auto gelockt. Da drinnen hatte es nach Sieg gerochen, und während sie ihm ihre Vorschläge unterbreiteten und verlockende Summen nannten, hatte er bereits Witterung aufgenommen und gewusst, dass sie wussten, dass er Ja sagen würde. Und so war es dann ja auch gekommen.

Er hatte zehn Minuten zuvor einen ziemlich hohen Einsatz beim Black Jack verspielt und sich erbärmlich gefühlt. Jeder wusste, dass man nie gewann, wenn man es wirklich brauchte. Warum sollte ausgerechnet er diese Zockerregel überlisten? Wie blöd war er eigentlich?

Als er mit hängenden Schultern die rotgeklinkerte Spielbank verließ und sich fragte, ob und wie er diesen Verlust jemals wieder wettmachen könne, war einer der Herren mit aufgespanntem schwarzen Schirm an ihn herangetreten.

»Spielen Sie lieber nicht noch mal. Das ist heute nicht Ihr Tag. Wir haben ein Angebot für Sie.«

So leicht hatte er sich verführen lassen. Inzwischen war ihm klar, dass sie ihn schon seit Langem beobachteten, dass er einer ihrer bevorzugten Kandidaten war. Passten sie auf ihn auf, oder kontrollierten sie ihn? Er seufzte. Vermutlich war es eine Mischung aus beidem. Wie damals, als er seiner Mutter auf Gedeih und Verderb ausgeliefert gewesen war.

Alles im Leben schien sich zu wiederholen. Jetzt also hatte die Organisation Macht über ihn. Er war Mitglied in einer Gemeinschaft, von der ihm keines der anderen Mitglieder sympathisch war.

Klar, er war etwas zu spät zum Essen gekommen, aber war das ein Grund, ihn dermaßen finster anzustarren? Er war doch kein Schwerverbrecher! Außerdem ging seine Frau dienstags doch immer zum Yoga, und da gab es sowieso nur kalte Küche. Markus Wissing seufzte vernehmlich. Man konnte es ihr sowieso nicht recht machen. Umso mehr freute er sich auf den Abend.

Thekla Wissing schnitt Brot auf. Sie hatte ihm den Rücken zugewandt und bewegte sich eckig und aggressiv, wie immer, wenn sie wütend war. Auf dem hölzernen Küchentisch lagen zwei Platzsets aus Plastik, auf denen eine Comicfigur mit Herzchen in der Hand verkündete: »Liebe ist … wenn man sich zum Anbeißen findet.«

Markus Wissing fand in dieser Situation nichts zum Anbeißen.

Thekla stellte Graubrot auf den Tisch, knallte ein Glas mit Apfelschorle auf das rosafarbene Herzchen vor ihm und schob ihm eine geschlossene Konservendose mit der Aufschrift »Heringsfilets in Pfefferrahm« hin.

»Was soll'n das?«

»Meinst du, für so einen wie dich mach ich mir noch groß Arbeit?« Sie zitterte.

Der Kriminalhauptmeister aus Kalverode war sich keiner Schuld bewusst. Er stützte die Ellenbogen auf und bettete sein Kinn auf die gefalteten Hände. Ruhig sah er sie an.

»Ich habe dich gesehen, du warst mit einer Frau unterwegs, am helllichten Tag«, sagte sie. »Dass du dich nicht schämst!«

Ganz kurz zuckte er zusammen, dann atmete er erleichtert auf. »Ja, logisch, ich war heut mit der Neuen auf Einsatz. Wir waren bei der Kitty, und unsere besserwisserische Diplomverwaltungswirtin sitzt jetzt im Büro und schreibt das Protokoll. Glaub mir, ich bin echt froh, dass ich der diesen Job aufs Auge drücken konnte.«

Gleichzeitig fragte er sich, wann und wo Thekla seinen Einsatzwagen gesehen haben konnte. Er zumindest hatte sie nicht bemerkt.

»Ach was. Und der feine Herr hat sich bestimmt darum gerissen, mit der Neuen auszufahren, anstatt dem Ottenhöver auch mal 'ne Chance zu geben. Wo der ja noch immer ledig ist. Aber mein Mann, immer vornedran, sobald nur ein Rock in Sichtweite ist. Typisch!«

Mit einem Ruck riss sie ihre Fischkonserve auf. Ein grünbrauner Soßenfleck verdeckte die Comicsprechblase. Markus beobachtete, wie sie die ölige Soße mit einem Küchentuch wegwischte, und dachte nach. Hatte die Neue eigentlich einen Rock angehabt? Oder gar ein Kleid? Außer an Regale voller Puppen konnte er sich an nichts erinnern. Und überhaupt: diese Annalena z.A.! Wenn man ihn fragte: Die hatte wenig zum Anbeißen an sich, die war nicht sein Typ. Aber auch das behielt er lieber für sich. Wer weiß, welchen Strick Thekla ihm daraus drehen würde. Durchhalten und sich auf den Abend freuen. So war er ganz gut durch das letzte halbe Jahr gekommen, und so würde er auch diesen Tag schaffen.

Kopfschüttelnd öffnete er seine Fischkonserve. Da hätte er sich besser ein paar gut gewürzte »Bremsklötze« vom Metzger geholt und dazu in seinem eigenen Büro in aller Ruhe Zeitung gelesen. Die Mittagspause war da, um sich zu erholen, und nicht, um sich mit seiner Frau zu streiten. Wenn die sich so aufführte, war es im Büro eindeutig gemütlicher.

»Du siehst auch gar nichts«, jammerte seine Frau gerade. »Schau mich doch mal an! Fällt dir nichts auf?«

Er zwang sich zu einem interessiert-zärtlichen Blick, während er sie von unten bis oben begutachtete. Thekla war einmal schön gewesen, aber das konnte er ihr ja wohl nicht vorwerfen. Schließlich hatte er vor zwanzig Jahren auch besser ausgesehen. Jetzt waren sie beide Anfang vierzig und irgendwie abgewirtschaftet.

Theklas Füße steckten in Gesundheitssandalen, als täte sie allein damit ihrem Körper allumfassend Gutes und bräuchte sich um nichts Weiteres mehr zu kümmern. Die Knöchel waren angeschwollen, ihre enthaarten Beine waren trotz regelmäßiger Behandlung mit Pflegecremes von Besenreisern überzogen, und ihre einst so strahlend hellblauen Augen waren kleiner geworden und auf Rückzug eingestellt, als wären sie darauf geeicht, sich blitzschnell hinter Ober- und Unterlid zu verstecken. Ohne Vorwarnung dachte er an die herausgeschnittenen Augen der Puppe, und ihn fröstelte.

Warum tat sich seine Frau eigentlich nicht mit Jörg Ottenhöver zusammen? So wie minus und minus Plus ergaben, würden sich möglicherweise auch zwei schlechte Launen in eine kompakte Fröhlichkeit verwandeln. Aber wenn er ganz ehrlich war, glaubte er nicht daran.

Auf einmal begriff er es: Das Neue an ihr war der Kittel, den sie trug. Es war ein durchgeknöpftes Sommerkleid mit Blümchenmuster, in Verbindung mit den Gesundheitsschuhen wirkte es liederlich und eigenartig absurd. »Chic!«, log er. »Steht dir gut.«

»Die hatten heute bei Vortkamps Moden Fabrikverkauf. Hab nicht mal dreißig Euro bezahlt.« Sie schniefte. »Aber von selbst hättest du es nicht gesehen. Weil du mich gar nicht mehr richtig anguckst!«

Das stimmte, und er schämte sich. Viele Frauen im Ort trugen so ein Kleid, auch Stefanie Overbeck. Wenn er richtig nachdachte, so schien sie nur solche Kleider zu besitzen. VIP-Kleider. VIP stand für »Vortkamps ideale Passform«, und das eigentliche Geheimnis dieses Modetrends steckte in der damit verbundenen Werbekampagne, die inzwischen nicht nur im Lokalfernsehen, sondern auch überregional zu sehen war. Die Models waren dazu angehalten, ihr Kleid im Werbespot aufzuknöpfen, sodass die darunter getragenen Dessous sichtbar wurden. Damit hatte sich im kollektiven Bewusstsein die Vorstellung verankert, dass ein VIP-Kleidchen grundsätzlich aus drei Teilen bestand, nämlich aus dem Kleid selbst und einem darunter zu versteckenden Spitzen-BH und einem Spitzenhöschen.

Markus ertappte sich bei der Frage, was seine Frau wohl darunter tragen mochte. Er kannte ihre fleischfarbenen BHs und die rosafarbenen Feinrippschlüpfer, aber möglicherweise war sie heute für eine Überraschung gut. Allerdings war er nicht wirklich neugierig.

»Schön, wirklich schön.« Er stand auf und strich ihr über den breiten Rücken.

Sie schnaufte. »Alles wieder gut?«

Er nickte.

»Heute Abend«, murmelte sie und bemühte sich, ihrer Stimme einen verruchten Unterton zu verleihen. »Wenn du rechtzeitig kommst. Aber jetzt geh wieder an die Arbeit, und denk dran, was dich hier erwartet.«

Was mich woanders erwartet, sollst du besser nie erfahren, dachte er, als er in seinen Wagen stieg und zurück in sein Büro fuhr. Er würde nicht rechtzeitig kommen, jedenfalls nicht zu Thekla.

Während er mit seinem Wagen im Schritttempo an den Aufpflasterungen und Rundbeeten der verkehrsberuhigten Zone vorbeifuhr, überlegte er ganz kurz, ob er nicht einfach ein paar der gelb- und rosafarbenen Ranunkeln pflücken sollte, entschied sich dann aber wohlweislich dagegen: Ein Polizist tat so etwas nicht. Plötzlich fiel ihm Friedemann Vortkamp ein. Dessen ausladendes Wohnmobil hätte erst recht Schwierigkeiten, sich durch dieses enge Wohngebiet zu zwängen.

Meine Güte, dieser Friedemann, der hatte sich von allen Zwängen gelöst. Insgeheim bewunderte Markus ihn. Friedemann hatte gemerkt, dass er im falschen Leben gefangen war, und sich einfach so daraus befreit.

Markus Wissing zündete sich eine Zigarette an. Heringsfilets, Graubrot und Apfelschorle stießen ungut in ihm auf und erinnerten ihn an das miserable Mittagessen.

Wer so viel Geld hatte wie dieser Friedemann, konnte sich Freiheit erkaufen. Geld machte also doch glücklich – zumindest ermöglichte es einem, sich aus seinem Unglück zu befreien. Vermutlich saß dieser Friedemann in diesem Moment in seinem Wohnmobil und tat genau das, wonach ihm der Sinn stand. Seine Frau Marina hatte sich ja auch ziemlich schnell getröstet. Mit diesem Herrn Doktor, der ab und zu mit Anzug und Schlips und glänzenden Schuhen in ein großes Auto stieg und wegfuhr und ansonsten durch die Gegend stiefelte und sich wichtigmachte. So gut wie niemand aus Kalverode hatte bisher mit dem gesprochen, aber alle wussten schon jetzt, was von dem zu halten war. Er war nichts anderes als ein verdammt gut aussehender und ziemlich arroganter Typ, der sich zielsicher an die herangemacht hatte, die am meisten anne Füße, also das meiste Geld hatte.

Der Notruf kam um fünfzehn Uhr zwölf. Annalena war gerade drei weiteren Kollegen vorgestellt worden, dem Chef des Erkennungsdienstes Horst Toplischek, der gestern seine Überstunden abgebaut hatte und sich ihr gleich als Computerspezialist und Zeugenbefrager andiente, sowie den jungen Oberwachtmeistern Wilfried Lütke-Tillmann und Heinz Krabbe, die eine Woche lang auf Fortbildung gewesen waren. Nach einer freundlichen Begrüßung saßen sie nun alle zu einer kleinen Kaffeepause zusammen und beäugten sich mit konzentrierter Wachsamkeit, während Hedwig Hagenkötter Bentheimer Moppen auftischte und die neuesten Entwicklungen in Sachen Modelleisenbahn erklärte, für die sich wie immer niemand interessierte.

Die bereits monatealten Weihnachtsplätzchen schmeckten stark nach Kümmel und waren gewöhnungsbedürftig.

Auf der Eins-eins-null klingelte es, und ein Rotlicht flackerte durch den Raum. Mit einem strengen Blick in die Runde forderte Ewald absolute Ruhe und meldete sich. »Polizei Kalverode, Kriminaloberrat Schmeing am Apparat.« Dann wurde er blass. »Was? Wo? Gut, wir kommen. Bleiben Sie, wo Sie sind!«

Er legte auf, zog rasch seine Windjacke über und prüfte den Sitz seiner Waffe. »Jörg, Annalena, ihr kommt mit«, ordnete er an. »Und du, Markus, hältst hier die Stellung.«

Wissing zog die Stirn kraus: »Jetzt sag wenigstens, was los ist.«

»In dem Streifen Niemandsland hinter dem Driland liegt eine weibliche Leiche. Ein älterer Herr hat sie beim Spaziergang mit seinem Hund gefunden. Er wollte mal eben in die Büsche – und da lag sie dann … Der Typ steht immer noch unter Schock. Ach ja, Markus, bestell am besten gleich den Notarzt. Heinz und Wilfried, ihr kommt mit dem Bus zur Spurensicherung nach. Und zwar mit allem Drum und Dran. Falls es Mord ist, und das behauptet der Anrufer, müssen wir das volle Programm durchziehen.« Er diktierte ihnen eine Adresse. »Der Zeuge wartet dort auf uns.«

»Hoffentlich gehört die Leiche den Holländern.« Hedwig sammelte die Kaffeetassen ein. »Dann haben wir nicht die ganze Arbeit an der Hacke.« Niemand lachte.

»Lass mich fahren.« Jörg nahm Ewald die Schlüssel aus der Hand und setzte sich auf den Fahrersitz. Annalena stieg hinten ein.

»Mit Blaulicht?«, wollte Jörg wissen.

»Ja, je früher wir da sind, umso besser.«

»Genau, denn es könnte ja sein, dass der Täter da noch rumläuft.« Annalena sah im Rückspiegel, was ihr einstiger Schutzengel von ihrer Anmerkung hielt: Er guckte noch eingeschnappter und vorwurfsvoller als sonst. Dann gab er Gas.

Die Frau war Anfang dreißig, trug eine dieser in Mode gekommenen Kittelschürzen und war eindeutig tot. Ewald ertappte sich bei der Überlegung, ob sie farbige Spitzenunterwäsche trug, und wurde rot. Der Mund der Toten stand offen, Schmeißfliegen machten sich an den Mundwinkeln und an den Nasenlöchern zu schaffen. Ein Tuch war ihr eng um den Kopf gebunden, niemand hätte zu sagen vermocht, ob sie blond oder braun war oder überhaupt Haare hatte. Ihre Augenpartie war von einer schwarzen Binde bedeckt, die von der Stirn bis zum Jochbein reichte. Darunter war weißer Verbandsmull zu erkennen. Die Haut wirkte grünlich marmoriert.

Auf den ersten Blick waren keinerlei Anzeichen körperlicher Gewalt zu erkennen. Entspannt lag sie da. Die Arme beiderseits des Körpers, die Hände gelöst und offen, als wäre sie bereit, etwas in Empfang zu nehmen. Das Einzige jedoch, was man ihr gegeben hatte, war der Tod, dachte Annalena und wurde ohne Vorwarnung von der Erinnerung an jenen 18. Januar vor mehr als zwei Jahren überfallen: Schwer verletzt hatte man damals ihre Mutter aus dem Autowrack herausgeschnitten, verkrampft und erstarrt in einem maßlosen Entsetzen, aus dem sie nie wieder aufwachen sollte. Vier Tage später war sie tot.

Ewald schien zu merken, was in Annalena vorging, und legte ihr eine Hand auf die Schulter. »Tut mir leid. Ich hätte dich besser doch nicht mitnehmen sollen«, murmelte er und führte sie zur Seite.

»Kennst du sie?« Der Kriminaloberrat warf Jörg Ottenhöver einen fragenden Blick zu.

Der murmelte mit heiserer Stimme: »Ich fürchte, ja.«

Ewald nickte. »Mir geht es genauso. Mein Gott, am Samstag hab ich bei der noch eingekauft.«

»Ja.« Jörg schluckte und beugte sich über die Tote. »Aber warum Kopftuch und Augenbinde?«

»Fasst besser nichts an! Wir warten jetzt auf die Jungs mit dem Bus der KTU – die haben alles dabei, um das hier kriminaltechnisch zu untersuchen. Annalena, red doch schon mal mit dem Zeugen, und nimm alles auf.«

Der ältere Herr saß etwa hundert Meter vom Fundort entfernt auf einem Baumstamm und rauchte eine Zigarette nach der anderen. Annalenas Knie zitterten, als sie sich neben den Mann setzte. Vor ihnen auf dem weichen Heideboden lag etwa ein Dutzend ausgetretener Kippen. Zwischen ihr und dem Zeugen ruhte ein braun-weiß gefleckter Münsterländer. Der Hund hatte seinen Kopf auf überkreuzte Pfoten gebettet und sah schicksalsergeben abwechselnd zu seinem Herrchen und zur Kommissarin hoch.

Der Spaziergänger trug einen grauen Filzhut, einen grünen Anorak, senfgelbe Cordhosen und Schnürstiefel. Er kam ihr bekannt vor.

»Wenn Sie nicht achtgeben, haben wir hier bald auch noch einen Waldbrand«, sagte sie anstelle jener empathischen Begrüßung, die sie eigentlich für solche Fälle einstudiert hatte, und erschrak über ihren Ton. Das war kein guter Moment für Belehrungen.

Der Zeuge maß sie mit einem nachdenklichen Blick. »Sie sind

doch dem Brandt Walter seine Tochter, was machen Sie denn hier?«

»Ich arbeite seit Kurzem als Kommissarin bei der Polizei.« Annalena reichte ihm die Hand.

»Ach was. Aus Kindern werden Leute.« Er zündete sich die nächste Zigarette an und verfiel in brütendes Schweigen.

»Wollen Sie darüber sprechen?«

Er zuckte mit den Schultern und starrte ins Leere. Mit einem Mal wusste sie, woher sie ihn kannte. Er besaß ein Lebensmittelgeschäft am Drostekamp. Als Kind hatte sie dort gerne eingekauft. Er hatte ihr immer einen Lutscher geschenkt. Und manchmal sogar eine Lakritzschnecke.

»Gibt es Ihren Laden noch?«

Er schüttelte den Kopf. »Schon lange nicht mehr. Die Leute gehn ja lieber in die Supermärkte. Aber ich komm mit meiner Rente aus. Brauch ja nicht viel, Zigaretten, Hundefutter und ab und zu mal ein Bierchen. Die Frau ist tot, und die Kinder sind weggezogen. Un jetzt dat! Nee! Wat hab ich mich erschrocken!«

Sie gab ihm Zeit.

»Das ist echt ein Ding«, fuhr er nach einer Weile fort. »Da schlägt man sich ahnungslos in die Büsche, und dann liegt da die Frau. Ich hab gleich gedacht, die kenn ich doch irgendwoher, aber dann wollte ich nicht noch mal hingucken, verstehen Sie. Bin gleich raus aus dem Busch und hab beim Schmeing angerufen. Ist ja dem seine Sache, so ein Mord. Soll der sich drum kümmern. Der wird dafür bezahlt.«

Annalena zog die Stirn kraus. »Mord? Wie kommen Sie denn darauf?«

»Bei uns stirbt man im Bett und nich mitten auf der Heide«, stellte er klar.

Sie öffnete ihr Notizheft. Irgendwie hatte er recht. »Sie haben gemeint, Sie kennen die Frau?«

»Ja, die kam mir so komisch bekannt vor. Ich glaub, es ist noch gar nicht so lange her, dass ich sie gesehen habe. Aber vielleicht spinn ich auch. Und dann die verbundenen Augen. Eigenartig, nich? Wer macht denn so was? Ehrlich gesagt, die will ich gar nicht kennen. Wenn man so eine kennt, geht einem dat ja noch mehr an die Nieren.« Er strich sich so vehement mit beiden Händen übers Gesicht, als könne er damit die gerade gesehenen Bilder wieder löschen. »Furchtbar, dat alles.«

In diesem Moment fuhren die Kollegen der Spurensicherung vor. Aus dem Transportraum des grünen VW-Busses sprangen zwei Männer. Der hellblonde Heinz Krabbe hatte sich offensichtlich bereits während der Fahrt einen weißen Schutzanzug sowie die grünen Plastikclogs angezogen. Während er an den Klettverschlüssen seines Overalls nestelte, ging er auf Annalena und den Zeugen zu. »Ist es schon amtlich, dass es sich bei der Toten um Stefanie Overbeck handelt?«, wollte er wissen.

»Die Steffi? Die vom Wochenmarkt?« Der Mann neben Annalena wurde blass. Mit zitternden Fingern zündete er sich erneut eine Zigarette an.

»Was soll das denn?«, fauchte Annalena ihren Kollegen an »Ich mache hier eine sensible Zeugenbefragung, und Sie fahren mir mit der Feinfühligkeit eines Fleischerhundes dazwischen. Das wird ein Nachspiel haben.«

»Tut mir leid«, murmelte der junge Mann eingeschüchtert. »War nicht so gemeint.«

Annalena schluckte. Alles in allem sah es so aus, als hätte noch keiner ihrer neuen Kollegen jemals in einem Mordfall ermittelt. Wenn sie ganz ehrlich war: Sie auch nicht.

»Herr Schmeing ist dort.« Sie wies mit ausgestrecktem Zeigefinger auf den weiß blühenden Rhododendronstrauch, hinter dem die Leiche lag. »Und die Tote auch. Also machen Sie sich an die Arbeit.«

Heinz Krabbe und Wilfried Lütke-Tillmann vom Erkennungsdienst verschwanden in jene Richtung, die sie ihnen gezeigt hatte.

»Wenn das so ist, dann geb ich ihnen jetzt mal meine Personalien«, sagte der Zeuge und diktierte ihr als Erstes den Namen seines Hundes.

Um achtzehn Uhr siebenundzwanzig bestellte Ewald Schmeing seine Mannschaft in den Besprechungsraum. Es war eigentlich die Zeit, zu der Annalena heimgegangen wäre. Sie dachte an ihren Vater. Der saß jetzt bestimmt auf seiner kleinen Gartenterrasse, wartete auf sie und auf den Abend und begrüßte die Dämmerung wie einen lang vermissten Freund. Sie rief ihn an.

»Du musst dich nicht abmelden«, sagte er gleich. »Ist doch dein Leben. Aber trotzdem danke. Ich hätt mir vielleicht Sorgen gemacht. Schaust du denn noch vorbei, wenn du heimkommst?«

»Wenn es nicht zu spät wird, ja.«

Beklommen wurde ihr bewusst, dass er auf sie warten würde. Immer. Sein und ihr ganzes Leben lang. Wie spät es auch sein mochte.

Um den runden Besprechungstisch standen acht Stühle, und auf einem davon saß Hedwig Hagenkötter, vor sich ein Notebook mit externer Tastatur. Nervös trommelte sie mit zehn tippbereiten Fingern auf der Tischplatte herum.

»Hoffentlich geht's gleich los, ich hab mir für diesen Fall nur zwanzig Überstunden genehmigen lassen. Halb sieben hat der Schmeing gesagt, und es ist immer noch keiner da.« Vorwurfsvoll sah sie auf die große Uhr oberhalb der Eingangstür. Es war achtzehn Uhr neunundzwanzig.

Annalena setzte sich.

»So, jetzt schlägt's aber wirklich halb sieben.« Ungeduldig sah Hedwig zur Tür.

Und tatsächlich. Da kamen sie.

Allen voran Ewald Schmeing, der ziemlich blass aussah und tiefe Schatten unter den Augen hatte. Er ließ sich an seinem Platz nieder und seufzte. Eilfertig sprang Hedwig auf und stellte einen Kaffee vor ihn hin.

»Danke«, murmelte er, ohne aufzusehen, und sortierte seine Papiere.

Bleich und mit rot geränderten Augen setzte sich Markus Wissing an die linke Seite des Kriminaloberrats, und Hedwig raunte der neben ihr sitzenden Annalena zu: »Guck dir den mal an! Der hat wahrscheinlich den ganzen Nachmittag an seinem Computer gespielt. Tut der gerne, wenn er alleine ist. Et is nämlich so: dat Kind im Mann erspart so mancher Frau das Wochenbett. Und der Markus is einer von die ganz Verspielten.«

Ewald räusperte sich streng. Hedwig setzte sich sehr gerade hin und begann diensteifrig auf ihrer Tastatur zu klappern. »Datum und Uhrzeit kann ich ja schon mal eingeben?«

Der Kriminaloberrat nickte.

Jörg Ottenhöver stürzte in den Raum und ließ sich auf den noch leeren Stuhl rechts neben dem Chef nieder. »Tschuldigung, ich hab noch telefonieren müssen.«

Nach und nach trudelten die Kollegen ein.

»Können wir jetzt endlich?« Ewald Schmeing sah genervt in die Runde. Alle nickten. Der Dienststellenleiter räusperte sich, blätterte in seinen Papieren und sagte: »Wir haben zwei Probleme, wobei das eine vorerst an uns vorübergeht. Laut Zeugenaussagen nämlich wurde das vermisste Ehepaar, von dem schon seit ein paar Tagen die Zeitungen voll sind, bei der Tanke an der Bentheimer Straße gesehen. Es gibt angeblich eine Videoaufzeichnung. Allerdings ist die auch schon wieder über eine Woche alt. Die von der Tankstelle haben das Band direkt nach Düsseldorf geschickt – vermutlich trauen sie uns nix zu. Jetzt haben die Düsseldorfer uns um Unterstützung gebeten, aber in dem Fall können wir nicht aushelfen, denn wir haben unseren eigenen Fall. Und das ist die aufgefundene weibliche Leiche. Deren Identität ist mittlerweile gesichert. Es handelt sich um die zweiunddreißigjährige Stefanie Overbeck aus Kalverode. Ich habe gerade per E-Mail den Obduktionsbericht gekriegt. Der Gerichtsmediziner aus dem Kreiskrankenhaus bestätigt, dass Frau Overbeck gewaltsam zu Tode gekommen ist.«

»Scheiße«, murmelte Jörg Ottenhöver.

»Dat machste wohl sagen.« Wilfried Lütke-Tillmann nickte nachdrücklich und ließ seine unglaublich blonden Locken wippen. Mit den Haaren könnte er sich als Frisurenmodel bewerben, dachte Annalena mit einem Anflug von Neid und wandte sich Hedwig zu, die so konzentriert wie betroffen auf ihre Tastatur einhackte.

Markus Wissing senkte den Kopf und putzte sich die Nase. Die schwarz gelackte Tolle fiel ihm in die Stirn.

»Dem Opfer wurde eine Substanz gespritzt, mit der normalerweise Tierärzte Pferde betäuben, bevor sie sie einschläfern. Wie so was bei einem Menschen wirkt, das könnt ihr euch ja vorstellen, aber …«

Ewald Schmeing seufzte und schwieg.

Alle sahen ihn an. Er suchte Hedwig Hagenkötters Blick, als könne der ihm Halt geben. Die Sachbearbeiterin und selbst ernannte Lebensberaterin nickte beruhigend. »Alles mitgeschrieben, Chef, Wort für Wort.«

»Na gut, ich komm jetzt zum Wesentlichen, und ich mach's kurz: Als die Kollegen ihr das Kopftuch abgenommen hatten, stellten sie fest, dass man ihr die Haare abrasiert hatte. Und auch die Augenbrauen …« Er schluckte, und Annalena sah, wie schwer es ihm fiel, weiterzusprechen. »… und die Augäpfel sind weg. Alle beide!«

»Nein!« Markus Wissing verbarg sein Gesicht hinter beiden Händen.

Ewald legte ihm die linke Hand auf die Schulter.

»Tut mir leid, dass es dir so nahegeht. Kanntest du sie?«

»Jeder kennt die, die hat doch ihren Stand auf dem Wochenmarkt. Samstag hab ich noch bei der Spargel gekauft«, antwortete Horst Toplischek an seiner Stelle und seufzte aus tiefstem Herzen: »So eine Scheiße aber auch.«

»Wann?«, fragte Markus und seine Hände zitterten. »Wann ist das passiert?«

»Die meinen, irgendwann am Samstagnachmittag. Der Zustand der Leiche ist so, dass der Tod vor mindestens siebzig bis fünfundsiebzig Stunden eingetreten sein muss. Vielleicht haben wir trotzdem noch die Chance, frische Spuren zu finden. Wenn es denn welche gibt. Zum Glück hat es in den vergangenen drei

Tagen nicht geregnet. Ich schlage daher vor, dass ihr, Heinz, Jörg und Horst, gleich morgen früh noch mal zum Fundort der Toten rausfahrt und jeden Grashalm umdreht. Vielleicht findet ihr ja doch noch was. Annalena und Wilfried, ihr fahrt zum Haus der Toten und befragt die Nachbarn. Vielleicht haben die was Ungewöhnliches gesehen. War Stefanie eigentlich verheiratet?«

»Strohwitwe«, murmelte Jörg Ottenhöver und fügte erklärend hinzu: »Das hat sie mir mal erzählt, als ich bei ihr eingekauft habe. Und dass der Mann in Australien eine Zukunft für sie beide aufbaut. Sozusagen Fuß an Fuß. Nur die Erde ist dazwischen. Das kann er ja jetzt wohl vergessen. Zumindest die Zukunft mit der Steffi.«

»Kinder?«, fragte Ewald Schmeing.

Jörg hob die Schultern. »Nicht dass ich wüsste.«

Ewald Schmeing wandte sich an seinen Nachbarn zur Linken. »Markus, du begleitest mich in die Pathologie«, sagte er. »Wenn was Sensationelles ist, ruft ihr mich auf dem Handy an, ansonsten sehen wir uns morgen früh um neun hier in diesem Zimmer. Alles klar?«

6. Kapitel

»Immer ich!« Wilfried Lütke-Tillmann verzog das Gesicht und ließ sich auf den Fahrersitz des blau-weißen Passats fallen. Annalena betrachtete ihn von der Seite. Am Konferenztisch hatte sie ihn auf Anfang zwanzig geschätzt, aber er schien bereits weit über dreißig zu sein. Diese unglaublichen blonden Locken ließen ihn so jung erscheinen. Dann fragte sie: »Meinen Sie damit das Fahren? Das kann ich auch übernehmen, ich kenn mich hier schon noch aus.«

»Nein«, grummelte er zwischen zusammengebissenen Zähnen. »Ich meine die Nachbarn. Ich weiß jetzt schon, dass das überhaupt nix bringt, weil die alle viel zu weit auseinander wohnen. Wir werden uns denen ihr Gequatsche anhören müssen und dann auch noch ein Protokoll darüber schreiben. Verstehste, immer muss ich die Leute fragen. Dabei würd ich viel lieber nach 'nem Haar, 'ner Hautschuppe oder 'nem abgebrochenen Fingernagel suchen – weil, wenn du da nix findest, machste einfach 'nen Strich in deinen Bericht. Aber wenn die Nachbarn bei 'ner Befragung nix sagen, muss man trotzdem denen ihr ganzes Gelaber aufnehmen und in Form bringen. Und immer ich. Also, jetzt eben wir. Es ist zum Kotzen!«

»Ich hab heut Vormittag schon ein Protokoll geschrieben«, stellte Annalena schnell klar. Er sollte gleich kapieren, dass sie das nicht zweimal am Tag machen würde.

»Echt, ich hab grad überlegt, ob ich dir das aufbrummen kann… Frauen tippen schneller und besser als unsereins.« Er hob die Schultern und versuchte ein Lächeln. »So isses eben, ein Unglück kommt selten allein.«

Inzwischen hatten sie den Ortskern verlassen und fuhren auf einer schmalen Landstraße. Rechts und links vereinzelte rot geklinkerte Häuser hinter thujenbewehrten Vorgärten, dazwischen

Felder mit Gründüngung und frisch angepflanztem Mais, in den Gärten prachtvolle rote und weiße Pfingstrosen. Kühe auf blumengesprenkelten Wiesen, Spaziergänger mit Hunden am Straßenrand.

»So idyllisch. Das Land hat auch was Schönes«, bemühte sich Annalena, das Gespräch wieder in Gang zu bringen und fügte hinzu: »Vor allem, wenn man zwischendrin in der Stadt war.«

»Stimmt, du bist ja die Überfliegerin vom BKA in Wiesbaden. Du müsstest demnach von Haus aus wissen, wo's langgeht. Da überlasse ich doch am besten dir die Gesprächsführung. Wenigstens das.« So, wie er es sagte, hörte es sich nicht aggressiv an.

Annalena entschied, Wilfrieds Du unkommentiert anzunehmen, auch wenn sie es etwas seltsam fand, dass ihr Kollege es ihr nicht offiziell angeboten hatte. Immerhin war diese Vertrautheit eine Hierarchiestufe höher angesiedelt als das Du von Hedwig, aber es fühlte sich keinen Deut kostbarer an.

Stefanie Overbeck hatte in einem kleinen Einfamilienhaus aus den Fünfzigerjahren gewohnt, mit ausgebautem Dachgeschoss, winzigem Balkon und hübschem Vor- sowie großem Gemüsegarten. In der türlosen Garage stand ein betagter weißer Golf voller Rostflecken.

Offensichtlich hatte sich das Drama schon herumgesprochen: Bestürzt, aber neugierig unterhielt sich eine Gruppe von Anwohnern vor ihrem Haus.

»Du machst dann die Befragung, oder?«, hakte Wilfried nach. »Dann lerne ich was von dir. Ich halt dir dafür das Aufnahmegerät und beobachte die Leute. Und liest du dann bitte mein Protokoll, bevor wir es dem Chef geben? Das wäre klasse.«

Sie nickte. »Logo.« Dieser Typ war ihr nicht unsympathisch. Wenigstens etwas.

Offiziell hatte niemand etwas gesehen. Offiziell war Stefanie Overbeck eine seit Jahren allein lebende Frau, deren Mann am Ende der Welt an einem zweifelhaften Imperium bastelte. Nicht aus Geldnot, sondern um sich zu beschäftigen, hatte die kinderlose Strohwitwe daher während der Woche in der Anzeigenannahme des Zeitungsverlags gearbeitet und am Samstag ihren kleinen Obst- und Gemüsestand auf dem Wochenmarkt aufgebaut. »Sie hatte die frechste Klappe im Umkreis von mindestens fünfzig Kilometern«, hieß es, und Annalena empfand diese Bemerkung als reichlich ungebührlich, konnte jedoch auf die Schnelle nicht ausfindig machen, von wem sie gekommen war. An den Abenden und an den Wochenenden pflegte Stefanie ihr Gärtchen. Der war ihr ganzer Stolz.

Annalena grüßte die Umstehenden verhalten und wollte wissen, ob ihnen in den vergangenen Tagen etwas Ungewöhnliches aufgefallen war und ob die Overbeck in jüngster Zeit Besuch bekommen habe.

Eine ältere Frau mit schiefen Zähnen trat vor und sah beifallheischend um sich. »Selten. Donnerstags war sie meistens unterwegs, um Ware zu besorgen. Ab und zu kam mal eine Freundin mit Mann und Kindern vorbei, hin und wieder eine hier aus der Straße, vor allem jetzt, zur Spargelsaison. Wissen Sie, die Steffi machte ihren Leuten gute Preise. Auch wenn da deutscher Spargel draufstand – geholt hat sie den aus Holland, aber wir wollen ja schließlich nicht mit dem Spargel reden, oder?«

Annalena fragte sich, ob sie über diese Bemerkung hätte lächeln sollen. Dann dachte sie an die Situation des Leichenfundes und schluckte. So eine Katastrophe baute sich doch nicht unversehens und aus dem Nichts auf. Die Leute um sie herum hielten respektvoll Abstand.

Die Hauptkommissarin räusperte sich. »War Ihre Nachbarin in letzter Zeit anders als sonst, hatte sie möglicherweise Sorgen?«

Alle sahen sich fragend an und verneinten. »Die Steffi war immer gut drauf. Immer gut gelaunt. Wenn der was nicht passte, hat sie's sofort gesagt, und dann war die Sache aus der Welt. Sie war einfach von Haus aus ein fröhlicher Mensch und hatte immer supercoole Sprüche«, berichtete eine Männerstimme aus der zweiten Reihe, und eine Frau aus der Gruppe bemerkte mit vorwurfsvollem Unterton: »Die war wirklich immer gut gelaunt. Da soll man sich mal ein Beispiel dran nehmen.«

Bissig konterte eine andere Frauenstimme: »Und, was hatse davon, erst fröhlich und jetzt tot?«

Jemand murmelte: »So ein guter Mensch. Aber die Guten trifft's ja immer zuerst. Leider.«

Annalena notierte sämtliche Namen und Adressen auf ihrem Block. Wilfried hielt brav sein Aufnahmegerät in den Kreis und schien sehr aufmerksam zu beobachten. Er hatte recht gehabt. Niemand wusste irgendetwas oder wollte etwas wissen. Und wenn jemand etwas wusste, so würde er dieses Wissen keinesfalls in Gegenwart anderer preisgeben. Es war absolut unklug gewesen, gleich mit der ganzen Gruppe zu reden. Sie ärgerte sich. Nicht einmal zwei Tage im Einsatz – und schon die ersten Kardinalfehler begangen.

Zu allem Überfluss lief nun auch noch ihre Nase. Sie entschuldigte sich und ging zum Auto, um sich ein Taschentuch zu holen. Ein Blick auf ihr Handy zeigte, dass kein Anruf eingegangen war. Dann würde heute also keine Sondersitzung mehr stattfinden. Wenigstens das.

Unvermittelt stand der Mann hinter ihr. Er kam ihr so nah, dass sie instinktiv einen Schritt zurückwich. Sie hatte ihn eben schon in der Gruppe gesehen, und die Art, wie er sie während der Befragung mit zerfurchter Stirn fixierte, war ihr unangenehm gewesen.

»Ich will ja nix gesagt haben«, stellte er klar, und Annalena zog fragend die Stirn kraus. Der Typ vor ihr war groß, kompakt und litt vermutlich unter Bluthochdruck. Annalena schätzte ihn auf Ende vierzig. Sein Gesicht stand in Flammen. Darüber loderte aschweißes Haar.

»Aber jetzt werden Sie mir dann ja wohl doch etwas sagen?«

»Na ja, das stimmt alles nicht ganz. Die hat schon ab und zu Besuch gekriegt, die Steffi, und vermutlich von Gestalten, die garantiert nicht wollten, dass wir mitkriegen, wer da kommt. Ganz komisch war das immer.«

»Wie meinen Sie das?«

»So wie ich's sage. Da kam eben oft so ein Auto – abends. Und ohne Licht. Ganz leise, als würde es sich anschleichen. Meist so gegen neun, das ist dann die Zeit, wo ich noch mal bei die Hühner gehe und guck, ob die auch wirklich alle innem Stall sind. Ich hab das Auto da ankommen sehen und hab so bei mir gedacht, dass die ja ruhig auch mal einen Besuch haben kann, wenn der Mann sich dauernd im Ausland rumtreibt und so weit weg ist, wie es irgendwie nur geht. Ist ja wohl einem jeden von uns gegönnt. Aber so'n Schleicher, ich weiß nicht. Irgendwie komisch, hab ich gedacht.«

Sie sah ihn an, als verstünde auch sie das gewissenhafte Kontrollieren der Nachbarschaft als erste Bürgerpflicht, und stellte klar: »Dann haben Sie sich doch bestimmt die Nummer des Wagens notiert?«

Er verneinte. »Nee, eben nicht. Hab mir nix dabei gedacht. Mich nur gewundert. War aber 'ne Hiesige. Nich von auswärts. Dat wär mir aufgefallen. War auch schon ein älteres Modell. Dat Auto, mein ich. Wer da drinsaß, hab ich ja nicht gesehen.«

Sie setzte ihr freundlichstes Lächeln ein. »Na gut. Danke. Vielleicht kommen wir ja mit dieser Information ein bisschen weiter.«

Während er erneut wiederholte, eigentlich nichts gesagt haben zu wollen, notierte Annalena seinen Namen und seine Anschrift und ging mit ihm zur Gruppe der Nachbarn zurück.

Dort fasste Wilfried gerade die Ergebnisse zusammen: »Wir haben jetzt Ihre Personalien aufgenommen und Ihre Aussagen notiert. Quintessenz unserer Befragung ist allerdings, dass niemandem etwas Ungewöhnliches aufgefallen ist. Kann ich das so festhalten?«

Alle sahen betreten zu Boden und nickten schwach. »Falls Ihnen doch noch was einfallen sollte – Sie können mich jederzeit anrufen.« Er hielt seine Visitenkärtchen wie ein aufgefächertes Kartenspiel in der Hand und ließ alle Anwesenden ziehen.

»Allerdings heißt es, dass ab und zu abends ein Auto ohne

Licht bei Frau Overbeck vorgefahren sein soll«, fiel Annalena ihm ins Wort, »aber möglicherweise ist das ja auch nur ein Gerücht.« Sie wandte sich an die Umherstehenden: »Hat jemand von Ihnen gesehen, wer in dem Wagen saß oder gar, ob da jemand ausgestiegen ist? Vielleicht sogar jemand, den Sie kennen?«

Unisono verneinten alle, und sie hätte sich am liebsten geohrfeigt. Vor Sekundenbruchteilen noch hatte sie sich ermahnt, einzeln mit den Leuten zu reden – und schon wandte sie sich erneut an die ganze Gruppe. Klar, dass da nichts herauskam. Jetzt konnte man nur noch auf anonyme Informanten hoffen, die sich telefonisch bei Wilfried meldeten.

»Wer erbt denn nun das Ganze?«, fragte Wilfried Lütke-Tillmann unvermittelt, und auch er sah in die Runde.

»Vielleicht der ihre Eltern«, schlug jemand vor.

Eine resolute Mittsechzigerin widersprach vehement: »Nein, die sind doch auch schon gestorben. Da war ich selbst mit der Steffi auf beiden Beerdigungen. Und Geschwister hatte die keine. Ein richtiges Waisenkind, letztendlich. Auch der ihre Eltern waren Einzelkinder.« Sie seufzte vernehmlich und schüttelte den Kopf. »Vermutlich kriegt das dann alles der ihr Mann.«

»Aber der ist doch ausgewandert. Nach Australien!«, empörte sich ein Herr im grauen Kittel und mit Hut.

»Ja und? Auch in Australien kann man erben«, belehrte ihn jemand aus den hinteren Rängen.

Wilfried warf Annalena einen Blick zu. »Kümmerst du dich darum?«

Sie nickte.

Um halb zehn setzte er sie in der Agnesstraße ab.

Sie hatte nicht einmal die Haustür hinter sich abgeschlossen, da stand er schon erwartungsvoll im Eingang zu seiner Erdgeschosswohnung. Annalena schluckte und begriff: Sie war sein Stück Abenteuer, das ihm jetzt, am Abend, geschenkt werden musste. Sie war seine Belohnung für einen langen und stillen Tag.

Sollte sie ihm sagen, dass ihr das nicht recht war? Doch das stimmte nicht ganz. Noch war es ihr recht. Es war gut, heimzukommen und erwartet zu werden. Gerade an einem Tag wie diesem. Und wie oft hatte sie an ihren stillen Abenden in Wiesbaden nicht davon geträumt, einfach nur zu klingeln, und jemand wäre da, machte Licht, und die Tür ginge auf?

Allerdings hatte sie dabei nicht an ihren Vater gedacht.

»Auf einen Sprung kannst du doch noch reinkommen«, bat er jetzt, und sie nickte.

Es tat gut, sich einfach auf einen Küchenstuhl fallen zu lassen und nur in den Garten zu schauen. Jetzt, um fast zehn Uhr abends, war es draußen immer noch hell. In Wiesbaden wurde es früher dunkel, oder bildete sie sich das ein?

»Du siehst geschafft aus«, stellte er fest und schenkte ihr einen Kräutertee ein. »Wie ich gehört habe, war ja auch mehr los als nur eine Puppe.«

»Das kann man wohl sagen.« Sie schwieg und blies auf den dampfenden Tee.

Er sah sie erwartungsvoll an. »Erzähl!«

»Am Vormittag habe ich mit dieser Kitty gesprochen und über die Geschichte ihrer Puppensammlung ein Protokoll geschrieben. Da war noch alles ruhig und entspannt, und ich hab mich sogar kurz gefragt, warum ich eigentlich hier bin …« Sie registrierte seinen entsetzten Blick und fuhr schnell fort: »Dafür ist es am Nachmittag wirklich dicke gekommen, und deshalb ist es auch so spät geworden. Über Details darf ich aber nicht sprechen, tut mir leid.«

Er nickte verständnisvoll. »Du meist die Sache mit dem Leichenfund?«

Irritiert setzte sie ihre Teetasse ab. »Woher weißt du das denn?«

»Na hör mal. So was spricht sich in Kalverode schnell herum. Die arme Stefanie Overbeck. Dieses Ende hat sie wirklich nicht verdient.«

»Ach, du weißt sogar schon ihren Namen. Und was hat man dir sonst noch so erzählt?«

Er hob die Schultern. »Es wird viel geredet.«

Annalena sah ihn an und seufzte demonstrativ. Das war wieder einmal typisch. Der allwissende Vater, der Oberlehrer. Was wollte er? Dass sie sich mit Fragen an sein Wissen herantastete? Das alte Spiel? Sie schüttelte den Kopf und sah auf die Uhr. »Ist schon spät, ich geh hoch und mach mir was zu essen.«

Sein Nein kam schneller als erwartet. »Bleib! Die Leute behaupten, die Steffi hätte den bösen Blick gehabt. Das ist natürlich blanker Unsinn!«

»Den bösen Blick«, wiederholte Annalena. »Aha. Und was bedeutet das? Wie kommen die Gerüchteköche denn darauf?«

Er hob die Schultern: »Vermutlich ist was mit ihren Augen passiert. Anders kann ich es mir auch nicht erklären. Niemand wusste was Genaues. Wie so oft. Aber es muss was mit den Augen zu tun haben. Vielleicht weißt du ja mehr?«

Annalena staunte. Das war ungeheuerlich. Da saß einer den ganzen Tag zu Hause hinter seinem Schreibtisch und verfügte am Abend über ebenso viele Informationen wie sie, die als Kommissarin in diesem Fall ermittelte. Vermutlich hatte er Heerscharen von Besuchern empfangen. Der Kalveroder Ortsfunk war nicht zu unterschätzen.

»Also ist mit ihren Augen alles in Ordnung?«, hakte er nach.

Sie ging nicht darauf ein und fragte stattdessen: »Kanntest du sie gut?«

»Sie war meine Schülerin.«

»Und?«

»Einzelkind. Vier Großeltern, zwei Eltern, insgesamt sechs Erwachsene, die sich ausschließlich um sie kümmerten. Das hat man ihr natürlich angemerkt. Ein bisschen altklug, ein bisschen Prinzessin und naturgemäß ein bisschen arg überfordert. Die Hoffnung ihres Stammes. Ist schon schlimm, wenn ein einziges Kind die unerfüllten Lebensträume von sechs Erwachsenen an der Hacke hat.« Er biss sich nachdenklich auf die Lippen.

»Also vergleichbar mit meinem Schicksal«, ergänzte sie. »Ich hatte auch vier Großeltern und dich und Mama. Ich war das einzige Enkelkind eines überfürsorglichen Seniorenquartetts, und ihr alle meintet zu wissen, was für mich das Beste ist.«

»Wussten wir ja auch. Außerdem war es bei dir was ganz anderes«, widersprach er vehement. »Schließlich bin ich Pädagoge und weiß, wie ein Mensch erzogen werden muss. Mit dir haben wir alles richtig gemacht. Wir haben dich nicht verzogen. Wir waren streng und gerecht. Ich hab mich über dich gefreut, und du bist ein gutes Kind.«

Wenn er jetzt noch sagt: »Du bist der Trost meines Alters«, stehe ich auf und renne davon, dachte Annalena. Aber er kam wieder auf Stefanie Overbeck zu sprechen: »Sie hätte eigentlich ein Junge werden sollen. Das war ihr erster Fehler. Und je älter sie wurde, desto mehr Fehler nahmen die Erwachsenen an ihr wahr. Der anfangs so liebevolle Blick auf sie wurde ziemlich schnell zum verständnislosen Kopfschütteln. Vermutlich hat sie deshalb so früh geheiratet. Als Eltern und Großeltern ihre Mängel aufzulisten begannen, suchte sie sich jemanden, der ihre Qualitäten zu schätzen wusste. Ihr Mann, dieser Udo, wollte auch ganz hoch hinaus. Ich weiß gar nicht mehr genau, wo der jetzt steckt.«

»Angeblich in Australien«, rutschte es ihr heraus.

»Stimmt.« Walter Brandt erinnerte sich. »Weißt du, der Stefanie ihr Udo war ja auch in einer meiner Klassen. Geschicktes Bürschlein. Geschickt und bauernschlau. Und dann ist er Schreiner geworden und ausgewandert – ›vorgewandert‹, hat sie es manchmal genannt, wenn ich samstags bei ihr eingekauft habe und wir über ihn gesprochen haben, denn sie sollte nachkommen, sobald er seine gigantische Möbelfabrik errichtet hatte. Ein Träumer, dieser Udo. Aber ein Träumer mit handwerklichem Geschick. Ich bin sicher, dass der es da drüben zu was bringt oder schon gebracht hat. Habt ihr ihn schon benachrichtigt?«

Sie wich aus. »Wir kümmern uns darum. Aber nun was anderes. Erzähl, was ist das mit dem bösen Blick? Was hat das zu bedeuten? Du bist doch jetzt Experte für solche Dinge.«

»Na ja«, murmelte er. »Augen, Augenblicke, Augen als Spiegel der Seele – Du kannst dir sicher vorstellen, dass alles, was mit den Augen zu tun hat, im Aberglauben eine ziemliche Rolle spielt. Beispielsweise hat das Augenleuchten vieler Tiere unsere Vorfahren glauben lassen, im Augeninnern jedes Lebewesens glimme ein kaltes Feuer, dringe von dort durch die Pupille nach außen und ermögliche das Sehen, indem sich die Strahlen dieses Lichtes und die Strahlen des fixierten Gegenstandes einander begegnen. Ein verrücktes Bild, oder? Man ging sogar so weit zu glauben, dass es möglich sei, mit diesem Licht ein Feuer zu entzünden. Doch soviel ich weiß, wurde der Beweis nie erbracht. Es wird auch von Menschen berichtet, deren Augen bei vollständiger Dunkelheit so leuchten, dass sie wie Laternen eingesetzt werden können. Meine Recherchen jedoch haben ergeben, dass keine einzige Freakshow mit diesem Phänomen aufgewartet hat, und deshalb fürchte ich, dass auch das nur ein Gerücht ist. Denn solche Laternengucker wären doch die Sensation auf den Jahrmärkten Ende des vorletzten Jahrhunderts gewesen. Egal. Nach deutschem Aberglauben sehen die Zwerge bei Nacht mit ihren feurigen Augen besser als Menschen am hellsten Tag.«

Annalena unterbrach ihn. »Stefanie Overbeck war aber definitiv keine Zwergin.«

Er gab ihr recht. »Wir sprechen auch nicht von ihrer Sehkraft, sondern von ihrem – wie es jetzt heißt – bösen Blick. Unter uns: Ich habe so etwas nie bemerkt.« Er hielt kurz inne. »Aber wenn ich so nachdenke: Sie hatte ungewöhnlich grüne Augen.«

Annalena tippte sich an die Stirn. »Das geht zu weit. Erzähl mir jetzt nicht, dass du dich nach mehr als zwanzig Jahren an die Augenfarben einzelner Schülerinnen erinnern kannst.«

»Nicht an alle, aber an die der kleinen Rensing, später verheiratete Overbeck. Außerdem sah ich sie ja hin und wieder auf dem Markt. Und weißt du, warum? Das großelterliche Quartett hatte ihr eingeredet, ihre Augen seien ihr Kapital. Und genau das hat sie eines Tages zu mir gesagt.« Er schüttelte den Kopf und lächelte. »Ich seh sie noch vor mir, als sei es gestern gewesen, diese selbstbewusste Elfjährige, dunkelblaue Jeans, geringeltes Polohemd, mittelblonde Locken. Und dann diese kecke Behauptung.«

»Kapital? Was für ein Thema! Wie seid ihr denn darauf gekommen?«

»Du kennst das doch. Kinder streiten sich. Und dann schreit jemand: ›Du bist ja zu dumm, um aus dem Bus zu gucken.‹«

Annalena konnte sich gut vorstellen, wie ihr Vater in dieser Situation reagiert hatte. Er, der jeden Anlass nutzte, um didaktische Lektionen zu erteilen. »Und?«, hakte sie nach.

»Das war für mich der Anstoß, über Fähigkeiten zu sprechen. Ich glaube, ich habe den Kindern erzählt, dass jeder von uns über besondere Talente verfügt. Wunderkinder sind selten, aber Begabungen hat jeder von uns. Eine kann vielleicht besonders schön Blumensträuße binden oder Tische dekorieren, oder gut kochen und backen. Andere dagegen haben die Fähigkeit, sich im richtigen Moment zurückzunehmen und zu schweigen oder aber in kritischen Situationen spontan die angemessenen Worte zu finden. Dass es nicht immer um was ganz Großes und Besonderes gehen muss, wollte ich ihnen vermitteln, sondern oft einfach nur um die Dinge des Alltags. Auf jeden Fall stand die kleine Rensing, also die spätere Frau Overbeck, damals auf und sagte mit einer sehr ernsten und stolzen Stimme: ›Mein Kapital sind meine Augen!‹ Klar hab ich ihr dann in die Augen geschaut.«

Annalena lächelte: »Und – hatte sie den bösen Blick?«

»Nein. Natürlich nicht. Ihre Augen waren ungewöhnlich grün, und die gelbbraunen Sprenkel in der Iris ließen an Bernstein denken. Oder an Katzenaugen. Auf jeden Fall interessant.«

»Sie hatte also tatsächlich besonders schöne Augen.«

Ihr Vater nickte.

Annalena dachte an die Tote, an den verbundenen Kopf. An deren, wie sie nun wusste, rasierten Schädel. Hatte Stefanie Overbeck mit ihren Augen etwas gesehen, was sie nicht sehen sollte, sollten die leeren Augenhöhlen eine Strafe, eine Warnung sein?

Draußen war es dunkel geworden. Ihr Gesicht und das ihres Vaters spiegelten sich matt in der Fensterscheibe.

»Die Zauberkraft des Auges …«, murmelte Walter Brandt nun. »Angeblich beeinflusst sie sogar leblose Gegenstände, macht

Werkzeuge stumpf, lenkt Pfeile um, öffnet Schlösser, hält Uhren an und bringt Pendel zum Schwingen.«

»Und was genau macht der böse Blick?« Annalena ließ nicht locker.

»Man nimmt an, dass Leute, deren Seelen von bösen Eigenschaften wie Zorn oder Neid durchdrungen sind, über den bösen Blick verfügen. Angeblich können sie allein durchs Hinschauen Krankheiten auslösen – angefangen vom Kopfweh über einen verdorbenen Magen bis hin zur geistigen Umnachtung. Selbst der Tod wird in vielen Fällen dem bösen Blick zugeschrieben.«

Ungläubig schüttelte Annalena den Kopf. »Wir furchtbar. Und was für ein Stress für all jene, die daran glauben.«

Er nickte. »Wir beide sind ja Gott sei Dank aufgeklärt.«

»Wären wir abergläubisch«, meinte Annalena nachdenklich, »müssten wir überprüfen, ob Stefanie Overbeck zornig oder neidisch war. Und wer sich von ihr geschädigt fühlt. Ich stell mir gerade vor, wie Ewald Schmeing reagiert, wenn ich ihm bei unserer morgigen Sitzung mit dieser Theorie komme. Der steckt mich doch sofort in die Klapse, und zwar zu Recht.«

Walter Brandt lächelte müde. »Stefanie Overbeck war nicht böse.«

Annalena nickte. »Ja, das habe ich auch gehört. Kann es eigentlich sein, dass ich sie gekannt habe?«

Er hob die Schultern und fixierte seine Tochter. »Keine Ahnung. Was war denn nun mit ihren Augen?«

Sie log. »Ich weiß es nicht. Sag, woran erinnerst du dich, wenn du an sie denkst?«

»An ein kleines und verzogenes Mädchen, das ein bisschen zu viel Wert auf Äußerlichkeiten legte. Hübsch im landläufigen Sinne war sie nicht, aber interessant. Verstehst du, was ich meine?«

Annalena nickte. »Und wie.«

Insgeheim zählte auch sie sich zu jenen, die bei einem ersten Blick übersehen, ja, die möglicherweise auch bei einem zweiten Hinschauen nicht wirklich wahrgenommen wurden und als mittelblonde, blassäugige Wesen mit Brille und Durchschnittsstatur durch alle Raster fielen. Solche wie sie gerieten schnell wieder in Vergessenheit, denn wer wagte schon einen dritten Blick? Dazu nahm sich ja niemand mehr Zeit. Sie seufzte.

Als könne er ihre Gedanken lesen, meinte der Vater: »Der erste Blick führt fast immer in die Irre. Um noch einmal auf Stefanie Overbeck zurückzukommen: Sie gefiel sich in ihrer Rolle als Marktweib. Und sie konnte wunderbar ordinär sein. Natürlich hieß es hinter vorgehaltener Hand: ›Meine Güte, die schämt sich ja gar nicht, wie kann sie nur solche Dinge sagen‹, aber ihre derben und nicht jugendfreien Bemerkungen machten den Gemüseeinkauf bei ihr zu einem pikanten Erlebnis. Man lacht eben gern auf Kosten anderer, und gerade dann, wenn die anzüglichen Spitzen unterhalb der Gürtellinie zielen. Aber wir wissen ja: Bellende Hunde beißen nicht. Und jetzt lebt sie nicht mehr. Ich kann es kaum fassen.« Er schüttelte den Kopf.

»Könnte es sein, dass sich jemand von ihren Zoten verletzt fühlte?«

Der Vater stand auf und ging schwerfällig zum Kühlschrank. »Mag sein, aber das ist doch kein Grund für einen Mord!« Er stellte zwei Flaschen Pils auf den Tisch und fischte aus der Tischschublade einen Kapselheber. »Mein Kapital sind meine Augen«, wiederholte er und reichte ihr eine geöffnete Flasche. »Was für ein Satz. Und der bleibt mir als Erinnerung an sie.«

7. Kapitel

Kitty Siebert wurde um sechs Uhr morgens wach und starrte an die Decke ihres Schlafzimmers. Sie wusste, dass sie nicht wieder einschlafen würde, konnte aber auch noch nicht aufstehen. Ihre Erfahrung hatte sie gelehrt, dass Tage, an denen sie zu früh aufstand, ungut endeten. Als würden sich boshafte Zeitfenster voller Hinterlist in ihren festgelegten Tagesablauf schieben und nichts als Kümmernisse bringen.

Als sie das letzte Mal so früh aufgestanden war, hatte sie gedacht, sie könne sich selbst überlisten und müsse nur wachsam bleiben und diszipliniert. Aber es hatte nichts genutzt. Um die Mittagszeit war sie vom »armen Tier« – so nannte sie ihre Anfälle von Mutlosigkeit – angesprungen und an ihr verpfuschtes Leben erinnert worden. Später zerbrach der Giebel eines Glaspavillons für die Modelleisenbahn, weil ihre Finger plötzlich zitterten. Erst gestern, kurz vor dem Einschlafen, war ihr klar geworden, dass ihr an diesem Tag die Puppe gestohlen worden sein musste.

Jetzt starrte sie an die Decke und auf die noch herzurichtenden Puppen, die in den Regalbrettern rund um ihr Bett lagerten, und fragte sich, ob sie es jemals schaffen würde, ein Puppenmuseum zu errichten, um alle, die jetzt auf ihrem Gnadenhof ein langweiliges Dasein führten, auszustellen und bewundern zu lassen. Und falls ja, würde sich überhaupt irgendein Mensch auf der Welt dafür interessieren? Vermutlich nicht. Sicher säße sie dann ganz alleine am Empfang und hielte stumme Zwiesprache mit sich selbst. Na ja, wenigstens das war ihr vertraut.

Vor nicht einmal zehn Stunden war eine Nachbarin vorbeigekommen und hatte ihr über den Zaun zugerufen, dass Stefanie Overbeck ermordet worden sei, was Kitty insgeheim als gar nicht so schlechte Neuigkeit registrierte. Da aber weder die Regionalnachrichten im Fernsehen noch im Radio darüber berichtet hatten, war das garantiert auch wieder nur ein Gerücht. Ob heute was in der Zeitung stehen würde? Die Overbeck war jung und stark und wusste sich zu wehren. Außerdem verfügte sie über ein Schandmaul, das jeden in die Flucht schlug.

Kitty Siebert erinnerte sich an ihren letzten samstäglichen Einkauf auf dem Wochenmarkt. Da hatte die Overbeck sie als »Miss Hinkebein, was darf's denn sein?« angeredet und das Ganze wie einen hässlichen Spottvers klingen lassen. Alle Umstehenden hatten gekichert. Sollte dieses Miststück wirklich ermordet worden sein, so geschah ihr das recht.

Sechs Uhr fünfzehn. Kitty Siebert zwang sich, liegen zu bleiben. Ihr Bus fuhr erst um zehn Uhr acht. Sie hatte alle abzuliefernden Häuser und den Campingplatz für die Hagenköttersche Modelleisenbahnanlage fertig gebaut und bereits ordentlich in eine Reisetasche geschichtet. Sogar das Dach des Glaspavillons hatte sie mit straff gezogener Frischhaltefolie reparieren können. Klar, sie könnte ihrem Auftraggeber noch einen Phantasiepark aus Salzteig backen, den schön anpinseln und mit kleinen Flussläufen sowie einem Ententeich versehen. Aber war der Lokführer a. D. das wert? Würde er es zu schätzen wissen? Für ihn schien es selbstverständlich zu sein, dass sie in ihrer kostbaren Zeit Faller-Häuschen zusammensteckte und -klebte. Sie seufzte erneut.

Andererseits: Was hätte sie sonst machen sollen? Puppenkleider waschen und bügeln, ihren Lieblingen die Zelluloidköpfe polieren, ihnen winzige Söckchen stricken, ihnen die Wimpern tuschen?

Meine Güte, der Overbeck waren die Augen ausgestochen worden. Das hatte die Nachbarin gesagt.

Miss Hinkebein, dachte Kitty Siebert. Was für eine Unverschämtheit. Als wäre es nicht schon bitter genug, dass ihr das Gehen so schwerfiel. Damals, bei ihrer Verlobung, hatte sie die schönsten Beine von ganz Kalverode gehabt und sich ein kniekurzes Hochzeitskleid schneidern lassen. Damals. Es war Sommer gewesen, und auf dem Kirmesplatz hatte ein Zirkus gestanden. So wie jetzt. Vielleicht hatten die Leute vom Zirkus bei ihr eingebrochen und die Inge-Puppe gestohlen?

Unten im Haus klapperte ein Fensterladen. Markus Wissing hatte recht gehabt. Bei ihr war alles windig. Jeder konnte jederzeit einbrechen. Und bis sie dann die Treppe hinuntergehumpelt wäre, hätten die Diebe das wenige, was sie besaß, längst weggeschafft. Sie musste sich besser schützen.

Erneut dachte sie an ihre gestrigen Besucher, diesen Lackaffen von Wissing mit seiner fettigen Haartolle und das durch und durch ahnungslose Huhn von neuer Mitarbeiterin, die tatsächlich wegen einer gestohlenen Puppe ermittelte. Logisch, dass Mörder hier frei herumlaufen konnten, wenn sich die Polizei gleich im Doppelpack um solche Lappalien kümmerte. Als wäre ansonsten die Welt in Ordnung. Dabei war nichts in Ordnung, und sie musste zu allem Überfluss jetzt auch noch zur Polizeistation und dieses Protokoll unterschreiben. Bei dem Glück, das sie hatte, war das garantiert nicht einmal fertig und sie würde erneut antanzen müssen.

Endlich zeigte der Wecker sieben Uhr. Endlich durfte sie aufstehen und sich dem Tag mit all seiner Unbill stellen.

Annalena öffnete die Bürotür und erschauerte vor ihrem eigenen Spiegelbild. Das war nicht fair. Das war doch eindeutig ein Dienstzimmer und schon lange keine Ballettschule mehr, in der es um Haltung, ein durchgedrücktes Kreuz und atemberaubende Schönheit ging. Die Frau, die ihr bestürzt von der gegenüberliegenden Wand entgegenblickte und abwehrend beide Hände hob, war ihr nicht sympathisch und schien das Gleiche zu empfinden.

Gelassen lehnte Jörg Ottenhöver in seinem Schreibtischstuhl und schien ihr Erschrecken zu genießen. Er kaute an einem Zahnstocher. Ihrer beider Blicke trafen sich in dem Wandspiegel. Seiner beleidigt, ihrer verstört.

Sie ließ sich auf ihren Schreibtischstuhl fallen und gab sich betont professionell. »Und, haben Sie gestern noch was gefunden?«

Er schüttelte den Kopf. »Nichts Verwertbares. Aber das hab ich mir schon gedacht. Wer so vorgeht, weiß, was er tut.«

Sie sah ihn fragend an: »So vorgeht? Was meinen Sie damit?«

Er sah sie an, als wäre sie schwer von Begriff. »Das war keine spontane Aktion. Das war geplant. Da wollte ihr einer an Kopf und Augen. Nur, warum?«

Hieß es nicht eigentlich Kopf und Kragen? Annalena rückte ihre Brille zurecht und fixierte ihn. »Man sagt, sie hatte grüne Augen.«

Jetzt zuckte er zusammen. »Grüne Augen? Hab ich auch.«

In diesem Augenblick betrat Markus Wissing das Zimmer. Er sah aus, als hätte er die ganze Nacht nicht geschlafen.

»Warst wohl gar nicht zu Hause, oder?«, stellte Jörg teilnahmslos fest, und Markus hob resigniert die Schultern. Sein Hemd war zerknittert, die Schuhe glänzten feucht. Mit blassem Gesicht stand er mitten im Raum und blickte hilflos um sich. Seine langen Haare hingen ihm heute als dunkle Strähnen hinunter. »Gab viel zu tun«, murmelte er dann.

Jörg Ottenhöver schüttelte verständnislos Kopf. »Sag bloß, du warst bis jetzt in der Pathologie?«

Markus nickte und murmelte nach einer Weile: »Ich bin auch noch einfach so rumgelaufen. Geht mir irgendwie an die Nieren. Die Hagenkötter soll uns mal 'nen Kaffee machen.«

»Hedwig!« Mit lauter Stimme orderte Jörg eine Kanne Kaffee.

Wissing nahm sich einen Besucherstuhl und setzte sich zu ihnen. Vor fünf Tagen war dies noch sein Arbeitsplatz gewesen. Er sah sich um und suchte erst Annalenas, dann Jörgs Blick.

»Sie sieht fürchterlich aus. Ganz schrecklich. Man kann ihren Angehörigen nur wünschen, dass sie sie so nicht sehen müssen. Sie hat ja nur noch ihren Mann, sonst niemanden mehr. Aber der ist in Australien. Das war jetzt ein bisschen kompliziert wegen der Identifizierung. Dann ist mir eingefallen, dass ich sie mal bei unserem Hausarzt getroffen habe, bei dem sie auch war. Der hat bestätigt, dass es tatsächlich Stefanie Overbeck ist. Ich hätte sie kaum noch erkannt.« Er schluckte.

»Ja, das stimmt.« Lautlos hatte Ewald Schmeing den Raum betreten. Er stellte sich hinter Markus Wissing und stützte beide Hände auf dessen Stuhllehne. Auch er sah müde aus.

»Möglicherweise ist sie auch gefoltert worden«, ergänzte Markus. »Überall Abschürfungen und Schnitte, oder?« Er drehte sich zu Ewald um.

»Du siehst auch nicht viel besser aus«, stellte der Dienststellenleiter besorgt fest. »Wie oft habe ich dir das schon gesagt. Wenn wir die Sache zu nah an uns ranlassen, verlieren wir die kritische Distanz.«

Markus Wissing putzte sich die Nase.

Annalena vergaß den Spiegel in ihrem Rücken, räusperte sich und warf ihre Vermutung in den Ring: »Und wenn da so was wie Organhandel im Spiel ist?«

»So ein Quatsch«, schnaufte Markus Wissing. »Bei uns doch nicht.«

Sie blieb beharrlich und suchte Ewalds Blick: »Aber ihr habt doch gesagt, das OP-Gebiet sei steril gewesen, absolut keimfrei. Kopfhaare entfernt, Augenbrauen, vermutlich auch die Wimpern. Nur diese Desinfektionswut ist etwas erstaunlich, wenn sie vorhatten, sie umzubringen und nur an ihren Augen interessiert waren.«

»Hört auf damit!«, schrie Markus plötzlich und hielt sich die Ohren zu. »Das will ich nicht hören! Nicht noch einmal!« Er sprang auf, rannte in sein eigenes Büro und knallte die Tür hinter sich zu.

Schweigend trug ihm die sonst so gesprächige Hedwig den Kaffee nach und kam kopfschüttelnd zurück. »Den hat's ja richtig erwischt. So kenn ich den gar nicht. Wat hat er denn bloß?«

»Du hältst dich da besser raus.« Ewald Schmeing wies mit dem Kopf auf die geschlossene Tür des Kriminalhauptmeisters und zog seine buschigen Augenbrauen hoch. »Lass den mal 'ne halbe Stunde in Ruhe. Wir können ja schon mal anfangen und unsere Infos zusammentragen. Wo sind eigentlich die anderen?«

»Wir hatten neun Uhr vereinbart.« Jörg Ottenhöver wies demonstrativ auf seine Armbanduhr. »Also in genau zwanzig Minuten.«

»Dann können wir ja noch hoffen, dass der sich da drinnen

bis dahin wieder eingekriegt hat. Kindergarten. Früher hatten die Männer bessere Nerven.« Hedwig Hagenkötter grinste und verließ im Windschatten Ewald Schmeings den Raum. Annalena und Jörg fuhren ihre Computer hoch.

»Chef, Gespräch für dich«, schallte Hedwigs Stimme durch die Wache. »Eine Frau Zentner. Dat is sicher 'ne Zeugin. Ich stell schon mal das Gespräch durch und komm dann sofort, um alles zu protokollieren.«

Annalena sah, wie der Kriminaloberrat mit hochrotem Gesicht durch den Flur huschte und in seinem Büro verschwand. Bevor er die Tür schloss, hörte sie ihn antworten: »Nein, das ist privat, stell das Gespräch durch, und lass mich dann mal zehn Minuten in Ruhe telefonieren.«

Jörg Ottenhöver hob die Braunen. »Je öller, je döller.« Auf seinem Gesicht zeigte sich der Ansatz eines Grinsens.

Annalena fixierte ihn streng. »Für mich klang das nach einer Privatsache, und die geht uns ja wohl nichts an.«

»Und *wie* privat das ist. Unser Boss stellt nämlich 'ner verheirateten Frau nach, aber mich geht's ja nix an, ich will da nix gesagt haben, kommt sowieso alles noch früh genug ans Licht. Zur Tarnung steigt er dann zu ihr in dieses japanische Auto, weil seine Karre ja bekannt ist wie ein bunter Hund. Aber logo weiß das ein jeder – nur nicht der Ehemann. Und jetzt wissen Sie es auch.«

»Dann sagen Sie auch besser nichts!« Ihr Kommentar klang spitzer als beabsichtigt, und er platzierte eine zusätzliche Zornesfalte auf seine von Haus aus schon zerfurchte Stirn.

Markus Wissing fuhr sich mit gespreizten Fingern durchs Haar. Auf dem Schreibtisch stand der von ihr am vergangenen Freitag gepflückte Maiglöckchenstrauß. Und jetzt lag ihr Körper kalt und starr auf dem Stahltisch der Pathologie.

Auf dem Anrufbeantworter seines Diensttelefons waren acht Nachrichten. Alle von Thekla. Seit sechs Uhr abends hatte sie im Rhythmus von zwei Stunden kontrolliert, ob er am Schreibtisch saß. Er traute ihr zu, dass sie sich dazu eigens einen Wecker gestellt hatte. Wäre er am Wochenende zu ihr gegangen, anstatt für Thekla den Keller weiß zu streichen, könnte Stefanie noch leben. Vielleicht. Thekla war schuld.

Nein, er hatte keine Lust, jetzt mit ihr zu sprechen. Sollte sie sich weiter sorgen. So, wie er sie kannte, hatte sie sich zwischenzeitlich garantiert mit Hedwig Hagenkötter kurzgeschlossen und wusste daher, dass er die Nacht durchgearbeitet hatte. Und er würde so lange durcharbeiten, bis er herausgefunden hatte, wer Stefanie das angetan hatte. Das schwor er sich. Und ihr!

Aus dem Nebenzimmer waren Stühlerücken und Geräusche zu hören. Das bedeutete offensichtlich, dass die Jungs von der Spurensicherung und vom Erkennungsdienst eingetroffen waren. Noch aber war es nicht neun. Er hatte noch vier Minuten Zeit. Und diese Zeitspanne nutzte Markus Wissing, um sämtliche Fotos und E-Mails zunächst auf einer externen Festplatte zu sichern und dann vom Hauptrechner zu löschen. Er hatte das Empfinden, damit frei zu sein für diesen Fall. Dann straffte er sich und ging ins Nebenzimmer.

Albert Hagenkötter sah die Züge immer nur vorbeifahren – und das war gut. Keiner hielt und löste in ihm den fatalen Impuls aus, einzusteigen, die Kommandozentrale zu übernehmen und für immer aufzubrechen. Die roten Züge der Prignitzer Eisenbahngesellschaft mit ihren fünf bis zehn Waggons fuhren so schnell, dass er die Gesichter hinter den Fenstern nicht erkennen konnte, rauschten an ihm vorbei, hinterließen ein Flirren in der Luft und warfen ihn sanft auf seine eigentliche Mission zurück, die darin bestand, münsterländische Verkehrsknotenpunkte nachzubauen und Eisenbahngeschichte erlebbar zu machen.

Noch schneller als Züge jedoch verbreiteten sich Gerüchte und schlechte Neuigkeiten, dachte er und sah der Euregio-Bahn nach, die unterhalb seines Dachgartens grenzüberschreitend ins benachbarte Holland raste. Als seine Frau am Vorabend heimgekommen war, hatte sie sich wortkarg hinter der Bemerkung verschanzt: »Es ist etwas Schreckliches passiert«, und sich im Badezimmer eingeschlossen. Er wusste, sie würde ein Wannenbad nehmen, sich einbalsamieren, ihre Seele ins Gleichgewicht bringen und in frühestens zwei Stunden wieder auftauchen. Kein Abendbrot.

Genau das war für ihn ein Grund gewesen, auf ein Bierchen und mehrere Soleier in die nächste Gastwirtschaft zu gehen. Dort hatte er das erfahren, was Hedwig ihm nicht sagen durfte. Vermutlich mit weitaus mehr abscheulichen Details, als Hedwig sich vorstellen konnte und als er wirklich wissen wollte. Stefanie Overbeck, geborene Rensing, Anfang dreißig, lebte nicht mehr. Am Samstag noch hatte er Spargel bei ihr gekauft und dabei wie immer in ihre ungewöhnlich grünen Augen geblickt. Wie Bernstein hatten die geschimmert, hintergründig und verheißungsvoll, aber auch feurige Blitze konnte sie aus ihnen schießen – vor allem, wenn sie sich als zotiges Marktweib gab.

»Iss dich scharf«, hatte sie als Slogan über ihr Spargelangebot gehängt und das Gemüse wie kleine Phalli aufgerichtet. Mit einem Mal hatten sich selbst jene Männer als begnadete Köche ausgegeben, die noch nie eine Küche von innen gesehen hatten, und mit ihr, unter deren weit aufgeknöpftem Kittelkleid ein grüner Spitzen-BH hervorblitzte, über die Frage diskutiert, ob Zucker ins Spargelwasser gehöre oder nicht. Er, Albert Hagenkötter, war ein Verfechter der Zuckertheorie und hatte das am vergangenen Samstag auch lauthals verkündet.

Neben ihm am Tresen des Gasthofs war immer heftiger diskutiert worden, und der Modelleisenbahnbauer hatte nur kurz hingehört, um dann ungläubig nachzufragen: »Die Augen ausgestochen und entfernt?«

»Ja«, murmelte einer.

»Diese schönen Augen!«, flüsterte Albert Hagenkötter fassungslos.

»Ja.« Sein trinkender Nachbar starrte ins Glas und seufzte. »Die Figur war auch nicht schlecht.«

»Bei lebendigem Leibe?«

»Weiß nicht«, meinte einer der anderen Männer am Tresen.

Danach waren die Gespräche verebbt, und die meisten der einsamen Zecher hielten ihr Pilsglas mit beiden Händen fest und starrten die Strichliste auf dem Bierdeckel an.

»Wer tut denn so was?«, wagte Albert noch zu fragen, aber niemand wusste eine Antwort.

Spät erst war er heimgegangen und hatte sich gefragt, warum sich schlechte Nachrichten so schnell verbreiteten und gute Nachrichten so viel länger brauchten, um unters Volk zu kommen. Als würden sie von jedem Empfänger aufs Sorgfältigste untersucht, ob nicht doch ein Makel an ihnen zu finden sei. Eigenartig. Gute Nachrichten glichen Bummelzügen, die an jeder Milchkanne hielten, und die schlechten einem Intercity Express, der es kaum erwarten konnte, anzukommen.

Er hatte den offenen Bahnübergang passiert und dabei auf sein Haus geblickt. Im Wohnzimmer des ersten Stocks war Licht, was darauf schließen ließ, dass Hedwig ihr Bad verlassen hatte und nun im weißen Frotteemantel mit einem Glas Bier in der Hand vor dem Fernseher saß. Er würde ihr nicht sagen, was er im Gasthaus erfahren hatte. Aber er würde sich neben sie setzen und ihre Hand halten.

Wachsam hatte er um sich geblickt. Niemand beobachtete ihn. Vermutlich schlief halb Kalverode schon. Und so hatte er sich zwischen die Schienen gekniet, sein Ohr an die Eisenschwelle gelegt und gelauscht. Stille. Dabei wurde garantiert weit weg, in Amsterdam, Coesfeld oder Münster mit Zügen rangiert. Aber in Kalverode bekam man davon nichts mit.

Am stillgelegten Güterbahnhof, wo er wohnte, hielten schon lange keine Züge mehr, dafür aber rauschten sie nur einen Steinwurf entfernt an ihm vorbei. Die einstigen Lagerräume im Erdgeschoss hatte er an eine Schreinerei vermietet, was insofern praktisch war, als die ihm bei Bedarf neue Territorien für sein Modelleisenbahnprojekt lieferte. Die Wohnräume erstreckten sich auf einer Fläche von zweihundert Quadratmetern im ersten Stock, und darüber lag der als Galerie ausgebaute Dachboden mit noch einmal einhundertsechzig Quadratmetern. Seit der Ersteigerung dieses Anwesens vor mehr als zwanzig Jahren hatte Albert es noch keinen Tag bereut. Das hier war seine Kommandozentrale. Fast stündlich rasten die Züge über den glitzernden Schienenstrang und gaben ihren Schwung an Albert Hagenkötter weiter, dessen Modelleisenbahn davon profitierte.

Zu Hause lag Hedwig auf dem Sofa. Im Fernsehen lief Werbung. Sie hatte ihr frisch gewaschenes Haar unter einem Handtuch verborgen und beide Augenhöhlen mit weißer Creme und Wattepads bedeckt. So war auch die Tote gefunden worden, vermutete er. Mit einem Kopftuch und verbundenen Augen. Das hatten die in der Kneipe erzählt. Zitternd stürzte er auf seine Frau zu.

Die schnarchte leise. Sie lebte, Gott sei Dank.

Etwa zur gleichen Zeit saß der Mann vor seinem Rechner und übertrug die Bilder des vergangenen Wochenendes vom Kamerachip auf die Festplatte. Er hatte an diesem Samstag und Sonntag vor allem geborstene Baumrinden und von Wespen zerfressene Blätter fotografiert. In Schwarz-Weiß. Bis um das zwanzigfache vergrößert, ergaben diese Motive unendlich filigrane und feinkörnige Muster und ließen Phantasielandschaften mit den Schatten von Gnomen und Elfen erahnen. Er bedauerte es erneut, dass die Textilfabrikantin seine Fotos nicht als Druckvorlage für ihre VIP-Kleidchen nehmen wollte: Die Motive waren ihr zu trist, Schwarz-Weiß verkaufe sich nicht, behauptete sie.

Dieser Ort, dieses Kalverode, lehnte ihn ab. Er roch es. Hinter seinem Rücken bezeichnete man ihn als Eindringling und fiesen Möpp. Genauso hatte ihn auch die Frau auf dem Samstagsmarkt angesprochen. »Da isser ja, de fiese Möpp, na, wat darfet sein?«, und ihn mit diesen phantastischen grünen Augen angeblitzt, die übrigens eine ganz andere Sprache sprachen als ihr Mund.

Nur deshalb hatte er nach der Farbfilmkamera vor seiner Brust gegriffen und sie geknipst, während sie den Spargel abwog, und ihm war ebenso wie allen Umstehenden klar gewesen, dass sie mit ihm flirtete und ihn mit ihrem Blicken einfing. Er hatte es geschehen lassen, sie hatten Zweideutigkeiten ausgetauscht, die nicht jeder der Umstehenden verstand, und er fotografierte sie, als ginge es um sein Leben. Alle Zeugen dieses Vorfalls könnten bestätigen, dass weder Adressen noch Telefonnummern ausgetauscht worden waren. Die Blitze, die zwischen ihnen funkten, und das verheißungsvolle Knistern hatten nur die wenigsten wahrgenommen.

Nachdenklich öffnete er nun den Chip mit den Farbaufnahmen der Marktfrau und ihrer männlichen Kunden, die es betont vermieden, auf den Ausschnitt von Stefanies grün gemusterten Kittelkleid zu schauen. »Schürzenjäger«, dachte er und betrachtete Stefanie Overbeck: ein längliches Allerweltsgesicht mit aschblonden Locken und einem lächelnden Mund, aber was für Augen! Grüngolden, unergründlich, von langen schwarzen Wimpern umrahmt. Und noch immer meinte er, ihren Duft wahrzunehmen, diesen Geruch nach Verheißung, Stille, Selbstgenügsamkeit und unendlicher Tiefe.

Einem plötzlichen Impuls folgend vergrößerte er nun diese Augen und zerlegte die freigestellte Iris in acht einzelne Ausschnitte – wie eine frisch aufgeschnittene Torte. Die Teilchen setzte er zu einem Kaleidoskop zusammen und erschuf eine goldgrün schimmernde Traumlandschaftshaut mit warmen bräunlichen Einsprengseln. Er würde es der VIP-Frau als Vorlage für ihre neue Kollektion schenken. Das würde ihr gefallen. Ihr würde er das Bild als die glänzende Hülle eines exotischen Schuppentiers verkaufen. Damit konnte sie bei ihrer nächsten Modenschau garantiert punkten, und sie würde ihm dankbar sein.

Dankbar war er jedem einzelnen in dieser Stadt, weil keiner von denen eine so feine Nase hatte wie jene, in deren Windschatten er aufgewachsen war, die alles von ihm gewittert hatte und selbst seine zartesten Empfindungen bissig kommentierte. Seine Mutter, von der er diese Fähigkeit übernommen hatte, Befindlichkeiten zu riechen: Fluch und Segen zugleich.

»Du stinkst nach Frau«, hatte sie ihn angeschrien, als er sechzehnjährig und glückselig nach dem ersten Kuss heimgekommen war. »Geh duschen, und zwar sofort!«

Die Mutter selbst hatte nie nach einem Mann gerochen, oder er hatte es nicht wahrnehmen können. Jetzt roch sie nach exquisitem Altersheim, schweren Parfums und übermächtigen Ansprüchen. Selbst aus einer Entfernung von mehr als achtzig Kilometern.

Der Gedanke an sie versetzte ihm einen Stich. Immer wieder. Er schluckte und sah sich die anderen Fotos durch. Nur wenige der Schwarz-Weiß-Aufnahmen waren gelungen. Er löschte den Ausschuss. Vielleicht war es doch nicht klug gewesen, ausgerechnet die Apfelblüte im Klostergarten fotografieren zu wollen. Die kam nicht so gut ohne morgendliche Tautropfen. Andererseits hatte er dort an vielen Nachmittagen den Tänzer gesehen, ein hageres, greisenhaft riechendes Männlein, das sich selbstvergessen und fast nackt zu japanisch anmutenden Klängen bewegte. Vielleicht war dieser Traumtänzer früher zur See gefahren – oberhalb des rechten Hüftknochens war unübersehbar seine Blutgruppe »AB Rh neg« eintätowiert. Der Mann mit der Kamera hatte ihn Ende März zum ersten Mal entdeckt, als er – fast nackt und mit bloßen Füßen – zwischen Krokussen, Winterlingen und Perlhyazinthen auf harschen Schneeresten tanzte. Mit diesem Bild hatte er seine Freunde per Rundmail über sein neues Zuhause informiert und hinzugefügt: »Wie man sieht, bin ich hier nicht der einzige schräge Vogel.«

Am Mittwoch, dem 4. Mai, sah Albert Hagenkötter Kitty Siebert über die Straße humpeln. Sie war also in den Zehn-Uhr-acht-Bus gestiegen. Er hatte alle regionalen Fahrpläne im Kopf und überprüfte sie stündlich. Für den Bahnübergang brauchte sie immer besonders lange, und auch die Treppe in den ersten Stock seines Hauses machte ihr zu schaffen, aber dafür, dass er ihr die Arbeit bezahlte, sie immer wieder mit neuen Bausätzen belieferte und dadurch ihrem Leben einen wirklichen Sinn gab, war es nur gerecht, dass sie ihm die zusammengebastelten Gebäude vorbeibrachte.

Hätte sich in der Nähe ihres Hauses ein Bahngleis gefunden, so wäre er schon mal bei ihr vorbeigekommen. Aber so? Ohne die Chance auf vorbeifahrende Züge fühlte er sich nur halb, wie abgeschnitten vom Fluss des Lebens und den Belangen der Zeit. Und es ging ja auch so. Bewegung tat ihr sicher gut, und so kam Kitty auch mal unter Leute.

Er lächelte zufrieden und dachte zuversichtlich an seinen Verkehrsknotenpunkt *en miniature*. Der würde mit der heutigen Lieferung um einiges vorankommen. Den winzigen Campingplatz würde er an den Drilandsee setzen. In Wirklichkeit fuhr dort zwar kein Zug vorbei, aber diese kleine Ungenauigkeit durfte als künstlerische Freiheit verbucht werden. Wer die Realität sehen wollte, konnte sich ja an einen Bahnhof der Jetztzeit stellen und sich von Betonwänden und Getränkeautomaten enttäuschen lassen. Er dagegen baute historische Eisenbahnknotenpunkte voller romantischer Versprechen nach.

Jetzt hatte sie die Eingangstür seines Hauses erreicht. Meine Güte, diese Kitty Siebert war siebzehn Jahre jünger als er und bewegte sich wie eine Hundertjährige. Außerdem tat sie, als hätte sie statt winziger Plastikhäuser unglaubliche Gewichte zu schleppen. Er würde ihr wohl doch entgegengehen müssen.

Eine halbe Stunde später saß sie in einem Gartenstuhl auf seiner Dachterrasse und schnappte immer noch nach Luft. Vor ihr stand ein Glas frisches Leitungswasser.

»Ich bräuchte eigentlich noch so ein richtig schönes westfälisches Bauernhaus«, verkündete Albert gerade, »so eins mit Reetdach und Pferdekopfgiebeln. Und die Pferdeköpfe sollen einander zugewandt sein, damit jeder weiß, dass hier ein glückliches Bauernpaar wohnt. In Häusern, wo sich die Pferde auf dem Giebel nicht angucken, wohnen nämlich fast immer hartherzige Frauen. Das Problem ist: In den Bausätzen gibt's nur Plastikdächer. Meinen Sie, Sie kriegen so ein Reetdach hin? Sie sind da doch so geschickt.«

Kitty Siebert ging auf das Kompliment nicht ein. Alles, was zwischen Männern und Frauen möglich sein könnte, war ihr seit ihrer geplatzten Verlobung suspekt. Für sie gab es keine zwei Geschlechter mehr. Nur noch Menschen. Und Menschen waren schwierig.

Lockend hielt er ihr das Foto eines Museumsbauernhofes vor die Nase. Sie wich zurück.

»So ein Dach?«, fragte er nach.

Sie starrte auf das Bild. »Mit echtem Schilf oder Reet könnte das zu grob wirken. Aber wie wär's mit Borstenhaaren? Entweder aus Künstlerpinseln oder aus ganz normalen Bürsten?« Borsten – dachte sie unvermittelt. Waren das nicht Schweineborsten? Und wurden auf dem Markt nicht auch Schweine verkauft? Und hatte diese Stefanie nicht lauter Unverschämtheiten und Schweinereien auf ihre Kundschaft losgelassen?

An der Bushaltestelle hatte sie es bestätigt bekommen. Auch ihre Nachbarinnen hatten schon davon gehört. Das Schandmaul war tot. Es war *das* Gesprächsthema des Vormittags. Während der viertelstündigen Fahrt zum alten Bahnhof hatte sie die anderen im Bus über diese Ungeheuerlichkeit reden hören. Sie wandte sich an ihren Auftraggeber: »Haben Sie es schon gehört? Die Overbeck soll ermordet worden sein.«

Er nickte gelassen.

»Jaja, das hat Ihnen Ihre Frau sicher schon alles erzählt, die ist ja bei der Polizei.« Kitty nickte verständnisvoll.

»Die unterliegt der Schweigepflicht«, stellte er klar.

»Ach so.« Sie senkte den Kopf.

»Sie kannten sie also auch?«, fragte Albert Hagenkötter nach ein paar Augenblicken säuerlichen Schweigens und breitete dabei eine Kollektion frisch erworbener Bausätze vor ihr aus.

Kitty blickte wachsam hoch. Er sollte ja nicht glauben, dass sie ihm was über Steffi Overbeck erzählte. Sie würde sich nicht zu dieser Sache äußern, denn ehe man sichs versah, hatte man ein Verfahren wegen übler Nachrede an der Hacke. Beiläufig wühlte sie stattdessen in ihrer Tasche und brachte jenen aus Salzteig gebackenen Hügel hervor, den sie dann doch noch während ihres Frühstücks produziert hatte. »Ich weiß ja, dass hier alles flach ist, aber vielleicht finden Sie irgendwo doch noch Platz für diesen kleinen Berg. Schauen Sie, ich hab extra viele Löcher reingemacht, falls der noch mal mit Plastiktännchen bewaldet werden soll.«

»Danke. Ein kleiner Wald wäre nicht schlecht.« Albert Hagenkötter atmete beruhigt auf. Gespräche mit dieser Frau waren wie Zugfahrten bei schwersten Unwettern. Man musste höllisch aufpassen. Vertraulich wandte er sich an sein Gegenüber: »Obwohl … die arme Frau Overbeck wurde ja auch in einem Waldstück ermordet, hinter einem Rhododendronstrauch. So ein kleiner Hügel ist vielleicht im Moment etwas pietätlos.«

Kitty starrte ihn mit offenem Mund an. Wenn hier was pietätlos war, dann waren das ja wohl die Sprüche der Overbeck gewesen. Sie schluckte und biss sich auf die Lippen.

»Andererseits«, fuhr ihr Auftraggeber fort, »hat man dort nur ihren Leichnam gefunden. Kann gut sein, dass sie woanders umgebracht wurde. Nur, warum? Na ja, die Polizei wird es schon herauskriegen.«

Warum? Was für eine Frage. Kitty Siebert hätte ihm gleich mehrere Gründe nennen können – aber sie schwieg dazu.

Er nahm den aus Salzteig gebackenen Hügel in die Hand und begutachtete ihn von allen Seiten. »Wirklich nett.«

»Dann lass ich den Berg hier. Sie können ihn ja Overberg nennen, in Erinnerung an die Overbeck.« Kitty Siebert versuchte erst gar nicht zu lächeln. Sie wusste, dass es ihr misslingen würde.

Mit den neuen Bausätzen – diesmal für einen Schafhirten mit Bauwagen und großer Herde – machte sie sich auf den Weg zur Polizeistation im Alten Amtshaus. Heute hatte sie ihren schwarz lackierten Stock dabei, der in der Sonne so makellos glänzte. Es war halb zwölf, und wenn sie Glück hatte, würde Hedwig sie zum Mittagessen einladen und möglicherweise sogar noch nach Hause fahren.

Hedwig war eine wirklich nette und zugewandte Frau, an allem interessiert und dann auch noch ehrenamtlich tätig. Aber verheiratet mit einem hochnäsigen Mann, der auch noch schienensüchtig war. Ob sie sich deshalb so sehr um andere kümmerte? Schon komisch, welche Paare zueinanderfanden und dann auch noch beieinanderblieben! Sie war auch einmal verlobt gewesen, aber das war lange her. Und sie waren dann ja auch nicht zusammengeblieben.

Angespannt saßen sie um den runden Konferenztisch, dessen Vorsitz Ewald Schmeing eingenommen hatte: fünf Männer und zwei Frauen. Hedwig Hagenkötter hatte mehrere Thermoskannen Kaffee und eine weitere Schale mit Bentheimer Moppen in die Mitte der Tafel gestellt und klappte ihr Notebook auf, um das Protokoll direkt einzutippen. Sie war unglaublich fit mit allen technischen Neuerungen, da Ewald ihr jedes Fortbildungsangebot der Industrie- und Handelskammer genehmigte. Zum Nachweis ihrer Kompetenz hatte sie die Wände des Besprechungszimmers mit ihren bisher erworbenen Qualifikationen gepflastert. Jörg Ottenhöver, der grundsätzlich dazu neigte, seinen Mitmenschen unlautere Motive zu unterstellen, behauptete, die Hagenkötter würde ihr Wissen auch außerhalb der Diensträume einsetzten und überteuerte Nachhilfestunden geben. Aber niemand gab etwas auf sein Gerede.

Markus Wissing brütete vor sich hin. Das Schicksal hatte ihm einen Schlag in die Magengrube versetzt. Er fühlte sich fremd, ferngesteuert und war eigentlich gar nicht da. Nur seinen Körper hatte er gerade noch in den Konferenzraum schleppen können. Die vergangene Nacht hatte er erst in der Pathologie und später in seinem Dienstzimmer verbracht. Ungeduscht und ohne frische Kleidung saß er nun am Tisch, das Kinn auf die gefalteten Hände gestützt. Wieso waren die alle so hektisch, so laut, warum sprachen sie so durcheinander?

Vor allem Ewald rieb sich mit hochrotem Kopf die Hände und ermunterte seine Mannschaft mit Sätzen wie: »Je schneller wir ermitteln, desto eher haben wir den Täter und können uns dann mit diesem verschwundenen Ehepaar befassen. Da gibt's noch keine neue Spur. Die Düsseldorfer haben das Video von der

Tankstelle beschlagnahmt und einige Kollegen hergeschickt. Ist ja wohl klar, dass die Amtshilfe von uns erwarten, genau wie wir sie auch von ihnen erwarten würden. Deshalb: Frisch gewagt ist halb gewonnen. Der frühe Vogel fängt den Wurm.«

»Der frühe Vogel kann mich mal«, kommentierte Jörg Ottenhöver wie immer schlecht gelaunt.

Markus fühlte sich zu schwach, um ihm recht zu geben.

»Ich habe übrigens nun auch eine Sonderermittlungsgruppe angefordert«, verkündete Kriminaloberrat Schmeing zuversichtlich. »Man will die Sache prüfen. Kann also durchaus sein, dass uns morgen oder übermorgen ein paar Kollegen zu Hilfe kommen. Dass ihr mir bloß alles ordentlich dokumentiert.«

»Dat kennen wir doch schon. Da kommt ja doch keiner, woanders is immer alles wichtiger.« Wilfried Lütke-Tillmann blieb gelassen.

Links hinter Ewald stand Annalena am Flipchart und machte sich wichtig, wie Jörg missmutig anmerkte. Heute trug sie zu schwarzer Jeans und grünem T-Shirt ein helles Leinenjackett, hatte sich die Haare streng zurückgekämmt und zusammengebunden und eine randlose Brille aufgesetzt, was dazu führte, dass Jörg Ottenhöver sie vor versammelter Mannschaft als jüngere Ausgabe des Bundeshosenanzuges angesprochen hatte, worüber ausgerechnet Ewald laut gelacht hatte, er, der sie doch eigentlich in Schutz nehmen sollte.

Annalena war gekränkt. Schweigend schrieb sie den Namen Stefanie Overbeck an die Tafel und zog mit dicken schwarzen Filzstiften Linien zu den Zeitpunkten und Orten, die sich aus den gesammelten Zeugenaussagen ergaben. In ihrem Rücken hörte sie es rascheln und raunen.

An dem Tag, der ihr letzter sein sollte, war Stefanie sehr früh aufgestanden, hatte die Zeitung aus dem Briefkasten geholt, vermutlich die Prospekte mit den Sonderangeboten studiert, sich eines ihrer durchgeknöpften Kleider angezogen und war dann direkt zum Wochenmarkt auf den Augustin-Wibbelt-Platz gefahren. Ewald Schmeing und Hedwig Hagenkötter hatten sie dort gesehen, ebenso eine gewisse Birgit Zentner, die das dem Kriminaloberrat vor einer halben Stunde telefonisch mitgeteilt und ihn damit offensichtlich in strahlende Laune versetzt hatte.

Ab zwölf wurden die Marktstände abgebaut, und Stefanie Overbeck war mit ihrem weißen Golf zur Drogerie an der Weststraße gefahren, hatte sich dort mit fünf Großpackungen Toilettenpapier aus einem Sonderangebot eingedeckt, um anschließend im Supermarkt an der Bentheimer Straße zehn Kilo Kaffee als Schnäppchen des Tages zu bunkern. In einer Gärtnerei hatte sie Salat- und Zucchinipflanzen gekauft. Die Kisten standen nun mitsamt dem Ausdruck der elektronischen Quittung und der Zeitangabe von dreizehn Uhr fünfundvierzig in ihrem Garten.

Alle, die an diesem Samstag mit ihr gesprochen hatten, versicherten, sie sei wie immer gewesen und habe zudem einen ziemlich gewagten Witz erzählt. Nein, wiederholen wollte den niemand. Nicht unter diesen Umständen. Es schien ein Altherrenwitz gewesen zu sein.

Und dann war da ja auch noch der fiese Möpp gekommen, der jetzt bei der Vortkamp wohnte. Die hatten sich vor dem Marktpublikum die unglaublichsten Sachen an den Kopf geworfen, lauter Schweinkram, und er hatte sie mit seinem Lächeln und dem Klicken der Kamera vom Verkaufen abgehalten, dieser Haldodri. Das müsste verboten werden, laufen ja auch unschuldige Kinder auf dem Markt herum.

Eine Nachbarin wusste, dass Stefanie nachmittags noch mal weggefahren war. »Das tat sie oft an Samstagen nach dem Markt – um spazieren zu gehen und sich vom Rummel zu erholen.« Ab da verloren sich die Spuren.

»Hast du das alles?« Ewald Schmeing wandte sich an die Protokollantin.

»Klar doch«, versicherte Hedwig und sah aufmerksam in die Runde. Sie hatte nicht ein einziges Mal auf die Tastatur geblickt und blind und mit allen zehn Fingern getippt. Endlich konnte sie mal zeigen, wozu sie fähig war.

Kriminalhauptmeister Markus Wissing goss sich Kaffee nach,

strich sich das strähnige Haar zurück und wärmte sich seine kalten Hände an der heißen Porzellantasse. Er hatte schneeweiße Lippen.

Rechts neben ihm saß Oberwachtmeister Heinz Krabbe und wippte ungeduldig mit den Beinen. Seit sieben Uhr morgens hatten er und Wilfried den Fundort der Leiche untersucht und, wie er nun behauptete, jeden einzelnen Grashalm auch von unten betrachtet. Ohne Ergebnis. Er trug eine Polizeiuniform, hatte sich den Schlips ordentlich gebunden und roch nach einem herben Duschbad. Sein Gesicht war heute nicht ganz so rot wie sonst. Vor sich hatte er ein weißes Blatt liegen, auf das er mit steiler Schrift die Worte »Mind Map« gemalt hatte. Der hatte ja vor Kurzem eine Fortbildung gemacht, vermutlich war er auf einem Expertenworkshop zum Thema »vernetztes Denken« gewesen und würde ihnen sicher noch einen Vortrag dazu halten. Es blieb einem auch nichts erspart.

»Ruhe, meine Herren, meine Damen!« Ewald Schmeing klopfte mit seinem Kugelschreiber auf die Tischplatte und räusperte sich. »Für die, die es noch nicht wissen: Der Pathologe ist sich ganz sicher, dass das Opfer bereits tot war, als man ihm die Augäpfel entfernte. Außerdem ist Tatort nicht gleich Fundort. Der Körper wurde post mortem bewegt. Das heißt, jemand hat sie betäubt und getötet und ihr erst dann die Augen entnommen.«

Horst Toplischek schüttelte fassungslos den Kopf. »Aber warum, wer macht denn so was?«

»Das Ganze wurde nach Aussage unseres Doktors absolut professionell gehandhabt und lässt auf Organhandel schließen«, fuhr Ewald Schmeing fort und verfolgte aus den Augenwinkeln die unglaublich schnell tippende Hedwig.

Triumphierend suchte Annalena Markus Wissings Blick. Ihre Vermutung war also genau richtig gewesen.

Markus starrte vor sich hin und reagierte nicht.

»Wusstet ihr eigentlich, dass nicht durchblutete Organe wie beispielsweise Gehörknöchelchen oder Augenhornhaut gekühlt ziemlich lange aufbewahrt werden können? Oder dass praktisch jeder Hornhäute spenden kann? Verwertbar sind die von Leuten zwischen zehn und fünfundachtzig Jahren«, dozierte Ewald Schmeing. »Aber natürlich nimmt man nur die von Verstorbenen.«

»Klar, wer gibt denn schon für nix sein Augenlicht her«, meldete sich Wilfried Lütke-Tillmann und achtete darauf, dass Hedwig seine Anmerkung festhielt. Dann fuhr er sich mit beiden Händen durch die Lockenpracht. Offensichtlich fand er es an der Zeit, auch mal was zu sagen. Sonst ging er womöglich gar nicht ins Protokoll ein. Ewald Schmeing überhörte seinen Kommentar und blickte abwartend in die Runde.

Markus wandte sich mit zerfurchter Stirn an Ewald: »Was willst du damit sagen?«

»Was der Arzt auch schon meinte: Wir sollten von illegalem Organhandel ausgehen.«

Sorgfältig schrieb Annalena das Wort an das Flipchart. Da stand es nun, schwarz auf weiß: Organhandel.

»Nur wegen der Augäpfel bringt man doch niemanden um!«, stellte Horst Toplischek klar. »Da sind garantiert mehrere Sachen zusammengekommen.«

»Ach, was denn zum Beispiel?« Heinz Krabbe straffte sich in seiner Polizeiuniform. »Die hat doch keinem was getan!«

»Die hat alleine gelebt und auf dem Wochenmarkt die Kerle angebaggert. Kann gut sein, dass der ein oder andere das als eindeutige Aufforderung gesehen hat, um … Na ja, ihr wisst schon, was ich meine.« Horst Toplischek wurde rot, putzte sich die Nase und fügte hinzu: »Statistisch gesehen ist Eifersucht nämlich das häufigste Mordmotiv.«

»Keine Frau würde so was machen«, fuhr Hedwig dazwischen und unterbrach für einen Augenblick das Mitschreiben. »Frauen morden mit Gift. Das weiß doch jeder.«

Markus Wissing wurde rot. »Ja, habt ihr sie denn noch alle? Dem armen Opfer jetzt auch noch einen schlechten Lebenswandel unterstellen.«

»Keiner unterstellt hier was. Wir machen Brainstorming.« Ewald Schmeing war hinter Markus getreten und legte ihm eine Hand auf die Schulter. »Setz dich, beruhige dich. Tut mir leid, dass ich dich in die Pathologie mitgenommen habe. Dabei hielt ich dich für den Stabilsten von allen! Hab mich wohl geirrt. Jetzt reiß dich mal zusammen. Ist ja schließlich nicht deine Frau gewesen.«

Markus wurde blass.

»Brainstorming, Brainstorming!« Horst Toplischek sprach das Wort absichtlich affektiert aus. »Früher hieß das Fakten sammeln. Aber jetzt kriegt alles ein Fremdwort und soll dadurch bedeutsamer werden. Was wissen wir denn schon? Nichts!«

»Chef, soll ich das auch ins Protokoll nehmen, ich meine, dass wir nichts wissen?« Hedwig Hagenkötter sah fragend hoch.

»Nein! Verdammt noch mal! So kommen wir nicht weiter!«

Annalena hob die Hand. Sie fühlte sich wie in der Schule. Seit gestern Abend beschäftigte sie ein ganz bestimmter Gedanke, und jetzt war es an der Zeit, ihn auszusprechen: »Und wenn diese augenlose Puppe ein Zeichen war, eine Warnung? Ein wichtiger Hinweis darauf, dass so etwas passieren könnte? Schließlich hatte die Tote auch keine Augen.«

»Nee, mit Spökenkiekerei fangen wir besser erst gar nicht an.« Diesmal war es Heinz Krabbe, der demonstrativ den Kopf schüttelte.

Auch Ewald Schmeing winkte ab: »Ach Gottchen, jaja, ich weiß vom Projekt deines Vaters. Logisch, dass er dich damit anzustecken versucht. Aber er beschäftigt sich mit dem Aberglauben, und wir halten uns an Fakten. Und dabei sollten wir auch bleiben. Das eine sage ich euch: Entweder wir haben bis morgen um zwölf den Fall gelöst, oder es wird eine sehr langwierige Ermittlung. Meine Herren, Annalena, strengen Sie sich an!«

Hedwig Hagenkötter blickte beleidigt hoch. »Ich zähl wohl gar nicht, oder?«

Er tätschelte ihre Schulter: »Du hältst hier die zentrale Stellung, alle anderen rücken aus.«

8. Kapitel

Friedemann Vortkamp parkte sein Reisemobil der SL-Klasse in einem Waldweg, öffnete alle Fenster und Türen, klappte einen Wäscheständer auf und legte sein Bettzeug darüber. Der Winter war unendlich lang gewesen, aber er hatte es nicht bereut. Alle hätten geschworen, dass er im Herbst mit seiner fahrbaren Wohnung in den Süden reisen würde, nach Spanien oder Griechenland, um dann – den Zugvögeln gleich – im Frühling zurückzukehren. Aber was sollte er im Süden? Dort sprach niemand seine Sprache. Dort würde niemand wissen, wo er hingehörte, wenn er in seiner Zwischenwelt verschwand – so nannte er die Zeit seiner kleinen Absencen.

Kalverode im Winter hatte auch was. Wenn auch nur für ihn. Matschgraue Tage, regenverhangene Himmel und Wolken, die von West nach Ost fegten. In seinem Wohnmobil war es warm, er sah fern, las konsequent pro Woche einen Roman, der ihm von seinem Buchhändler empfohlen wurde, surfte im Internet, studierte die Tageszeitungen und bastelte Unmengen von schmalen verriegelbaren Holzregalen für die Wände seines Zuhauses. Kassettenwände, hinter denen sich sein Hab und Gut exzellent ordnen ließ und hinter denen auch die Flachbildschirme des Fernsehers und des Computers verschwanden. Seinem Gefühl nach bekam er durch ständiges Ordnen langsam wieder Zugang zur wirklichen Welt.

Seit er beschlossen hatte, sich von Marina und deren Konzept der kolossalen Geldvermehrung zu trennen, ging es ihm besser, und die Tage waren nicht mehr ganz so trist und trostlos wie zuvor. Fast verwundert hatte er sich vor Kurzem bei einem Lächeln ertappt. Einfach so und ohne Grund. Nur weil er sich ein bisschen wohler fühlte.

Er hatte begriffen, dass es ihnen einfach zu gut gegangen war.

Sie hatten um nichts kämpfen müssen, alles war ihnen zugeflogen: Erfolg, Geld und gesellschaftliches Ansehen – als wären sie gefangen in diesem Füllhorn des Glücks, das ihn jedoch in eine Ecke drückte und ihm die Luft zum Atmen nahm.

Marina und das Kind dagegen genossen ihr Dasein. Das Konzept von *Vortkamps idealer Passform* hatte seine Frau vermögend und glücklich, ihn dagegen reich an Traurigkeit gemacht. Im gleichen Takt, wie die leichten Baumwollwickelkittel aus ihrer Textilfabrik bunter und die darunter zu tragenden Dessous gewagter wurden, war seine Welt kleiner geworden und hatte sich mit Dunkelheit gefüllt.

Wäre er nicht rechtzeitig ausgestiegen, würde er vermutlich nicht mehr leben. Wie oft hatte er an den Bahngleisen gestanden und sich vorgestellt, von einem Zug erfasst und innerhalb von Sekundenbruchteilen ausgelöscht zu werden. Aber immer dann, wenn sich die Schranken senkten und der Zug schon zu hören war, musste dieser ehemalige Lokführer in der Wohnung über dem stillgelegten Bahnhof ans Fenster oder auf seine Dachterrasse treten und mit theatralischen Gesten die Wagen durchwinken. Das Letzte aber, was Friedemann bei seinem ganz persönlichen Untergang brauchte, war Albert Hagenkötter als Zuschauer.

Über den Tod dachte er jetzt nicht mehr so viel nach. Er hatte Freunde und Freundinnen gefunden und Zeit für sich. Marina überwies ihm eine großzügige Apanage, sich selbst beschrieb er als den bestbezahlten Spaziergänger des Ortes mit mobiler Luxusvilla, und er hatte seit der Trennung von Frau und Kind Menschen kennengelernt, die in der Welt der VIP-Fabrikantin nicht existierten, weil sie von deren hoher Warte aus naturgemäß gern übersehen wurden. Er hatte sein Paralleluniversum gefunden und ein Leben, das ihm entsprach.

Die Kaffeemaschine in der Kombüse seines Wohnmobils röchelte, und er zog aus dem Stauraum einen Klapptisch und einen Klappstuhl hervor. So war es gut. In der Sonne sitzen und nicht jemanden darstellen zu müssen, sondern einfach nur zu sein. Über ihm blauer Himmel mit watteweichen Wolken.

Er war wieder ein freier Mensch. Sein ganzes Leben lag vor ihm. Er war jetzt sechsunddreißig und hatte durchaus wahrgenommen, dass einige Frauen in Kalverode und auch jenseits der Grenze im nachbarlichen Denver und Enschede Interesse an ihm zeigten. Sollte sich Marina weiter um die VIP-Kittelkleider kümmern und damit so viel Geld verdienen, dass sie sich alles leisten konnte, selbst einen Flug zum Mond. Ihm genügten sein Wohnmobil und das Zusammensein mit sich selbst, gelegentlich mit einer Schönen für die Nacht. Aber nicht zu oft. Er brauchte kein ständiges Gegenüber.

Mit seiner Tasse Kaffee in der Hand reckte er sich und legte den Kopf in den Nacken. Und dann sah er ihn: einen olivgrünen BH in den Zweigen der Birke. Geschätzte Körbchengröße C. Sein Gefühl sagte ihm, dass hier etwas ganz und gar nicht stimmte. Es fröstelte ihn.

Nur: sollte man wegen eines eigenartigen Gefühls und eines Büstenhalters die Polizei informieren?

War das nicht absurd?

Auch der Kaffee schmeckte nicht mehr. Er sah manchmal Dinge, die andere nicht wahrnahmen.

Noch immer beunruhigte ihn ein Bild, das ihm vor Kurzem erschienen war und das er nicht deuten konnte: eine Frau ohne Augen. Ein Körper ohne Leben. Ein Mensch, der sein Leben um seiner Augen willen lassen musste. War das eine Geschichte, die in seinem Kopf entstanden war, oder hatte er tatsächlich das zweite Gesicht, wie seine Großmutter mütterlicherseits, vor der sich angeblich alle in Kalverode gefürchtet hatten?

Eigentlich ohne Grund, denn faktisch hatte sie nicht nur entsetzliche Dinge vorausgesehen, sondern auch Zwillingsgeburten und Lottogewinne. Ihm, ihrem Enkel beispielsweise, hatte sie in einem Moment des Vorausblicks prophezeit, er würde reich, müsse sich jedoch als Ausgleich dazu unglücklich fühlen und seinem eigenen Sinn hinterherlaufen. Friedemanns Mutter, die nicht gerade viel auf die Aussagen der alten Dame gab, empfand ausgerechnet diese Prophezeiung als tröstlich. Besser so, als arm und unglücklich. Aber hatte nicht auch er – wie schließlich jeder andere auch – ein Recht darauf, beides zu bekommen, Reichtum und Glück?

Dieser Büstenhalter in der Birke! Dunkelgrün und aus Spitze. Er verdunkelte den Tag. Das passierte ihm oft. Etwas drang in den Vorraum seines Bewusstseins, und schlagartig kippte sein Lebensgefühl von Positiv zu Negativ. Marina hatte ihn deswegen kindisch und egoistisch geheißen, aber sie hatte keine Ahnung gehabt. Sie war oberflächlich und kannte immer nur die gleiche sinnlos fröhliche Stimmung. Wenn die auch nur ins Wanken zu geraten drohte, ging sie einkaufen, und schon war ihre Welt wieder im Gleichgewicht. Vermutlich besaß auch Marina olivfarbene Dessous. Er erinnerte sich an einen gigantischen Wäscheschrank voller Hemdchen, Höschen, Leibchen, Tangas und Strümpfen in allen Schattierungen und schüttelte den Kopf. Im Gegensatz zu ihm besaß Marina die Fähigkeit, sich ein schnelles Glück zu kaufen. Auch bei seiner Tochter Luzie funktionierte es von Mal zu Mal besser, weshalb dieses Kind ihm fremd war.

Verständnislos dachte er an das mit Waren vollgestopfte Haus seiner einstigen Familie. So viel stand dort herum, dass er sich eingeredet hatte, für ihn gäbe es keinen Platz mehr. Doch im Grunde genommen wollte er dort keinen Platz mehr haben.

Marina kaufte alles, was ihr gefiel, egal, ob sie es brauchte oder nicht, und sie liebte es, zu investieren – in Menschen, Projekte und Visionen.

Gestern war er mal wieder an der Fabrik vorbeigefahren, die nun ganz ihr gehörte, und hatte gesehen, dass dort schon wieder angebaut worden war.

Nur eine Viertelstunde später hatte er an der Kasse des Supermarkts zufällig ein Gespräch über Marina mitbekommen und musste wieder einmal feststellen, dass ausgerechnet seine Ex für viele Kalveroder Frauen der Inbegriff des Glücks zu sein schien, vermutlich träumten alle von genau dem Leben, das sie führte. Dabei sahen sie ja nur das Äußerliche, den Glamour, den Schein, das Powershopping und Marinas Bilder auf den Gesellschaftsseiten der Lokalpresse. Da stand sie dann strahlend neben Lottogewinnern, Sonntagsmalern und Kulturreferenten, und nur Friedemann wusste um das unzufriedene kleine Mädchen in ihr, das nie genug bekommen konnte und das nicht wahrhaben wollte, dass es sich insgeheim unwohl fühlte. Und genau davon hatte er genug.

Fast ehrfürchtig sprachen die beiden Frauen über Marina Vortkamp und luden dabei ihre Großeinkäufe auf das Kassenband. Was für ein Leben führte die! Die hatte wirklich Glück. Der fiel alles zu. Und nun dieser neue Mann an ihrer Seite. Kein Wort über Friedemann, der hinter ihnen stand und den sie nicht erkannt hatten.

Ausgiebig wurde der Neue durchgenommen. Ein Künstler solle er sein. Und so was von gut aussehend. Ja, sie habe ihm sogar ein Atelier eingerichtet, erzählte die andere. Da solle mal einer was sagen. Großzügig sei die schon gewesen, diese Marina. Na ja, sie könne es sich ja auch leisten. Dazwischen lange und sehnsuchtsvolle Seufzer.

Friedemann hatte die Packung Kartoffelchips ins Regal zurückgelegt und stattdessen nach einer Schachtel Zigaretten gegriffen.

Marinas Neuer. Wenn in den Kneipen über ihn gesprochen wurde, so nannte man ihn »de fiese Möpp«, und da war Eifersucht, aber auch ein bisschen Hochachtung drin, dass so einer in die Stadt kam und sich dann noch diese Frau an Land ziehen konnte.

Eigentlich bräuchte Marina einen Baron oder zumindest einen Bundespräsidenten, überlegte ihr Exmann. Dann könnte sie Hof halten. Nicht diesen kleinen Künstler mit dem Doktortitel. Bestimmt fuhr sie mit dem nach Österreich, nur um als Frau Doktor betitelt zu werden, und sie würde alles tun, um den neuen Mann an ihrer Seite in die vorderste Liga zu katapultieren. Das passte zu ihr. Friedemann lächelte. Er war froh, dass er mit diesem Leben nichts mehr zu tun hatte.

Das Wort Atelier war noch in seinem Kopf herumgespukt, und er war noch einmal zum Fabrikgelände gefahren. Doch er entdeckte nur einen weiteren fensterlosen Anbau an der Lagerhalle.

»Fenster, du spinnst wohl«, pflegte Marina zu sagen. »Die

lassen Licht rein, bleichen die Stoffe aus, und wo ein Fenster in der Wand ist, kann kein Regal mehr stehen.« Ihm taten die Frauen leid, die dort von morgens bis abends bei künstlichem Licht Baumwollballen stapelten und Schnittmuster übertrugen. Irgendwann würde Marina sich Hallen für ihre Schuhe, ihr Geschirr und ihre Kleider bauen müssen. Sie war unersättlich, aber sie konnte es sich leisten.

Ganz anders dagegen war jene gewesen, die im letzten Herbst ein paar Nächte zu ihm in sein Wohnmobil geschlüpft war. Eigenartigerweise war sie nach dem ersten Schneefall nicht mehr erschienen und hatte sich auch nicht gemeldet, wenn er bei ihr anrief. Eine flüchtige Gefährtin der Nacht. Manchmal vermisste er sie, ihre Wärme, ihr dunkles Lachen, ihr mittelblondes Engelshaar. Auch sie hatte einen olivgrünen BH besessen. Vielleicht machte ihn das nun so melancholisch.

Marina hatte ihm prophezeit, dass das nicht lange gut gehen könne. Er würde als Alkoholiker enden. Aber er war wachsam und trank nur noch selten. Wie schrecklich war es anfangs gewesen, morgens direkt neben einem der Kalveroder Wirtshäuser geparkt zu haben und aufzuwachen, weil dröhnende Lieferwagen oder die Müllabfuhr über die Straßen rumpelten. Da hätte er sich ja gleich eine Wohnung nehmen und sich dem vertrauten Trott hingeben können. Nein, er wollte auf grünen Wiesen, im Wald oder am Ufer der Dinkel aufwachen und Vogelgezwitscher hören anstatt Menschenstimmen, Radiomusik oder Lkw-Lärm. Zurück zur Natur. Außerdem fanden die gelegentlich bei ihm übernachtenden Damen ein solches Ambiente romantisch. Als perfekter Kavalier kutschierte er sie nach dem Frühstück zurück in die Stadt.

»Wie, du machst gar nichts?«, hatte die eine oder andere erstaunt gefragt und von ihrer Kaffeetasse hochgesehen. Und während er antwortete: »Ich lebe, und das finde ich schon anstrengend genug«, wusste er bereits, dass diese Begegnung einmalig war. Frauen, die so etwas fragten, würden ihn niemals verstehen können.

Seine flüchtige Gefährtin des vergangenen Herbstes hatte gar nichts von ihm wissen wollen. Nur schmusen, wie sie es nannte. Ganz viel schmusen. Sie war ihm eines Nachmittags über den Weg gelaufen, einen kolossalen und bis zur Hälfte mit Steinpilzen gefüllten Drahtkorb unter dem Arm. Eigentlich wollte sie die am Samstag auf dem Markt verkaufen – aber dann war sie zu ihm in sein Haus auf Rädern gestiegen, hatte ihre Beute geputzt und in Butter gebraten, wobei er ihr zusah und eine Flasche Weißwein aus seinen Geheimbeständen spendierte. Es war eine wunderbare Nacht gewesen. Schlechten Gewissens half er ihr in der Morgendämmerung beim neuerlichen Pilzesammeln. Von da an bestimmte sie, wo und wann erst auf Nahrungssuche – wie sie es nannte – gegangen und anschließend geschmust wurde. Es ergab sich, dass es immer Donnerstage waren. Per SMS gab sie ihm die Wegkreuzungen und die Uhrzeit ihrer Begegnungen durch, aber kaum hatte er sich daran gewöhnt, da fiel auch schon der erste Schnee, und es war wieder vorbei gewesen. Schade.

Friedemann ging in seine kleine Kombüse, spülte Kaffeekanne und Tasse, packte das Bettzeug, den Klapptisch und den Stuhl ins Auto zurück und machte sich auf seine Rundfahrt durch die Stadt mit obligatorischem Zwischenstopp beim Zeitungsstand. Er wollte die Welt nicht aus den Augen verlieren. Das Lesen der örtlichen Tageszeitung hatte nun mal andere Qualitäten als das Vorbeiflackern von News auf Bildschirmen.

Schneller als erwartet hatte Annalena die Firmenadresse von Udo Overbeck gefunden. Laut Internet besaß und leitete er in einem Vorort des australischen Wiluna eine Möbelfabrik. Wenn sie die Zeitverschiebung berücksichtigte, musste es dort nun etwa sechzehn Uhr sein. Ohne langes Nachdenken schrieb sie eine Mail auf Deutsch und bat den Fabrikbesitzer um Rückruf wegen einer dringenden Familienangelegenheit. Minuten später klingelte das Telefon. Annalena schluckte. Es ging alles so schnell. Sie hatte sich eigentlich während des Mittagessens auf dieses Gespräch vorbereiten wollen. Udo Overbeck nannte seinen Namen und fragte knapp: »Was ist?«

Annalena nestelte an ihrer Halskette.

»Sie sind mit Stefanie Overbeck aus Kalverode verwandt?«

»Yes, she is my wife.«

»Können Sie mir das Geburtsdatum Ihrer Frau nennen?«

Er sagte es ihr.

Wie übermittelte man eine solche Nachricht am Telefon? Wahrscheinlich hatte sie ausgerechnet in der Stunde gefehlt, als das in der Polizeischule durchgenommen wurde. Ihre Hände schwitzten. Sie merkte, dass sie sich auf Umwege begab, als sie wissen wollte: »Wann haben Sie sie denn zuletzt gesehen?«

Er murmelte was von »long time ago«, hängte dann aber ein deutsches »schon lange her« an.

»Es hat ein Unglück gegeben«, murmelte Annalena in die Leitung und wünschte sich so sehr, der Satz wäre nicht wahr, die ganze Situation wäre irreal.

Seine Stimme klang besorgt: »Ist Stefanie etwas passiert?«

»Sie ist tot.«

Schweigen.

Hätte sie lieber sagen sollen: Tut mir leid, aber Ihre Frau ist tot? Tut mir leid – was für eine Floskel. Sie hatte sie ja nicht einmal gekannt.

Was ihr wirklich leidtat, war, diese Nachricht übermitteln zu müssen.

»Nein!«, behauptete er nach einer Weile mit bestimmter Stimme. »Das kann nicht sein. Sie ist jung, sie ist gesund, und für sie mache ich das hier alles. Wozu sonst?«

Annalena ging nicht auf seine Frage ein. »Können Sie nach Kalverode kommen?«

»Wann?«

»So schnell wie möglich.« Sie bemühte sich um Sachlichkeit.

Es war ihm fast anzuhören, wie sehr er sich zusammenriss: »Ich versuch's, ich maile Ihnen dann meine Ankunftszeit.«

»Schreiben Sie mir, wann Sie wo ankommen. Ich hole Sie ab.« Sie diktierte ihm ihre Handynummer. Das war sie ihm schuldig.

Annalena fragte sich, wie lange er nicht mehr in Kalverode

gewesen sein mochte und was er jetzt und in diesem Augenblick dort im fernen Australien tat.

In ihrer Vorstellung sah sie einen groß gewachsenen Mann über den grauen Zementboden einer riesigen Lagerhalle schreiten. Mit langen grau melierten Haaren, die zu einem Intellektuellenschwänzchen gebunden waren. Und mit hängenden Schultern. Es duftete nach Holz. Irgendwo kreischte eine Säge. Jemand hämmerte. Sie stellte sich vor, dass die Angestellten des Udo Overbeck seinen plötzlichen Schmerz registrierten, nicht nach dem Grund zu fragen wagten und schweigend Spalier standen, während er mit großen Schritten und tränenblinden Augen an ihnen vorüberging. Er tat ihr so unendlich leid.

Das hatte es in Kalverode noch nie gegeben: Vor dem Zeitungskiosk an der Ecke zur Fußgängerzone stand eine Menschenschlange. Die Männer und Frauen sahen betroffen und erschrocken aus, und Friedemann fragte sich, ob am heutigen Mittwoch so etwas wie der Schwarze Freitag stattgefunden haben könnte. Und was flüsterten die Leute dort? Trotz des sonnigen Maitages wirkte die ganze Szenerie wie aus einem jener Schwarz-Weiß-Filme, die den größten Börsencrash des letzten Jahrhunderts zum Thema hatten.

Er stellte seinen Wagen auf dem Kundenparkplatz der Sparkasse ab und reihte sich in die Reihe der Wartenden ein. Einige grüßten ihn verhalten, die meisten wandten sich ab, alle schwiegen plötzlich. Inmitten dieser Stille fiel sein Blick auf die erste Seite der »Westfälischen Nachrichten«, Regionalausgabe Kalverode: »Leichenfund im Niemandsland. Grausamer Mord an einer jungen Frau«. Und darunter ein Porträt jener Stefanie, mit der er auf »Nahrungssuche« gegangen war, für die er Pilze gesammelt und mit der er sein Bett geteilt hatte. Ihm wurde schwarz vor Augen.

Jemand schubste ihn an. »Beeilen Sie sich, ich will auch eine Zeitung.«

»Meine Güte, am Samstag hab ich noch bei ihr eingekauft«, seufzte ein anderer in Friedemanns Rücken. Der hielt es zwischen all den Menschen nicht mehr aus und stahl sich davon. Sein Wohnmobil war seine Zuflucht.

Ihm dämmerte eine bittere Erkenntnis. Seine Schöne der Nacht musste einen neuen Liebsten gefunden haben. Und der hatte ihr das angetan. Friedemann Vortkamp brauchte jetzt einen Grappa.

Der dunkelgrüne BH in den Birkenzweigen fiel ihm wieder ein, und die grausame Gewissheit, dass er ihr gehört haben musste, ließ ihn erneut zur Grappaflasche greifen.

Grübelnd saß er an seinem aufklappbaren Schreibtisch und starrte durch das Bullauge des Caravans auf den Schriftzug der Sparkasse. Er musste sich entscheiden. Sollte er sich den BH als Erinnerung holen oder doch besser die ganze Geschichte der Polizei melden?

Annalena sah auf. Direkt vor ihrem Fenster parkte ein riesiges Gefährt und verdunkelte das Büro. War hier nicht eigentlich Parkverbot? Und wer besaß die Frechheit, sich direkt vors Fenster zu stellen?

Draußen vor der Tür verhandelte Hedwig Hagenkötter mit jemandem und verkündete absichtlich so laut, dass auch Annalena es hörte: »Nein, Ewald ist nicht da.« Und nach einer Weile: »Doch, durchaus, das könnte Frau Brandt interessieren. In dieser schrecklichen Geschichte ist natürlich jedes Detail wichtig. Warten Sie, ich sehe kurz nach. Vielleicht telefoniert sie ja noch.«

Sie öffnete die Tür zu Annalenas Büro. »Draußen ist Herr Vortkamp. Er hat was zu melden, was möglicherweise mit unserem aktuellen Fall zu tun hat.«

»Hat der etwa sein Wohnmobil vor meinem Fenster geparkt?«

»Ja, das war ich«, hörte sie ihn aus dem Hintergrund. »Wenn's stört, fahre ich ihn natürlich weg.«

»Ja, bitte«, schoss es aus ihr heraus. So hatte sie ein bisschen Zeit gewonnen und die Chance, nicht gleich wieder alle denkbaren Fehler zu machen.

Draußen sprang ein Motor an, und in ihrem Zimmer wurde

es wieder hell. Hedwig steckte den Kopf zur Tür herein: »Soll ich euch dann einen Kaffee bringen?«

Annalena nickte und versuchte, sich zu konzentrieren. Friedemann – hatte sie diesen Namen nicht noch vor Kurzem in ihr erstes Kalveroder Protokoll geschrieben? So häufig war der nun auch nicht in dieser Gegend. Das musste dann also der Mann sein, der die Siebert ab und zu besuchte. Annalena erwartete einen verschrateten Alten mit Mundgeruch. Da war Kaffee nie verkehrt. Wenn es eng wurde, würde sie sich einfach die dampfende Tasse unter die Nase halten.

Der Mann, der nun den Raum betrat, hatte einen klugen und sensiblen Blick hinter riesigen schwarz eingefassten Brillengläsern. Er trug einen dunkelblauen Sweater, eine hellblaue Jeans und war etwa Mitte dreißig. Die dunkelblonden Locken waren so kurz geschnitten, dass sie verwuschelt und kleinwirbelig von seinem Kopf abstanden.

»Wenn Sie die Annalena Brandt sind, an die ich gerade denken musste, dann bin ich bei Ihrem Vater in die Schule gegangen. Wie geht es ihm?«

Annalena kniff kurz die Augen zusammen und fixierte ihn. Mit solchen Eröffnungssätzen begegnete man sich vielleicht in einem Café oder bei einem zwanglosen Zusammentreffen, nicht aber in der heißesten Phase einer Mordermittlung. Ein eigenartiger Typ. Schmale Schultern und die Aura von Verletzlichkeit. Sie begriff: Seine Freundlichkeit war sein Schutz.

»Gut. Er wird langsam wieder mobil. Was kann ich für Sie tun?«

Friedemann Vortkamp griff nach einem Stuhl. »Darf ich mich setzen?« Dann schlug er seine langen Beine übereinander, senkte den Kopf und sagte in Richtung des Linoleumbodens: »In der Birke an der Wegkreuzung Rehstiege und Hahnenkamp hängt ein olivgrüner Büstenhalter. Und der hat Stefanie Overbeck gehört.«

Ungläubig starrte sie ihn an. »Was? Und wieso wissen Sie das?«

»Ich habe ihn dort gesehen. Heute Morgen.«

»Ich meine, woher wissen Sie, dass es ein Büstenhalter von Stefanie Overbeck ist?«

»Ich weiß es eben.« Er hob die Schultern und seufzte. Sein schiefes Lächeln misslang. Sie legte ihren Stift beiseite, zog die Tasse mit dem noch dampfenden Kaffee zu sich heran und betrachtete ihr Gegenüber mit leicht geneigtem Kopf. Dieser Typ also traf sich mit Kitty Siebert und hatte Stefanie Overbeck so gut gekannt, dass er einen hoch im Baum hängenden BH als den ihren identifizierte. Auch wenn er nicht verrückt wirkte: Der hatte sie vermutlich nicht mehr alle. Oder sollte dieser so harmlos wirkende Friedemann Vortkamp doch etwas mit dem Mord an der Overbeck zu tun haben?

Sie besann sich auf das, was sie gelernt hatte, und stellte ihre Standardfragen: »Wann und wo haben Sie Frau Overbeck zuletzt gesehen?«

»Im Vorübergehen, immer mal wieder.« Er zögerte und murmelte dann: »Im vergangenen Winter, bevor es schneite, waren wir ein paar Wochen zusammen.«

Annalena betrachtete ihn nachdenklich. Das erklärte zumindest die Sache mit dem Büstenhalter. Aber war es normal, dass Männer sich bei der Unterwäsche ihrer Freundinnen so gut auskannten? Ob der da ein Büstenhalterfetischist war? Unvermittelt überlegte sie, was sie eigentlich heute darunter trug, und wurde rot.

Friedemann Vortkamp saß ihr direkt gegenüber und war dabei gnadenlos seinem Spiegelbild ausgesetzt. Es schien ihm nichts auszumachen. Annalena nestelte an ihrem kleinen Goldkettchen, fragte noch einmal nach dem Fundort des Büstenhalters, griff zum Telefon und gab die Koordinaten an Markus Wissing und Wilfried Lütke-Tillmann weiter.

Ihr Gegenüber nickte zufrieden. »Gut. Das ist übrigens die Route der Pättkesfahrer am Wochenende«, klärte er sie auf. »Wenn's geht, sollten Sie gleich aktiv werden. Sobald die mit ihren Rädern durch die Gegend düsen, hinterlassen sie nicht nur Unmengen von Müll, die Pättkesfahrer zerstören sicher auch alle Spuren, wenn da überhaupt noch welche sind.«

Sie nickte. »Wir kümmern uns darum. Die Sache hat schließlich höchste Priorität.«

»Das will ich meinen«, murmelte er, beugte sich vor und fragte: »Darf ich mal?« Er griff nach der einmal geknickten Tageszeitung, die Hedwig Hagenkötter vor wenigen Minuten zusammen mit dem Kaffee ins Büro gebracht hatte, und erklärte: »Da standen vorhin so viele Leute am Kiosk, dass ich noch keine kaufen konnte.« Er klappte die zusammengefaltete Zeitung auf, starrte auf die Titelseite und auf das Bild der Toten und schluckte. Jetzt hätte sie ihn fragen sollen. Aber sie schwieg.

Es konnte sich nur um das Bewerbungsfoto von Stefanie Overbeck handeln, überlegte Kitty, als sie die »Kalveroder Nachrichten« aufgefächert im Schaukasten des Schreibwarenladens entdeckte. Auf Seite eins ein Porträt der Verstorbenen, auf Seite vier der lange Nachruf. Kitty fand, dass die Abbildung Stefanie schöner zeigte, als sie in Wirklichkeit gewesen war. Frech und zuversichtlich lachte sie auf diesem Bild in die Kamera, bleckte ihre makellosen, aber etwas schief stehenden Zähne zwischen rot geschminkten Lippen und schoss grünäugige Blitze. Ein schwarzer Trauerrahmen umgab das Foto.

Kitty Siebert schob sich ihre Lesebrille auf die Nase und las den Nachruf. Sie hatte nicht gewusst, dass die Overbeck auch noch bei der Zeitung beschäftigt gewesen war. Die hatte also wirklich den Hals nicht vollkriegen können. Musste überall Geld verdienen. Am Samstag auf dem Markt und während der Woche in der Anzeigenannahme. Deshalb also kannte sie alle Leute und war mit allen per Du. Sie verspürte eine leise Befriedigung und klopfte bestätigend mit ihrem schwarzen Stock auf den Asphalt. Mit dem Namen Miss Hinkebein war jetzt Schluss. Das würde die Overbeck nie wieder zu ihr sagen können. Entschlossen humpelte Kitty ins Alte Amtshaus.

Nun, da so viel von den grünen Augen der Stefanie Overbeck gesprochen worden war, fiel es Hedwig umso deutlicher auf, wie hellblau, wässrig und rot umrändert Kittys Augen waren, als stünde sie kurz vor einem Tränenausbruch oder habe bereits stundenlang geweint.

»Gut, dass du vorbeikommst, sonst hätt ich dich heut noch angerufen. Schließlich muss das Protokoll unterschrieben werden, auch wenn wir jetzt ganz andere Dinge in Kopf haben.«

Kitty war sichtlich erstaunt: »Ist es etwa schon fertig?«

»Ja!« Hedwig nickte wichtigtuerisch. »Ich will es so schnell wie möglich abheften, damit der Tisch wieder frei ist für die wirklich aktuellen Dinge, da kommt uns auch noch immer diese Suche nach dem vermissten Ehepaar dazwischen, obwohl die ja gar nicht von hier sind und nur einmal in unserer Gegend getankt haben. Die sind garantiert schon in Holland, aber wir kriegen trotzdem die Anfragen.«

»Aha.« Kitty setzte sich. Dann war die ganze Geschichte um den Puppendiebstahl also mittlerweile unwichtig geworden. Das passte. Erst zwei Polizeibeamte, die ihr Haus auf den Kopf stellten und alle Fenster inspizierten – und dann nichts. Alle großen Dinge in ihrem Leben endeten letztendlich im Nichts. Sie steckte sich das Haar mit einer Klammer fest und schlussfolgerte kühn: »Dann kann ich meine Inge ja jetzt wieder mitnehmen und zum Puppendoktor bringen. Wer zahlt mir das eigentlich? Die Behandlung? Ich meine, die ist ja jetzt ein Beweisstück in einem Mordfall.«

Vehement schüttelte Hedwig den Kopf. »Das eine hat doch mit dem anderen nichts zu tun. Hier.« Sie schob ihr den Ausdruck des Protokolls zu.

Kitty las. »Muss da wirklich drinstehen, dass mein Haus nicht einbruchsicher ist? Was ist denn, wenn das einer liest und auf dumme Gedanken kommt?«

»Die Einzigen, die das lesen, sind wir hier«, belehrte Hedwig sie. »Du glaubst doch wohl nicht, dass einer von uns bei dir einbricht und deine Puppen stiehlt oder gar die Häuser, die du für meinen Mann zusammenbaust.« Ihr Lachen war gutmütig und mütterlich. Dann setzte sie ihre Seelsorgerinnenstimme ein:

»Du, der Friedemann ist grad da drinnen bei der neuen Kriminalhauptkommissarin, und die haben wohl einiges zu besprechen. Ich glaube, der weiß was. Hoffentlich kriegt die das raus. Weißt du was, wir könnten eine Kleinigkeit zu Mittag essen, und ich fahr dich dann heim. Wenn die Kollegin mich gehen lässt.«

Kitty verriet ihr nicht, dass sie genau das erwartet hatte.

Markus Wissings Dreitagebart war grau gesprenkelt und ungepflegt, und die Lachfalten um seine braunen Augen schienen für immer verschwunden zu sein. Horst Toplischek, der ihm wie ein stiller Schatten folgte, dachte zum ersten Mal, dass Kollege Wissing sich sein schmalzgelocktes Haupthaar garantiert schwarz färbte, denn direkt an der Kopfhaut zeigte sich ein silbergrauer Ansatz.

Wortkarg durchsuchten die beiden Männer Stefanie Overbecks Haus nach möglichen Spuren. Toplischek fand es eigenartig, dass Markus sich durch die Räume bewegte, als befinde er sich auf vertrautem Terrain. Noch bevor er eine Schrank- oder Zimmertür öffnete, schien er zu wissen, was sich dahinter befand. »In diesem Büfett bewahrt sie ihre Fotoalben auf«, murmelte Markus gerade. »Was meinst du, sollten wir die mitnehmen?«

»Unbedingt.« Horst Toplischek nickte. »Wo ist das Bad? Vielleicht hat man sie dort …« Er schluckte und suchte nach dem richtigen Wort, ihm fiel aber nur »behandelt« ein.

Markus Wissing wurde um eine Nuance bleicher und wies mit dem Kopf auf eine klobige Kassettentür.

Auf dem Badewannenrand lagen fünf Familienpackungen Toilettenpapier. »Die hat sie doch am Samstag gekauft, oder?«, wollte Horst wissen.

»Genau, das war das Sonderangebot beim Schlecker.«

Horst baute sich breitbeinig vor dem Waschbecken auf und griff nach seiner Lupe. »Meine Güte, die muss ja einen Putzfimmel gehabt haben. Nicht ein einziger Wasserfleck ist mehr zu erkennen.«

»Das hat ihr Mörder getan«, fauchte Markus. »Der hat das Waschbecken geputzt. Der muss hier im Haus gewesen sein. Verdammt noch mal, irgendwo muss der doch Spuren hinterlassen haben.«

»Also wenn ich so was täte, würde ich dazu die Badewanne nehmen«, sagte Horst. »Was meinst du, was das für eine Sauerei ist. Das mit den Augen und das ganze Rasieren. An der soll ja kein Haar mehr dran gewesen sein. Ich hol mal das Luminol aus dem Wagen.«

»Wozu das denn?«

»Ich will das Blut zum Leuchten bringen, der kann nicht alles weggeputzt haben. Irgendwas bleibt immer. Lass mich nur machen.«

Markus wandte sich ab und schluckte. Was sollte das noch bringen? Was nutzte das alles? Stefanie war tot.

»So, endlich kann ich das mit der Chemolumineszenz mal ausprobieren«, verkündete Horst Toplischek voller Tatendrang und pumpte mit latexbehandschuhten Händen den Gummikopf einer Sprühflasche. »Mach mal die verdammten Rollos runter und geh mir aus dem Weg.«

Sobald das große Badezimmer im Dunkeln lag, war um die Toilette herum auf dem rosafarbenen Badezimmerteppich ein blauweißes Leuchten zu erkennen.

Aufgeregt schlug Horst seinem Kollegen auf die Schulter: »Hey, siehst du das? Das ist Blut.«

»Quatsch, die paar Pünktchen.«

»Trotzdem: Den nehm ich mit.« Er packte den flauschigen Teppich in eine Plastiktüte. »Auf ins Labor!«

In diesem Augenblick klingelte Markus' Handy. Er hörte lange zu und wurde sehr blass. Nach dem Gespräch suchte er Horsts Blick. »Die haben einen Büstenhalter gefunden. Vielleicht sogar den des Opfers. Da fahren wir jetzt hin.«

»Und das mit dem Labor?«

»Hat Zeit.«

9. Kapitel

Auf ihrer Suche nach Druckerpapier hatte Annalena in jedes Büro hineingeschaut. Es konnte doch nicht sein, dass alle ausgeflogen waren, auch wenn Mittagszeit war. Das war absolut unprofessionell. Sie würde mit Ewald Schmeing darüber reden müssen. Es gab ja nicht einmal einen Dienstplan. Klar, dass dann jeder machte, wonach ihm der Sinn stand.

Sie fühlte sich eigenartig allein im Alten Amtshaus, hinter sich den Spiegel und vor sich Friedemann Vortkamp, der sie neugierig zu mustern schien. Sie gestand es sich nur ungern ein, aber sie hatte Angst. Der da vor ihr sah so nett und harmlos aus, dass sie sich allein deshalb vor ihm fürchten sollte. Vor ihm und seinem verhaltenen Woody-Allen-Lächeln. Diejenigen, die am harmlosesten wirkten, waren oft die Schlimmsten. Das hatte sie sich gemerkt: Schwerverbrecher sahen aus wie normale Menschen. Und der da vor ihr? Sie seufzte. Einer, der es aushielt, so lange und unbeeindruckt seinem eigenen Spiegelbild gegenüberzusitzen, konnte kein böser Mensch sein. Oder vielleicht doch?

Zumindest hatte er sich mit einer verheirateten Frau eingelassen, hatte über Kontinente hinweg Udo Overbeck verletzt, der jetzt verstört und fassungslos durch seine Möbelhallen schritt. So zumindest stellte sie sich das Szenarium im fernen Australien vor.

Dann betrachtete sie Friedemanns Mund. Mit diesen Lippen hat er Stefanie Overbeck geküsst. Ob er die Brille abgenommen hatte, während er mit ihr schlief? Gab es in so einem Wohnmobil eigentlich eine Dusche? Vielleicht sogar ein gepflegtes kleines Bad mit einem Schiebedach, sodass man sich bei schönem Wetter unter freiem Himmel waschen konnte? Hatte er sich ein so winziges Zuhause gesucht, damit niemand bei ihm einziehen konnte, oder lebte er auf Rädern, um jederzeit fliehen zu können? All diese Fragen behielt sie für sich.

»Erzählen Sie von Frau Overbeck«, sagte sie stattdessen und zückte ihren Notizblock. »Wie war sie?«

»Ehrlich, klar, geradeaus«, antwortete er. »Kein Drumherumgerede. Ich mochte sie.«

»Fühlte sie sich verfolgt, beobachtet, bedroht, oder wurde sie gar erpresst?«

Er schüttelte den Kopf. »In der Zeit, in der wir zusammen waren, nicht. Aber wie gesagt, das alles liegt ein halbes Jahr zurück.«

Meine Güte, dachte Annalena. Und nach einem halben Jahr erkennt der noch ihren Büstenhalter, der da irgendwo hoch im Baum hängt – normal ist das nicht.

»Sagen Sie mal«, fuhr sie fort und beobachtete ihn genau. »Diese Wegkreuzung, wo der Büstenhalter im Baum hängt und wo ich meine Kollegen gerade hingeschickt habe – hatte die was mit Ihren Treffen zu tun? Ich meine, war das vielleicht ein besonderer Ort für Sie?«

Er dachte kurz nach. »Nein, dort waren wir nie, auf jeden Fall nicht bewusst. Kann schon sein, dass wir da mal vorbeispaziert sind.«

»Gab es einen bestimmten Grund für das plötzliche Ende Ihrer Beziehung?«

»Es war einmal, und es war gut. Wie das Leben so spielt.« Er lächelte schief.

»Kann es sein, dass sie einen anderen Mann kennengelernt hat?«

»Möglich«, murmelte er. »Ich hab mir diese Frage nicht gestellt, und ich will auch nicht die Antwort wissen.«

»Gut, dann stelle ich die Fragen und suche nach Antworten. Einer muss es ja wohl machen.« Annalena sah ihn an. »Trauen Sie ihr das zu, dass sie sich Hals über Kopf in jemanden verliebt?«

Er hob die Schultern. »So war es bei uns ja auch. Ich kann ihr doch nicht ein Verhalten vorwerfen, über das ich mich gefreut habe, oder?«

Das bezweifelte Annalena. Gerade in Beziehungen wurde gerne mit zweierlei Maß gemessen. Mit der einschlägigen Literatur hätte man Regalwände füllen können.

Sie beugte sich vor: »Wer aber könnte dieser Jemand gewesen sein?«

»Keine Ahnung, und wie gesagt, ich will es auch gar nicht wissen.«

»Und wenn der ihr das angetan hat?«

»Das hab ich auch schon gedacht.«

Annalena lehnte sich zurück und betrachtete ihn. »Kennen Sie Stefanies Mann?«

Friedemann nickte. »Von ganz früher. Ist lange her. Einmal haben wir über ihn gesprochen, und sie hat gesagt, wenn einer von sich aus freiwillig so weit fortgeht, ist es nicht klar, ob man zu ihm zurückfinden kann oder will.«

Annalena dachte an das Telefonat vor nicht einmal einer Stunde und war sich sicher, dass Udo Overbeck die Sache ganz anders sah.

»Wie gesagt«, ergänzte ihr Gegenüber. »Ich finde, man muss nicht alles wissen – Hauptsache, man fühlt sich wohl miteinander. Deshalb hab ich ihr damals einen Finger auf die Lippen gelegt. Bestimmte Sätze bringen nichts als Schmerz. Für Schmerz aber hatten wir keine Zeit. In dem, was uns verband, gab es weder Platz für meine Ex noch für ihren Mann.« Und er ergänzte: »So ist das nun mal bei Affären.«

Ihr Telefon klingelte, sie entschuldigte sich und meldete sich knapp. Dann stand sie auf und trat mit dem Apparat ans Fenster.

Der Entdecker des Büstenhalters schlug die Beine übereinander und beobachtete die Tochter seines ehemaligen Lehrers. Er konnte sich an sie erinnern, wie sie als Kleinkind winkend auf dem Gepäckträger des väterlichen Fahrrades gesessen hatte, während der Schuldirektor vornübergebeugt in die Pedale trat. Er hätte schwören können, dass auch sie Lehrerin geworden war, seine Erfahrung hatte ihn gelehrt, dass gerade Lehrerfamilien dazu neigten, sich als Dynastien zu entfalten, das Kind des Lehrers unterrichtete die Kinder seiner Schüler, und die Enkel des Schülers wiederum wurden von den Enkeln des Lehrers geprägt. Die hier war aus der Reihe getanzt.

Auf ihrem Schreibtisch stand ein Schild mit der Aufschrift: »Annalena Brandt, Kriminalhauptkommissarin/Dipl. Verw.« Wollte sie etwa so angesprochen werden? Ein Diplom an der Wand, aber keine Hornhaut auf der Seele, dachte Friedemann Vortkamp. Nach außen wirkte sie so widerstandsfähig, aber das war vermutlich alles Fassade.

In dieser Sekunde begann sein Zwerchfell zu vibrieren. Ihm wurde schwindlig, und eine seltsame Taubheit nahm von ihm Besitz. Er spürte sich kaum noch. Nein, das passte nun gar nicht. Die Polizeiinspektion war der letzte Ort auf der Welt, wo er von dem, was er insgeheim seine »Zwischenwelt« nannte, heimgesucht werden wollte.

Das letzte Mal war dieses eigenartige Gefühl über ihn gekommen, als er im Garten von Kitty Siebert saß. Aus irgendeinem Grund war Kitty kurz weggegangen, genau, sie hatte ihr Verlobungsbild gesucht. Er sollte wissen, dass auch sie mal jemanden hatte, der sie liebte. Er hatte an jenem Abend darüber gesprochen, dass es nicht gut sei, allein zu leben, aber Kitty hatte vehement die Ansicht vertreten, dass die Liebe nichts als Ablenkung vom wirklich Wichtigen sei.

Sie gestand ihm, dass sie sich an die Pfarrei Sankt Agatha in Epe gewandt hatte, damit dort die Tradition des vierzigstündigen Gebets wiederaufgenommen würde. Als kleines Mädchen hatte sie ihre Großmutter während der Karnevalstage in die Kirche begleiten dürfen und hatte dann zwischen den älteren Frauen in den Bänken gekniet und voller Inbrunst gebetet, während das Sonnenlicht von riesigen Bleiglasfenstern gefiltert wurde und geheimnisvolle Zeichen auf den gefliesten Boden pinselte. Dabei hatte sie sich gut und fromm gefühlt und ein kleines bisschen besser als all die anderen.

Friedemann stellte sich die kleine Kitty in diesem riesigen Kirchenschiff vor, wie sie leidenschaftlich darum betete, dass die

Ausschweifungen der närrischen Narren nicht überhandnähmen, und sich dabei insgeheim fragte, was das eigentlich war: eine Ausschweifung.

»Seit dreißig Jahren gibt es dieses vierzigstündige Gebet nicht mehr. Die sollten es wieder einführen. Mindestens einmal im Monat. Ich würde hingehen, jeden Tag. Ich würde mich in den Bus setzen und nach Epe fahren und dort so viel büßen, dass ich nicht noch einmal antreten und ein weiteres Menschenleben hier auf Erden verbringen muss.«

Kittys Meinung nach war das Leben hier auf der Erde ein grausames Spiel mit barbarischen Regeln. Wer sich darauf nicht einlasse, müsse immer wieder von vorn anfangen.

Er hatte ihr damals widersprechen wollen, doch an mehr konnte er sich nicht erinnern. Als er wieder zu sich gekommen war, hatten ihm etwa zwanzig Stunden gefehlt. Er hatte sich in seinem Wohnmobil sitzend wiedergefunden, mit blutigen Händen. Um ihn herum lagen Holzsplitter und karierte Stoffteile, und er hatte nicht die leiseste Ahnung, was in der Zwischenzeit passiert sein mochte.

Was ihn ängstigte war, dass die Visionen ohne Vorwarnung kamen und ihn jederzeit und an jedem Ort erwischen konnten. Er kniff sich in den Arm, bis es schmerzte und heftete seinen Blick auf einen Brieföffner mit dem Logo der Stadtsparkasse, der auf dem Schreibtisch vor ihm lag.

Annalena beendete ihr Telefonat, von dem er kein Wort mitbekommen hatte, und wandte sich ihm wieder zu. Ziemlich blass um die Nase fragte sie: »Was machen Sie eigentlich beruflich?«

Mit dem Empfinden, einer Katastrophe entgangen zu sein, suchte er ihren Blick und ließ seinen schmerzenden Arm los. Jedes ihrer Worte war zu ihm durchgedrungen. Er war noch klar. Die Zwischenwelt hatte ihn diesmal nicht erwischt. Was für ein Glück.

»Ich konsumiere«, sagte er, hob die Schultern und versuchte ein Lächeln. »Solche wie mich muss es ja wohl auch geben.«

»Sie machen was?«

»Nichts«, antwortete er, nun schon ein bisschen selbstsicherer. »Ich mache nichts und gebe stattdessen das Geld aus, das meine Ex mir regelmäßig überweist. Per Dauerauftrag, wenn Sie verstehen, was ich meine. Das erspart uns beiden Begegnungen unschöner Art.«

Annalena sah ihn mit großen Augen an. Er war doch noch so jung! Knapp zehn Jahre älter als sie. Das hatte sie registriert, als sie seine Personalien aufgenommen hatte.

»Sie kennen doch sicher die VIP-Kollektion, na klar, jede Frau von Welt kennt sie.« Er räusperte sich und versuchte ihr mit einem Blick klarzumachen, dass er sie für eine Frau von Welt hielt, wirkte aber nicht gerade überzeugend. »VIP, das ist meine Erfindung und meine Werbestrategie. Und die Mutter meiner Tochter verdient damit Geld, was ihr übrigens ungemein große Freude macht, und lässt mich daran teilhaben. Sie produziert, und ich konsumiere. Das Prinzip der Marktwirtschaft. Der eine stellt etwas her, was der andere dann kauft. Beide Seiten müssen aktiv sein, so bleibt alles im Gleichgewicht.«

Sie starrte ihn an. Was sollte man auf solche Sätze antworten? Außerdem beschäftigte sie noch das soeben geführte Telefonat. Betont sachlich fragte sie: »Wie kann ich Sie erreichen?«

Er gab ihr seine Handynummer und hatte dabei das merkwürdige Gefühl, dass sie ihn ganz schnell wieder loswerden wollte. Eigenartigerweise kränkte es ihn.

Markus Wissing und Horst Toplischek standen nebeneinander da und starrten in die Birke. Horst putzte sich bereits zum zweiten Mal die Brille, setzte sie wieder auf und wollte wissen: »Siehst du ihn?«

Markus schüttelte den Kopf.

Horst pfiff leise durch die Lücke zwischen seinen beiden vorderen Schneidezähnen, wie er es immer tat, wenn er sich unsicher fühlte.

Markus trat unmerklich zur Seite. Schon seit Jahren wollte er diesem Kollegen vorschlagen, etwas gegen den Mundgeruch zu tun. Glücklicherweise arbeiteten sie so gut wie nie Seite an Seite, und deswegen vergaß er es immer wieder. Jetzt allerdings fiel es ihm wieder ein. Nur war dies nicht der richtige Moment für ein Gespräch von Mann zu Mann. Er tat so, als müsse er sich die Nase putzen. Horst wies in den Baum.

»Ich weiß es nicht genau, vermutlich ist es das Dingens da oben rechts? Wenn da nicht zufällig ein Sonnenstrahl auf die Öse oder was weiß ich gefallen wäre, hätte ich es nie entdeckt. So ein BH hat doch hinten ein oder zwei Stahlhaken, in denen das Licht reflektieren könnte, oder? Ich hab mir den von meiner Alten einfach viel zu lange nicht mehr angeguckt.«

Wenn du ein bisschen besser auf deine Mundhygiene achten würdest, ließe die dich vielleicht öfter ran, dachte Markus, folgte Horsts Fingerzeig und nickte. »Das stimmt. Da hängt was. Aber wir zwei kommen da nie hin. Weißt du was, ruf bei der Feuerwehr an. Die sollen einen Leiterwagen schicken.«

Horst fuhr sich durchs Haar. »Einen Leiterwagen für einen Büstenhalter?«

»Das ist nicht nur ein BH. Das könnte auch ein wichtiges Beweisstück sein.« Markus war gereizt. Wer machte denn nun laufend Fortbildungen zur Spurensicherung? Er oder Horst? Außerdem fragte er sich, wer die ominöse Büstenhaltersichtung gemeldet haben könnte. Doch nur einer, der erstens das Teil kannte und es zweitens dort platziert hatte.

Langsam kehrte sein Lebenswille zurück. Er wusste nicht, ob er sich darüber freuen sollte, und rief seine Kollegin an. Annalena meldete sich sofort. Er ging ein Stück die Rehstiege hinunter und wollte ungeduldig wissen: »Kollegin Brandt, woher haben Sie die Information mit dem Büstenhalter?«

»Von einem Zeugen, der gerade bei mir ist.«

»Ach, du Scheiße! Seien Sie vorsichtig, und schließen Sie nicht aus, dass es sich bei diesem Zeugen auch um den Täter handeln könnte. Das mit dem Büstenhalter ist wirklich äußerst verdächtig. Meine Güte, passen Sie bloß auf sich auf!« Er hoffte, dass noch andere Kollegen auf der Wache waren. Aber vermutlich waren um diese Zeit alle ausgeflogen. Wenn was schiefging, ging nämlich immer alles schief. Ewald war einfach zu lasch mit seinen Dienstplänen. Das musste anders werden.

»Okay, mach ich, alles im grünen Bereich«, murmelte Annalena.

Markus Wissing fand, dass ihre Stimme ganz klein klang.

Als er zurückkam, studierte Horst Toplischek seine Armbanduhr und schien auf genau dreizehn Uhr zu warten. Markus fuhr ihn ärgerlich an. »Wie, du hast immer noch nicht angerufen? Die Feuerwehr ist immer einsatzbereit, genau wie wir. Mindestens eine Bereitschaft muss da sein. Wir kennen das doch. Schließlich geschehen die meisten Katastrophen außerhalb der Arbeitszeiten.«

Kopfschüttelnd sah er zu, wie Horst in Zeitlupe die Nummer der örtlichen Feuerwehr eintippte. Der Mann hatte Nerven! Er tat so, als befänden sie sich auf einer Schnitzeljagd, wären Teil eines Abenteuerspielchens für erwachsene Männer.

»Und?«, fragte Markus nach dem Telefonat.

»Sie kommen gleich«, murmelte Horst und blickte in die Birke. »Möchte mal wissen, wie der den da oben entdeckt hat. Ein grünes Stück Stoff vor grünen Blättern. Das ist ja komplizierter als ein Suchbild.«

»Das eine ist olivgrün und das andere birkenblattgrün.« Markus verschwieg wohlweislich, dass ihn diese Frage auch beschäftigte.

»Grün ist grün«, hielt Horst dagegen. »Außerdem hab ich Hunger.« Mit seinen über fünfzig Jahren benahm er sich wie ein kleiner Junge.

»Vielleicht bringt dir die Feuerwehr ja ein Schnittchen mit.« Markus starrte auf den Büstenhalter. »Deine Freunde, deine Helfer.« Ihm war seit Langem der Appetit vergangen. »Hast du denen gesagt, dass sie Handschuhe mitbringen sollen?«, fragte er dann. »Vielleicht gibt's ja am Büstenhalter irgendwelche Spuren.«

»Am besten ein paar Hautschuppen von der ihrem Mörder. Dann können wir uns nämlich auf eine schöne Strecke DNA-

Untersuchungen gefasst machen. Von allen Erwachsenen Einwohnern unserer Stadt. Männer und Frauen. Da brauch ich dann Unterstützung! Das wird 'ne richtige Maloche, schätz ich.«

Was für ein Kollege, überlegte Markus Wissing. Der dachte ja kaum an den Fall, sondern überlegte jetzt schon, wie er die Mehrarbeit auf andere abwälzen könnte. Unglaublich! Ewald hatte recht. Den wahren Charakter der Leute lernte man erst in Stresssituationen kennen. Gereizt wollte er wissen: »Also, was ist nun? Die Leiter muss mindestens achtzehn Meter lang sein.«

»Sie kommen mit einer Zwanziger.«

»Wenigstens das.«

Kurze Zeit später kletterte der jüngste der Feuerwehrmänner von der Leiter und hielt Markus Wissing einen mit Strassperlchen bestückten Büstenhalter entgegen. Er trug weiße Latexhandschuhe und hatte sich den Bügel des BHs über den kleinen Finger gehängt. Mit übertriebener Geste und einem anzüglichen Grinsen ließ er ihn hin und her baumeln.

»Das wird ein netter Einsatzbericht: Befreiung eines weiblichen Kleidungsstücks aus einem Birkenast. Außerdem hat das hier nicht gekratzt und gefaucht, wie ich es von Katzen kenne, sondern bloß hübsch geblinkert.«

Markus nahm ihm das Kleidungsstück aus der Hand und schluckte. »Schreib statt BH bitte: vermutlich wichtiges Beweisstück im Mordfall Overbeck.«

»Echt?«

»Echt. Ehrlich.«

Mit seinen immer noch behandschuhten Fingern nahm Horst Toplischek das Teil an sich, begutachtete es kurz und ließ es in einer Plastiktüte verschwinden. Er wandte sich an Markus. »Auf den ersten Blick sieht es so aus, als wäre am linken Körbchen Blut. Aber das überprüfe ich noch, genau wie den Badezimmerteppich. Vielleicht ist da ja nicht nur das Blut des Opfers, sondern auch des Täters eingesickert. Das wär's. Dann hätten wir schon mal einen Ausgangspunkt für unsere DNA-Prüfung.«

»Halt die Klappe!« Markus schrie ihn unvermittelt an.

»Mannomann, was ist denn mit dir los?«

»Meine Nerven liegen blank. Hab die ganze Nacht nicht gepennt«, murmelte Markus und wandte sich ab.

»Jetzt lass deinen Frust bloß nicht an mir aus. Ich kann doch nichts dafür, dass die Overbeck dran glauben musste. In elf Jahren werde ich pensioniert, und dieser Mord passt mir so was von gar nicht in mein Konzept. Und außerdem wird es doch wohl erlaubt sein, zwischendurch mal laut zu denken.«

»Wo warst du die ganze Nacht?« Thekla Wissing stand in der Haustür, beide Hände in die Hüften gestützt. Ihre Frage klang eher ängstlich als vorwurfsvoll.

»Ermittlungen«, murmelte Markus, mied ihren Blick und wand sich an ihr vorbei.

Sie zog die Nase hoch. »Hättest wenigstens mal anrufen können.«

»Ging nicht«, sagte er und verschwand im Badezimmer. Sie hörte, wie er den Schlüssel umdrehte. Das tat er sonst nie. Besorgt lehnte sie sich gegen die Tür und hörte das Brummen des elektrischen Rasierapparates, das Rauschen der Dusche und dann den Fön. Sonst sang oder pfiff er im Bad. Jetzt war es beklemmend still. Sie zog die Stirn kraus und rechnete nach. Exakt neunundzwanzig Stunden war er fort gewesen. Sie waren seit siebzehn Jahren verheiratet, aber so etwas hatte es noch nie gegeben. Verkommen und ungepflegt hatte er ausgesehen, als er sich gerade an ihr vorbeidrückte. Und er hatte nach Schweiß und ungelüfteten Klamotten gestunken. Ihr Mann, dessen Hemden sie wusch, stärkte und bügelte, dessen aus dem Trockner kommende Unterwäsche sie mit Frischeduft besprühte, dessen Hosen, Pullover und Jacketts sie Abend für Abend zum Auslüften an die Kleiderhaken der Terrassentür hängte. Dieser Mann, für dessen makelloses Aussehen sie, Thekla Wissing, verantwortlich war, hatte ausgesehen wie ein Penner.

Allein das Haar! Hätte sie nicht gewusst, dass es nur Markus sein konnte, der da aus dem Auto stieg, sie hätte diesem Typen den Weg zum Bad verwehrt. Was würden die Leute von einer denken, die es zuließ, dass ihr Ehemann und Kriminalhauptmeister so verwahrlost herumlief?

Sie klopfte an die Tür des Badezimmers. Er gab keine Antwort.

Mit hängenden Schultern schlich sie zurück in die Küche.

Dort standen noch seine unbenutzten Gedecke für das Abendessen, das Frühstück und das Mittagessen hintereinander auf dem großen Tisch. Wie einen Vorwurf hatte sie die drei Teller, das Weinglas, die Kaffeetasse und das Saftglas dort drapiert. Jetzt betrachtete sie ihr Arrangement und begriff, wie lächerlich es war. Es würde ihn nicht beeindrucken. Er war über Nacht ein anderer geworden, ein Fremder. Nachdenklich räumte sie alles zurück in den Schrank.

Ein leerer Tisch. Alles würde von vorne beginnen müssen.

Mit den Händen in den Taschen ihrer nachtblauen VIP-Kittelschürze ging sie ins Schlafzimmer, zog das verführerische Kleid sowie die schwarze Spitzenunterwäsche aus, zwängte sich in eine Jeans und einen Rollkragenpullover und rechnete mit dem Schlimmsten. Sie war davon überzeugt, dass all das mit dieser Neuen zu tun haben müsse. Annalena Brandt. Was für ein Name. Wie eine Schneise der Verwüstung, Vorbotin des persönlichen Weltuntergangs der Wissings.

Seine Augen hatten ihren Glanz verloren. Er hatte immer gedacht, das sei nur eine Redewendung aus Romanen. Aber es stimmte. Dieses Spiegelbild kam ihm fremd vor. Und draußen vor der Tür stand Thekla und wollte, dass alles so weiterging wie bisher. Er hatte keine Ahnung, wie er diesen Abend überleben sollte.

Etwa zur gleichen Zeit läuteten Dienstgruppenleiter Jörg Ottenhöver und sein junger Kollege Heinz Krabbe an einer Haustür in der Agnesstraße. Großspurig stand ihr Einsatzwagen in der gepflasterten Auffahrt. Es dauerte eine Weile, bis die Tür geöffnet wurde, und Heinz Krabbe trippelte ungeduldig von einem Fuß auf den anderen. Er war angespannt wie vor einem Fußballspiel.

Der Mann, der ihnen die Tür öffnete, stützte sich mit der linken Hand auf seinem Gehwagen ab. Im Korb des Rollators lag ein Stapel Bücher. Er starrte die beiden Polizisten an und wurde blass: »Um Gottes willen! Ist Annalena was passiert? Gab es einen Unfall? Wo ist sie, in welchem Krankenhaus?« Er zitterte.

»Nein, alles in Ordnung«, murmelte Jörg Ottenhöver, sprang in die Diele und stützte den pensionierten Schuldirektor. »Nicht dass Sie mir noch umfallen. Bitte beruhigen Sie sich. Ihrer Tochter geht es gut. Wir kommen wegen was ganz anderem.«

Walter Brandt stöhnte: »Sie können einem vielleicht einen Schrecken einjagen. Ausgerechnet Sie!« Mit dem rechten Zeigefinger tippte er gegen Jörgs Brust. »Wissen Sie noch, Sie haben mir damals meine kleine Prinzessin gebracht, als sie in den Ententeich gefallen war, das dumme Kind. Klar, dass ich mit dem Schlimmsten rechne, wenn Sie plötzlich wieder vor der Tür stehen. Nach so langer Zeit.« Er lächelte hilflos. »Und warum sind Sie jetzt hier?«

»Wir versuchen, uns von Stefanie Overbeck ein Bild zu machen. Sie waren ihr Lehrer.«

»Ja, eine schreckliche Sache. Ich habe es gerade in der Zeitung gelesen. Kommen Sie rein.«

Tatsächlich war es Ewald Schmeing gewesen, der ihnen Walter Brandt als zusätzlichen Informanten ans Herz gelegt hatte, sozusagen um das Bild abzurunden. Einzig Heinz Krabbe hatte gemault: »Kann das nicht die Kommissarin erledigen, die sieht ihren Alten ja sowieso jeden Abend, und dann haben die wenigstens ein Gesprächsthema.«

Jörg Ottenhöver ging hinter seinem ehemaligen Lehrer her. Konnte es sein, dass Schuldirektor Brandt im Laufe der Zeit geschrumpft war? Als kleiner Junge hatte er einen Heidenrespekt vor diesem großen stattlichen Pauker gehabt, der in ihrer aller Seelen hineinzuschauen schien und dabei selbst winzigste Verfehlungen wahrnahm. Jetzt stand ein kleines besorgtes Männlein vor ihm, allerdings mit Augen, die immer noch hellwach blitzten.

Vage erinnerte er sich an die Szene, als er das Mädchen aus dem Ententeich gerettet hatte. Nein, die jetzige Kriminalhauptkommissarin hätte er nie mit dem Kind von damals in Verbindung gebracht. Aber es stimmte, er hatte in diesem Flur gestanden, und jemand hatte ihm fünfzig Mark in die Hand gedrückt, während zwei Frauen hektisch auf ihn einredeten. Mit den fünfzig Mark war er nach Holland geradelt und hatte in einem Coffeeshop den ersten Joint seines Lebens geraucht. Nie wieder danach hatte ihm eine Zigarette so gut geschmeckt. Und nie wieder danach hatte er so tolle Musik gehört.

Heinz Krabbe begann mit der Zeugenbefragung: »Sie kennen ja sicher den Spruch: Über die Toten nur Gutes«, sagte er, als sie am hölzernen Küchentisch saßen.

Walter Brandt nickte nachsichtig und überlegte, ob dieser junge Mensch auch in seiner Schule gewesen war. Er konnte ihn beim besten Willen nirgendwo hinstecken.

»Wir haben mit Nachbarn, Verwandten und Freunden gesprochen und sind jetzt bei Ihnen, um unser Bild von Stefanie Overbeck abzurunden«, fuhr Heinz Krabbe fort. »Was für ein Mensch war sie, wie schätzen Sie sie ein?«

Er verschwieg Walter Brandt, dass sie bisher genau das erfahren hatten, was sie sowieso schon wussten: dass Stefanie ein freches Mundwerk hatte, über alles und jeden Bescheid wusste, im Grunde genommen aber ein herzensguter Mensch war. Hilfsbereit sollte sie gewesen sein und großzügig.

»Ja, die kleine Rensing«, murmelte Walter Brandt nun. »Vor ihrer Hochzeit hieß sie nämlich so. Ein verwöhntes Einzelkind und eine mittelmäßige Prinzessin dazu, die jedoch ihre Unsicherheit gut überspielen konnte. Und wenn sie einen mit ihren grünen Augen anstrahlte, das hatte schon was. Sie war immer sehr gutgläubig. Dass ihr jemand mal was Böses wollte, das konnte sie sich wohl gar nicht vorstellen. Und nun das!«

In diesem Augenblick klingelte Jörgs Handy. Er entschuldigte sich, stand auf, telefonierte kurz und kam eigenartig blass zurück.

»Hast du alles?«, wandte er sich an Heinz und wies auf das Aufnahmegerät. Der nickte. »Dann komm, wir müssen sofort los.«

Als sie die gläserne Haustür hinter sich zuzogen, nahmen sie wahr, dass auch Walter Brandt die Diele erreicht hatte. Mit der linken Hand stützte er sich auf den Handgriff seines Rollators und strich sich kopfschüttelnd und eigenartig verstört das Haar zurück.

»Hey, musste das sein?«, fragte Heinz leise.

Jörg nickte. »Es gibt einen neuen Fund, der mit dem aktuellen Fall zu tun haben könnte.«

10. Kapitel

Zu viert standen sie neben dem schmiedeeisernen Tor des Klosters Bardel und starrten gemeinsam auf das hölzerne Kistlein, das der Franziskanerpater in den Händen hielt. Der Mönch suchte Ewald Schmeings Blick und murmelte: »Soll das ein schlechter Scherz sein? Falls ja, ich verstehe den nicht. Was kann das nur bedeuten?«

»Ich fürchte, viel«, antwortete der Kriminaloberrat, seufzte theatralisch und nickte Wilfried Lütke-Tillmann zu. »Und irgendwie haben wir in dieser Sache mal wieder mehr Glück als Verstand. Wenn du nicht hier aufs Missionsgymnasium gegangen wärst, hätten wir vermutlich nie was von der Holzkiste erfahren.«

»Das stimmt.« Der Mönch nickte. »Ich hab diesen Fund als ein Zeichen gesehen, um mal wieder mit meinem früheren Schüler zu telefonieren. Wollte mal sehen, was so ein Oberwachtmeister dazu sagt. Ernst genommen hab ich das nicht, und ich hätte auch nie gedacht, dass Sie deswegen gleich zu dritt anrücken.«

Annalena streifte sich Latexhandschuhe über, nahm ihm die kleine Kiste ab und besah sie sich von allen Seiten. »Sieht genauso aus wie das Kästchen, das am Samstag von der alten Dame gefunden wurde. Könnte derselbe Konstrukteur sein.«

»Aber nicht dieselbe Puppe«, meinte Ewald Schmeing.

»Genau. Die hier trägt ein blaues Söckchen und hat einen aufgeschnittenen Rücken. Die andere hatte ihren Blick verloren.«

Blick verloren, das klang doch viel besser als ausgestochene Augen. Annalena war froh, dass ihr diese Formulierung so schnell eingefallen war. Auf diese Weise erschrak der sehr alte und sehr freundliche Pater nicht unnötig, und ihre Kollegen wussten, was sie meinte.

»Ist es wieder ein Sammlerstück?«, erkundigte sich Ewald Schmeing.

»Könnte sein. Wir haben ja jetzt in Kitty Siebert eine Expertin. Wenn es dir recht ist, fahre ich heute noch dort vorbei.«

»Sie soll das Teil aber nicht anfassen, nur anschauen«, bestimmte Ewald Schmeing und wandte sich dann an den Franziskanermönch. »Seit wann liegt das Kästchen hier?«

»Was weiß ich, so oft kommen wir auch nicht hierher. Und es lag auch nicht direkt auf dem Weg, sondern eher versteckt unter den Büschen. Ich hab mich nach einem Fünf-Cent-Stück gebückt, und dann habe ich es gesehen. Wer bückt sich heutzutage noch nach kleinen Münzen? Dabei hat alles seinen Wert. Auch ein Fünf-Cent-Stück.«

Wilfried entfaltete eine große Plastiktüte und hielt sie Annalena hin. »In der Nacht von Sonntag auf Montag hat es geregnet. Wenn die Kiste um die Zeit schon hier lag, müssten wir das in der Technik feststellen können. Und schau mal, sie ist überzogen von Schneckenschleimspuren.« Er schüttelte sich. »Wir kriegen auf jeden Fall heraus, ob beide Holzkisten nebst Puppen von ein und derselben Person präpariert wurden. Du hast doch schon die erste untersucht, oder?«

Annalena sah kurz auf. »Ja, und das Protokoll dazu hab ich auch gleich am Montag rumgeschickt.«

Wilfried wurde rot. »Hab ich noch nicht gelesen.«

»Na ja. War ja auch bislang noch nicht wichtig. Aber jetzt hat die ganze Sache schon eine andere Bedeutung, oder?«

Er gab ihr recht.

In diesem Moment hielten Jörg Ottenhöver und Heinz Krabbe mit quietschenden Reifen vor der Klosterkirche, pressten sich wichtigtuerisch ihre Handys ans Ohr und stürzten mit einer Entschlossenheit Richtung Garten, als ginge es darum, jetzt und sofort ein Schwerverbrechen zu verhindern. Ewald Schmeing schüttelte ärgerlich den Kopf. »Ich hab gesagt, ihr könnt ja mal vorbeikommen, wenn es zeitlich noch drin ist. Aber ich hab nicht gesagt, dass ihr hier den Schimanski spielen sollt.«

»Einsatz ist Einsatz«, hielt Jörg Ottenhöver dagegen, der es genossen hatte, endlich mal mit Blaulicht und mindestens hundertneunzig Stundenkilometern über die Baumwollstraße zu brettern.

Heinz Krabbes Ohren leuchteten feuerrot. »Also, was ist hier los, warum sollten wir eigentlich kommen?«

»Eine zweite Puppe – und auch diesmal im individuell gebastelten Puppenschrein«, erklärte Annalena und öffnete die Plastiktüte. »Nichts anfassen – ich zeige es Ihnen nur kurz, damit Sie sich ein Bild machen können.« Mit behandschuhten Fingern öffnete sie die Holzkiste und hob die nackte Puppe heraus. An deren Lenden waren oberhalb der Taille tiefe Schnitte angebracht.

Jörg wies auf den hellblauen Strumpf, legte die Stirn in Falten und konstatierte: »Der Nächste ist also ein Mann.« Niemand nahm davon Notiz.

»Soweit ich das gelernt habe, sitzen da ungefähr die Nieren«, murmelte Wilfried Lütke-Tillmann, als Annalena auf die tiefen Einschnitte hinwies, und warf dem Franziskanerpater einen fragenden Blick zu. »Was meinen Sie als einstiger Biologielehrer?« Der nickte. »In etwa – anatomisch ist das hier zwar nicht ganz korrekt, aber wenn diese, wie sagt man heutzutage, wenn diese Installation als Metapher für den Platz von zwei menschlichen Nieren gedacht ist – dann haut es schon hin.«

Kitty Siebert war mitten in der Nacht aufgewacht und hatte plötzlich gewusst, wo es war: ihr Verlobungsbild. Sie hatte es vor etwa fünfzehn Jahren in die unterste Schublade ihrer Schlafzimmerkommode gelegt und mit handgestrickten Wollsocken bedeckt. Ihre Gebete zum heiligen Antonius sowie ihr ständig gemurmeltes Mantra, dass in einem ordentlichen Haushalt nichts verloren gehen dürfe, hatten also gewirkt. Im Dunkeln war sie zum Schrank gehumpelt und hatte das Foto mehr gefühlt als gesehen. Vor einer Woche hatte sie es partout nicht finden können, obwohl sie krampfhaft danach gesucht hatte.

Schuld daran war dieser zwar nette, aber irgendwie auch eigenartige Friedemann gewesen. Er hatte sie bei Kaffee und Zwieback auf die hirnrissige Idee gebracht, nach diesem Foto zu suchen, und behauptet, man müsse sich seinen Erinnerungen stellen. Der und seine Gedanken über die Liebe. Nichts als Hirngespinste. Seinetwegen war sie an jenem schönen Mainachmittag ins Haus gehumpelt und hatte nach dem Beweis gesucht, dass nichts von Dauer war – nicht einmal eine Verlobung. Und als sie nach mehr als einer Stunde ohne das Beweisfoto zurückkehrte, war er fort gewesen. Er hatte ihr nichts zugerufen, wie er es doch sonst immer tat. Na ja, vielleicht hatte sie ihn ja auch nicht rufen hören.

Das Verlobungsbild war mit einem weißen Passepartout versehen und steckte in einem Silberrahmen. In der Nacht noch hatte sie gedacht, dass sie den verkaufen könne, versilbern sozusagen, aber jetzt wusste sie, dass es besser war, diese ganze Erinnerung hinter Glas zu lassen. Da würde sie kein Unheil mehr anrichten!

Was hatte sie für schöne Beine gehabt. Die schönsten von ganz Kalverode. Wehmütig sah sie an sich hinunter und dann auf ihren Stock. Wenn der Unfall nicht gewesen wäre, hätte dieser Mann sie geheiratet. Und je länger sie sein Gesicht betrachtete, umso fremder wurde er ihr. Sie hätte sich einen fremden Menschen ins Haus und ins Bett geholt. Unvorstellbar. Dieses Unglück war also eine Fügung des Himmels gewesen, um sie vor dem da zu schützen und dafür zu sorgen, dass sie nicht den rechten Weg verließ, damit sich ihr Schicksal erfüllte. So hatte sie es bisher noch gar nicht gesehen.

Sie erinnerte sich kaum noch an den Namen ihres Verlobten, nur noch an den Respekt, den sie vor ihm gehabt hatte. Er war ihr so klug und so weltgewandt erschienen. Und vermutlich war das bereits die erste Sünde gewesen: Sie hatte Liebe mit Ehrfurcht verwechselt – aber das würde sie Friedemann natürlich nicht verraten. Sie würde ihm das Bild reichen und triumphierend murmeln: »Na?«

Und er würde ihr ein Kompliment machen wegen ihrer schönen Beine. Siebenunddreißig war sie, als sie heiraten wollte, und sie hatte damals geplant, als Allererste in Kalverode mit einem kurzen Brautkleid vor den Traualtar zu treten. Dazu hochhackige weiße Pumps. Das hätte von ihrem Gesicht, das ihr ein wenig zu eckig und kantig erschien, abgelenkt. Sie seufzte. Die Anzahlung für das Brautkleid hatte sie auch nie zurückbekommen.

»Ist ja nicht meine Schuld, dass Sie es nun nicht mehr brauchen«, hatte die Schneiderin schnippisch geantwortet, den schönen weißen Brokat wieder auseinandergetrennt und daraus ein Kommunionkleid gefertigt. Sie hatte es genau gesehen.

Die Tochter des Schuldirektors empfing in diesem, dem erhabensten aller Kleider, ihre erste heilige Kommunion. Das war bitter. Aber das Kind konnte ja nun wirklich nichts dafür.

An der Haustür klingelte es Sturm. Kitty schob die Fotografie unter die Tischdecke und tarnte den so entstandenen Hügel mit Einzelteilen für eine Schafswiese nebst Bauwagen in Miniaturformat.

Ob Friedemann sie besuchen würde? Nein, der hatte noch nie geläutet, sondern einfach nur in seinem Haus auf Rädern am Straßenrand gestanden. Wenn sie an seine Tür klopfte, kam er heraus – oft stand er auch nur einfach so da und fuhr dann irgendwann weiter.

In eigenartiger Erwartung schlurfte sie zur Tür. Mindestens ein Dutzend Jahre lang hatte ihr Herz nicht mehr so geklopft. Ob das an dem Verlobungsbild lag? Kamen jetzt alte und längst vergessene Empfindungen an die Oberfläche? Hoffentlich nicht. Die konnte sie nun wirklich nicht gebrauchen.

Vor der Tür stand die junge Kommissarin von gestern.

»Was wollen Sie noch? Ich habe das Protokoll bereits unterschrieben, und zwar bei der Hedwig auf der Wache.«

»Ich weiß, ich weiß, ich komme auch nicht wegen des Protokolls.« Annalena drängte sich an ihr vorbei. »Es ist so, Frau Siebert, wir haben noch mal eine Puppe gefunden. Vielleicht erkennen Sie sie oder können uns einen Hinweis geben? Möglicherweise gehört die ja auch zu Ihnen.«

»Noch eine Puppe?«

»Ja.«

Kitty Siebert zog die Stirn kraus und starrte Annalena an.

»Sagen Sie mal, sind Sie nicht die Tochter vom Schuldirektor? Die Kleine vom Brandt?«

Annalena nickte und verzog den Mund. »Na ja, so klein bin ich ja nun auch nicht mehr.«

Kitty ging einen Schritt zurück. »Sie haben das schönste Kommunionkleid getragen, das ich je gesehen habe. Damals vor fünfzehn Jahren.« Sie sagte es ohne einen Anflug von Lächeln.

Annalena bekam eine Gänsehaut. »Daran können Sie sich jetzt noch erinnern?«

»Ich vergesse nichts!«, behauptete Kitty Siebert und verdrängte, dass sie fünfzehn Jahre lang erfolgreich das Versteck ihres Verlobungsbildes vergessen hatte. »Wie hat er sich angefühlt, dieser feste Brokat?«

»Ich weiß es nicht mehr. Ich achte nicht so sehr auf meine Kleidung.«

Kitty rümpfte die Nase. »Das sieht man.«

Die junge Beamtin schluckte, und Kitty fühlte sich augenblicklich besser. Es tat einfach gut, ein bisschen Gift zu verspritzen. »Wo ist die Puppe?«, fragte sie dann.

Annalena öffnete den Plastiksack. »Hier sind Latexhandschuhe. Wenn Sie die überziehen, können Sie sie anfassen. Sie wissen schon, wegen der Fingerabdrücke.«

»Jaja, ist schon gut. Dann kommen Sie mal rein.«

Wenige Sekunden später hatte Kitty Siebert die Puppe identifiziert. »Oje, das ist ja meine Lore. Die lag ganz unten im Regal, weil ich ihr erst noch ein ordentliches Kleid nähen wollte. Warten Sie mal kurz.«

Gestützt auf ihren schwarz lackierten Krückstock hinkte sie ins angrenzende Wohnzimmer und inspizierte ein halb vom Sofa verdecktes Regalfach. »Ja, so ein Mist, da sind mir offensichtlich noch mehr geklaut worden. Aber wann kann das nur gewesen sein? Das ist ja wirklich ungeheuerlich!«

»Finger weg«, rief Annalena und fasste die Puppensammlerin härter als nötig an die Schulter. »Da müsste unsere Spurensicherung garantiert noch Fingerabdrücke finden. Wahnsinn. Was für ein Glücksfall. Damit hat ja nun keiner von uns mehr gerechnet.«

Sie griff zu ihrem Handy und informierte Ewald Schmeing.

»Die Kollegen kommen gleich«, verkündete sie daraufhin der verdutzten Kitty Siebert.

Die fauchte: »Wie, jetzt? Etwa noch heute?«

»Innerhalb der nächsten halben Stunde. Und ich hoffe, sie bringen die ganze Technik mit.«

»Um Gottes willen, da muss ich ja erst mal dort putzen. Das sieht ja aus wie bei Hempels unterm Sofa, also wirklich, was sollen die Leute von mir denken?« Sie schickte sich an, die grüne Couch vorzuziehen.

»Unterstehen Sie sich! Hier wird nichts angerührt!«

Jetzt war es Annalena, die sich besser fühlte.

Die einzigen Fingerabdrücke jedoch, die sie fanden, waren die von der Hausbesitzerin, von Kitty Siebert.

Ewald Schmeing, der die ganze Aktion überwachte und der Puppensammlerin mit bewundernswerter Geduld alle zehn Minuten erneut bestätigte, dass auch die Spurensicherung der Geheimhaltungspflicht unterworfen sei und dass niemand je zählen oder gar erzählen würde, wie viele Staubmäuse sich unter ihrem Sofa und dem Regal befunden hatten und dass er überhaupt selten eine so hübsche und saubere Wohnung gesehen hatte, konnte es nicht fassen: »Aber hier muss doch jemand gewesen sein und die Puppen mitgenommen haben. Wie viele lagen denn dort? Was hast du gesagt?«

Kitty Siebert steckte sich eine Haarsträhne mit einem schwarzen Klämmerchen fest, und Annalena registrierte, dass die Spange aus dem gleichen Ebenholz gemacht zu sein schien wie der schwarze Stock.

»Da haben sieben gelegen, die Lore und noch sechs andere«, sagte Kitty nachdenklich. »Und die Inge hat auf dem Regal gesessen. Jetzt liegen hier nur noch zwei, das heißt, es fehlen noch vier.«

Verständnislos hob Ewald die Schultern. »Die sind doch groß? Kann man denn so viele Puppen auf einmal davontragen?«

»Vielleicht ist der Dieb ja mehrmals gekommen«, bot Annalena an und sah den Kollegen von der Spurensicherung nach, die draußen ihren Einsatzwagen bestiegen und offensichtlich über diesen Puppenkram lästerten.

»Schwer sind die nicht. Und die wehren sich ja auch nicht«, sagte Kitty ernsthaft und fügte hinzu: »Aber natürlich fällt es auf, wenn einer in jeder Hand zwei Puppen trägt – und die dann sicher noch kopfüber, weil man sie an den Füßen am besten zu packen kriegt. Vor allen Dingen, wenn ein Mann so was macht.«

»Es sei denn, er ist Puppendoktor«, lächelte Annalena und suchte Ewalds Blick.

»Das stimmt. Aber ich kenne keinen Puppendoktor, der Hausbesuche macht«, ergänzte Kitty.

»Apropos Hausbesuche«, klinkte Kriminaloberrat Schmeing sich nun wieder ein und lächelte verbindlich. »Bei dir ist es ja so gemütlich und einladend, da fühlt sich garantiert jeder Gast ausgesprochen wohl.«

»Ich lass keine Gäste ins Haus. Niemals!«, knurrte Kitty und stützte beide Hände in die Hüften.

»Dann kann also nur ein Dieb hier gewesen sein, um deine Puppen zu entführen«, murmelte Ewald.

»Es gibt aber keine Einbruchsspuren«, informierte Annalena ihn. »Nicht eine einzige. Wir haben gestern alles untersucht.«

Ewald wandte sich an Kitty: »Lässt du denn vielleicht manchmal aus Versehen die Tür auf?«

»Du meinst, dass ich nicht abschließe, wenn ich mit den Bus in die Stadt fahre?«

»So weit wollte ich gar nicht gehen. Aber wenn du in deinem Garten arbeitest, schließt du dann alles ab?«

Sie schüttelte den Kopf.

»Da könnte doch jemand in dein Haus gegangen sein und die Puppen gestohlen haben.«

Sie schnaufte verständnislos. »Wozu das denn?«

»Es sind doch Sammlerstücke!«, stellte Ewald klar. »Manche Leute tun alles Mögliche, um an die Sachen heranzukommen, die sie sammeln.«

»Diese Puppen sammelt keiner, ich rette sie«, verkündete Kitty Siebert im Brustton der Überzeugung. »Die sind viel zu alt. Die haben ja nicht mal richtige Haare. Bei mir finden sie ein neues Zuhause. Und damit sie ihre Vergangenheit vergessen, kriegen sie von mir auch neue Namen.« Trotzig stampfte sie mit dem linken Fuß auf.

»Aber du kaufst sie doch. Wir haben doch deine Liste mit ihren Nummern gesehen und auch die Preise, die du für sie bezahlst.« Ewald klang sehr freundlich. Einzig Annalena bemerkte einen gereizten Unterton.

»Ich erlöse sie. Das ist Lösegeld, ja, was glaubst du denn? Bei mir finden sie dann eine wirkliche Heimat. Verstehst du, ich habe einen Gnadenhof für Puppen. Für Tiere gibt's das ja auch.«

Einen Gnadenhof, auf dem die zu schützenden Wesen in Regalfächern ohne Licht verkümmern, dachte Annalena, hielt sich aber wohlweislich zurück.

Ewald zeigte sich beeindruckt und ließ sich in aller Ausführlichkeit über Kittys Puppenrettungsaktivitäten informieren. Als sie endlich einmal Luft holte, unterbrach er sie mit der Frage nach der Puppe Lore und deren Strümpfen.

Die Sammlerin musterte argwöhnisch das blaue Söckchen am Puppenbein. »Blaue Socken gibt's bei mir nicht«, verkündete sie dann. »Und diese Schnitte hier an der Taille, ich weiß nicht, ob mein Puppendoktor das je wieder hinkriegt. Teuer ist so eine Behandlung nämlich auch noch. Für Puppen gibt es keine Krankenkassen und wer zahlt das dann alles? Erst die Inge, dann die Lore. Ich meine, wenn die beiden jetzt Beweismittel sind, gehören sie ja dem Staat, und der Staat muss doch eigentlich dafür sorgen, dass meine Dinge wieder in Ordnung kommen.«

Interessante Logik, dachte Annalena und suchte Ewald Schmeings Blick.

»Das kriegen wir schon geregelt, mach dir deswegen keine

Sorgen«, beruhigte Schmeing die Puppenmutter und strich sich über seine glänzende Glatze. »Das macht die Geschichte mit dem hellblauen Strumpf umso interessanter. Wo kann der nur herkommen?«

Kitty winkte ab. »Ach, die gibt es doch in jedem Spielwarenladen.«

»Und wo ist der nächste?«, fragte Annalena.

»In Kalverode, Coesfeld, Billerbeck, Stadtlohn, Ahaus, Enschede, überall – aber wenn Sie mich fragen: Ich glaube nicht, dass das holländische Socken sind. Die sehen mir doch sehr deutsch aus.«

Annalena hatte noch nie jemanden kennengelernt, der sich mit der Nationalität von Socken auskannte. Respekt.

»Erzähl mir was über Nieren«, begrüßte Annalena ihren Vater an diesem Abend.

Der zog die Augenbrauen hoch. »Was willst du wissen? Ein Kochrezept?«

»Nein, ihre Bedeutung. Sie haben sicher auch einen Platz in deinem Buch zum Aberglauben.«

Wie er es schon immer getan hatte, wenn er scharf nachdachte, legte er sich auch jetzt den Zeigefinger an die Nase und holte tief Luft. Als Kind hatte Annalena gedacht, die Nasenspitze ihres Vaters sei eine Art Luftpumpe, mit der er sein Gehirn durchlüftete. Bei ihr hatte das aber nicht funktioniert. Sie hatte nach draußen und in den Garten gemusst, um wieder einen klaren Kopf zu kriegen, wie die Mutter zu sagen pflegte. »Lass mich mal nachdenken«, meinte ihr Vater. »Wenn du willst, erzähle ich dir beim Abendessen das Wenige, was ich weiß.«

»Ja, gern.« Es erstaunte sie, dass sie bereits nach drei Tagen klein beigegeben hatte und es als einen angenehmen Teil der neuen Alltagsrealität empfand, vom Vater am Abend bekocht zu werden. Hinzu kam, dass sie auf diese Weise ihre eigene Küche schonte, was schon allein deshalb praktisch war, weil noch niemand vorbeigekommen war, um ihre Geschirrspülmaschine anzuschließen. Während sie duschte und in eine weit geschnittene Leinenhose und ein übergroßes T-Shirt schlüpfte, redete sie sich ein, dass das Zusammensein mit dem Vater nicht nur familiärer Natur sei, sondern auch dienstliche Aspekte hätte. Immerhin ließ sie sich von ihm aufklären.

»Ich hatte heute Besuch von deinen Kollegen«, eröffnete Walter Brandt das Tischgespräch. Es gab Annalenas Lieblingsgericht: Penne all'arrabbiata. »Du hast mir gar nicht erzählt, dass dein Lebensretter jetzt auch dein Kollege ist. Jörg Ottenhöver – kannst du dich noch erinnern, wie er dich damals aus dem Ententeich gefischt hat? Du warst sieben und hast ihm aus Dankbarkeit ein Gedicht geschrieben: ›An meinen Schutzengel‹. Na ja, ehrlich gesagt, ich habe es – allerdings nach deinem Diktat – aufgeschrieben, und du hast was dazu gemalt.«

»O Gott, wie peinlich«. Sie merkte, dass ihr der kalte Schweiß ausbrach. »Hast du ihn etwa daran erinnert?«

»Nicht an das Gedicht.«

Annalena holte tief Luft. Die Vorstellung, dass Jörg zwar nicht jetzt, aber irgendwann auf einem Betriebsfest oder auf der obligatorischen Weihnachtsfeier ihr Liebesgedicht an den Schutzengel zum Besten geben würde, kam einem Albtraum gleich.

Als könne er die Gedanken seiner Tochter lesen, sagte Walter Brandt: »Der hat das bestimmt nicht mehr. Jungs bewahren so was nicht auf. Außerdem hatte ich den Eindruck, dass er dich nicht mehr mit seiner damaligen Aktion in Verbindung setzen konnte. Er schien sehr erstaunt. Der hatte seine Heldentat völlig vergessen. Aber sag mal, dieser Krabbe, ist das auch ein Kollege von dir?«

Annalena nickte und griff nach ihrem Wasserglas. Die Penne waren teuflisch scharf.

»Mir ist die Dose mit dem Chili aus der Hand gerutscht«, gestand ihr Vater. »Die fein gehackten Schoten schwammen plötzlich auf der Soße. Ich hab dann versucht, so viel wie möglich rauszufischen. Kann man das überhaupt noch essen?«

Sie hustete. »Grad noch.«

Walter Brandt wischte sich den Mund. »Dieser Krabbe und dein Schutzengel, die mussten plötzlich weg. Warum?«

»Du glaubst doch wohl nicht, dass ich dir das jetzt erzähle!«

»Steht ja doch morgen in der Zeitung.«

Sie schüttelte den Kopf. »Das nicht – das bestimmt nicht. Sag mal, meinst du, unsere Nieren können diese scharfe Soße verarbeiten?«

»Wenn du genug dazu trinkst? Ich denke schon.«

»Gut, dann verrat mir mal: Was sagt der Aberglaube zum Thema Nieren?«

»Lach mich nicht aus«, meinte er. »Aber als ich die Nudeln in den Topf warf, ausgerechnet da dachte ich plötzlich, dass die Nieren was mit Mangel zu tun haben müssen. Mit Dingen, die uns fehlen.«

»Erzähl!« Sie lehnte sich zurück und schenkte sich ein zweites Glas Rotwein ein.

»Na ja, es gibt zwei Aspekte. Neben dem Herzen ist auch die Niere im deutschen Volksglauben Sitz der Seele. Möglicherweise war es deshalb zu früheren Zeiten vor allem im Allgäu Sitte, dem Pfarrer von jedem frisch geschlachteten Tier die Niere zu überbringen. Damit hat man sozusagen die Seele des Tieres dem Schoß der Kirche anvertraut. Aber das ist nur die eine Seite. Viel interessanter finde ich die Perspektive des Mangels: Man glaubte, es sei möglich, sich über dieses Organ Eigenschaften wieder einzuverleiben, und zwar im wahrsten Sinne des Wortes. Mangelt es dir an Mut, so isst du beispielsweise die Niere deines Feindes, der ja auch deshalb dein Feind ist, weil er dir an Tatkraft und Mut überlegen ist.«

Annalena schüttelte sich. »Wenn du mich fragst, ich finde, dass schon eine Menge Mut dazugehört, sich die Niere des Feindes erst einmal zu beschaffen.«

»Das stimmt, aber solche Dinge muss man ja nicht selbst erledigen. Auftragskiller gab es immer schon. Und gute Köche auch. Ein bisschen Salbei, etwas Essig und Liebstöckel, und schon stehst du auf und willst wissen, wo der nächste Drache besiegt werden will.«

»Wenn es nur so einfach wäre!« Sie seufzte.

Er nickte. »Um die Mitte des 14. Jahrhunderts verfasste ein Konrad von Megenberg eine naturwissenschaftliche Schrift, in der unter anderem vermerkt ist, dass eine aus Ochsennieren gesiedete Seife zertrümmerte Knochen wieder heilt.« Er sah auf seinen Stock und auf seinen Rollator. »So eine Seife hätte ich gern.«

»Das glaube ich dir. Hast du oft Schmerzen?«

»Nicht oft. Immer.« Er griff nach dem Rotwein.

Annalena räumte den Tisch ab. Dass sie daran nicht gedacht hatte. Wahrscheinlich tat ihm jede Bewegung weh.

»Die Ärztin sagt, ich soll nicht so viel rumsitzen«, erklärte er, räumte das Geschirr in die Spülmaschine und tätschelte deren weißes Gehäuse: »So, Minna, jetzt kannst du uns mal zeigen, was in dir steckt. Mach alles schön sauber.« Wieder an die Tochter gewandt fuhr er fort: »Auf jeden Fall ist die Niere ein Kraftträger. Sie hat heilende und zerstörende Kräfte.«

»Nämlich?« Annalena hielt inne.

»Das Verspeisen einer Niere kann Zauberkräfte vermitteln. Ich habe allerdings noch nicht herausfinden können, um welche Art von Zauber es sich handelt. Vielleicht die Fähigkeit des Fliegens? Das war doch schon immer der große Traum der Menschheit. Fliegen wie ein Vogel, vom Wind getragen.« Er seufzte, als litte auch er unter der Unerfüllbarkeit dieses Traumes. »Und jetzt erzähl du mal: Ihr habt also eine neue Leiche?«

Sie schüttelte den Kopf. »Nur eine Puppe.«

Auf einem unbenutzten Stuhl lag die Tageszeitung. Walter hatte sie so aufgeschlagen, dass Seite fünf oben lag. Sie bestand aus einer einzigen Traueranzeige: Stefanie Overbeck, geb. Rensing, war zweiunddreißig Jahre alt geworden, und um sie trauerte der Mitarbeiterstab der »Kalveroder Nachrichten« ebenso wie die gesamte Crew des Wochenmarktes, jeder einzelne Stand war mit dem Namen seines Besitzers und dessen Spezialitäten aufgelistet. Werbegrafik getarnt als Traueranzeige. Annalena starrte auf den schwarz umrandeten Text.

Er hatte was Absurdes.

Doch gerade als sie ihren Vater fragen wollte, was der davon hielt, begann ihr Handy zu läuten. Es war zehn Uhr abends.

»Ja?«, meldete sie sich verhalten.

»Ich komme genau morgen Abend um zweiundzwanzig Uhr Ortszeit auf dem Flughafen von Enschede an. Sie wollten ja wissen, wann ich lande. Kann ich dann meine Frau noch sehen?«

»Herr Overbeck? Ja, natürlich. Ich hol Sie ab.«

11. Kapitel

»Wie sieht sie aus?«, fragte Annalena und suchte Markus Wissings Blick. »Ich meine, kann ihr Mann sie sehen?«

»Ihr Mann?«

»Ja, Udo Overbeck kommt heute Abend in Twente an. Ich hole ihn vom Flughafen ab.«

»Warum das denn?« Wissing schluckte.

»Er hat dann einen Flug von mehr als vierundzwanzig Stunden hinter sich«, rechtfertigte Annalena sich. »Der ist fix und fertig. Den können wir nicht so alleine hier ankommen lassen.«

»Ich meine, warum tut er sich das an? Hierherzukommen? Egal, ich kümmere mich drum und sag dem Gerichtsmediziner Bescheid.«

»Ich denke, er will Abschied nehmen«, meinte Annalena.

»Trotzdem. Identifizieren muss er sie ja nicht mal mehr. Das hat ja der Hausarzt erledigt.« Mit zusammengepressten Lippen und hochgezogenen Schultern verschwand er in seinem Büro.

Er hätte sie lieber nicht so gesehen, wie er sie hatte sehen müssen, und er hätte viel darum gegeben, dieses letzte Bild wieder löschen zu können. Wenn er jetzt an sie dachte, sah er ihre leeren Augenhöhlen, die bläulichen Wangenknochen, die Leichenflecken auf der einst makellosen Haut.

Nie wieder ihre Stimme hören zu dürfen, sich nie wieder in diesem liebevollen Blick ihrer grünen Augen zu verlieren, nie wieder beim Klingeln des Telefons auf ihr zärtliches Gurren hoffen zu dürfen und auf ihr tröstendes »Knopf hoch«.

Markus Wissing trommelte mit den Fäusten auf die Schreibtischplatte und schluckte. Was für ein Glück, dass er nun ein eigenes Zimmer hatte. Anders wäre die Arbeit, wäre das ganze Leben nicht mehr auszuhalten. Heimlich trauern zu müssen und das alles unter Aufsicht des miesepetrigen Jörg Ottenhöver und der Neuen. Das konnte nicht gut gehen. Da würde er erst recht durchdrehen. Ganz klar.

Annalena legte das Telefon zur Seite und putzte sich die Nase. Immer, wenn sie diesen Horrorspiegel im Rücken hatte, lief ihr die Nase. Bestimmt was Psychosomatisches, dachte sie.

Halbherzig hatte der Pathologe ihr versprochen, sein Bestes zu tun, was Steffis Leiche betraf, aber es hatte sich angehört, als zweifle er an dem Ergebnis. Annalena wusste, dass sie Udo Overbeck nicht daran hindern konnte, seine tote Frau zu sehen. Und sie verstand ihn. Abschiede waren wichtig.

Das Leben, aber auch ihre Eltern hatten sie gelehrt, dass jeder Tag seine eigene Bürde hatte. Die Bürde des heutigen Tages bestand darin, einen verstörten Witwer vom Flughafen abzuholen. Steif stand sie vom Schreibtisch auf und schlich in den Konferenzraum.

Hier residierte Hedwig, auf deren mütterliche Fürsorge oder seelischen Beistand sie hoffte. Ihr war nach Seelsorge, ihre Seele wollte umsorgt werden.

Auf dem Konferenztisch lag die gestrige Zeitung. Mit dieser gigantischen Anzeige auf der Seite fünf.

»Riesig, oder? Wie für einen Popstar oder einen Politiker«, begann Annalena das Gespräch und zeigte auf das schwarz umrandete Blatt.

Hedwig nickte. »Dabei war sie doch nur Anzeigen- und Gemüseverkäuferin. Was das wieder kostet! Und wer das wohl alles bezahlt? Die Leute vom Markt vielleicht?«

»Na ja, die Overbeck hat schließlich bei der Zeitung gearbeitet. Da gibt es garantiert einen Sonderrabatt«, meinte Annalena.

Hedwig grinste. »Genau. So billig kommen die Marktleute sonst nämlich nicht an eine Eigenwerbung. Mich wundert's, dass sie nicht noch gleich ihre Sonderangebote mit aufgelistet haben. Etwa nach dem Motto: Wir trauern jetzt, aber am Wochenende gibt es Wurst und Brot mit Gedenkrabatt.«

Annalena zog die Stirn kraus. »Das traust du den Leuten zu?«

Hedwig verschränkte ihre Arme vor der Brust. »Den Leuten traue ich grundsätzlich nur das Schlechteste zu.«

»Dann kann ich ja auf dich bauen. Haben wir eigentlich alle Ausgaben der »Kalveroder Nachrichten« hier archiviert?«

Hedwig schüttelte den Kopf. »Nein, ich heb sie nur einen Monat auf. Dann nehm ich sie mit heim und befeuere damit unseren Kachelofen. Albert sagt immer, Zeitungspapier brennt am besten. Der hat schon früher immer die in seinen Zügen liegen gebliebenen Zeitungen nach Hause geschleppt. Gut, dass du mich daran erinnerst. Den letzten Monat sollte ich mir endlich mal ins Auto packen. Liegt schon gestapelt hinter der Eingangstür.«

»Lass mal bitte«, murmelte Annalena.

»Warum?«

»Ich hab da eine Theorie.« Ebenso wie ihr Vater legte auch Annalena sich den Zeigefinger an die Nasenspitze. »Nehmen wir doch mal an, Stefanie Overbeck hat als Angestellte der Zeitung einen Text aufgenommen, der unter Chiffre publiziert werden sollte.«

»Ja und? Das ist doch normal.« Hedwig blieb unbeeindruckt.

»Na ja, sie aber weiß, welche Person sich hinter der chiffrierten Anzeige verbirgt, und sie könnte auch vermuten, was genau mit dem Text gemeint ist. Möglicherweise hat es sich um eine Sache gehandelt, die nicht unbedingt legal ist.«

»Aber das kann überall stehen, bei den Autoanzeigen, Kontaktanzeigen oder Glückwünschen.«

»So ist es.«

»So was lernt man auf der Kriminalschule in Wiesbaden?«, wollte Hedwig wissen. »Solche komischen Gedankengänge?«

Annalena wurde rot.

»Aha. Daher also weht der Wind. Du willst, dass ich mir alle Zeitungen vornehme, alle Chiffreanzeigen lese und dabei vielleicht auf einen verfänglichen Text stoße?«

»Exakt.«

»Wirklich alle Rubriken?«, fragte Hedwig nach und zog skeptisch die Augenbrauen hoch.

Annalena nickte. »Alle.«

»Na ja, wenn ich mir das so überlege ...« Hedwig zögerte. »Wär schon interessant. Vielleicht finden wir ja was, eine verfängliche Formulierung, eine merkwürdige Satzstellung, eine betont harmlos klingende Aussage. Glaub mir, Letztere sind immer am schlimmsten! Und vielleicht finde ich ja auch noch ein Schnäppchen für meinen Mann. Der guckt nämlich immer nach Faller-Häuschen.«

»Ich weiß«, nickte Annalena, die darüber schon von Frau Siebert informiert worden war.

»Dafür musst du mir dann aber die Kitty vom Hals halten«, verlangte Hedwig, als könne sie Gedanken lesen. »Versprochen?«

»Wieso?«

»Die will ihre Puppen wiederhaben, die nervt«, knurrte Hedwig. »Und sie ist zäh. Ich brauch da eine klare Ansage, sonst ruft die mindestens dreimal täglich bei mir an – und das tut meinem Anzeigenstudium nicht gut. Dann kannste dir gleich jemand anderen für deine Recherche suchen.«

»Das nächste Mal stellst du sie zu mir durch, und ich versprech ihr, dass wir die Puppen bei ihr vorbeibringen, sobald alle Untersuchungen abgeschlossen sind. Und ich sag ihr auch, dass das noch vier Wochen dauern kann. Haben wir eigentlich so was wie eine Notfallkasse? Ich meine, um diesen Puppendoktor zu bezahlen?«

Hedwig seufzte. »Ich red mal mit Ewald drüber.«

Vor dem Bürofenster regnete es Apfelblüten. Kleine weiße Blätter vor einem strahlend blauen Frühlingshimmel. Die Blütenblätter sahen aus wie Schneeflocken. Dass es immer Winter bleiben möge, hatte Markus sich gewünscht, damals, als er ihr zum ersten Mal nahegekommen war, die Zeit hätte stehen bleiben müssen in diesem Moment des Glücks. Aber die Zeit war nicht stehen geblieben und hatte stattdessen barbarische Wunden geschlagen. Er erinnerte sich noch genau an den Tag, der sein Leben verändern sollte. Es war der Tag des ersten Schneefalls gewesen. Im Büro stand nichts Besonderes an, und so hatte er sich einen Wagen geschnappt und war Streife gefahren. Sie hatte in einem knallgrünen Skianzug am Straßenrand gestanden und Schnee geschippt. Sie war die einzige Frau, die er Schnee schaufeln sah, und so hielt er an und fragte, ob sie Hilfe brauche. Hätte sie nicht so knackig ausgesehen in diesem Anzug, wäre er garantiert weitergefahren. Aber so … Er konnte nicht anders. Er musste anhalten. »Nein, aber ich bräuchte jemanden, der mit mir einen heißen Tee trinkt. Darf ich Sie einladen?« Und dann hatte sie ihn mit diesen wahnsinnig grünen Augen angestrahlt.

Eine Stunde später lagen sie auf der Felldecke ihres großen Bettes. Draußen fiel der Schnee in dichten, weichen Flocken, und er nahm sich vor, diesen Augenblick niemals zu vergessen. Diesen Moment des vollkommenen Glücks. Er fotografierte ihn für sein Gedächtnis und wusste, dass er in Zukunft nur noch weiße Flocken zu betrachten bräuchte, um erneut in das Gefühl dieser Seligkeit eintauchen zu können.

Jetzt, beim Anblick der Apfelblüten, überfiel ihn eine unendliche Trauer. Das Leben war ungerecht.

Jörg Ottenhöver legte den Hörer betont langsam auf die Gabel und beschloss, diese ziemlich heiße Information zunächst für sich zu behalten. Die Neue mischte sich in alles ein, war mit Hedwig und Ewald per Du und mit ihm und allen anderen per Sie, und wenn die erführe, was er gerade herausgefunden hatte, würde sie sich noch mehr aufspielen und vom Kriminaloberrat noch mehr Lob einheimsen. Das musste nicht sein. Außerdem war sie selber schuld. Hatte ihr gemeinsames Büro verlassen und ihm nicht gesagt, wohin sie ging, was sie dachte oder gerade ermittelte.

Da mussten sie schon zusammen in einem Büro sitzen, aber sie zog ihn nicht ins Vertrauen und zeigte keinerlei Interesse an den Ergebnissen seiner Nachforschungen. Wozu war er denn nach Holland gefahren, wozu hatte er sich denn in seiner Freizeit mit einem niederländischen Kollegen getroffen, wenn keiner an seiner Liste mit den Schwarzmarktpreisen interessiert war? Aber was die konnte, konnte er auch.

Er sah auf die Uhr und beschloss, in frühestens elf Stunden mit seinem neuen Wissen herauszurücken. Das hatte sie nun davon. Und überhaupt: Die hörte ihm ja sowieso nicht zu.

»Hallo.« Annalena kam mit einer Tasse Kaffee in ihr Büro zurück. Sie sah erst ihn an, dann die südöstliche Ecke ihres Schreibtisches und schaffte es so, beim Gang zu ihrem Arbeitsplatz den Spiegel und ihr Spiegelbild auszublenden. »Gibt's was Neues?«

Jörg Ottenhöver schüttelte demonstrativ den Kopf und verspürte so etwas wie Schadenfreude. Er würde nichts sagen. Nicht zu dieser Besserwisserin.

»Ich hab Hedwig gebeten, was für uns zu recherchieren«, verkündete Annalena betont sachlich.

»Hedwig?« Er legte seine Stirn in Falten. »Die bringt's doch nicht. Die kann gerade mal Kaffee kochen und Ablage machen. Von Polizeiarbeit hat die keine Ahnung!«

»Interessantes Frauenbild, das Sie da haben«, konterte Annalena und stellte ihr Namensschild so, dass er ihre Dienstbezeichnung gut lesen konnte. Kriminalhauptkommissarin. »Dann eben nicht.«

Sie öffnete ihren E-Mail-Ordner. Wenn er sich so stur stellte, würde sie ihn auch nicht an ihren Überlegungen teilhaben lassen.

Kurz darauf läutete ihr Telefon, und Hedwig stellte mit genervter Stimme die Puppensammlerin durch. »Jetzt kannst du mal zeigen, was du draufhast. Ich fände es schön, wenn wir mindestens eine Woche Ruhe hätten. Nur eine winzig kleine Woche. Also, viel Glück.«

»Ich will eine Anzeige aufgeben«, begann Kitty Siebert das Gespräch.

»Eine Zeitungsanzeige?«, fragte Annalena und dachte erneut an die »Kalveroder Nachrichten«. Hoffentlich wurde Hedwig fündig.

»Eine Vermisstenanzeige«, keifte die Puppensammlerin. »Dafür sind Sie doch zuständig, Sie von der Polizei!«

»Das stimmt. Wen vermissen Sie denn?«

Hatte die Siebert nicht noch vor zwei Tagen gesagt, sie lebe alleine und habe keinerlei Verwandte?

»Vier Puppen melde ich hiermit als verschollen. Sechs sind entführt worden, zwei davon wurden schwer verletzt aufgefunden. Da ist ein Perverser unterwegs. Auch das sollten Sie bedenken. Ich erstatte also hiermit Anzeige.«

»Verzeihen Sie, Frau Siebert, aber für solche Dinge ist das Fundbüro zuständig. Und das befindet sich im neuen Rathaus. Ich kann Sie durchstellen.« Annalenas Stimme klang freundlich und verbindlich.

»Unterstehen Sie sich.«

Annalena blickte hoch und verdrehte demonstrativ die Augen. Jörg Ottenhöver starrte so ostentativ auf seinen Bildschirm, als läge dort der entscheidende Hinweis, aber sie wusste, dass er mithörte.

Lauter als nötig führte Annalena ihr Gespräch mit der Puppensammlerin fort. Der da gegenüber sollte mithören. »Frau Siebert, verstehen Sie, wir ermitteln in einem Mordfall und …« Sie wurde von einem Redeschwall mundtot gemacht.

»Was haben wir?«, fragte sie dann erstaunt und suchte Jörgs Blick. Der ignorierte sie weiterhin.

Annalena verkniff sich ein Lächeln. »Moment, ich fasse noch mal zusammen: Sie behaupten also, dass meine Kollegen und ich zwei Ihrer Puppen gegen deren Willen gefangen halten?«

Jörg hob missmutig den Kopf. Endlich.

Annalena sah ihm in die Augen. »Aha«, wiederholte sie nun betont ruhig. »Frau Siebert, wenn ich Sie richtig verstehe, gehen Sie davon aus, dass wir Inge und Lore nicht richtig verpflegen, sie dem Puppendoktor vorenthalten und womöglich auch noch Lösegeld von Ihnen verlangen. Das alles unterstellen Sie uns?«

Ihr einstiger Schutzengel vollführte mit der rechten Hand eine Scheibenwischerbewegung vor dem Gesicht und hielt mit gerunzelter Stirn ein Blatt Papier hoch. Darauf stand: »Die hat einen anne Mütze.«

»Frau Siebert, das alles entspricht so nicht der Wahrheit. Tatsächlich sind sowohl Lore als auch Inge bei meinen Kollegen in den besten Händen. Wenn Sie wollen, kann ich nach ihnen schauen.« Annalena ließ sich auf das Spiel ein und blieb betont freundlich.

Das Gejammer in der Leitung nahm kein Ende.

»Nein, Sie können sie noch nicht abholen. Vielleicht morgen die erste, genau, die Inge, aber die andere brauchen wir noch. Wir müssen klären, mit welchem Instrument sie ›operiert‹ wurden und in welcher Verbindung das Auffinden der Puppen zu unseren Ermittlungen steht. In gar keiner? Wie kommen Sie denn darauf?«

Kitty Siebert setzte zu einer äußerst langen Rede an, und wieder hörte Annalena geduldig zu.

Kopfschüttelnd beendete sie schließlich das Gespräch und murmelte: »Die behauptet tatsächlich, Stefanie Overbeck sei an ihrem Schandmaul gestorben.«

»Auch wenn sie sonst besemmelt ist – damit könnte sie recht haben.«

Jörg Ottenhöver ging zur Tür seines früheren Zimmerkollegen und klopfte an. »Du, Markus, es gibt da eine neue Theorie. Kommst du mal?«

»Ihr spinnt doch alle«, war Markus' einzige Reaktion, als Jörg ihm von Kitty Sieberts Behauptung erzählte. »Wenn hier eine rumlästert, dann ist das Kitty Siebert. Außerdem ist die nicht ganz dicht. Dass ihr überhaupt eure Zeit mit der verschwendet.«

Jörg fühlte sich angesprochen. »Unsere Zeit? Die hat doch mit Frau Brandt telefoniert.«

»Ist mir doch egal, wer mit wem gesprochen hat. Aber die Siebert, die hat wirklich von nix 'ne Ahnung. Lasst mich mit dem verdammten Schwachsinn einfach in Ruhe, ja?«

Er drehte sich um und knallte die Tür hinter sich zu. Am liebsten hätte er sein ganzes Leben hinter sich zugeknallt. Oder zumindest den Teil, der noch mit Thekla verbunden war.

Beim Frühstück hatte die ihn angestarrt, als wäre er ein Wesen von einem fremden Stern. Kein Wort hatte sie gesprochen, und ihm war es recht gewesen, auch wenn es nicht so einfach war, unter diesen prüfenden Blicken ein Schinkenbrot zu essen und die üblichen zwei Tassen Kaffee zu trinken, aber er hatte sich dazu durchgerungen. Der Alltag sollte so sein wie immer. Zumindest für Thekla. Alles andere würde das Chaos nur vergrößern.

Jetzt erinnerte er sich, dass sie Rouge und Lippenstift aufgetragen hatte, als plane sie, auszugehen. Er hatte sie nicht gefragt. Es war ihm auch egal, welche Unterwäsche sie trug. Wenn er es recht bedachte, war das alles nur ihretwegen passiert. Ihr ewiges Misstrauen, ihre Eifersucht, ihr Nachfragen! Ihre Kontrollen. Hätte er nur am vergangenen Samstag nicht auf sie gehört und wäre seinem Herzen gefolgt! Dann wäre das alles nicht passiert. Er war doch nicht ihr Kind und erst recht nicht ihr Besitz. Was wollte sie? Ihn mit Haut und Haaren?

Stefanie hatte nur seine Haut gewollt – aber davon jeden Millimeter und am liebsten jeden Tag. Er seufzte. Immer noch fielen Apfelblüten. Und nie wieder würden so wunderbare Schneeflocken vom Himmel fallen wie damals. Nie wieder würde ihm trotz der allergrößten Kälte so warm ums Herz sein.

»Meine Fresse, ist der finster drauf!« Jörg ließ sich auf seinen Schreibtischstuhl fallen und beobachtete Annalena. Auch ihr schien dieser Wutausbruch nahegegangen zu sein. Sie schlich eigenartig steif und mit hochgezogenen Schultern zu ihrem Arbeitsplatz, als könne sie weder Kopf noch Hals bewegen.

Er räusperte sich und suchte nach einem verbindlichen Wort. Doch in genau diesem Augenblick stürzte Hedwig Hagenkötter in den Raum und schwenkte fast triumphierend eine Zeitungsseite. »Hier ist es, hier ist es. Annalena, glaub mir, es kann nur diese sein. Hömma!« Und dann las sie vor: »›Vermiete in Kalverode Räume jeder Größe und Ausstattung für Bunga-Bunga-Partys und an Fetischisten jeder Art. Technische Ausstattung vorhanden.‹ Und dann eine Chiffre. Wie du gesagt hast. Und ich hab die Anzeige übersehen, wo ich doch sonst immer alles überfliege. Aber die ist auch verdammt klein gedruckt. Weißt du was? Die ist absichtlich so klein.« Hedwig triumphierte.

Annalena beugte sich vor. »Wie alt ist die Zeitung?«

»Zwei Wochen.«

»Das könnte hinhauen. Wo ist die Redaktion?«

»In der Nordstraße, gar nicht weit von hier«, verkündete Hedwig stolz.

»Jaja, kenn ich, ich bin ja schließlich hier aufgewachsen. Und das ist die Zweigstelle, in der die Overbeck gearbeitet hat?«

Hedwig Hagenkötter nickte. »Es gibt hier nur eine.«

Annalena schnappte sich ihren Anorak und rannte aus dem Zimmer. »Wir sollten nichts unversucht lassen. Bis später dann.«

Mit offenem Mund starrte Jörg ihr nach und wandte sich wutentbrannt an Hedwig: »Was soll denn dieser Alleingang? Warum nimmt sie mich nicht mit?«

»Weil du keine Ahnung vom aktuellen Ermittlungsstand hast«, belehrte die ihn und rauschte mitsamt ihrem Herrschaftswissen aus dem Raum.

12. Kapitel

Sobald sie Jörgs Spiegelblick nicht mehr in ihrem Rücken fühlte, lief sie zur Hochform auf. Ihrem Empfinden nach hing dieser verhängnisvolle Wandschmuck wie ein bleigefüllter Rucksack an ihr und drückte sie zu Boden, vervielfachte ihre Existenz bis ins Unendliche und stapelte jede einzelne Kopie auf die real existierende Annalena, die davon erdrückt und erstickt wurde.

Jetzt, außerhalb des Büros, spürte sie, wie ihr Denken schneller ging, die Reaktionen stimmten, ihre Spontaneität kam zurück. Sie würde mit Ewald sprechen, der musste doch ein Einsehen haben.

Die Nordstraße war ein schmaler Seitenweg, der von der Fußgängerzone abzweigte. Die Redaktion der »Kalveroder Nachrichten« befand sich im ersten Stock eines Backsteingebäudes – direkt über einem Gemüseladen mit griechischen Spezialitäten. Annalena fragte sich bis zu den Schaltern der Anzeigenannahme durch und zeigte erst dort ihren Dienstausweis.

»Bitte brennen Sie mir eine CD mit sämtlichen Inseraten nebst Hintergrunddaten des vergangenen Monats.«

»Meinen Sie den April, Frau Hauptkommissarin?«, fragte ein Jüngelchen mit hochroten Ohren, das hinter den drei ausladenden Annahmeschaltern besonders verloren wirkte. Annalena nahm an, dass er hier sein Praktikum absolvierte. Vermutlich war sie die erste wirklich aufregende Begegnung während seines Zeitungsschnupperkurses.

»Exakt.« Sie sah sich um. An der Wand hing ein Kalender, auf dem der heutige 5. Mai mit einem roten Rahmen markiert war. Die drahtgeflochtenen Postkörbchen mit den Namen der Mitarbeiter waren leer. Entweder hatten gerade alle Redakteure ihre Briefe und Mitteilungen abgeholt, oder die Post war noch gar nicht gekommen.

»Das darf ich nicht.« Der Praktikant rieb sich die Nase. Auf seiner Stirn zeigten sich Schweißtropfen.

»Dann schaffen Sie mir eben den herbei, der das bestimmt.« Sie hörte sich strenger an, als sie wollte, und wusste, dass es unfair war. Dieses halbe Kind hatte tatsächlich keine Befugnis, Daten zu brennen.

Während der junge Mann alle möglichen Nummern wählte, aber niemanden erreichte, beschloss sie, Horst Toplischek vom Erkennungsdienst mit der Auswertung der CD zu betrauen. Dann konnte er den ganzen Tag an seinem Computer sitzen und herumfummeln. Das lag ihm eindeutig mehr als Vor-Ort-Ermittlungen. Nach der gestrigen Sicherung des grünen BHs als Beweisstück hatte Horst auf einer zweistündigen Ruhepause ohne Störung durch Menschen oder Telefonate bestanden. Andernfalls, so drohte er, würde er von einem Herzinfarkt niedergestreckt, und dann müssten sie ja wohl ganz auf ihn verzichten.

Nachmittags war er dann in seinem Labor verschwunden und hatte dort die Blutflecken auf dem rosafarbenen Badezimmerteppich mit denen des BHs verglichen. Mögliche Zwischenergebnisse hatte er flüsternd dem Kriminaloberrat mitgeteilt und war dann erneut mit roten Ohren und verstärktem Mundgeruch in sein Zimmer abgetaucht.

Sie ließen ihn gewähren. Hedwig machte Überstunden und studierte die Kleinanzeigen, Ewald Schmeing telefonierte fast die ganze Zeit und schien sich weiterhin um Verstärkung in diesem Fall zu bemühen, aber immer noch schien die Suche nach dem vermissten Ehepaar vorrangig zu sein. Jörg Ottenhöver recherchierte im Internet, und Annalena versuchte, einen ihrer Wiesbadener Dozenten zu erreichen. Sie hatte da so ein Gefühl …

Um siebzehn Uhr dreißig dann hatte Horst alle Anwesenden an seinen Erkenntnissen teilhaben lassen und kurz vor Feierabend verkündet, dass es sich bei dem Blut auf dem Badezimmerteppich um Menstruationsblut handele. Nach langem Nachdenken und dem Abwägen aller Möglichkeiten neige er nun zu der Auffassung, dass das Opfer nicht in seinem eigenen Haus, jedenfalls nicht im Badezimmer, sondern an einem anderen Ort getötet worden sein musste.

»Dat sag ich doch schon die ganze Zeit«, hatte Jörg Ottenhöver sich nicht verkneifen können. »Aber wo, verdammt noch mal, ist dieser Ort? Wenn du uns das verrätst, biste wirklich 'ne Hilfe.«

»Ich bin ja nur Techniker«, hatte Horst Toplischek gesagt. »Aber an dem BH war verdammt viel Blut. Den muss sie angehabt haben, als die ganze Sache passiert ist.«

»Und du bist dir sicher, dass es das Blut des Opfers ist?«

»Logo, so was prüf ich doch als Erstes.« Beleidigt hatte er nach seiner Windjacke gegriffen. »Ich mach jetzt Feierabend. Zu Hause wird meine Arbeit wenigstens geschätzt!«

Nachdem die Tür hinter ihm zugefallen war, hatte Hedwig ihrer jungen Kollegin zugeraunt: »Du, der ist Sternzeichen Jungfrau: Setzt ihn am besten nur für Fitzelarbeiten ein. Darin ist er gut. Außerdem ist er der Fitteste am Computer – und macht jede angebotene Fortbildung. Seit Kurzem ist er übrigens auch Spezialist in Verhörtechniken, falls du in dieser Hinsicht mal Bedarf haben solltest.«

Und genau jetzt brauchte Annalena einen Computerfreak. Das vorrangige Problem allerdings bestand darin, dass auf den Anruf des Praktikanten niemand zu reagieren schien.

Annalena sah auf ihre Uhr. Es war gerade zehn. Ungeduldig wollte sie wissen: »Wo sind die denn alle?«

»Vielleicht im Konferenzraum?«, bot der Praktikant an. »Da darf ich aber nicht anrufen. Nur wenn's brennt.«

»Und wie es brennt«, fauchte Annalena. »Geben Sie mir die Durchwahl.« Rigoros nahm sie ihm den Hörer aus der Hand und sah zu, wie er eingeschüchtert zwei Zahlen eintippte.

Zufrieden zog sie eine halbe Stunde später mit der Daten-CD in der Tasche von dannen. Dass sie so klar und durchsetzungsfähig auftreten konnte, erstaunte sie. So kannte sie sich nicht.

Letztendlich hatte die Androhung eines richterlichen Beschlusses den Ausschlag gegeben. Der Praktikant jedenfalls würde sie als beinharte Furie abspeichern, als eine, die alle das Fürchten lehrte. Auch egal. Vielleicht war es gar nicht so schlecht, wenn man sie in Kalverode so einschätzte. Sie war ein viel zu angepasstes Kind gewesen.

Sie lächelte. Das war eine Seite an ihr, die sie bisher noch nie ausgelebt hatte. Mit dieser Seite könnte sie sogar den Spiegel zertrümmern, wenn es sein musste.

Es war kurz vor elf, als sie die Tür zum Erkennungsdienst öffnete. Kollege Toplischek hob die Augenbrauen. Dabei legte sich seine Stirn in beeindruckende Querfalten. Er rückte leicht zur Seite, und Annalena bemerkte, dass er seine Füße auf eine der Schreibtischschubladen gelegt hatte. Er trug taubenblaue Socken mit gelben Pünktchen.

Gelassen schlüpfte er in seine Schuhe und bedachte die Hauptkommissarin mit einem langen Blick. »Am BH hab ich auch noch Hautpartikel der Toten gefunden – sonst nichts. Ob der Mörder Handschuhe getragen hat?« Fragend blickte er auf seine Hände und schien zu überlegen, wozu die fähig sein mochten, wenn er sie nicht ständig kontrollierte und sie in Handschuhe steckte.

»Vermutlich, wir haben ja nirgends Fingerabdrücke gefunden. Und was ist mit Fasern von Autositzen oder Spuren, die von einem Lieferwagen stammen könnten?«

»Fehlanzeige.« Er schüttelte den Kopf. »Wir lassen den Büstenhalter jetzt sicherheitshalber noch mal durch den Scanner laufen – aber zuversichtlich bin ich nicht. Da wusste einer, was er tat. Vor allem bei der Beseitigung der Spuren. Auch die Leiche – wie durch Sagrotan gezogen.« Er bemerkte ihren Blick und fügte entschuldigend hinzu: »Ich zitiere nur den Gerichtsmediziner.«

Annalena nahm wahr, dass er das gleiche Oberhemd wie gestern trug. Die Grundfarbe war ein undefinierbares Beige, darüber lagen regelmäßige rote Streifen. Sie fragte sich insgeheim, wie viele verwertbare Spuren sich wohl an diesem Hemd befinden mochten, falls es irgendwann, was sie natürlich nicht hoffte, in die kriminaltechnische Untersuchung eingehen müsste. Es sah aus wie ein klassisches Beispiel für die Asservatenkammer. Oder wie ein Lehrstück für Spurensucher.

»Gut.« Sie versuchte ein Lächeln. »Dann warten wir das mal ab. Ich hab da übrigens noch was anderes für Sie. Hedwig hat mir nämlich verraten, dass Sie hier der Crack am Computer sind.«

Er lächelte geschmeichelt und wehrte ab: »Ach die, die hat ja keine Ahnung. Aber okay, um was geht es denn?«

Sie legte ihm einen Ausdruck der Anzeige vor und versuchte, so flach wie möglich zu atmen, als sie ihm näher kam und ihm die frisch gebrannte Daten-CD in die Hand drückte.

Der arme Mann sollte dringend was gegen seinen Mundgeruch tun. Das war ja nicht auszuhalten. Sie würde ihm Lutschpastillen besorgen und als Wink mit dem Zaunpfahl auf seinen Schreibtisch legen. Während sie das dachte, lächelte sie verbindlich. »Ich hoffe, der EDV-Mensch unserer Zeitung hat mir wirklich alle Daten kopiert, aber Sie kriegen das sicher als Erster raus. Falls da irgendwas fehlen sollte, hol ich mir tatsächlich einen Durchsuchungsbefehl.« Sie wies auf die mit grünem Markierungsstift umrandete Anzeige: »Also, wer hat diesen Text aufgegeben? Wir brauchen den Namen und die Adresse. Und wenn Sie den Namen haben, dann checken Sie die Person bitte auch noch in der Datenbank der europäischen Polizeicomputer. Ist das machbar? Und falls Ihnen irgendeine andere Anzeige auch noch komisch vorkommt, verfahren Sie bitte ebenso.«

»Bunga-Bunga-Partys und Fetischisten, das ist ja ein Dingens!« Er schob die Disk in seinen Rechner. »Keine Sorge, ich kümmere mich darum. Das volle Programm.« Mit größter Sorgfalt putzte er sich die Brille und schien Annalena damit zu verstehen zu geben, dass er für den allergrößten Durchblick sorgte.

Zufrieden verließ sie sein Zimmer und beneidete ihn: Der hatte ein Büro für sich und Wände, an denen bunte Plakate hingen – keine Spiegel.

»Also, ich finde durchaus, dass wir in diesem Fall Verstärkung brauchen.« Ewald Schmeing hörte sich gefährlich ruhig an. Er drückte den Hörer seines Telefons noch fester an das linke Ohr und lud Annalena mit einer Handbewegung ein, Platz zu nehmen. Aufmerksam lauschte er seinem Gesprächspartner. Kurz darauf hob er seine buschigen Augenbrauen, kniff den Mund zusammen und schüttelte verständnislos den Kopf. Während sein Gesprächspartner weiter auf ihn einredete, legte er die rechte Hand über die Telefonmuschel, wies mit dem Zeigefinger auf das Telefon und raunte: »Das LKA Düsseldorf.«

Annalena blieb ruhig sitzen und suchte in der rundlichen und rotgesichtigen Gestalt erneut nach jenem Onkel Ewald, den sie als Kind so bewundert hatte. Bis zu ihrem zehnten Lebensjahr war sie davon überzeugt gewesen, dass Ewald *alles* in Ordnung bringen würde, auch jene Sache, in die ihr Vater sich nicht einmischen wollte und die die Mutter albern fand. Doch dann hatte er bitterlich versagt, denn er hatte nichts unternommen, um ihrem Erzfeind das Fürchten zu lehren. Das war ein untersetzter dreizehnjähriger Junge gewesen, den alle nur Caruso nannten, weil er so unglaublich laut singen konnte. Immer wenn Annalena den Schulhof betrat und es sicher war, dass ihr Vater im rückwärtigen Lehrerzimmer nichts hören konnte, begann Caruso zu grölen:

Da kommt die blöde Brandt,
der fehlt es an Verstand,
der fehlt's auch sonst an allem
ist auf den Kopf gefallen.

Sie hatte Caruso mit Onkel Ewald gedroht und war sich sicher gewesen, dass der Kriminaloberrat ihn ins Gefängnis einsperren würde. Doch Ewald hatte nichts gegen den Schreihals unternommen, sondern war Annalena mit seinen Sprichworten gekommen und hatte ihr dann auch noch geraten, den Jungen einfach zu ignorieren. »Was kümmert es den Mond, wenn ihn ein Hund anbellt? Du weißt doch, dass du nicht blöd bist. Der da ist der

Dumme, schon dreizehn und immer noch auf der Grundschule und nur eine Klasse über dir. Da kannst du dir ja ausrechnen, wie oft der sitzen geblieben ist. Das ist doch nicht dein Niveau. Lass ihn links liegen.« Aber sie war noch zu jung, um sich um Niveaufragen zu kümmern, und sie war auch nicht der Mond, sondern stand verdammt einsam auf der Erde und in einer Ecke dieses Schulhofs und fühlte sich von dem Spottlied gekränkt. Die anderen Kinder hatten sich feixend und grinsend zusammengerottet. Furchtbar. Am Ende dieses Schuljahres wurde sie glücklicherweise aufs Gymnasium versetzt. Und der Sänger kam in die Hauptschule. Was wohl aus ihm geworden war? Sie überlegte, wie Caruso mit richtigem Namen geheißen hatte.

»Ja, ich weiß«, sagte Ewald ungeduldig und fügte zynisch hinzu: »Klar, auch hier sind Pfingstferien. Sie werden es nicht glauben, aber diese Ferien gibt es überall in Nordrhein-Westfalen, nicht nur in Düsseldorf. Ja, das weiß ich auch. Steht ja täglich in der Zeitung. Sie suchen immer noch nach dem vermissten Ehepaar, ich kann doch nun wirklich nichts dafür, dass die hier getankt haben. Aber sehen Sie, wir haben hier ein Verbrechen, das an einen Ritualmord denken lässt, und ich hab nur sechseinhalb Mitarbeiter, und so was wie einen Profiler könnten wir schon ... Kalverode hat ein bisschen mehr als sechstausend Einwohner, oder brauchen Sie die genaue Zahl? Aha. Nun gut.«

»Die wollen sehen, was sie tun können«, erklärte er, nachdem er aufgelegt hatte. »Aber wenn du mich fragst, auf Verstärkung sollten wir lieber nicht hoffen. Die ackern auch bis zum Anschlag. Gibt's was Neues?«

»Wie man's nimmt.«

Sie erzählte von der ungewöhnlichen Chiffreanzeige und ihrem Besuch bei den »Kalveroder Nachrichten« und gestand, dass Horst nun die Daten-CD auswertete.

Er nickte. »Guter Mann – zumindest für solche Sachen.«

Sie fragte lieber nicht, für welche Aktionen Horst sich nicht so eigenen würde, und verkniff sich die bissige Bemerkung, dass dieser Mann auch wegen seines Mundgeruchs in bestimmten Verhörsituationen als Folter eingesetzt werden könnte.

»Und Jörg Ottenhöver? Kommt ihr miteinander klar?« Annalena nickte. »Er hat vorgeschlagen, weltweit nach ähnlichen Fällen mit leeren Augenhöhlen zu recherchieren, um entweder einem Serientäter oder doch zumindest einem Muster auf die Spur zu kommen.« Sie verschwieg wohlweislich, dass das ihr Vorschlag gewesen war. Ewald hätte sie garantiert zurückgepfiffen, wenn er erfahren hätte, wie viele Dinge sie schon selbstständig angeleiert hatte.

»Sehr gut. Neben Holländisch spricht der ja auch ein bisschen Englisch. Und was macht Markus?«

»Der sieht die persönlichen Unterlagen des Opfers durch und prüft, ob sich da ein Anhaltspunkt auftut. Wilfried und Heinz waren schon in ihrem Haus. Die haben alles eingepackt, was für die Spurensicherung relevant sein könnte. Jedes Zettelchen, alle Ordner, ihre Kalendernotizen.«

»Na, das hört sich ja schon ganz gut an. Wir kriegen es auch alleine hin. Wir haben heute erst Tag drei der Ermittlungen«, rechnete Ewald ihr vor. »Drei Tage habt ihr noch. Wenn der Fall bis dahin nicht gelöst ist, kann es verdammt lange dauern. Das ist wie ein Gesetz. Entweder sofort oder erst nach Ewigkeiten.« Er seufzte. »Sofort wär mir lieber.«

»Mir auch.« Sie trat neben ihn.

Er sah zu ihr auf. »Ist noch was?«

»Ich will ein eigenes Zimmer.«

»Annalena, das ist doch Kappes. Ausgerechnet jetzt! Du bist ja nicht mal 'ne Woche hier.« Er schüttelte den Kopf. »Kommst du mit Jörg nicht klar? Soll ich mal mit dem reden, der kann nämlich ein ganz schöner Sturkopp sein.«

»Nein, nein, darum geht es nicht.«

»Um was denn dann?«

»Der Spiegel. Ich halt das nicht aus mit diesem Ding im Rücken. Ich kann so nicht arbeiten. Vielleicht hab ich ja 'ne Spiegelphobie?«

»Weißt du, wie viel Zeit das wieder kostet? Schreibtische umräumen, Telefon und Internet verlegen, außerdem sind die leer stehenden Räume ganz verstaubt – da sollte nämlich eigentlich das Stadtarchiv rein. Aber bis die ihren Kram zusammengepackt haben …«

»Ich kann tausendmal besser arbeiten und denken, wenn ich alleine bin«, beschwor sie ihn und verkniff sich das Angebot, ihr Zimmer dann auch selbst zu putzen. Bei aller Liebe, das ginge zu weit.

»Du bist mir vielleicht eine!« Er seufzte. »Lass mich darüber nachdenken.«

»Ich sag dir, da rufen die unmöglichsten Leute an. Alle haben die Todesanzeige und den spärlichen Polizeibericht gelesen, und jetzt hat jeder einen Nachbarn oder einen anderen Feind, den er als Mörder denunziert. Das ist vielleicht eine Stadt!« Hedwig schüttelte in gespielter Verzweiflung den Kopf. »Ich fand es von Anfang an falsch, unsere Telefonnummer anzugeben und die Bevölkerung auf Verbrecherjagd zu schicken. Aber du weißt ja, in solchen Dingen hat Ewald seinen eigenen Kopf. Der sitzt ja auch nicht am Telefon. Was ist mit dir, du bist ja so blass um die Nase?«

»Hast du einen Kaffee?«, wollte Annalena wissen.

Hedwig schob ihr das Tablett mit Tassen und Thermoskanne hin. »Hast Schiss vor heute Abend, oder?«, murmelte sie verständnisvoll. »Ich möchte da auch nicht hinfahren und den Witwer in Empfang nehmen. Warum tust du dir das an? Wir hätten den doch auch einfach auf die Wache bestellen können.«

»Ich weiß auch nicht«, murmelte Annalena. »Er tut mir so leid. Er soll einfach nicht alleine auf dem Flughafen rumstehen. Und dann alleine ins Hotel oder was weiß ich wohin – vielleicht zu Freunden? Davon hat er aber nichts gesagt. Ich spiel nur ein bisschen Taxi.«

»Trotzdem, warum du? Gibt's denn keine Freunde oder Verwandten, die ihn abholen könnten?«

Sie schüttelte den Kopf. »Vielleicht ist ihm während des Fluges auch noch irgendwas eingefallen, was unsere Ermittlungen weiterbringt, eine Bemerkung von ihr, ein Satz in ihren E-Mails.« Sie stutzte kurz. »Der Rechner von Steffi Overbeck, ist der auch bei Markus?«

Hedwig nickte. »Haben die Jungs gerade angeschleppt. Einer von der alten Sorte. Wo doch heute alle Leute Laptops haben. Da war sie wohl nicht so up to date. Aber Klamotten muss sie sehr edle gehabt haben, super Unterwäsche, wenn du verstehst, was ich meine, und dazu diese VIP-Kittelkleider, hat Heinz mir verraten. Der Markus ist ja so stickum, der sagt ja nix.«

»Schöne Unterwäsche. Davon hat sie jetzt auch nichts mehr«, murmelte Annalena und nippte an ihrer Kaffeetasse. Diese Bemerkung war ein bisschen gemein, aber das Leben war auch zu ihr gemein. Sie brauchte nur an den Spiegel zu denken.

Der City-Hopper landete um einundzwanzig Uhr und achtundfünfzig Minuten auf dem kleinen Flughafen Twente bei Enschede. Er kam direkt aus Schiphol und beförderte genau zwölf Passagiere, die nach und nach die Treppe hinunterstiegen.

Annalena stand in der Abfertigungshalle und hielt durch eine Glasscheibe Ausschau nach einem allein reisenden Mann, groß, schlank und mit langen, grau melierten Haaren. So hatte sich seine Stimme angehört. Aber so jemand war nicht dabei. Während die anderen schon auf die Halle zumarschierten, um ihr Gepäck zu holen, sah Annalena den letzten Passagier: einen großen und schweren Mann, der oben auf der Treppe des Flugzeugs stand und suchend um sich blickte. Direkt nach ihm trat die Stewardess heraus.

Annalena hielt die Klarsichthülle mit dem Namen Udo Overbeck hoch. »Für alle Fälle«, hatte Hedwig gemeint und ihr seinen Namen ausgedruckt, in einer Schriftgröße von zweiundsiebzig Punkt. So wurden normalerweise erwartungsfrohe und aufgeregte Urlaubsreisende von Hotelchauffeuren empfangen. Annalena fühlte sich deplatziert.

Mit hängenden Schultern kam der schwere Riese auf sie zu und gab ihr die Hand. »Udo Overbeck.«

Sie rollte das Schild mit seinem Namen zusammen und murmelte: »Willkommen in der Heimat.«

»Ich wäre lieber weggeblieben.«

»Es tut mir so leid.«

Schweigend lief er hinter ihr her zum Wagen. Die Reisetasche hatte er sich wie einen Seesack über die Schulter geworfen.

Sie schloss die Beifahrertür auf. Um Udo Overbeck nicht mit einem offiziellen Polizeifahrzeug zu erschrecken, war sie mit Ewalds Privatwagen gekommen, einem betagten dunkelblauen Golf.

»Dass es heute noch Autos ohne Zentralverriegelung gibt!« Udo Overbeck schüttelte den Kopf.

»Fast ein Museumsstück. Sie können die Fenster sogar noch von Hand herunterkurbeln«, antwortete sie. »In welches Hotel soll ich Sie bringen?«

Er blickte starr geradeaus. »Kann ich nicht in unser Haus?«

»Ich denk schon. Die Spurensicherung ist durch. Aber …«

Er ließ sie nicht ausreden. »Dann will ich dahin.«

Nervös knetete er seine gefalteten Hände. Sie beobachtete ihn von der Seite. Im linken Ohr trug er einen ungewöhnlich großen goldenen Ring. Seinen Ehering? Die Finger waren nackt.

Das kurz geschnittene dunkelblonde Haar wurde bereits schütter.

»Der Schlüssel zu Ihrem Haus ist auf der Wache«, sagte Annalena. »Ich fahr noch schnell vorbei.«

»Nicht nötig, ich habe einen Schlüssel. Schließlich ist Stefanie meine Frau«, belehrte er sie. »Sie war meine Frau. Wann kann ich sie sehen?«

»Morgen früh um elf.«

»Gut.« Er schwieg und seufzte aus tiefster Seele.

»Wenn Sie an sie zurückdenken, was fällt Ihnen ein?«, fragte Annalena.

Er hob die Schultern. »Warten. Arbeiten und warten. Wir

wollten es uns richtig gut gehen lassen. Später.« Dann schluchzte er plötzlich auf und putzte sich die Nase. »Jetzt gibt es kein Später mehr. Wozu das alles?«

Annalena wusste keine Antwort.

Die Straße, an der das Haus lag, war dunkel. Hinter keinem einzigen Fenster brannte Licht. Ging man hier so früh zu Bett? Oder hatten die Nachbarn irgendwie erfahren, dass Udo heute kommen würde, und standen lauernd und erwartungsvoll miteinander flüsternd hinter den Fenstern?

Udo Overbeck schloss die Haustür auf. »Vier Jahre war ich bestimmt nicht mehr hier, aber hier bleibt alles gleich. Fast gleich. Es riecht sogar noch wie früher.« Er sah sich nach ihr um. »Kommen Sie noch kurz mit rein?«

Sie nickte.

»Ihr Wagen ist ja noch hier«, registrierte er nach einem Blick auf die Garage. »Dann bin ich wenigstens mobil.« Er nahm den Zweitschlüssel des Autos aus dem Schlüsselkasten.

Im Wohnzimmer standen Schränke und Schubladen offen, die Regale waren leer geräumt, der kleine Schreibplatz am westlichen Fenster mit Blick auf den Garten wirkte verwaist.

Udo Overbeck schaltete alle Lampen ein. Mit jeder Lichtquelle, die sich auftat, vergrößerte sich Annalenas Unbehagen.

»Ich hab meine Leute beauftragt, Papiere, Disketten, USB-Sticks und den Computer ihrer Frau zu sichern und in die Kriminaltechnische Untersuchung zu bringen. Hätte ich gewusst, dass Sie hier übernachten, hätte ich meine Kollegen dazu angehalten, das Ganze etwas weniger chaotisch zu hinterlassen.«

»Ist schon gut.« Er ging in die Küche und öffnete den Kühlschrank.

Auf der Anrichte lagen zehn Kilo Kaffeebohnen neben dem Kaffeeautomaten.

»Wollen Sie auch?« Er hielt ihr eine Flasche Pils hin.

Sie nickte.

Mit dem Feuerzeug öffnete er beide Flaschen, setzte sich stöhnend an den Küchentisch und nahm einen tiefen Schluck. Dann zündete er sich eine Zigarette an und rauchte. Annalena schwieg.

Nach etwa fünf Minuten Stille sprudelte es aus ihm heraus: »Ihr Problem war, dass sie nichts von Distanz hielt. Jeder durfte ihr nahe kommen. Nur als Beispiel: Andere zucken zurück, wenn jemand Fremdes ihr Knie berührt. Sie nicht. Sie lächelte. Ich hab ihr gesagt, dass sie da aufpassen soll. Sie hat nicht mal gewusst, wovon ich sprach. Verstehen Sie das?«

Annalena schüttelte den Kopf. Was sollte ausgerechnet sie dazu sagen? Ihr kam ja schon ein blöder Wandspiegel zu nahe.

»Sie hat es auch nicht gut ausgehalten, allein zu sein«, fügte er nach einer Weile hinzu. »Dann fiel ihr die Decke auf den Kopf. Doch zu mir nach Australien wollte sie auch noch nicht kommen. Weil sie da ja keinen kannte. Sie sagte immer, das hat noch Zeit. So haben wir in den letzten Jahren nur gefüßelt.«

»Sie haben was?« Annalena stellte ihr Bier ab und griff nach einer angebotenen Zigarette. »Ist zollfrei«, versicherte er, als wäre das Rauchen schon allein deswegen um einiges gesünder.

»Füßeln ging so«, erklärte er dann. »Wenn wir miteinander telefonierten, haben wir beide die Füße auf den Boden gestellt und uns ausgemalt, dass wir uns so berühren. Fußsohle an Fußsohle. Manchmal hat es sogar gekitzelt. Zwischen uns lag nur die Erdkugel.«

»Ein Klacks«, versicherte Annalena und drückte die Zigarette aus. »Mein Vater, der sie auch gekannt hat, schwärmt heute noch von ihren grünen Augen.«

»Ach was, *Sie* sind die Tochter unseres Lehrers? Deshalb kam mir Ihr Name so bekannt vor.« Er suchte ihren Blick. Seine Augen waren braun. »Ja, wie grüne Blitze«, bestätigte er dann und öffnete ein weiteres Bier.

Annalena sah auf die Uhr. »Kommen Sie klar heute Nacht? Falls nicht, hier ist meine Handynummer.«

»Wird schon, bin ja müde genug nach der langen Reise.«

»Wir sind jetzt im Alten Amtshaus«, erklärte Annalena. »Wollen wir uns morgen da treffen, oder soll ich Sie abholen?«

»Kein Problem. Ich komme zu Ihnen. Der Wagen steht ja in der Garage.«

Sie ging zur Tür und warf ihm einen fragenden Blick zu. »Zehn Uhr?«

Er nickte. »Neun Stunden Schlaf reichen mir.«

Als er am nächsten Morgen auf die Wache kam, wirkte er alles andere als ausgeschlafen.

Annalena empfing ihn im Besprechungszimmer – in ihrem Spiegelsalon und unter Aufsicht von Jörg Ottenhöver hätte sie garantiert kein Wort herausgekriegt. Außerdem hatte sie eindeutig zu wenig geschlafen. Dankbar tranken sie beide den Kaffee, den Hedwig gerade gekocht hatte.

Udo Overbeck verlegte sich auf Small Talk und wollte wissen, wie es ihrem Vater ginge. Annalena sagte ihm nicht, dass sie sich bis zwei Uhr morgens von ihm über Stefanie und Udo hatte aufklären lassen, jedoch ohne etwas Wesentliches zu erfahren. Jetzt im Nachhinein ärgerte sie sich darüber. Der frühe Vogel hatte sie heute eindeutig viel zu früh erwischt.

Die knapp achthundert Meter zum Krankenhaus legten sie zu Fuß zurück. Udo Overbeck war mindestens zwei Köpfe größer als sie, stapfte ihr schweigend voran, während Annalena sich auf die bevorstehende Begegnung konzentrierte. Das würde noch schlimm genug.

»Wissen die eigentlich, dass ich komme?«, fragte der Witwer in Höhe jener Schreinerei, die sich – allein wegen ihrer Nähe zum Krankenhaus – auch auf Sargtischlerei und sogenannte Trauerhilfe spezialisiert hatte. In deren Einfahrt stand ein Container mit Holzabfällen.

Annalena nickte.

»Dann ist gut.« Er blieb vor dem Schaufenster der Tischlerei stehen und zündete sich eine Zigarette an. »Ich hab meinen Meisterbrief dabei«, sagte er dann unvermittelt. »Irgendwie denk ich, dass ich das letzte Möbelstück für sie machen sollte. Das bin ich ihr schuldig, oder?«

Sie hob die Schultern. Was antwortete man auf eine solche Frage?

»Wir haben so oft über Möbel gesprochen. Ihr Traum war ein Möbelstück, in dem alles, was ein Mensch braucht, Platz hat. Sie wollte eine Schranktür öffnen, und dahinter sollten sich dann ein Bett, ein Herd, ein Bad, ein Fernseher und ein Kühlschrank befinden – gefüllt mit meinem Lieblingspils … Auch wenn ich nicht da war, hatte sie immer etwas davon kalt gestellt für mich. Wie heute Nacht.« Er putzte sich die Nase und starrte in das Schaufenster. In den Scheiben spiegelten sich weiße Wolken vor einem blauen Himmel.

Dieser Traum von einem Schrank erinnerte Annalena an ein Wohnmobil. Wie Friedemanns Wohnwagen, dachte sie, aber sie sagte nichts.

Auch in dieser Klinik lagen die zentralen Räumlichkeiten der Rechtsmedizin im Keller. Oben waren die Empfangsräume, Bibliotheken und Vorlesungssäle – doch unten, ganz nah an der Erde, befanden sich Sezierbesteck, Kühlschränke, Stahltische und die Toten oder zumindest deren Körperteile. Als wohnte der Tod im Keller, dachte Annalena. Umgangssprachlich rasten Aktienkurse in den Keller, Stimmungen rutschten in den Keller, und garantiert kam auch daher die Redensart, eine Leiche im Keller zu haben.

Der Gerichtsmediziner hatte einen Bart, eine randlose Brille, schütteres Haar und ein arrogantes Auftreten. Er war genau der Typ, der Annalena zuwider war. Udo Overbeck dagegen nahm den Mann im grünen Kittel kaum wahr.

»Sie sind der Gatte?« Schon allein wegen dieses Satzes hätte Annalena dem Arzt an die Kehle springen können. Der Angesprochene nickte.

»Na, dann wollen wir mal.« Der Rechtsmediziner ging in einen Nebenraum und kam mit einem fahrbaren Operationstisch zurück. Nicht am großen Zeh der Toten, sondern am Tuch, das sie bedeckte, hing ein Etikett mit dem Namen »Stefanie Overbeck«. Als Udo kurz nickte, zog der Arzt das Laken zurück.

Udo Overbeck faltete seine großen Hände und sah auf die Tote.

Sie sah furchtbar aus.

Annalena suchte den Blick des Arztes. Der machte eine Handbewegung, die wohl so viel bedeuten sollte wie: »Ging nicht besser.«

Sie glaubte ihm nicht.

Das Gesicht der Ermordeten war mit rötlichen und blauen Flecken übersät, die Augen hatte man mit irgendetwas gefüllt, was weitaus größer war als Augäpfel, und dann lieblos die Lider darüber gezogen. Die Tote hatte weder Haare noch Augenbrauen, ihr Mund stand halb offen. Vorne rechts fehlten Schneide- und Eckzahn.

»Die sind vermutlich bei der ›Behandlung‹ rausgebrochen«, bemühte sich der Gerichtsmediziner um eine Erklärung und fischte währenddessen ein Blatt Papier aus dem Ablagekörbchen seines Schreibtisches.

Dann nahm er Annalena beiseite.

»Ich habe in ihrem Blut mehrere Substanzen gefunden, die im Rahmen von Narkosen verwendet werden. Und zwar in hoher Konzentration. Midazolam und dazu eine tödliche Dosis Propofol, Sie wissen schon, das ist das Medikament, an dem letztendlich auch Michael Jackson starb.« Er seufzte so dramatisch, als wäre er vom Tod des Popstars immer noch betroffen. »Außerdem habe ich Suxamethoniumchlorid entdeckt, auch unter dem Handelsnamen Lysthenon bekannt, das die Muskeln peripher lähmt. Keine Ahnung, warum ihr zusätzlich auch noch ein Malariamittel verabreicht wurde. Das benutzen eigentlich nur Veterinäre zum Einschläfern sehr großer Tiere. Eigenartig, das alles. Wissen Sie, dieses Malariamittel hat dann zu zusätzlichem Kammerflimmern und zu Krämpfen geführt – und letztendlich zum Tod.«

»Wer kommt denn an solche Medikamente ran?«, wollte Annalena wissen.

»Ärzte, Apotheker, Tierärzte, Krankenschwestern, im Grunde genommen sind diese Mittel in jeder größeren Klinikapotheke zu finden, bestimmt auch im Krankenhaus von Kalverode.« Er grinste. »Steht aber alles auch in meinem Bericht. Hab ich schon rübergemailt.«

»Sie sieht so klein aus, so winzig«, murmelte Udo Overbeck drüben am Operationstisch. »Ich hatte sie viel größer in Erinnerung. Vielleicht ist sie es ja gar nicht.« Er hörte sich so an, als wisse er, wie absurd diese Hoffnung war.

»Doch, sie ist es«, sagte der Mediziner. »Ich hab schließlich oft genug am Samstag bei ihr eingekauft.«

13. Kapitel

Im Erdgeschoss der Klinik wischte Udo Overbeck sich mit einer Serviette der Fluggesellschaft die Stirn. Gestern um diese Zeit hatte er noch im Flieger gesessen, gestern noch hatte er das Unmögliche hoffen dürfen: dass alles nur ein Irrtum, eine Verwechslung war.

Verhalten ging Annalena neben ihm her. Sie fragte sich, ob sie nicht doch etwas Schwarzes hätte anziehen sollen. Am Morgen vor ihrem Kleiderschrank und mit dem Gefühl, mindestens noch zehn Stunden schlafen zu müssen, hatte sie ohne großes Nachdenken nach einer grauen Jeans und einem bordeauxfarbenen T-Shirt gegriffen. Jetzt kam sie sich unbotmäßig bunt gekleidet vor.

Vor dem Krankenhaus setzte Udo Overbeck sich schwerfällig auf eine Parkbank und öffnete seine Zigarettenschachtel.

»Wollen Sie auch eine?«

Annalena schüttelte den Kopf.

Hilflos schluchzte er auf. »Warum sieht sie so schrecklich aus? Was ist mit ihrem Kopf passiert?«

Annalena schwieg. Was sollte sie sagen? Dass es besser wäre, er wüsste so wenig wie möglich von den Umständen ihres Todes? Dass er sie so in Erinnerung behalten solle, wie er sie zuletzt gesehen hatte? Jeder tröstende Satz, der ihr einfiel, hatte das Unverbindliche und Austauschbare nichtssagender Textbausteine. Sie seufzte und hob den Kopf. Um die Parkbank herum hatten städtische Gärtner gelbe und lilafarbene Stiefmütterchen gepflanzt, eine Allee mit japanischen Zierkirschen prunkte in rosafarbener Blütenpracht. Eine Amsel zwitscherte. Ein Springbrunnen plätscherte.

»Warum sind Ihre Leute mit Steffis Auto herumgefahren? Werden Sie so knapp gehalten, dass Sie die Fahrzeuge der Toten nehmen müssen?« Udo Overbeck trat voller Wucht seine Zigarette aus.

»Was?« Sie starrte ihn an.

»Steffi saß immer direkt hinterm Steuer – der Sitz so weit wie möglich nach vorne gerutscht. Aber als ich heute früh in den Wagen einstieg, musste ich nichts verstellen. Weder Sitz noch Spiegel. Das ist doch meine Erbmasse, die können Sie doch nicht einfach nehmen und damit rumfahren!« Er tobte leise vor sich hin.

Annalena schluckte. »Sie meinen, jemand anders als Ihre Frau hat den Wagen zuletzt benutzt?«

»Ja, und garantiert einer von Ihren Leuten, ohne Spritgeld zu hinterlassen! Wer sonst sollte mit einer so alten Gurke noch rumfahren wollen?«

»Wo steht der Wagen jetzt?«

»Wo schon, vor Ihrer Wache natürlich. Ich bin doch damit hergefahren. Sonst hätt ich's doch gar nicht gemerkt.«

Annalena griff zum Telefon. »Du, Ewald, was habt ihr mit dem Wagen von Frau Overbeck gemacht? Wann wurde der kriminaltechnisch untersucht, und habt ihr da irgendwelche Spuren gefunden?«

»Wart mal, gleich hab ich's«, sagte der Kriminaloberrat hektisch, und sie hörte, wie er mit der Computermaus herumklickte. »Hedwig hat schon alle Protokolle in eine Datei kopiert.«

»Super.« Ihre Stimme klang zynisch. Sie stand auf und stellte sich außer Hörweite des Witwers. »Okay, Ewald. Dann gib doch einfach mal Pkw ein.«

»Hab ich schon gemacht.«

»Und?«

»Da kommt nix.«

Sie nannte ihm das Kennzeichen. »Es ist ein weißer Golf, etwa fünfzehn Jahre alt.«

»Die haben kein Auto untersucht«, sagte Ewald nach einer Weile. »Keiner von denen.«

Annalena stöhnte leise. »Ich fass es nicht. In diesem Fall weiß wirklich keiner, was der andere tut. Das ist kein Team, das ist ein System von sieben Komma fünf Einzelgängern. Und jeder einzelne von uns hat ein Brett vor dem Kopf. Da nehm ich mich persönlich nicht aus. Wir müssen sofort eine Stabsstelle bilden. Einer muss das Sagen haben, Ergebnisse koordinieren und Aufgaben sinnvoll verteilen. Glaub mir, auf der Polizeischule habe ich gelernt ...«

Ewald unterbrach sie. »Wo steht der Wagen denn jetzt?«

»Vor der Wache. Herr Overbeck ist doch damit gekommen. Ein alter weißer Golf.«

Der Kriminaloberrat schien aus dem Fenster zu sehen und die dort geparkten Autos zu inspizieren.

»Ja, da steht so'n Teil. Aber weiß würde ich den nicht nennen.« Er las ihr das Kennzeichen vor.

»Genau. Der ist es«, meinte Annalena.

»Dann schlage ich vor, dass Kollege Krabbe sich den mal anguckt.«

»Nein!« Annalenas Stimme kippte. »Er soll sich den keineswegs ›mal angucken‹ – das Auto muss ins Labor. Und bevor Kollege Krabbe den da hinfährt, soll er sich gefälligst einen Schutzanzug anziehen. Vielleicht können wir ja ab jetzt verhindern, dass das biometrische Beweismaterial noch mehr aufgemischt wird.«

»Auch wenn wir uns schon lange und auch privat kennen – ich verbitte mir diesen Tonfall, schließlich bin immer noch ich der Chef«, meinte Ewald Schmeing ein wenig pikiert.

»Tut mir leid, ich wollte dich nicht anschreien. Bitte beruhige dich.« Sie stellte sich unter eine der üppig blühenden Zierkirschen und holte tief Luft. Außerhalb von Udo Overbecks Hörweite wurde sie wieder lauter: »Ewald, bitte, versteh mich doch. Unsere Ermittlungen sind so was von unprofessionell und peinlich. Ein klassisches Lehrbeispiel dafür, wie man es keinesfalls machen sollte. Wir sollten uns schämen. Wir alle.«

»Wieso unprofessionell? Ich gehe davon aus, dass Markus alles koordiniert.«

»Ach was, und wieso weiß das keiner? Warum hat mir das niemand gesagt, und vor allem: wer hat das beschlossen?«

»Das war schon immer so.«

»Wie, das war schon immer so? Unser Herr Wissing sitzt seit zwei Tagen in seinem Einzelbüro und recherchiert in den Papieren und im Computer der Toten. Mit uns kommuniziert der nicht. Von dem kam bisher keine einzige Ansage.« Ihr fiel auf, dass sie den Begriff Einzelbüro besonders vorwurfsvoll betonte und dass sie richtig wütend war. Es tat irgendwie gut. »Weißt du was, ich komm jetzt zurück und bring euch den Autoschlüssel. Und vorher macht ihr nichts, und dann setzen wir uns zusammen. Anders kommen wir nicht weiter.«

»Du musst auch ein bisschen Rücksicht auf meine Jungs nehmen. Du kannst sie nicht die ganze Zeit herumkommandieren und dann auch noch alle Zimmer umräumen wollen und alles anders und besser…« Ewald schwieg unvermittelt.

»Ja, okay, alles kein Problem. Dann nehme ich eben genau die Rolle ein, die du oder dein Herr Wissing mir zuweist. Aber erst wenn klar ist, dass einer erstens das Sagen hat und zweitens die Kompetenz, Aufgaben angemessen zu verteilen.«

Als Annalena zurück zu Udo Overbeck ging, rauchte der schon wieder. Sie bat ihn um den Autoschlüssel. »Wir müssen noch was überprüfen.«

Wortlos drückte er ihn ihr in die Hand.

Sie steckte ihn ein. »Sehen wir uns dann in meinem Büro?«

Er nahm einen tiefen Zug und sah sie unverwandt an. Schließlich sagte er: »Ich will erst noch mit der Schreinerei reden. Vielleicht lassen die mich an ihre Maschinen. Das bin ich Steffi schuldig. Dann komme ich nach.«

Sie hielt ihm die Hand zum Abschied hin, doch er nahm das gar nicht wahr und starrte verbissen rauchend auf die gelben und lilafarbenen Stiefmütterchen.

Auf dem Weg ins Büro staunte sie immer noch über ihre Autorität und ihren fordernden Ton im Gespräch mit Ewald Schmeing. Lief sie etwa zur Hochform auf, wenn sie sich ärgerte? Saß ihr nur dann ein ehrgeiziges Über-Ich im Nacken und raunte ihr zu: Du bist Diplomverwaltungswirtin, du bist Hauptkommissarin. Jetzt benimm dich auch so, setz durch, was du gelernt hast. Lass sie an deinem Wissen teilhaben.

Vielleicht lag es ja doch in den Genen ihrer Familie, sich als Erzieherin aufspielen zu müssen. Seufzend schüttelte sie den Kopf. Dass der Wagen des Opfers nicht kriminaltechnisch untersucht worden war, entsprach einem Ungenügend hoch drei.

Er hatte sein Wohnmobil auf dem Parkplatz vor der Kirche geparkt, sich einen Espresso gekocht und die Tageszeitung gekauft. Heute hatte es keinen Andrang am Kiosk gegeben. Die Gerüchteküche brodelte vermutlich weiterhin, aber die »Kalveroder Nachrichten« hielten sich an Fakten, und faktisch gab es noch nichts Neues.

Friedemann verspürte so was wie Wehmut, als er an Steffi Overbeck dachte. Sie hatte sein kleines Reich auf vier Rädern geliebt, es zärtlich »unsere Wohnschachtel« genannt. Alles, was man wirklich brauchte, auf engstem Raum. Wie praktisch, wie unglaublich bequem. Stefanie hatte es genossen. Sie war vernarrt in sein selbst geschreinertes Regalsystem gewesen, das aus kleinen verriegelbaren Kassetten an der Innenwand seiner Behausung bestand. Für sie waren Unterkünfte in der Größe seines Wohnwagens die Lebensform der Zukunft, weil es irgendwann sowieso viel zu viele Menschen gäbe, wie sie behauptete. Und dann war sie von einem Tag auf den anderen nicht mehr gekommen. Er verspürte eine leise Wehmut. Wohnschachtel – was für ein schönes Wort!

Friedemanns Exfrau Marina hingegen hatte Enge mit Elend gleichgesetzt. Wer kein eigenes Haus besaß, galt in ihren Augen als Vertreter des Prekariats, und mit Leuten dieser Kategorie wollte sie nichts zu tun haben.

Derzeit lebte Marina Vortkamp auf zwei Etagen und vierhundert Quadratmetern und ließ sich ihren dreitausend Quadratmeter großen Garten mit Meerwasserpool von einem Gärtner pflegen. Sie hatte verlernt, still zu sitzen, war immer unterwegs: in ihren Stofflagern, in ihrer Fabrik, in ihrem Haus und sicher auch im Atelier ihres Neuen. Ständig fühlte sie sich zum Kontrollieren aufgefordert: War alles ordentlich geputzt, stand alles an seinem Platz, wurden die Blumen richtig gegossen? Wie viel Lebenszeit das kostete!

Friedemann genoss sein kleines Reich. Er hielt sich jeden Tag in neuen Gärten auf – die gehörten ihm zwar nicht, aber er musste sich auch nicht um deren Pflege kümmern. Momentan bildeten die Blumenrabatten vor der Kirche die Kulisse neben seinem Frühstückstisch. Die Nacht hatte er am Drilandsee verbracht und seinen ersten morgendlichen Spaziergang in der Stille des Apfelgartens von Kloster Bardel vollzogen.

Mit dem Espresso in der Hand las er sich durch Welt- und Lokalpolitik, studierte Todesanzeigen, löste das Kreuzworträtsel und hatte sich schließlich bis zur regionalen Panorama-Seite von Kalverode durchgeblättert. Dort sprang ihm das Bild seiner Ex entgegen. In einem eleganten grauen Armanikostümchen war sie abgebildet. Lächelnd präsentierte sie ihre Kittelkleider, und der ziemlich langen Bildunterschrift war zu entnehmen, dass sie zusammen mit vier weiteren erfolgreichen Geschäftsfrauen die »Kalveroder Tafel« ins Leben gerufen hatte. »Miteinander füreinander« hatte der Texter seinen Artikel genannt. Ein einziger Sermon über die große Familie der Menschheit, und dass wir ja irgendwie alle seit Adam und Eva miteinander verwandt sind.

Friedemann merkte, wie ihm eine Gänsehaut über den Rücken kroch. Er hielt es kaum aus, diese Beweihräucherung seiner Exfrau zu Ende zu lesen. Marina war sich für nichts zu schade. Und was noch schlimmer war: Sie hatte keine Scham. Jetzt verschenkte sie Kittelkleider dritter Wahl an die Kalveroder Tafel und machte dabei gleichzeitig Werbung für ihr Unternehmen. Garantiert würde das den Rubel noch rasanter rollen lassen. Und was für ein Hohn für die beschenkten Frauen! Seit der überregionalen Werbekampagne mit Supermodels wusste jeder, dass diese Kittelkleider nur dann ihren Zweck und ihren Chic erfüllten, wenn sich darunter raffinierte Dessous verbargen. Die Kleider selbst waren doch nichts als eine findige Verpackung für das Eigentliche. So hatte Friedemann Vortkamp sie konzipiert, und so hatten sie ihren Siegeszug angetreten. Aber dieses Eigentliche, seidene Hemdchen, Spitzen-BHs und raffiniert geschnürte Tangas, blieben jenen vorbehalten, die sich nicht mit Bewilligungsbescheiden des Jobcenters durch die Tage und ihr Leben quälten.

Friedemann starrte weiterhin auf das Zeitungsbild und schnaubte verächtlich. Meine Güte, wie Marina sich aufgerüstet hatte: mit Perlenkette, schwerem goldenen Armband, einem Hermès-Tüchlein und kunstvoll aufgesteckter Frisur. Neben ihr stand der Neue, der sogenannte fiese Möpp. Eigentlich sah er gar nicht so unsympathisch aus.

In genau dieser Sekunde schoss die junge Kommissarin im Stechschritt an seinem Wohnwagenfenster vorbei. In ihrem Blick lag so viel gebündelte Konzentration, dass er sich sicher war: Es gab Neuigkeiten. Vielleicht hatten sie ja schon den Täter gefasst?

Nachdenklich packte er seine Zeitung zusammen und machte sich auf den Weg, um sein nächstes Ritual zu absolvieren. Sein Leben bestand aus Ritualen, und manchmal schüttelte er über sich selbst den Kopf. Er war erst sechsunddreißig und strukturierte sich seinen Alltag wie ein Greis: Morgentoilette, Morgengymnastik, Morgenlektüre, Stadtspaziergang, dann Einnahme seines Beobachtungspostens, um wenigstens einmal am Tag einen Blick auf seine Tochter erhaschen zu können, auf dieses kleine Prinzesschen, das nichts mehr mit ihm zu tun haben wollte, weil er nicht in einem angemessen großen Haus wohnte.

Wenn Luzie die Schule verließ, wurde sie von Marinas Au-pair-Mädchen abgeholt, die halbjährlich ausgetauscht wurden, sich aber alle irgendwie ähnlich waren: junge, dünne und langhaarige Jeansträgerinnen. Resolut griffen sie nach Hand und Schulrucksack der Kleinen, und er hatte keine Chance, sein Kind anzusprechen. Aber sehen konnte er sie. Wenigstens das.

Sie schien ihm seit einigen Monaten blasser und erwachsener zu werden. Es ärgerte ihn, dass er die Zusatzvereinbarung des

Scheidungsanwalts unterschrieben hatte: Kontakt mit der Tochter nur, wenn sie auf ihn zukam und sich das wünschte, nicht umgekehrt. Bis es so weit war, musste Friedemann Vortkamp sich mit der klammheimlichen Beobachtung seiner Tochter von der schweren Lektion des Wartens ablenken. Das war nicht einfach.

Auf dem Weg zur Schule fuhr er an seiner früheren Wirkungsstätte vorbei. Gut, dass das hinter ihm lag. Marina hatte schon wieder neue Leuchtbuchstaben anbringen lassen. Früher hieß das Unternehmen wahrheitsgemäß »Manufaktur Vortkamp«. Nun signalisierten die drei überdimensionalen Lettern VIP, dass hier nicht nur Kittelkleider, sondern zugleich bessere Lebensgefühle produziert wurden. Ein einziger Hohn. Aber der Laden schien zu laufen.

Um genau halb zwölf an diesem Freitagmorgen berief Annalena eine Konferenz ein und zitierte Horst Toplischek, Wilfried Lütke-Tillmann, Markus Wissing, Heinz Krabbe, Jörg Ottenhöver sowie den Kriminaloberrat ins Besprechungszimmer. Ewald Schmeing kam als Erster und ließ sich schmallippig auf seinen Platz sinken. Skeptisch beobachtete er, wie Hedwig Wasserkaraffen und Gläser auf den großen Tisch stellte. »Soll das etwa eine längere Veranstaltung werden?«

Hedwig wandte sich an ihn, nickte und wollte wissen: »Mit Protokoll?«

Ewald hob die Schultern. »Sprich das mit Annalena ab. Die will die Sitzung. Meine Idee ist das nicht.«

»Wenn es dir nichts ausmacht – aber nur ein Ergebnisprotokoll. Und lass doch zusätzlich das Band mitlaufen«, bat Annalena.

»Was soll denn das? Eine Besprechung noch vor der Mittagspause?«, protestierte Horst Toplischek lauthals.

»Mittagspause? Wir haben einen Mord aufzuklären, und Sie denken an Spiegeleier mit Speck!«, rief Annalena. »Ich fass es nicht.«

»Fischfilet mit Senfsoße und Salzkartoffeln«, verbesserte Horst

Toplischek und leckte sich die Lippen. »Heute ist Freitag, da gibt es in einem ordentlichen katholischen Haushalt kein Fleisch.«

Annalena suchte Ewalds Blick. Der seufzte, hieb halbherzig mit der Faust auf den Tisch und stellte klar: »Egal, was bei euch auf den Tisch kommt – vorher müssen hier die Kompetenzen geklärt werden. So geht es nicht weiter. Ich will jetzt einen Rapport von jedem. Wer macht was? Ich höre.«

»Dann fang ich mal an, damit wir diesen Schwachsinn schnell hinter uns haben.« Jörg Ottenhöver sah betont beleidigt um sich. »Also, ich suche gerade in den europäischen Polizeicomputern nach ähnlichen Fällen, ihr wisst schon, Betäubungsspritze ins Knie und Entnahme von Organen, habe aber bisher noch nichts gefunden. Vor lauter Konferenzen kommt man ja zu nichts«, fügte er vorwurfsvoll hinzu.

»Der letzte Kommentar war ziemlich überflüssig«, brummte Ewald und wandte sich an Heinz Krabbe. »Und du?«

»Ich soll doch diesen alten Golf durchchecken. Kein Schwein weiß, warum, aber wenn es sein muss, dann mach ich das eben.«

»Genau deswegen will ich dieses Meeting«, meinte Annalena. »Keiner hat sich um das Auto gekümmert und es erkennungsdienstlich durchleuchtet. Das war ein Kardinalfehler! Jetzt sagt mir der Ehemann der Toten, dass ein Fremder mit dem Wagen gefahren sein muss – möglicherweise sogar Stefanies Mörder –, und nicht einer von uns ist auch nur auf die Idee gekommen, das Auto auf fremde DNA durchzuchecken. Ich will, dass wir ein Team sind und uns auch so benehmen!«

Heinz Krabbes Ohren leuchteten feuerrot.

»Also, was machen Sie gerade? Erzählen Sie es der Gruppe!« Annalena wandte sich an Horst Toplischek. Der verdrehte demonstrativ die Augen: »Das wissen Sie doch. Sie haben mir doch die Geschichte mit der Anzeigenrecherche angeschafft.«

»Ich will, dass alle darüber informiert sind – gläserne Ermittlung, verstehen Sie?« Sie verachtete sich selbst wegen ihres Oberlehrertons, aber anders war den Jungs hier wohl nicht beizukommen.

»Na gut«, begann Horst Toplischek, entließ eine Wolke üblen Mundgeruchs und nahm nicht wahr, dass alle leicht zur Seite rückten. »Also, diese Stefanie Overbeck hat ja nicht nur auf dem Markt gearbeitet, sondern auch in der Anzeigenannahme der »Kalveroder Nachrichten«. Und da war vor einer Woche genau diese Anzeige drin.« Er griff nach seinen Unterlagen und las sie laut vor. »Die Anzeige war nicht nur besonders klein gedruckt, sondern auch noch innen und nahe der Falzung platziert. Fast so, als sollten nur die danach suchen, die davon wussten.« Er vergewisserte sich, dass ihm auch wirklich alle zuhörten und verkündete dann: »Ich soll rauskriegen, welches Schwein diesen Text in die Zeitung gesetzt hat und ob das spätere Opfer den gekannt hat.«

»Die Steffi kannte alle«, stellte Hedwig klar.

Ewald klopfte nervös auf den Tisch. »Keine Zusatzdiskussionen!« Er wies mit dem Zeigefinger auf Wilfried Lütke-Tillmann. »Was machst du gerade?«

»Ich gleiche die Fingerabdrücke auf den beiden Puppen miteinander ab und untersuche die Holzkästchen. Sie sind übrigens vom gleichen Konstrukteur. Das zweite lag mindestens sechs Tage auf dem Klosterboden, erkennbar an den verschiedensten Formen der Biomasse wie beispielsweise Schneckenschleim und so. Weiteres erspar ich euch vor der Mittagspause. Und dass die zweite Puppe auch von der Siebert ist, wissen wir ja inzwischen.«

»Schon gut, schon gut«, unterbrach Ewald ihn. »Details kommen später. Annalena hat sich um den Witwer gekümmert und von ihm die Geschichte mit dem Auto erfahren. Jetzt mal unter uns: So etwas darf echt nicht passieren. Niemals! Verstanden?«

Alle nickten schuldbewusst.

»Nehmen wir es als Aufforderung, ab jetzt besonders wachsam zu sein«, fuhr Ewald fort. »Als Leiter unserer Dienststelle muss ich mich ja auch noch um verwaltungstechnische Belange kümmern, deswegen wäre es mir lieber, wenn einer von euch die Ermittlungen koordiniert. Natürlich unterstütze ich euch in jeder Hinsicht.« Er sah um sich. »Markus?«

Der schreckte hoch.

»Markus, was machst du eigentlich gerade?«

Kriminalhauptmeister Wissing fuhr sich müde durchs strähnige Haar. Er sah aus, als hätte er sich seit mindestens zwei Tagen nicht mehr rasiert und ebenso lange nicht geschlafen. »Ich check ihre persönlichen Unterlagen.«

»Und?«

»Nichts.«

»Bist du schon durch?«

Markus Wissing schüttelte den Kopf. »Nein, das dauert.«

»Ich bin davon ausgegangen, dass du das Ganze koordinierst.« Ewald Schmeing stöhnte demonstrativ. »Aber das war wohl nix.«

»Nee, das schaff ich nicht auch noch.« Markus rieb sich die Augen.

»Aber wer sonst? Du bist doch der Erfahrenste von allen. Übernimmst du wenigstens ab jetzt?«

»Muss das sein?«

»Annalena ist noch nicht mal eine Woche bei uns«, gab Ewald zu bedenken.

»Die hat doch beim BKA alle Tricks gelernt«, widersprach Jörg. »Lass die doch mal ran. Die weiß doch sowieso alles besser. Die soll uns zeigen, wo es langgeht.«

Sein schadenfrohes Grinsen erlosch in dem Augenblick, als Ewald nickte und sagte: »Okay, warum eigentlich nicht? Dann aber mit mir zusammen.« Er seufzte. »Das kriegen wir schon hin, Annalena. Verteil du mal als Erstes die nächsten Aufgaben. Und dann machen wir endlich Mittagspause.«

»Und, gibt's was Neues?«

Markus Wissing wusste nicht, welcher Teufel ihn ritt und warum ihm ausgerechnet jetzt statt einer Antwort herausrutschte: »Bei den Toplischeks gibt's jeden Freitag Fisch mit Senfsoße und Salzkartoffeln.«

Seine Frau legte ihre Gabel auf das Platzdeckchen, das heute mit dem Spruch bedruckt war: »Liebe ist … gemeinsam schweigen zu können.«

Deprimiert starrte Markus auf seinen Kartoffelpuffer und das Schälchen mit dem Apfelmus, das heute ziemlich muffig schmeckte. Wie lange die Packung wohl schon offen war? Thekla gab sich wirklich nicht viel Mühe in der Küche.

Jetzt kniff sie die Lippen zusammen. »Ich dachte nicht ans Essen, ich dachte an deinen Fall.«

»Über den Fall darf ich nicht sprechen, das weißt du doch.« Als müsse er seine Aussage bekräftigen, wies er auf das Wort »Schweigen« auf ihrer beider Platzdeckchen. Er hasste diese Plastiksets. Sie hatten so was Billiges an sich.

Bei *ihr* hatte es Leinendecken und Stoffservietten gegeben. *Sie* war eine Frau von Klasse gewesen. Sie hatte richtig gekocht, nicht nur Dosen und Gläser geöffnet. Thekla war nur Mittelmaß, Dutzendware der Natur. Er hatte sich in ihr geirrt. Er hatte alles falsch gemacht.

Verzweifelt hob er den Kopf und betrachtete die Frau, die mit ihm am Tisch saß und die er vor siebzehn Jahren geliebt und geheiratet hatte. Heute trug sie zum Glück nicht einen dieser Blümchenkittel, sondern ein blassblaues T-Shirt. Trotzdem: Ihr ganzes Aussehen passte zu diesen albernen Tischdeckchen. Alles ohne Stil, ohne Qualität.

»Warum gehst du eigentlich nicht mehr zum Friseur?«, fragte er unvermittelt.

Sie schüttelte den Kopf, und ihr von grauen Strähnen durchzogener Pferdeschwanz zitterte. »Was soll das denn?«

Er sah sie lange an. »Du lässt dich gehen!«

»Das musst ausgerechnet du sagen«, fauchte Thekla. »Hast du heute schon in den Spiegel geschaut? Wann hast du dich zuletzt rasiert? Und seit zwei Tagen läufst du mit demselben Hemd und derselben Hose durch die Gegend.«

»Ich hab zu tun, ich ermittle.«

Sie schwieg eine Weile und machte einen spitzen Mund. Diesen Gesichtsausdruck kannte er schon. Gleich würden Anklagen kommen. Er beschloss, einfach nicht hinzuhören. Es gab wichtigere Dinge als die Vorwürfe seiner Frau. Zum Beispiel dieses F, das sich in unregelmäßigen Abständen durch den Terminkalender von Stefanie Overbeck zog und nur an Donnerstagen dort stand. Es war mit genau jenem Tag verschwunden, an dem er sie beim Schneeräumen getroffen hatte. Ihre gemeinsamen Treffen hingegen – und er erinnerte sich an jedes einzelne – tauchten nicht in Stefanies Kalender auf.

»F« – wofür mochte das stehen? Was sollte das bedeuten? Vielleicht »Film«? Sie hatte nie erzählt, dass sie gerne ins Kino ging. Er wär schon mal mitgegangen. Na ja, sie hatten andere Sachen zu tun gehabt. Wehmütig lächelte er und nahm plötzlich wieder die Stimme seiner Frau wahr: »Ich weiß gar nicht, warum ihr ausgerechnet bei der so intensiv ermittelt. Was man so hört, war die ja nicht gerade ein Kind von Traurigkeit. Verheiratet – für unsereinen bedeutet das Treue, aber da hat die sich ja wohl nicht dran gehalten ... geschieht ihr recht. Wer die Gefahr sucht, kommt darin um. Weiß doch jeder. Aber um die müsst ihr euch jetzt kümmern, die wird plötzlich wichtig, und die, die ehrlich und ordentlich durchs Leben gehen, sind wie immer die Dummen.«

»Sie ist tot, Stefanie Overbeck ist tot«, schrie Markus sie an.

Thekla zuckte zusammen. »Ist mir doch egal. Selber schuld. Gib mir doch Geld, dann gehe ich zum Friseur.«

14. Kapitel

Einzig Horst Toplischek und Markus Wissing waren zum Essen verschwunden, und so verteilte Ewald nach Annalenas Vorschlägen einige der Aufgaben neu – als ginge er davon aus, dass seine Mitarbeiter besser spurten, wenn er ihnen sagte, was genau sie zu tun hätten. Annalena fühlte sich übergangen, zumal er auf eigene Faust bestimmte, dass Heinz Krabbe Ottenhövers Recherche übernehmen und die europäischen Polizeicomputer nach ähnlichen Fällen durchforsten sollte. Den betagten Overbeckschen Golf dagegen sollte nun Wilfried Lütke-Tillmann zur kriminaltechnischen Untersuchung nach Münster überführen, und die Untersuchung der Puppen sowie der zwei Holzkästchen legte er in Annalenas Hände, und zwar mit der Bemerkung, dass sie für alle ansprechbar sein müsse und die Dinge zu koordinieren habe. Da könne sie doch nebenbei die Puppenkistenrecherche vom Büro aus erledigen.

Annalena kochte innerlich. Ausgerechnet ihr als diplomierter Kriminalhauptkommissarin wurde der belangloseste Untersuchungsstrang zugeteilt. Sie ließ sich ihre Wut aber nicht anmerken. Schließlich ging es um die Aufklärung eines Mordes und nicht um die Befriedigung ihres Egos. Trotzdem wagte sie noch einen Vorstoß.

»Wenn schon bei mir alle Fäden zusammenlaufen, brauche ich ein eigenes Büro, um in Ruhe arbeiten zu können.«

»Für so'n Gedöns ist jetzt wirklich keine Zeit«, wehrte Ewald Schmeing unwillig ab. »Du brauchst kein eigenes Büro. Wir haben weder eine freie Minute für den Umzug noch die nötigen finanziellen Mittel.«

Sie atmete tief durch und wandte sich betont sachlich an Heinz Krabbe. »Du informierst bitte Wilfried über den Stand der Dinge. Halt mich auf dem Laufenden, sobald du irgendetwas findest oder wenn dir eine bestimmte Sache eigenartig vorkommt.«

Er nickte. »Mach ich, Chefin«, meinte er und wandte sich grinsend ab.

Nein, das war nicht ihr Tag. Alles lief schief. Sie fühlte sich nicht wohl in ihrer Haut, erst recht nicht, als am frühen Nachmittag auch noch Udo Overbeck auftauchte und sich suchend umsah. »Wo ist mein Wagen?«

»Im Labor«, sagte sie. »Und die brauchen sicher noch ein, zwei Tage.«

»Das ist nicht Ihr Ernst.«

»Doch.« Sie hob die Schultern. »Was sein muss, muss sein. Wir sind sicher, dort verwertbare Spuren zu finden.«

»Und wie komme ich dann nach Hause?«

Nach Hause – als warte dort seine Frau auf ihn und habe schon den Abendbrottisch gedeckt und ihm eine Flasche Bier aus dem Kühlschrank geholt. Seine Augen flackerten. Stand er möglicherweise unter Schock? Sie suchte seinen Blick.

»Wir stellen Ihnen natürlich einen Ersatzwagen zur Verfügung. Er steht auf dem Hof. Hier«, sie reichte ihm den Schlüssel. »Wie geht es Ihnen eigentlich?«

Er hob die Schultern. »Ich darf in der Tischlerei arbeiten. Ein letztes Möbelstück für sie. Arbeit ist gut. Arbeit hält lebendig. Wer viel arbeitet, braucht nicht zu denken.«

Annalena nickte und stellte sich vor, wie er mit Hobelmaschine und Feinsäge jene sorgfältig zurechtgelegten Bretter bearbeitete, aus denen Stefanies letztes Möbelstück entstehen würde. Ein Wohnkasten für die Ewigkeit. So klein, dass nur sie Platz darin hatte.

»Wann kann ich sie beerdigen?« Seine Frage holte sie in die Wirklichkeit zurück. »Ich meine, muss ich mich beeilen, oder habe ich Zeit?«

Annalena fragte sich, ob sie ihm eine psychologische Betreuung anbieten sollte. Aber erstens hatte ihr noch niemand gesagt, wer in Kalverode dafür zuständig war, und zweitens machte Udo Overbeck nicht den Eindruck, als wäre er darin geübt, über Gefühle zu reden. Lieber raspelte und schliff er die einfach weg: Jede Ausbuchtung von Trauer oder Schmerz – fort damit, wie die Unebenheiten auf Holzbrettern. In genau diesem Augenblick begriff sie das Ausmaß seiner Verzweiflung.

»Mittwoch«, murmelte sie und sah ihn lange an. »Sie können sie Mittwoch beerdigen.«

»Okay.« er warf einen Blick auf seine Armbanduhr. »Das geht. Noch vier Tage. Wussten Sie, dass die Schreinerei auch ein Bestattungsunternehmen ist? Die haben da Flyer rumliegen, auf denen ›Trauerhilfe‹ steht. Als könnte ich das nicht alleine. Dafür brauch ich echt keine Hilfe.« Kopfschüttelnd verließ er die Amtsstube.

Sie sah ihm lange nach. Er schien über Nacht geschrumpft zu sein. Gestern Abend am Flughafen war er ihr so riesig vorgekommen.

»Wie war das damals für dich, als du wach wurdest und erfuhrst, dass Mama tot ist?« Annalena hatte mit ihrem Vater zu Abend gegessen und schwenkte nun nachdenklich den schweren Rotwein in ihrem Glas.

»Meine Güte, was für ein Gesprächsthema!« Walter Brandt wurde blass und starrte auf die Tischdecke. »Seitdem fahre ich nicht mehr Auto. Damals hatte es bereits im Dezember so viel geschneit, dass der Bürgermeister einen Wettbewerb für Schneeskulpturen ausschrieb. Weißt du noch? Mit eiskalten Fingern waren die Möchtegernbildhauer im Stadtpark unterwegs. Unter ihren wattierten Jacken trugen sie Sprühflaschen mit Wasser, das sie über ihre Gebilde sprayten und das sich wie ein zusätzlicher Glanz auf die zum Teil sehr abstrakten Skulpturen legte. Meine Schüler und ich haben damals versucht, eine Art Chinesische Mauer um den Stadtkern zu ziehen. Mit Torbögen, die so groß waren, dass Lastwagen durch sie hindurchpassten. Wir waren damals viel draußen.« Er seufzte. »Ich weiß, ich lenke ab. Du willst etwas anderes wissen. Ich muss nur gerade daran denken, weil auch rund um den großen Marktplatz in Enschede Theken aus Schnee errichtet worden waren. ›Wie im Winterurlaub‹, hat deine Mutter gemeint. ›Fehlt nur noch ein Almdudler oder ein Glühwein.‹ An so einer Theke standen wir, vor uns ein Pappteller mit Matjes und Zwiebelscheiben. Weiße Papierserviette, weißes Plastikbesteck. Neben uns die Straße mit gelb-grauem Matsch und harschen Eisflächen, über uns der graue Himmel. Und dann kam dieses Auto auf uns zugeschleudert, in einer Wahnsinnsgeschwindigkeit – dunkelblau war es, das weiß ich noch. Es rutschte auf der glatten Fahrbahn, durchbrach die Schneebarriere und unsere Theke aus Eis und erwischte Elfriede und mich.« Er wies auf seinen Stock. »Direkt an der Hüfte. Ich kann mich noch erinnern, dass sie ganz laut ›Vorsicht!‹ schrie. Vermutlich hat mich das zur Seite springen lassen. Mehr weiß ich nicht. Alles andere ist irgendwie weg.«

Annalena griff nach seiner Hand. »Dann war ›Vorsicht!‹ ihr letztes Wort an dich. Dich konnte sie noch warnen, aber für sie selbst war es zu spät. Hast du jemals darüber nachgedacht?«

Er schüttelte den Kopf.

Sie starrte in den dunklen Garten und fragte sich, warum sie noch nie darüber gesprochen hatten. Zweieinhalb lange Jahre nicht. Als hätten sie beide es nicht gewagt, Elfriedes Namen auszusprechen. Sie sah ihren Vater an. »Und später, nach diesen zwei Tagen im Koma, wer hat dir da mitgeteilt, dass Mama nicht mehr lebt?«

»Du«, sagte er erstaunt. »Du hast doch an meinem Bett gesessen, als ich wach wurde. Du hast meine Hand gehalten.«

»Deine Hand hab ich gehalten, aber gesagt habe ich es dir nicht. Das war der Arzt. Du hast es nicht wahrhaben wollen. Hast tagelang behauptet, das könne nicht sein.«

Er nickte. »Das stimmt. Es durfte nicht sein, also konnte es auch nicht sein. Ich hab gedacht, ihr lügt mich an oder ich höre alles falsch. Dann hab ich mir eingeredet, mir sei durch den Unfall der Sinn der Worte abhandengekommen und ich müsse alles neu erlernen und jeden Satz von euch ins Erträgliche übersetzen. Doch die Wahrheit war ganz einfach, jetzt, im Nachhinein gesehen: Ich wollte nicht in einer Welt sein, in der es Elfriede nicht mehr gab. Weißt du noch, wie ärgerlich ich wurde, als du kamst und mit mir über die Trauerfeier sprechen wolltest?«

»Da hast du es begriffen.«

Er schüttelte den Kopf. »Nein, ich habe es nur gehört, begriffen habe ich es immer noch nicht. Wir waren so sehr aneinander gewöhnt, so vertraut miteinander. Es konnte nicht sein, dass es sie nicht mehr gibt. Es durfte nicht sein.«

»Und jetzt?«

»Es gibt Augenblicke, da fürchte ich, verrückt zu werden. Zwischendurch, ganz ohne Vorwarnung, hab ich das Gefühl, dass sie da ist und mit mir spricht. Dass sie in meinem jetzigen Arbeitszimmer im Ohrensessel sitzt und mir beim Schreiben zuschaut. Dass sie mir Stichworte zuflüstert bei meiner Arbeit und mir zur rechten Zeit die richtigen Leute vorbeischickt. Aber das ist natürlich Quatsch.«

»Warum sollte es Quatsch sein? Weißt du, ich kann mir schon vorstellen, dass Mama dir immer noch nah sein will. Ich spür sie auch oft neben mir.«

Er winkte ab. »Nein, nein, wenn es so etwas gäbe, hätte die Menschheit längst Beweise dafür gefunden.«

In dieser Sekunde klingelte Annalenas Telefon. Sie sah auf ihr Display, stand auf und ging mit dem Handy in die große Diele. Dort setzte sie sich auf eine Stufe der Eichenholztreppe, die zu ihrer Dachwohnung führte. »Ja?«

»Tut mir leid, dass ich so spät noch störe, aber ab morgen hab ich wieder das ganze Wochenende Vorträge.«

Ihr Herz hüpfte, als sie seine Stimme hörte. »Ich bin Ihnen überhaupt schon dankbar, dass Sie sich die Zeit nehmen.«

»Ich bitte Sie, schließlich waren Sie eine meiner besten Schülerinnen. Nein, in der Tat, Ihre Anfrage hat mich sehr beschäftigt. Offensichtlich geht es jetzt bei euch da oben auch schon los.«

»Was denn?«, wollte Annalena wissen und sah ihren Lieblingsdozenten wieder vor sich, ihn, mit seinen grau melierten Locken, den wunderbar gebügelten Hemden und den ausgewaschenen Jeans, sah ihn in den Pausen kleine schmale Zigarillos rauchen und hatte das Empfinden, die seien nun sogar hier in Kalverode zu riechen. Er hatte seine Studenten über illegale Netzwerke, Schlepper- und Schieberkolonnen und mafiöse Strukturen in Europa unterrichtet. Alle Kommissaranwärterinnen waren in ihn verknallt gewesen, auch Annalena, aber natürlich hatte sich keine von ihnen als Fan geoutet. Nur in den Pausen hatten sie ihn mit ihren Blicken verfolgt und Unmengen von Seufzern in seine Richtung geschickt. Und noch immer klopfte ihr Herz beim Telefonieren.

»Was?« Sie hatte nicht richtig zugehört.

»Der organisierte illegale Organhandel«, sagte ihr einstiger Lehrer mit dieser wunderbaren Stimme.

Annalena konzentrierte sich wieder auf das Gespräch und fragte nach: »Sie meinen, wegen der leeren Augenhöhlen?«

»Damit fängt es an«, antwortete er kryptisch. »Eine Art Initiationsritus. Es gibt nämlich genug legale Banken für Hornhauttransplantationen. Die sind das kleinste Problem bei menschlichen Ersatzteilen, um es mal so lapidar auszudrücken. Außerdem können Hornhäute noch bis zu sechsundsiebzig Stunden nach dem Tod eines Menschen entnommen werden. Hornhautentnahmen sind – soweit wir das hier recherchiert haben – eine Art Einstiegstest für jene, die in die sogenannte Gilde aufgenommen werden wollen. Sie haben diese Aufgabe innerhalb eines bestimmten Zeitrahmens zu bewältigen.«

»Sorry, aber das verstehe ich nicht ganz. Was für eine Gilde?«

»So nennen wir sie intern. Sie können sie sich wie eine Parallelwelt vorstellen, ein dichtes Netz von Dienstleistern und Dienstleistungen – da arbeitet wirklich eine Hand in die andere, und außerdem hält jeder von ihnen seine Hand auf. Wer Geld hat, kann sich auch Gesundheit kaufen.« Er klang verbittert.

»Also tatsächlich Organhandel?«, fragte Annalena.

»Exakt. Organhandel auf Bestellung. Die Meister der Gilde

gucken sich ihre Leute genauestens aus. Wer hat wo welche Schwachstellen? Sie rekrutieren Ärzte, die ihre Approbation verloren haben, sprechen Spieler an, die sich ihre Sucht finanzieren, oder auch ganz normale Häuslebauer, die sich wirtschaftlich übernommen haben. Jeder, der sein finanzielles Gesicht wahren muss, ist also erpressbar. Ach was, im Grunde genommen hat jeder einen Punkt, an dem er sich angreifbar macht. Und das sind unsere potenziellen Täter. Nach außen hin unbescholtene Bürger. Und wie bei einem Schneeballsystem wirbt jeder Neue weitere Kandidaten.«

»Und wie gelangt dann beispielsweise eine Niere weiter zum Empfänger?«

»Der Spitze unserer Gilde wird Bedarf gemeldet. Dieser Bedarf wird an die sogenannten Operateure kommuniziert, das sind in der Regel Mediziner. Diese wiederum bekommen das entsprechende Organ entweder als Brutto – so nennen sie es – geliefert und haben dann die Aufgabe, es in Netto und Tara aufzutrennen. Allein die Wortwahl ist eine unglaubliche Blasphemie. Alle drei Begriffe kommen aus der Warenwirtschaft. Das Tara, in unserem Fall der getötete und ausgeschlachtete Mensch, wird von der Crew entsorgt, ein Bote bringt das in Isothermbehältern gut verwahrte und in Lösungen schwimmende Netto – zu neunzig Prozent sind das die Nieren – auf schnellstem Weg an den Ort, wo es gebraucht wird. Unsere Gilde verfügt europaweit über Hubschrauberlandeplätze, von denen aus die Organe zu den Empfängern transportiert werden. Bei Ihnen ist es vermutlich der Hubschrauberlandeplatz in Datteln.«

Annalena hätte am liebsten widersprochen: Ein so großes Ding wie illegaler Organhandel passte doch gar nicht nach Kalverode. Doch bevor sie ihn unterbrechen konnte, dozierte er weiter: »Das System ist perfide konstruiert, keiner weiß genau, was der andere tut und welche Funktion er innehat. Jeder für sich ist nur ein kleines Glied in der Kette und einzig für seine Teilaufgabe verantwortlich, die er perfekt erledigt. Nur die Meister der Gilde haben alles im Blick.« Er seufzte genauso, wie ihm die Kommissaranwärterinnen während ihrer Ausbildung nachgeseufzt hatten, und murmelte: »Also, wenn ich Ihnen irgendwie behilflich sein kann, Sie können mich jederzeit anrufen.«

Der 7. Mai war ein Samstag. Ewald Schmeing hatte seine Mitarbeiter ins Alte Amtshaus bestellt und noch vor der ersten Tasse Kaffee verkündet: »Wochenende und Freizeitausgleich gibt's erst wieder, wenn der Fall gelöst ist!« Annalena atmete auf. Wenigstens dazu hatte er sich durchgerungen. Als sie ihm gestern was von Anwesenheitspflicht und strafferen Dienstplänen erzählte, hatte er zunächst abgewunken.

Doch Markus Wissing gab dem Kriminaloberrat recht und nahm als Erster an dem runden Konferenztisch Platz. Der Kriminalhauptmeister hatte sein Haar wieder glänzend pomadisiert, trug ein frisch gebügeltes Hemd, wirkte aber ansonsten eher blass und unausgeschlafen, als er mit belegter Stimme berichtete: »Ich hab mich ja mit den Papieren der Toten vertraut gemacht. Es gibt da zum Teil verwirrende Notizen in ihrem Kalender. Fragen wirft meiner Meinung nach ein F auf, das nur an Donnerstagen, jedoch in unregelmäßigen Abständen, auftaucht.« Er beobachtete seine Kollegen. Alle schwiegen. »F wie Film, nehm ich an«, fügte er nachdenklich hinzu und schlug vor: »Ich würd gern in den Kinos im Umkreis von etwa dreißig Kilometern nachfragen, was für Filme an exakt diesen Tagen liefen. Vielleicht ergibt sich da ein Muster.«

Ewald Schmeing seufzte. »Meinetwegen, mach das, wir dürfen nichts außer Acht lassen. Auch wenn mir das jetzt wirklich ein bisschen absurd erscheint.«

Annalena schluckte. Sollte sie vor versammelter Mannschaft verkünden, dass dieses »F« nur für Friedemann stehen konnte, weil die Tote mit ihm ein Verhältnis gehabt hatte? Sie entschied sich dagegen. Sie würde es ihm später sagen. Es wäre nicht gut für den gruppendynamischen Prozess. Und so wie Markus litt – vielleicht war er ja auch mit Stefanie Overbeck befreundet gewesen.

»Ich kann aber nicht so lange bleiben, ich muss heut spielen«, jammerte Heinz Krabbe. »Ihr wisst doch, ich bin Mittelstürmer beim FC Kalverode, und um drei treten wir gegen Vorwärts Epe an.«

»Es gibt für alles und jeden einen Ersatzmann«, belehrte Ewald ihn.

Heinz Krabbes Ohren leuchteten feuerrot, als er widersprach: »Vielleicht für mich als Polizisten, für mich als Fußballer aber nicht.«

»Du bleibst hier«, beschied Ewald und wandte sich an Hedwig Hagenkötter. »Kannst du bitte den Telefondienst übernehmen? Und zwar ganztags?«

»Gerne, hab ja sonst nix zu tun.« Die Bereichssekretärin lächelte. Annalena fragte sich, ob sie es ernst oder ironisch meinte.

Konzentriert fragte Ewald weiter ab. »Wilfried, was sagen die Kollegen aus Münster? Gibt es schon Untersuchungsergebnisse zum Wagen von Stefanie Overbeck?«

Wilfried Lütke-Tillmann schüttelte den Kopf, dass seine Locken stoben.

»Dann bleib da dran und unterstütz gleichzeitig Heinz bei der Internetrecherche – einer macht Europa und der andere den Rest der Welt. Wer von euch kann besser Englisch?«

»Ich«, murmelte Wilfried und zog ein Gesicht.

»Dann machst du den Rest der Welt – Stichwort: Global organ trade. Kommt ja offensichtlich nicht nur in Europa vor.«

»Mach ich, Chef.«

»Annalena, wie weit bist du mit den Puppen und den Holzkästchen? Gibt's da irgendwelche neuen Erkenntnisse?«

»Die sind handgefertigt, und ich versuche gerade herauszukriegen, wo die kleinen Scharniere gekauft worden sind. Das ist keine Massenware – die gibt's vermutlich nur im Fachhandel«, erklärte sie und blätterte in ihren Notizen, um weitere Details zu berichten.

Doch Ewald Schmeing wandte sich bereits an Horst Toplischek. »Bist du immer noch hinter dieser Anzeige her? Ich sehe da eigentlich keinen Zusammenhang – aber bevor wir ganz ins Leere laufen, bleib besser mal dran. Es soll ja vorkommen, dass Frauen das richtige Gefühl haben, und wenn Annalena das so im Bauch hat …«

Jörg Ottenhöver starrte auf die Stelle, an der er Annalenas Bauch vermutete.

»Ich muss um fünf gehen, spätestens«, meinte Horst. »Meine Kinder und ich wollen heute Abend grillen. Das erste Mal in diesem Mai.«

»Wenn's hier länger dauert, muss eben ein anderer das Feuer machen.«

»Das kann keiner. Das kann nur ich.«

Alle grinsten.

»Ob du um fünf gehen kannst, entscheiden wir frühestens um fünf vor fünf«, stellte der Kriminaloberrat klar. Auf seiner Glatze hatten sich Schweißperlen gebildet.

»Und du, Jörg?«

Annalenas Zimmergenosse nuschelte und spulte schnell herunter: »Ich logg mich grad in alle Krankenhäuser ein. Vor allem in Augenkliniken. Vielleicht hat Stefanie da mal vorgesprochen und ist dann ihrem Mörder begegnet. Vielleicht hatte die ja was anne Augen.«

Markus Wissing schüttelte heftig den Kopf, und auch Annalena wollte gerade von ihrem Telefonat mit dem Dozenten berichten, als sie schon das Lob ihres Vorgesetzten hörten. »Das ist ein guter Ansatz. Hervorragend. Wieso ist noch kein anderer auf die Idee gekommen! Klar, das könnte auch eine Spur sein, möglicherweise sogar die Heißeste von allen.«

Jörg setzte sich aufrecht hin und blickte siegessicher in die Runde. »Wenn ich damit durch bin, melde ich mich bei euch und lass mich gegebenenfalls für neue Aufgaben einteilen.«

»Okay, dann an die Arbeit.« Ewald sah auf die Uhr. »Und schreibt euch eure Überstunden auf. Vielleicht gibt's ja doch mal eine Gelegenheit, die abzufeiern.«

»Genau, denn Wunder gibt es immer wieder …« Hedwig intonierte einen alten Schlager und putzte liebevoll ihre Telefonanlage mit einem feuchten Tuch. »Dann wollen wir mal.«

»Wer hat das auf meinen Tisch gelegt?«

Horst Toplischek stand in der Tür und hielt ein kleines Blechdöschen in der Hand. »PolKa steht da drauf – was soll das denn?«

»Schau doch mal rein.« Hedwig zwinkerte Annalena zu.

»Ich krieg's nicht auf.«

»PolKa. Nun sag nicht, dass du dich nicht mehr erinnern kannst.« Hedwig grinste. »Nein, das ist keine Aufforderung zum Polkatanzen. Wirklich nicht. Das war doch unser Werbemittel an unserem letzten Tag der offenen Tür. PolKa – die Abkürzung für Polizei Kalverode.«

»Hab ich ganz vergessen. Was ist denn da drin?« Skeptisch hielt er sich das kleine Döschen ans Ohr und schüttelte es.

»Lutschtabletten mit Pfefferminzgeschmack«, verriet Hedwig. »Für den frischen Atem.«

Er zog die Stirn kraus.

»Wir hatten fünfhundert von den Dingern herstellen lassen, aber unsere Besucher waren eher an Feuerzeugen interessiert. Dabei ist Rauchen so ungesund. Na ja, jetzt geb ich mal ein paar von den Dosen aus, bevor das Zeug seine Frische verliert. Stress soll ja Mundgeruch machen.«

»Ich brauch so was nicht.« Horst drückte ihr die Blechschachtel in die Hand und verschwand schlurfend in seinem Büro.

Kopfschüttelnd sahen die beiden Frauen ihm nach.

Annalena saß an ihrem Rechner und entwickelte ein Mindmap für das von ihr vorgeschlagene Brainstorming. In ihrem Rücken drohte der Spiegel. Wie klein der Computerbildschirm war. Viel zu klein, um ein kompliziertes Beziehungsgeflecht zu entwerfen. Als Kind hatte sie auf den Resten von Tapetenrollen zeichnen dürfen. So viel Fläche für einen Entwurf! So viel Raum, um Bilder zu entwickeln, so viel Freiheit des Denkens. Einmal hatte der Malermeister sogar ein altes und abgegriffenes Musterbuch für sie dagelassen. Riesige Blätter mit den unterschiedlichsten Ornamenten, einige davon im Prägedruck.

Sie sah ihr Gegenüber Jörg auf seinen Bildschirm starren und hörte ihn mit Ärzten telefonieren, vernahm im Nebenraum die Stimme von Markus Wissing – und dann kam ihr die rettende Idee.

In diesem Moment kam Hedwig ins Büro. »Da ist einer, der was gesehen haben will. Wer von euch beiden hätte denn Zeit für eine Zeugenaufnahme?«

»Ich, aber nicht hier.« Annalena stand auf. »Gibt's irgendwo noch ein freies Büro?«

»Ja, ich schick ihn dir in den Schreibraum. Da seid ihr ungestört. Soll ich euch einen Kaffee bringen?«

Annalena nickte, klemmte sich ihr Notebook unter den Arm und folgte der Sachbearbeiterin. »Kennst du den Zeugen? Kannst du mir kurz was zu ihm sagen?«

»Caruso«, antwortete Hedwig und fügte lapidar hinzu: »Singt zwar nicht schön, dafür aber laut.«

»Caruso?« Annalena schluckte. »Wer heißt denn so?«

»Das ist sein Spitzname. Eigentlich heißt er Alfred. Alfred Sago. Er ist Mitglied im Kirchenchor und im Männergesangverein und einer unserer ehrdönigsten Bürger – dabei ist er grad mal dreißig.« Sie kicherte, nahm Annalenas fragenden Blick wahr und erklärte flüsternd: »Ehrdönig, du weißt schon, braver Bürger in Richtung Spießer – ich dachte, du kommst von hier.«

»Stimmt, aber das Wort habe ich ewig nicht mehr gehört.«

Annalena hätte ihn nicht erkannt. Aus dem kleinen Giftzwerg ihrer ersten vier Schuljahre war ein mittelgroßer Mann mit aufgedunsenem Gesicht und dünnen blonden Haaren geworden, der sich unaufgefordert auf jenem Stuhl breitgemacht hatte, der ihr direkt gegenüberstand. Zwischen ihnen nur der Tisch und ihr kleiner Computer.

»Gut, dann nehmen wir doch mal als Erstes Ihre Personalien auf.« Annalena bemühte sich um ein Lächeln.

»Wieso das denn? Ich will doch nur was mitteilen.«

Sie sah ihn an und schwieg.

Er scharrte mit den Schuhen.

»Name, Geburtsdatum, Adresse, Beruf?« Annalena öffnete das entsprechende Formular auf dem Rechner und tippte Ort, Datum und Uhrzeit ein.

»Ich hab doch nix gemacht, ich hab nur was gesehen.«

Zufrieden stellte Annalena fest, dass Caruso bereits ein bisschen weniger aufgeplustert wirkte als noch vor drei Minuten.

»Zu dem, was Sie gesehen haben, kommen wir dann gleich. Also: Angaben zur Person.«

Widerwillig nannte er ihr die Daten und gab als Beruf »Geschäftsführer eines Getränkemarktes« an. Annalena war davon überzeugt, dass der Schwund an Alkoholika, mit dem in solchen Märkten immer zu rechnen war, durch Carusos Kehle floss und ihm die sangesbereite Kehle ölte.

»Sie haben also eine Aussage zu machen?« Sie gab ihrer Stimme einen strengen Klang.

»Na ja, was heißt Aussage. Ich bin hier, um meiner Bürgerpflicht nachzukommen. Wo ist eigentlich Ewald? Mit dem wollte ich das nämlich bekakeln, und Sie, Sie führen mich hier vor, als wäre …«

»Ja?« Sie sah ihn lange an.

Er wand sich. »Als hätte ich was mit dem Fall zu tun.«

»Und – haben Sie das?«

»Nein, was soll der Scheiß?« Er wurde rot und sah hektisch um sich.

»Also, was haben Sie gesehen, was wollen Sie melden?« Annalena tippte auf die Tastatur ihres Notebooks und las vor: »Am heutigen Samstag, den 7. Mai um vierzehn Uhr dreißig erscheint Alfred Sago, wohnhaft in Kalverode, auf der örtlichen Polizeiinspektion und gibt der anwesenden Kriminalhauptkommissarin Folgendes zu Protokoll.« Erwartungsvoll sah sie ihn an. Endlich zeigte sich mal jemand von dem Wort Kriminalhauptkommissarin eingeschüchtert.

Er rutschte auf seinem Stuhl herum und wippte mit den

Knien. »Wissen Sie, ich wollt ja nur vermelden, dass die Stefanie Overbeck kein Kind von Traurigkeit war. Einen Ehemann in Australien und sie hier mit unserm Friedemann im Bett, Sie wissen schon, mit diesem reichen Nichtstuer. Mit diesem Frauenflüsterer, diesem Saftarsch.« Die letzten zwei Silben hatte er mehr in sich hinein gemurmelt.

»Wollen Sie damit andeuten, dass Friedemann Vortkamp etwas mit dem Ableben der Frau Overbeck zu tun haben könnte?«

»Ich will gar nix sagen. Nur weitergeben, wat ich gesehen habe.«

Annalena sah ihn prüfend an. »Aha, und was genau haben Sie gesehen?«

»Wie sie zu ihm innen Wohnwagen gestiegen ist. Kerzen haben gebrannt, die Musik war ziemlich laut, und als ich durchs Fenster gucken wollte, da waren die Scheiben beschlagen. Was meinen Sie wohl, wovon?«

»Keine Ahnung, was vermuten Sie?«

»Na, die haben da drinnen gepimpert, watt'n sonst! Wie die schon zu dem ins Auto kam, richtige Herzkes hatse inne Augen gehabt. War ja auch 'nen lecker Trudchen.« Er seufzte. »Dat wollte ich eigentlich nur sagen. Und eigentlich wollt ich's dem Ewald vertraulich mitteilen.«

Annalena fixierte seinen Blick. Sie fand ihn immer noch widerlich. Aber das ging niemanden etwas an, und sie würde es für sich behalten. Je länger sie diesen selbstgerechten Biedermann betrachtete, umso mehr nahm sie in ihm den feisten kleinen Jungen wahr, der ihr Spottlieder hinterhergesungen und ihr den Weg zur Schule so schwer gemacht hatte. Onkel Ewald hätte ihn damals nur ein einziges Mal auf die Wache zu bestellen brauchen, dachte sie nun. Eine hübsche kleine amtliche Vorladung, und der Schisser hätte für immer Ruhe gegeben. Noch immer, nach so vielen Jahren, fühlte sie sich verraten und im Stich gelassen.

Schärfer als gewollt fragte sie deshalb: »Sie haben was gegen lebenslustige Frauen?«

»Nee, wirklich nicht. Herrjott noch mal, ich wollt doch bloß sagen, dass die Steffi keine Heilige war und mit diesem Friedemann rumgemacht hat. Der hat ja auch Zeit für so was, der hat es ja nicht mehr nötig zu arbeiten.«

»Sie würden wohl auch gern so ein Leben führen?«, stellte Annalena verständnisvoll fest.

Er sah sie fassungslos an und schüttelte entgeistert den Kopf. »Nee, wie kommen Sie denn da drauf?«

Jetzt holte die Hauptkommissarin ihr kältestes Lächeln hervor: »Na ja, von morgens bis abends Bunga-Bunga-Party, trallala oder wie immer Sie das nennen.«

Er wurde blass. »Wat soll dat denn jetzt? Man wird doch wohl als anständiger Bürger eine Anzeige aufgeben dürfen? Und überhaupt: Ich lass nur erwachsene Menschen in mein Haus, dat können Sie gerne überprüfen. Bei mir hat alles seine Ordnung.«

Annalena setzt sich sehr gerade hin und schnappte unauffällig Luft. Bingo! Da tat sich ja eine völlig neue Baustelle auf! Sollte sie dieses Miststück etwa kalt erwischt haben und in diesem Gespräch gleich Horst Toplischeks Recherche miterledigen können? Innerlich triumphierend formulierte sie ihren Verdacht ins Blaue hinein: »Verständlich. Dann war es Ihnen also gar nicht recht, dass die Frau Overbeck Sie erkannt hat, als Sie Ihre Chiffre-Anzeige aufgegeben haben.«

Er wurde rot und polterte los: »Ich hab nix zu verbergen, aber mein Klub ist nur für Eingeweihte. Wer's öffentlich will, kann ja gleich nach Holland fahren. Ich bin für Diskretion, und vor allen Dingen will ich nicht jeden Doofkopp vor meiner Tür stehen haben.«

»Aber Stefanie Overbeck hätten Sie schon gern hinter Ihrer Tür gehabt, oder? Dieses ›lecker Trudchen‹?«

Er zitterte vor Wut. »Wat soll der Scheiß? Wo is'n der Ewald? Mit dem will ich sprechen. Also echt, zu dem hätt ich gleich gehen sollen.«

Annalena hob die Augenbrauen. »Der Herr Kriminaloberrat ist nebenan.«

»Dann geh ich da jetzt mal hin. Wie komm ich überhaupt dazu, mit Ihnen zu sprechen? Wer hat hier denn was zu sagen? Sie doch wohl nicht.«

Schnaufend stand er auf. Er hatte nicht einmal nach ihrem Namen gefragt, und sie wusste: Er würde sich nicht mehr daran erinnern, dass er als kleiner Junge Spottverse auf Annalena Brandt gesungen hatte. Sie hingegen würde ihre einstige Not immer mit seinem Namen in Verbindung bringen.

Nachdenklich stellte sie beide Kaffeetassen auf das Tablett zurück und ging raus zu Hedwig.

Die wies auf einen mittelgroßen Karton. »Ist grad für dich abgegeben worden.«

»Super. Hast du Paketband?«

»Wozu das denn?«

»Wirst schon sehen.«

Sie nahm den Karton und das Klebeband und ging in ihr Büro.

Jörg Ottenhöver hatte seine Recherche offensichtlich abgeschlossen oder war direkt zu den Kliniken gefahren. Sein Arbeitsplatz war verwaist, der Rechner heruntergefahren. Annalena atmete auf.

So konnte sie das erledigen, was sie bereits vor einer Woche hätte tun sollen. Sie fühlte sich gut.

15. Kapitel

Während sie die im Karton abgelieferte Rolle auf ihrem Schreibtisch zurechtschnitt, vermied sie jeden Blick an die rückwärtige Wand. Mit anfänglich fast geschlossenen Augen machte sie sich ans Werk. Nach genau zwölf weißen Papierbahnen von je sechzig Zentimetern war von dem sieben Meter breiten und zwei Meter hohen Spiegel nichts mehr zu sehen. Raufasertapete! Darauf hätte sie auch früher kommen können!

Zufrieden ließ Annalena sich auf ihren Bürostuhl fallen, legte für einen kurzen Moment entspannt die Füße auf den Schreibtisch und schrieb dann mit großen Buchstaben alle Informationen, die ihr zum Fall Overbeck vorlagen, auf die weiße Fläche. Unterhalb des Eintrags »Anzeigenannahme – Bunga-Bunga-Inserat« notierte sie »Alfred Sago«. Von dort zog sie eine Linie zu »Nickname Caruso – Bordellbesitzer?« und fragte sich dabei, ob ihr Albtraum aus den Grundschuljahren immer noch bei Ewald saß und jammerte. Sollte er doch.

Hatte Stefanie Overbeck von dem Puff gewusst? Auch diese Frage notierte sie an ihrer neuen Schreibwand und stellte sich dabei vor, dass die in diesem Etablissement tätigen Damen samstags auf dem Markt frisches Gemüse gekauft haben könnten. Auch wenn es eher unwahrscheinlich war: Sie zog eine Verbindungslinie von Alfred Sago und dessen Bordell hin zu Stefanies Spargelstand.

Dann fischte sie einen Notizzettel aus ihrer Jackentasche und ging damit zu Hedwig: »Weißt du eigentlich, ob der Augustin-Wibbelt-Platz videoüberwacht wird? Das ist doch bei großen Plätzen so üblich.«

»Kameras gibt es da schon, das weiß ich, aber ob die eingeschaltet werden? Keine Ahnung. So 'ne Aktion wird vom Bürgermeisteramt genehmigt und gesteuert.« Vertraulich fügte sie hinzu: »Deswegen gab's nämlich schon mal 'ne Demo, und ich weiß nicht, wie jetzt der Stand der Dinge ist.«

»Falls die Kameras gelaufen sind, besorg mir doch bitte die Aufzeichnung des vergangenen Samstags. Vielleicht können wir sehen, wer am Stand von Frau Overbeck eingekauft hat.«

»Alles Roger«, meinte Hedwig grinsend. »Bevor mein Alter Modelleisenbahnbauer wurde, war er Hobbyfunker. Und bei denen heißt Roger okay. Dass diese Männer immer und für alles Geheimsprachen erfinden müssen! Möchte mal wissen, warum.«

Blass und mit hochgezogenen Schultern öffnete Markus Wissing die Tür seines Zimmers und blieb wie angewurzelt in seinem früheren Büro stehen. »Was ist denn hier passiert? Sieht alles so klein aus.«

Annalena lächelte. »Ich brauchte eine große Fläche für das Mindmap und hab einfach den Spiegel verkleidet.«

»Wahnsinn, was das ausmacht. Mit Spiegel war es ein quadratischer Raum – jetzt ist es nur noch ein Schlauch.« Er sah sich um.

Sie verriet ihm nicht, dass sie sich in diesem Schlauch so richtig wohlfühlte.

Mit krauser Stirn stellte Markus sich vor die Wand und studierte Annalenas Notizen. »Macht man das jetzt so? Lernt man so was auf der Polizeischule?«

»Auch das.« Selbstbewusst trat sie neben ihn. »Irgendwo muss man ja anfangen.«

»Das stimmt.« Er las ihre spärlichen Eintragungen und stutzte: »Was soll das denn heißen? Bunga-Bunga und Caruso?«

»Einer unserer ehrwürdigen Mitbürger mit Namen Alfred Sago hat die Chiffreanzeige aufgegeben«, verkündete Annalena mit hochgezogenen Augenbrauen.

Zweifelnd putzte ihr Kollege sich die Nase. »Und das hat unser Horst recherchiert?«

Sie schüttelte den Kopf. »Nein, das hat Caruso selbst gezwitschert.«

Markus hockte sich auf Jörgs Schreibtischkante und ließ die Beine baumeln. Mit der rechten Hand fuhr er sich durchs Haar, als müsse er nun, ohne den riesigen Wandspiegel, den Sitz seiner Tolle manuell überprüfen. »Könnte ich das bitte ein bisschen genauer haben?«

»Sieht so aus, als unterhielte der Besitzer des Getränkemarktes nebenbei auch ein Bordell.«

»Das scheint nicht nur so, das macht der tatsächlich. Außerdem weiß das hier jeder. Zumindest jeder Mann«, belehrte er sie.

»Und warum dann die Chiffreanzeige?«

»Was weiß ich? Vielleicht sucht er neue Kunden? Oder sein Angebot hat sich erweitert? So genau will ich es auch gar nicht wissen. Aber mit dem Mord an Stefanie kann der nix zu tun haben. Wir haben doch beide den Bericht der Rechtsmedizin gelesen. Das kann nur einer mit medizinischen Kenntnissen gewesen sein. Und der gute Caruso hat wohl eher Fachwissen in Sekt und Selters und ein gutes Händchen für Geschäfte …« Er studierte erneut Annalenas Anmerkungen. »Das ist alles, was wir bisher haben? Nicht viel!«

»Ich hoffe ja, dass jeder aus unserer Truppe weitere Bausteine zu diesem Puzzle beisteuert«, rechtfertigte sie sich. »Was macht eigentlich Ihre Filmrecherche?«

Markus Wissing schüttelte den Kopf. »Nichts. Ich schätze, Stefanie Overbeck war eher der Typ für ungewöhnliche Filme – nicht für diese Nullachtfünfzehn-Hollywoodproduktionen, die bei uns in der Gegend laufen.« Er seufzte. »Ich werde meine Recherche wohl bis Münster ausweiten. Da gibt es Kinos, die auch außergewöhnliche Filme zeigen.«

Annalena wagte einen Vorstoß und sagte, was sie eigentlich schon wusste: »Sie kannten Frau Overbeck gut.«

Er sah sie nachdenklich an und schien zu überlegen. Dann murmelte er: »Wie man sich eben so kennt, vom Sehen, vom Markt, von kleineren Gesprächen.«

»Und Sie glauben tatsächlich, dieses F in ihrem Kalender hat was mit Film oder Filmtheater zu tun?«

Er kniff die Augen zusammen. »Womit denn sonst?«

»Vielleicht mit F wie Friedemann. Caruso meinte nämlich, mir singen zu müssen, dass er Herrn Vortkamp und Stefanie Overbeck zusammen gesehen hat.«

Täuschte sie sich, oder wurde Markus Wissing um eine Nuance blasser? »Mit Friedemann? Nein, das hätte ich gewusst. Das hätte sie mir doch gesagt …«

»Genau das hat mir auch Herr Vortkamp bestätigt. Ich bin nur noch nicht dazu gekommen, es auf mein Mindmap zu schreiben.« Sie verschwieg die Einzelheiten ihres Gesprächs mit Friedemann Vortkamp und fasste zusammen: »Er war es übrigens, der den grünen BH in der Baumkrone entdeckt hatte. Er sagt, er und Steffi Overbeck hätten sich im vergangenen Herbst des Öfteren gesehen. Doch dann habe sie sich von einem Tag zum anderen zurückgezogen und sei auch nicht mehr ans Telefon gegangen, wenn er sie anrief.«

Markus Wissing drückte seine Hände so stark gegeneinander, dass die Fingerknöchel weiß hervorstanden. Dann räusperte er sich. »Seit Anfang Dezember waren Steffi und ich zusammen.«

»Dann kannten Sie sich also doch näher.« Annalena ärgerte sich. Ihr Ton hatte etwas Inquisitorisches.

Er schien es ihr glücklicherweise nicht übel zu nehmen und seufzte aus tiefster Seele: »Ja. Aber ich bitte Sie, hängen Sie es bloß nicht an die große Glocke. Die Kollegen wissen nichts davon, und Sie sollten es auch für sich behalten. Es ist nun mal passiert. Ich bin verheiratet, aber trotzdem. Stefanie und ich, wir sind, also wir waren ein Paar. So, jetzt ist es raus.« Irgendwie schien es ihm gutzutun, darüber zu reden. »Ich habe sie geliebt. Und jetzt sagen Sie bitte nicht, dass ich deshalb befangen bin und von den Ermittlungen ausgeschlossen werde. Ich will das Monster finden, das ihr das angetan hat. Das bin ich ihr schuldig.«

Er zitterte. Auf seiner Stirn bildeten sich feine Schweißtropfen. Sie hätte am liebsten seine Hand genommen, blieb aber bewegungslos und steif hinter ihrem Schreibtisch stehen. »Nein, ich sag nichts. Darauf können Sie sich verlassen. Und außerdem brauchen wir jetzt wirklich jeden Mann.«

Annalena musste plötzlich an den Tod ihrer Mutter denken. Was gäbe sie darum, den Autofahrer zu finden, der ihre ganze Familie an einem kalten Januartag zerstört hatte. Der hatte vielleicht gar nicht mitgekriegt, welche Katastrophe er auslöste, als er gegen die Schneemauer prallte, hinter der ihre Eltern standen und einen Mittagsimbiss zu sich nahmen.

»Haben Sie deshalb die Leitung der Ermittlungen abgegeben?«, fragte sie in die plötzliche Stille hinein.

Er nickte. »Das geht mir alles viel zu nah. Hätt ich nicht gedacht. Mir geht es zurzeit echt beschissen.«

»Wir kriegen ihn«, murmelte Annalena. »Wir müssen ihn kriegen.«

»Danke.« Er drückte ihre Hand.

Sie wusste, dass er von nun an auf ihrer Seite war.

Betont sachlich blickte er auf seine Armbanduhr. »Für wann war Brainstorming für alle angesagt?«

»Um vier. Also in einer halben Stunde.« Annalena wies auf die Tapetenwand. »Dann werden wir dieses Bild sicher weiter verästeln, das hoffe ich zumindest.«

Er zog die Stirn kraus. »Wär zu wünschen. Jetzt hol ich mir erst mal einen Kaffee. Sie auch?«

Als er die dampfende Tasse vor sie hinstellte, erklärte er: »Eigentlich war ich vorhin zu Ihnen gekommen, weil ich Ihnen sagen wollte, dass Jörg noch im Augenzentrum Ahaus am Marienkrankenhaus zu tun hat und dort mit den Ärzten und dem Pflegepersonal spricht.«

»Danke für die Info«, meinte Annalena. »Ich hab mich schon gefragt, wo der Kollege bleibt. Aber unter uns …« Sie suchte seinen Blick und dachte an das Telefonat mit ihrem Dozenten. »Der Täter hat zwar hervorragende medizinische Kenntnisse – dennoch glaube ich, dass diese Klinikrecherche ein falscher Ansatz ist. Vielleicht kommen wir der Sache näher, wenn wir so was wie illegale Operationszentren finden.«

Er ging auf diese Anmerkung nicht ein, sondern stellte unmissverständlich klar: »Stefanie hätte es mir gesagt, wenn sie was mit den Augen gehabt hätte oder sich sonst irgendwie krank fühlte. Die war kerngesund. Der hat nichts gefehlt – gar nichts. Nur jetzt, verstehen Sie, jetzt fehlt ihr das Leben.«

Es wurde dann doch zehn nach vier, bis sich an diesem Samstagnachmittag endlich alle im Besprechungszimmer zusammengefunden hatten. Ewald Schmeing trommelte seit Schlag sechzehn Uhr nervös mit den Fingern auf die Tischplatte. »Warum zum Teufel haltet ihr euch nicht an Vereinbarungen? Habt ihr etwa keine Uhren? Wenn wir vier sagen, dann meinen wir das auch so. Okay?«

Annalena suchte seinen Blick. »Ist doch nicht so schlimm. Ottenhöver hat im Stau gesteckt, und Krabbe wollte schnell noch 'ne Kleinigkeit essen.«

»War der Stau etwa bei der Einfahrt zum Fußballfeld?«, fragte Heinz interessiert. Jörg nickte. Daraufhin wurden nicht nur Heinz Krabbes Ohren rot, sondern sein ganzer Kopf. »Scheiße«, stöhnte er, »wenn die heut verlieren, dann bin ich dran schuld.«

»Fußball, was ist schon Fußball, hier geht es um Mord«, brauste Ewald auf. »Also, was ist jetzt? Können wir endlich anfangen?«

Annalena stand auf. »Wir sollten konstruktiv vorgehen. Ich habe mal so was wie ein Mindmap entworfen. Bitte kommen Sie mit.«

Sie öffnete die Tür zu dem angrenzenden Zimmer.

»Guck an, also deshalb das Paket«, war Hedwigs einziger Kommentar, als sie die volltapezierte Spiegelwand mit den spärlichen Aufzeichnungen auf der großen weißen Fläche sah.

»Ich fass es nicht, Sie haben ja den ganzen Raum verhunzt«, jammerte Jörg beim Anblick seines Arbeitsplatzes.

Ewald sprang seiner neuen Hauptkommissarin zur Seite. »Sind wir hier bei Schöner Wohnen oder bei einer Mordermittlung? Holt eure Stühle oder bleibt einfach stehen, ganz wie ihr wollt. Hauptsache, wir können endlich anfangen. So, Annalena, dann leg mal los.«

»Wir sollten einen Ermittlungsplan aufstellen«, regte sie an und bemühte sich um Gelassenheit. »Um das Ganze grundsätzlich besser strukturieren zu können, habe ich das hier angelegt.« Sie wies auf den weiß überklebten Spiegel.

Horst Toplischek schob seine Lesebrille zurecht und trat an die Wand. »Was soll das?«

»Da tragen wir ab sofort alles ein, was wir wissen«, erklärte Annalena. Sie kam sich vor wie eine Lehrerin und wusste nun auch, warum sie diesen Beruf nicht ergriffen hatte. Es war nicht ihr Ding, das Sagen zu haben. Als müsse sie um Entschuldigung bitten, fügte sie hinzu: »Als Erstes sollten wir die Informationen aus allen Zeugenvernehmungen zusammentragen. Und zwar so lückenlos wie möglich. Haben Sie Ihre Unterlagen parat?«

Alle nickten, und wie im Schulunterricht preschte Wilfried Lütke-Tillmann vor und griff nach den dicken Filzstiften. »Darf ich die Eintragungen machen?«

Als Annalena sich am Abend die Aufzeichnungen ansah, musste sie zugeben, dass nichts Wesentliches hinzugekommen war. In den Planspielen ihrer Ausbildung waren die Papiere immer wunderbar vollgeschrieben gewesen, aber das hier war kein Spiel, sondern ein tatsächlicher Mord, und es blieb noch beunruhigend viel freie Fläche auf der ehemaligen Spiegelwand. Zuversichtlich hatte Wilfried vom Eintrag »nächtlicher Besucher, der ohne Licht vorfährt« eine Verbindungslinie zu »Liebschaft mit Friedemann Vortkamp« gezogen und sich weiterführende Kommentare erhofft. Aber alle hatten dazu geschwiegen, und Markus Wissing hatte seine Lippen so sehr aufeinandergepresst, dass ihr sein Gesicht fremd erschienen war.

Horst hatte sich gekränkt und enttäuscht darüber gezeigt, dass Annalena bereits von der Verbindung zwischen den Bunga-Bunga-Partys und Caruso wusste. Das hätte sie ihm gleich mitteilen müssen. Lang und breit lamentierte er darüber, dass wesentliche Arbeitsenergien wegen dieser schlechten Informationspolitik sinnlos vergeudet würden. Niemand kommentierte sein Gejammer.

Während seines Beschwerdelamentos ließ Hedwig demonstrativ ein Döschen mit PolKa-Pfefferminzbonbons die Runde machen, und es hatte den Anschein, als atmete die ganze Mannschaft auf, als Horst sich gedankenlos eine Pastille in den Mund schob. »F«, verkündete er dann, »F dürfte nach dem jetzigen Stand der Ermittlungen also für Friedemann stehen und nicht für Film oder Filmtheater.« Dabei warf er Markus Wissing einen belehrenden Blick zu und registrierte zufrieden, wie Wilfried die Spur zum Film wieder durchstrich und stattdessen eine weitere dicke Linie zwischen »Friedemann« und »Kalendereintrag« zog.

Doch alles in allem, dachte Annalena nun, waren sie nicht wirklich weitergekommen. Es hatte keine Häufung von Verbindungen gegeben, keine dramatischen Überkreuzungen, keine ungewöhnlichen Wahrnehmungen. Zudem hatte eine Nachfrage im Bürgermeisteramt ergeben, dass die Videoüberwachung am vergangenen Samstag nicht eingeschaltet gewesen war. Das wäre ja auch zu schön gewesen! Die wurde nur noch zu politischen Veranstaltungen und zum Karneval aktiviert, erfuhren sie.

Es war letztendlich Hedwig, die sich nach dem Witwer erkundigte. Annalena berichtete, dass Udo Overbeck beschlossen hatte, als letzten Liebesdienst einen Sarg für Stefanie zu schreinern. Erneut wurde Markus um eine Nuance blasser, wenn das überhaupt noch ging.

»Er sollte besser nichts von der Liebschaft seiner Frau mit diesem Friedemann wissen«, schlug die lebenskluge Hedwig vor und begründete diesen Vorschlag damit, dass die Geschichte ja zum einen ziemlich weit zurücklag – seit November war eindeutig kein F mehr in den Overbeckschen Kalendern aufgetaucht – und zum anderen nichts mit dem Mord zu tun haben konnte. Während der Diskussion hatte Annalena Markus aus den Augenwinkeln beobachtet. Es war ihm anzusehen, dass auch er lieber nichts von Friedemann gewusst hätte.

Nachdenklich betrachtete sie nun den neuen Ermittlungsplan. Bis spätestens Montag sollte Stefanies Auto fertig untersucht sein, und für den bevorstehenden Sonntag war eine Notbesetzung eingerichtet worden, die aus Kriminaloberrat Ewald Schmeing, Kriminalhauptmeister Markus Wissing und Kriminalhauptkommissarin Annalena Brandt bestand.

Sie wünschte sich so sehr, einfach mal zusammenzusitzen und so über den Fall zu reden, wie sie während des Studiums über fiktive Fälle geredet hatten. Jeder sollte seiner Phantasie freien Lauf lassen. Sie wünschte es sich und wusste doch, dass es nicht funktionieren würde: Markus hätte viel zu viel Angst, seine Beziehung zur Toten zu offenbaren, und würde sich erneut mit dem Computer des Opfers in sein Einzelbüro zurückziehen und dort – still für sich – Trauer- statt Ermittlungsarbeit leisten.

Annalena fühlte sich eigenartig hilflos, holte ihre Handtasche aus der Schreibtischschublade und schloss die Waffe in den Waffenschrank. Die anderen waren schon heimgegangen. Der Notruf war zur Ahauser Schutzpolizei umgeleitet worden mit der Auflage, in dringenden Angelegenheiten Ewald Schmeing zu kontaktieren. »Wer morgen frei hat, sollte den Tag nutzen, um sich auszuruhen«, hatte der Polizeioberrat noch angemerkt und hinzugefügt: »Die nächste Woche wird hart.«

Da wusste noch niemand, wie recht er mit dieser Bemerkung haben sollte.

Annalena schloss gerade die Tür zum Alten Amtshaus hinter sich ab, als ein Auto mit quietschenden Reifen neben ihr hielt und ihr fast den Weg versperrte. Jörg Ottenhöver betätigte seinen elektrischen Scheibensenker, drehte den Motor ab und blaffte sie aus dem Inneren seines Kleinwagens an.

Rückhalt suchend lehnte sie sich gegen die schwere hölzerne Tür, holte Luft und betrachtete ihn mit zusammengekniffenen Augen. Früher mal mein Schutzengel, schoss es ihr durch den Kopf, und jetzt ein wutschnaubender Schutzmann, vor dem ich mich besser schützen sollte.

»Lieber Herr Kollege«, bemühte sie sich um Gelassenheit. »Jetzt halten Sie den Ball mal flach. Ich verstehe kein Wort. Worüber regen Sie sich so auf?«

»Über Sie!«

Annalena sah sich um. Keine Spaziergänger, keine Autofahrer oder Radler. Hatte Ottenhöver in seinem Wagen etwas getrunken? Sein Kopf war rot, und er schwitzte. »Können wir das nicht am Montag im Team besprechen?«, schlug sie vor und ignorierte ihre Angst. »Ich bin müde. Außerdem sehen Sie die Dinge dann sicher schon wieder gelassener.«

»Nein! Ich muss es jetzt loswerden. Wenn wir jetzt nicht darüber reden, ist mein Wochenende im Arsch.«

Er trug ein dunkelbraun-weiß kariertes Freizeithemd, und unter seinen Achseln bildeten sich Schweißflecken.

»Sollen wir reingehen?« Annalena hielt noch immer den Schlüssel in der Hand. Ihr Wochenende war jetzt auch definitiv im Eimer.

»Nicht nötig. Was ich loswerden will, kann ich auch so sagen«, zischte Ottenhöver zwischen zusammengebissenen Zähnen.

»Dann raus damit.« Sie spürte, dass ihre Knie zitterten, und atmete tief durch. Bloß keine Schwäche zeigen.

»Jeden noch so großen Schwachsinn vom Toplischek haben Sie gelobt und an diese blöde Pinnwand malen lassen«, legte er los. »Das ist schon ungeheuerlich. Aber noch viel ungeheuerlicher ist, dass Sie einfach so mein Zimmer umgestellt haben. Ohne mich zu informieren. Da sind Sie nicht mal eine Woche da – und zack, schon alles anders. Seit Jahren sitze ich dort, und nie hat sich auch nur einer an der Einrichtung gestört. So geht das nicht, Kollegin, so geht das einfach nicht!« Er schlug auf sein Lenkrad und betätigte dabei versehentlich die Hupe.

Sie versuchte, seine Worte zu ordnen. Er hatte offensichtlich gleich mehrere Baustellen, die ihm zu schaffen machten. Eigenartig leise und mit bedrohlichem Unterton fuhr er fort: »Aber ich mache mich auf den Weg. Ich recherchiere in den Krankenhäusern, ich kriege raus, in welchen Kliniken hier im Umkreis von dreißig Kilometern Hornhautverpflanzungen gemacht werden, ich bringe wirklich Superergebnisse an – und ich weise auch noch darauf hin, dass das genauso im Bericht der Rechtsmedizin steht, ich damit also die Expertenansicht untermauere. Und dann arbeite ich mich auch noch in die ganze Geschichte ein – aber kein Wort des Dankes, kein Eintrag auf diesem blöden Mindmap, keine Verbindungslinie. Wissen Sie eigentlich, was so eine blöde Hornhaut auf dem Schwarzmarkt kostet und wer das alles recherchiert hat? Und jetzt, Kollegin, jetzt frage ich mich allen Ernstes, warum Sie das nicht sehen wollen, warum Sie meine Ermittlungsergebnisse nicht wahrnehmen, warum Sie mich absichtlich übersehen. Ich glaube, Sie wollen gar keine Lösung, denn solange keine Lösung da ist, sind Sie der Chef. Und es macht Ihnen ja auch Spaß, mich einfach zu übersehen. Wissen Sie, was das ist, das ist Mobbing! Mobbing der fiesesten Art! Und das sage ich Ihnen: So geht das nicht. So kann man nicht zusammenarbeiten. Ich lass mir das von so einem Pipimädchen, wie Sie es sind, nicht bieten. Nein und nochmals nein.«

Schnaufend startete er seinen Motor und brauste davon, ohne Annalena die Gelegenheit zu geben, auch nur ein Wort zu sagen.

Wenn sie seine aggressiven Anschuldigungen beiseiteschob, was nicht einfach war, blieb ein ziemlicher Berg verletzter Eitelkeit zurück. Annalena fühlte sich, als hätte er sie körperlich angegriffen. Während sie durch die Buchenallee des ausufernden Parks heimging, versuchte sie, sich die Szenen der zurückliegenden Konferenz ins Gedächtnis zu rufen, und begriff, dass Jörg recht hatte. In unausgesprochenem Einverständnis mit Markus Wissing hatte sie Ottenhövers Hinweise und Rechercheergebnisse entweder sofort vom Tisch gewischt oder demonstrativ überhört. Klar, dass der Polizeimeister nun sauer war. Klar war aber auch, dass dieser Kollege nicht gelernt hatte, über seine Gefühle zu sprechen.

Sie seufzte. Besonders gut war sie selbst ja auch nicht darin.

Sie hätte gern mit ihrem Vater über Jörgs Anfall gesprochen, aber ausgerechnet heute hatte der seinen Lehrerstammtisch im

Kaminzimmer des Gronauer Heidehofs – wie jeden ersten Samstag im Monat. Eine frühere Kollegin verfrachtete ihn dazu mitsamt seinem Rollator in ihren Wagen. Vermutlich redeten sie über ihre ehemaligen Schüler und was aus ihnen geworden war. Nur so konnte sich Annalena erklären, dass ihr Vater immer noch alles von all jenen wusste, die bei ihm die Schulbank gedrückt hatten. Vor Mitternacht werde er nicht zurückkommen, hatte er gestern schon verkündet, und sie hatte ihm angesehen, wie sehr er sich darauf freute, mal wieder rauszukommen.

Sie schämte sich. Eigentlich hätte sie abends mit ihm spazieren gehen müssen, damit er mal was anderes sah, stattdessen hatte sie sich zu ihm in die kleine Küche gehockt, seine Kochkünste als Selbstverständlichkeit hingenommen und über Tod und Abschied und Gespenster geredet. Geschah ihr recht. Gerade jetzt, da sie ihn brauchte, war er nicht da.

In Selbstmitleid verstrickt räumte sie eine der Umzugskisten aus, faltete Pullover und hängte Röcke, Hosen und Jacken in den Schrank, aß zwei Becher Joghurt, der bereits das Mindesthaltbarkeitsdatum überschritten hatte, und öffnete vor dem Einschlafen noch eine Flasche Rotwein.

Nein, dachte sie, während sie sich das zweite Glas einschenkte, das hier war nicht ihr Platz. Es ging ihr nicht gut an diesem Ort ihrer Kindheit, und vermutlich weil es ihr nicht gut ging, machte sie Fehler. Einen nach dem anderen. Darin war sie wirklich spitze!

Bestimmt war es auch falsch gewesen, sich auf Markus' Seite zu schlagen und dessen Geheimnis zu teilen. Was war denn schon dabei, dass er mit der Overbeck ein Verhältnis gehabt hatte? Sein Argument, wegen Befangenheit von den Ermittlungen ausgeschlossen zu werden, war nicht wirklich stichhaltig. Er leitete die Untersuchung ja nicht mehr, und Ewald würde dann eben dafür sorgen, dass Markus Wissing an Nebenschauplätzen recherchierte. Und davon gab es ja wirklich schon genug. Das Sichten der persönlichen Unterlagen und des Computers von Stefanie Overbeck hätte allerdings in diesem Fall nicht gerade zu seinen Aufgaben gehört.

Annalena hatte sich von Markus über den Tisch ziehen lassen. Vermutlich saß er gerade zu Hause auf seinem Sofa, sah mit der Ehefrau fern, trank ein kühles Pils und lachte sich ins Fäustchen.

»Scheiße«, murmelte Annalena, schenkte sich ein weiteres Glas Rotwein ein, verschloss die halb leere Flasche und zog sich die Bettdecke über den Kopf.

Sie hatte ihn den ganzen Samstag in seiner Garage basteln hören und auf ihn gewartet. Er war nicht gekommen.

»Geben Sie ihm Zeit«, hatte die Frau von der Telefonseelsorge gesagt, bei der sie gegen Mitternacht angerufen und sich ausgeweint hatte. »Zeit wofür? Und wer hat Zeit für mich?«, hatte Thekla Wissing gejammert, war aufgewühlt zu Bett gegangen, hatte unruhig geschlafen und dann gegen Morgengrauen auch noch feststellen müssen, dass Markus nicht neben ihr lag. Das war an einem Sonntagmorgen noch nie passiert. In siebzehn langen Ehejahren nicht. In panischer Angst war sie die Treppe hinuntergelaufen, hatte einen Blick auf die Garagenfenster geworfen – dort war alles dunkel – und ihren Mann dann im Wohnzimmer gefunden.

Angekleidet lag er auf der Couch, zugedeckt mit einer Wolldecke. Er schnarchte. Sie hatte sich nicht getraut, ihn zu wecken, und hatte eine Weile dagestanden und ihn gemustert wie einen Fremden.

Dann hatte Thekla geseufzt. Wenigstens war er bei ihr im Haus und nicht bei einer anderen. Als ihr kalt wurde, zog sie den Bademantel noch enger um sich und schlich wieder die Treppe hinauf. Er brauchte nicht zu wissen, dass sie Angst um ihn hatte.

Dann war sie wach geworden, und er war fort. Auf dem Frühstückstisch ein Zettel: »Mach heute Sonderschicht.« Nicht einmal »Liebe Thekla« hatte er geschrieben oder die Notiz mit »Dein Markus« beendet. Das deutete sie als fatales Zeichen. Er betrog sie. Er schlief zwar zu Hause, aber er liebte sie nicht mehr.

Was sie immer befürchtet hatte, war eingetreten. Und das ausgerechnet an einem Sonntag.

Auch zum Mittagessen war er nicht gekommen, obwohl sie sich heute besonders viel Mühe gegeben hatte. Ihr hatte es dann auch nicht geschmeckt, und so verfrachtete sie alles in die Tiefkühltruhe. Was nun? Die Telefonseelsorge, die sie erneut anrief, sprach von Geduld.

Thekla hasste es, zu warten.

Nach dem sonntäglichen Mittagsschlaf waren sie sonst immer spazieren gegangen. Was würden die Leute denken, wenn sie sich allein auf den Weg machte? Nicht auszudenken. Jeder würde fragen, ob etwas mit ihm sei, und da konnte sie noch so viel von Sonderschichten und Überstunden erzählen – man würde es ihr ansehen: In der Ehe der Wissings kriselte es.

Nicht auszudenken. Und wenn so ein Gerücht erst einmal in die Welt gesetzt worden war … Wenn sie einen Hund hätte, dann müsste der jetzt Gassi geführt werden, und sie könnte mit dem reden. Der würde ihr gehorchen und genau das tun, was sie von ihm verlangte: Sitz, Platz, hol das Stöckchen und komm her. Aber sie hatte keinen Hund. Sie hatte nur diesen einen Mann.

Bis siebzehn Uhr hielt sie sich zurück, dann rief sie im Alten Amtshaus an und fragte nach ihm. Am Telefon meldete sich die Neue, dieses schnippische, verwöhnte Lehrertöchterlein mit Zusatzausbildung. Die Brandt hatte es dank ihrer Beziehungen schon bis zur Hauptkommissarin gebracht und brachte sicher mehr Geld nach Hause als Markus. Klar, dass so eine für ihn attraktiver war als eine perfekte Hausfrau, die von morgens bis abends nichts anderes machte, als die Wohnung und den Garten in Ordnung zu halten. So was zählte ja nicht. Er würde schon sehen, wie das alles hier verkam, wenn sie nicht mehr da war! Dann würde er schon merken, was er davon hatte, von seiner kalten Herzlosigkeit.

»Wo ist er?«, fragte Thekla mit eisiger Stimme und stellte sich erst dann vor. »Ich will meinen Mann sprechen. Und zwar sofort.«

»Tut mir leid«, antwortete die Frau am Telefon, und Thekla hatte das Gefühl, dass sie es ein bisschen zu schnell sagte, als wäre sie auf diese Nachfrage vorbereitet gewesen. »Ihr Mann ist gerade auf dem Weg zur Kriminaltechnik. Probieren Sie es doch auf seinem Handy.«

Was für ein Hohn. Als hätte sie es nicht schon mindestens fünfmal probiert. Aber er ging einfach nicht ran.

»Wann kommt er heim?«, fragte sie stattdessen.

»Ich weiß es nicht. Möglicherweise müssen wir auch noch eine Nachtschicht einlegen.«

»Die Nachtschicht kann ich mir vorstellen«, fauchte Thekla, nachdem sie das Gespräch weggedrückt hatte. »Wehe, wenn der nicht nach Hause kommt.«

Um elf Uhr abends, sie hatte die ganze Zeit vor dem Fernseher gesessen, den »Tatort«, den Krimi im ZDF und die Anfänge einer Kultursendung gesehen und dabei fast eine Flasche Weißwein geleert, rief sie bei ihrer Schwägerin an. Vielleicht übernachtete Markus ja dort – aber warum? Ausgerechnet bei der? Sie konnten sich nicht leiden. Doch wo sonst sollte er stecken?

Bereits in dem Augenblick, als sie die Stimme ihrer Schwägerin vernahm, wusste sie, dass es ein Fehler war, überhaupt dort anzurufen. Schon die Art, wie Markus' ältere Schwester ihr fragendes »Ja?« ins Telefon blaffte. Da hätte Thekla gleich auflegen sollen. Aber als müsse sie ihr Unglück mit Macht vergrößern, fragte sie tatsächlich: »Hallo, Mia, ist mein Mann bei dir? Hast du was von Markus gehört?«

»Um diese Zeit? Und da ist er nicht zu Hause?« Mia Wissing schien zu triumphieren.

»Er geht auch nicht ans Telefon«, gestand Thekla und machte damit ihr Desaster perfekt.

»Das kann ich mir vorstellen, wahrscheinlich hurt er wieder rum«, vollendete Mia mit hinterhältiger Schadenfreude die Katastrophe, und Thekla schaffte es immer noch nicht, einfach das Gespräch zu beenden, sondern fragte mit klopfendem Herzen: »Was meinst du mit wieder?«

»Jetzt tu nicht so scheinheilig. Der hat's doch mit der Overbeck getrieben, und jetzt ist sie tot.« In die plötzliche Stille hinein legte die Mia Wissing mit drohender Stimme nach: »Aber das eine sag ich dir, du kannst nicht einfach alle Frauen, die dir im Weg stehen, so mir nichts, dir nichts um die Ecke bringen. Das ist keine Lösung. Gute Nacht.«

In seinen Träumen hielt Aribert Zentner sich für einen japanischen Mönch, der vor mehr als sechzig Jahren versehentlich in Niedersachsen geboren wurde, was an sich schon bitter war. Insgeheim bezeichnete er sich als ZEN-Mönch und rechtfertigte diese Entscheidung vor sich selbst mit seinem Nachnamen. Schließlich steckten in Zentner – neben dem landläufigen Gewicht von fünfzig Kilo – auch die drei wunderbaren Buchstaben Z, E und N.

Bedauerlicherweise war er selbst nie in Japan gewesen, auch niemand aus seiner Familie oder seinem Bekanntenkreis – dennoch glaubte er zu wissen, wie es dort aussah, und er sehnte sich nach diesem Land: Häuser mit papierdünnen Wänden, kleine zierliche Frauen, die sich höflich verbeugten und mit blassen Gesichtern und rot geschminkten Lippen lächelten.

Was ihn jedoch am meisten beeindruckte, war die Fähigkeit der männlichen Japaner, Trauer, Wut und Schmerz einfach wegzutanzen. Seit er auf Arte eine Dokumentation darüber gesehen hatte, ließ ihn das Thema nicht mehr los. In seinem Heimatort Gildehaus pflegten sich sowohl Männer als auch Frauen auf ihre Fahrräder zu setzen, um angestauten Ärger auf den ausgewiesenen Wegen der »Grafschafter Fietsentour«, wie der beliebte Radwanderweg genannt wurde, abzustrampeln, oder sie ertränkten ihren Kummer in Bier und Schnaps.

Wie elegant dagegen das Tanzen: Gefühle wurden zur Bewegung, berührten die Luft und beeinflussten damit die Erdatmosphäre. Schon allein deshalb hatte er es sich angewöhnt, immer so lange zu tanzen, bis es ihm wieder richtig gut ging, er in sich selbst ruhte und diese guten Gefühle an Wind und Wolken weitergeben konnte. Das war Aribert Zentners Beitrag, um diese Welt wenn schon nicht zu retten, so wenigstens ein kleines bisschen besser zu machen.

Er war achtundsechzig, ernährte sich vegetarisch, trank ausschließlich grünen Tee mit Ingwer und wurde von seiner Familie als weltfremder Träumer bezeichnet. Birgit, seine Frau, hielt ihn für einen Spinner. Vor allem, wenn er sich an Tagen vor Voll- oder Neumondnächten weiß schminkte und zum Tanz aufbrach. Gespenstisch leuchtete ihr dann sein bleiches Greisengesicht mit den schwarz umrahmten Augen und den rot geschminkten Lippen entgegen.

»Watt'n Aap, der wird doch wohl nicht schwul sein!«, bemerkte Birgit gegenüber ihrem Vertrauten Ewald Schmeing und versuchte, sich an jene Nächte zu erinnern, in denen die drei Töchter gezeugt worden waren. Damals war er ihr völlig normal erschienen, sonst hätte sie ihn sich ja auch nicht als Ehemann ausgesucht. Sie hatte immer gedacht, mit Aribert ein Schnäppchen gemacht zu haben – doch seit er Rentner war und seit er tanzte, fürchtete sie, eine Niete gezogen zu haben.

In dem Maße, in dem Aribert schmaler und drahtiger wurde, keinen Alkohol mehr trank, auf Süßigkeiten und Fette verzichtete und bei langwierigen Teezeremonien zu sich fand, war seine Frau Birgit runder und kompakter geworden. Ihre Töchter bezeichneten sie gerne als Mutterschiff und sahen den Vater als winziges Beiboot.

An diesem Samstag verspürte Aribert Zentner den Drang zu tanzen. Es war kurz nach zwei, und die Unruhe des Vormittags wollte und wollte nicht von ihm abfallen. Draußen war es warm und sonnig, und in den Gärten ringsumher wurden bereits die Grills angezündet.

Aribert stand vor dem Badezimmerspiegel und schminkte sich. Alle wirklichen Butoh-Meister waren geschminkt und tanzten in spärlicher Kleidung, damit jede Faser ihres Körpers die Luft berühren und individuelle Schwingungen weitergeben konnte. Sorgfältig zog er sich die Lippen nach. Bald schon, nämlich beim Tanzen, würde er erfahren, was mit ihm los war.

Die Frau schlief nach einem mächtigen Mittagessen auf dem Sofa im Wohnzimmer und schnarchte.

In seinem japanischen Kleinwagen fuhr Aribert zu den Gartenanlagen des Klosters Bardel, die vor mehr als achtzig Jahren angelegt worden waren und deren große und weit auseinanderstehende Apfelbäume Stärke und Gelassenheit ausstrahlten. Hier, in unmittelbarer Nachbarschaft der Mönche, fühlte er sich aufgehoben. Diese Männer in ihren kargen Einsiedlerklausen waren ihm ähnlich: Sie fanden im gemeinsamen Gebet zu dem, was er im Tanz erfuhr. Er sah sich um. Der Garten war verwaist. In dieser Gegend ging man nur an Sonntagen spazieren. Samstags wurde gegrillt.

Sorgfältig platzierte er seinen CD-Player und zog sich bis auf seinen hautfarbenen Tanga aus. Oberhalb des rechten Hüftknochens war die Tätowierung zu erkennen, die seine Blutgruppe verriet. Er hatte sie sich in seiner Jugend stechen lassen: Falls ihm je ein Unfall widerfahren sollte, so sähen die Sanitäter gleich, dass er eine seltene Blutgruppe hatte.

Es dauerte eine Zeit, bis die sphärische Musik mit ihren Klangschalenornamenten, ihren Bratschen- und Cellotönen Besitz von ihm ergriff und die Fasern seines Körpers in Bewegung brachte. Zart hob sich erst ein Fuß, dann ein Arm. Langsam verdrehte sich die Hand – eine Schulter wollte nach hinten gebogen werden, die andere neigte sich der Erde zu. Sein Gesicht formte Grimassen und zeigte alle Zustände des Seins. Und dann war er eins mit der Musik, sein Körper war Erinnerung, und die Erinnerung war in den Klängen aufgehoben, die jeden seiner Schritte choreografierten: Er versank in tiefe Meditation, tauchte in den Irrgarten seiner verwundeten Seele ein und verfügte in diesem Augenblick über die Fähigkeit, sich zu heilen.

Den Stich in seine linke Pobacke nahm er kaum wahr, auch nicht die Stille, die sich plötzlich über ihn senkte. Er hatte sein Ziel erreicht. Er war eins mit dem Universum.

Gähnend fuhr Annalena an diesem Sonntagmorgen ihren Rechner hoch. Sie hätte keinen Rotwein trinken dürfen. Ihr war nicht wohl, und ihr Kopf brummte. Dabei hatte sie so tief geschlafen, dass sie nicht einmal die Heimkehr des Vaters mitbekommen hatte. Jetzt hing an dessen Wohnungstür ihr Post-it mit der Nachricht, dass sie heute im Alten Amtshaus zu erreichen sei und Wochenenddienst habe. Er würde sie vermissen. Sie hatten sich seit Freitagabend nicht mehr gesprochen, und Annalena wusste, dass er sich für den heutigen Sonntag einen langen Spaziergang und ein noch längeres Gespräch erhoffte. Sie kam sich schäbig vor und fühlte sich schuldig. Das konnte auf die Dauer nicht gut gehen.

Über Nacht war der Laborbefund zum Holzkästchen aus dem Kloster Bardel per E-Mail ans ganze Ermittlungsteam gegangen.

Wesentlich Neues stand nicht darin, außer dass der hölzerne Schrein mit der nackten Puppe seit etwa vier Tagen im ungemähten Gras des Apfelgartens gelegen haben musste und dabei von Unmengen von Schnecken überquert worden war. Flüchtig überflog Annalena die entsprechenden Belegstellen und las Worte wie Fliegenkot, Schneckenschleim, Raupenlarven, verpuppte Schmetterlinge, Ameiseneier – und ihr wurde erneut schlecht.

In Hedwigs sonntäglich verwaistem Allzweckzimmer setzte sie sich neben die dampfende Kaffeemaschine und atmete tief durch. Allein der Duft brachte sie schon wieder ein bisschen auf die Beine. Und glücklicherweise hatte Hedwig auch Aspirin in ihrer Notfallapotheke.

»Na, Kleine, wie isses?« Ewald Schmeing kam zur Tür herein und legte Annalena wohlwollend eine Hand auf den Arm.

Die hob die Schultern. »Geht so.« Während er sich einen Kaffee einschenkte, sah sie ihn lange an. Heute Nacht, genauer gesagt nach dem zweiten Glas Rotwein, hatte sie tatsächlich geglaubt, ihm alles erzählen zu müssen – von Jörgs Geschimpfe bis hin zu Markus' Geheimniskrämerei. Aber jetzt erschien es ihr vollkommen unpassend. Sie seufzte.

»Siehst nicht gerade glücklich aus«, stellte Ewald fest.

»Bin ja auch nicht hier, um glücklich zu sein«, brummte Annalena und sah ihn fragend an. »Was jetzt?«

»Sonntagsgespräche«, meinte er. »Wir schauen uns noch mal alles an, was wir haben. Mit viel Ruhe und noch mehr Abstand.«

Sie nickte nachdenklich. »War bei dir denn was los? Hat sich einer vom Notruf gemeldet?«

»Nein, nichts. Glücklicherweise. So konnte ich wenigstens nachdenken. Das mit deiner Grafik gefällt mir übrigens gut. Wenn wir uns heute noch mal davorsetzen, fällt uns vielleicht doch noch etwas ein oder auf. Hast du gut gemacht.«

»Machen wir, sobald Herr Wissing da ist.« Sie zögerte. »Nachdem wir schon so viele Sachen aufgeschrieben und wieder durchgestrichen haben, werd ich auch noch eintragen, wann und wo der erste Puppenschrein gefunden wurde. Damit wir das nicht aus den Augen verlieren. Einverstanden?«

»Mach das, mach das, mein Mädchen.«

Sie sah ihm nach, wie er in sein Büro schlurfte. Er lief wie ein alter Mann. Mit eingezogenem Kopf, gebeugtem Rücken und hochgezogenen Schultern.

Die Frau war ohne anzuklopfen eingetreten und stand nun mitten im Büro. Sie war raumfüllend.

»Wo ist Ewald?«, wollte sie wissen und fügte anklagend hinzu, als läge das zu Bemängelnde im Verantwortungsbereich des Kriminaloberrats: »Mein Mann ist weg.«

»Seit wann?«, fragte Annalena, die sich an diesem Sonntag für alles verantwortlich fühlte.

»Er ist seit gestern Nachmittag verschwunden. Das ist noch nie vorgekommen«, klagte die Mittfünfzigerin und hielt sich an ihrer braunen Plastiktasche fest. »Der Ewald soll den mal sofort suchen. Dem ist was passiert. Das spüre ich.«

»Ach was, der wird schon wiederkommen, vielleicht hat er einfach nur ein bisschen zu tief ins Glas geschaut.« Markus Wissing hatte den Rest des Gespräches mitgehört und beruhigte die Besucherin.

»Du kennst doch meinen Aribert, der trinkt nicht«, widersprach die kompakte Frau. »Und wenn du wüsstest, was ich für ein komisches Gefühl habe. Könnt ihr den nicht suchen lassen?«

Markus schüttelte den Kopf. »Birgit, er ist erwachsen und

nicht selbstmordgefährdet. Und deshalb können wir nichts tun. Gib ihm noch ein bisschen Zeit. Wenn er innerhalb der nächsten achtundvierzig Stunden nicht wieder aufgetaucht sein sollte, dann rufst du uns einfach noch mal an, und wir gucken, was sich machen lässt. Aber ich bin sicher, der ist jetzt schon zu Hause und wartet auf dich. Nicht dass der auch noch hier aufschlägt und dann dich als vermisst meldet.« Er lachte freudlos.

»Ich weiß nicht.« Unschlüssig stand sie mitten im Raum. Er legte ihr eine Hand auf die Schulter und führte sie sanft hinaus.

»Birgit Zentner«, sagte er dann zu Annalena, als erkläre der Name schon alles. Nach einer Weile fügte er hinzu: »Macht sich gern über Gott und die Welt 'nen Kopp und redet besonders gerne mit unserem Ewald. Sorgt sich um alles. Mein Rat an dich: Nimm die bloß nicht zu ernst.«

In diesem Augenblick läutete das Telefon.

»Soll ich?« Markus Wissing lächelte schief.

Annalena nickte.

Markus meldete sich und lauschte dann eine Weile interessiert. »Gut, dann gib mir mal die Nummer. Ja, wir kümmern uns.«

»Und?« Ewald betrat den Raum und goss sich noch einen Kaffee ein.

»Das waren die Mönche aus dem Kloster Bardel. Die haben da ein verwaistes Auto auf dem Hof stehen. Und zwar mit dem Kennzeichen NOH-AZ-35.«

»Einen silbergrauen Nissan?«, fragte Ewald.

Markus nickte.

»Den kenn ich. Das ist der Wagen von Birgit und Aribert Zentner.«

16. Kapitel

»Ich weiß überhaupt nicht, was Sache ist«, sagte Ewald und kippte Unmengen von Zucker in seinen Kaffee. »Klärt ihr mich auf?«

»Vor nicht einmal einer Minute ist Birgit Zentner wieder gegangen. Sie war hier, um ihren Mann als vermisst zu melden«, klärte Annalena ihn auf. »Und jetzt das!«

»Was? Warum habt ihr mich denn nicht dazugeholt? Ich sitz doch grad mal zwei Meter weiter!« Er schluckte. »Wenn Birgit kommt und so was sagt, dann ist da was dran. Meine Güte, das arme Ding. Nicht nur, dass Aribert allmählich total durchknallt, jetzt lässt der auch noch sein Auto in der Gegend herumstehen. Vermutlich nicht mal abgeschlossen. Dieser schwulstige Gottsucher.«

Annalena unterbrach ihn. »Wieso schwulstig?«

»Weil er sich schminkt und tanzt, dieser Aap. Dass er Birgit damit ins Lächerliche zieht, ist ihm völlig egal. Komm, Markus, wir fahren da jetzt hin und holen das Auto.«

Ewald fischte seine Wagenschlüssel aus der Hosentasche und warf sie Markus zu, der sie geschickt auffing. »Du fährst.«

»Wohin?«

»Zum Kloster natürlich!«

Markus Wissing blieb abrupt stehen. »Nur weil da das Auto steht? Wir können die Zentner doch anrufen. Wenn sie mit dem Fahrrad hier war, ist sie spätestens in zehn Minuten wieder zu Hause und muss dann eben nochmal hierher radeln.«

Ewald fasste seinen Arm. »Nein, wir fahren da nicht hin, weil da der Nissan steht, sondern weil ich es so will. Also, nun komm schon.«

Hinter den beiden Männern fiel die Tür ins Schloss. Annalena lehnte sich an den verkleideten Spiegel und schüttelte den Kopf.

»Ihr fahrt doch auch hin, weil im Klostergarten ein weiterer Puppenschrein gefunden wurde und weil dir, lieber Ewald, nun die Muffe geht. Und zwar zu Recht.«

Sie ging durch die Zimmer des Alten Amtshauses, die von der Polizeistation genutzt wurden. Es war so still. Sonntagsruhe. Schon als Kind war ihr aufgefallen, dass die sonntägliche Stille eine andere Qualität besaß als die an normalen Tagen. Als würde sie durch das Läuten der Kirchenglocken gefiltert. An Sonntagen lag etwas Unbestimmtes in der Luft. Eine geheime Erwartung und die bittere Gewissheit, dass sie ja doch nicht eingelöst würde. Annalena hatte Sonntage noch nie gemocht. Die Zeit zog sich in die Länge und verführte zu plötzlichen Fluchtgedanken.

Die Räume der Polizeiwache waren ein wenig so wie die Personen, die sie benutzten. Ewalds Zimmer hatte was Strenges, Aufgeräumtes. Sein Schreibtisch glänzte wie frisch poliert, ordentlich steckten Bleistifte und Kugelschreiber in einer Henkeltasse. Neben dem zugeklappten Laptop lag ein karierter Schreibblock, dessen oberstes Blatt unbeschrieben war. Vermutlich tippte er allabendlich die Stichworte seines Notizzettels in den Computer und warf den benutzten Papierbogen in den Abfall. Sie inspizierte seinen Papierkorb. Darin lag nur ein Blatt, auf dem er in Schönschrift den Namen »Birgit« geschrieben hatte. Sie stutzte. Hatte ihr Chef den Auftritt von Frau Zentner vielleicht doch mitbekommen? »Das arme Ding«, hatte er gesagt. Auf Annalena hatte die Zentner eher wie eine energische Wuchtbrumme gewirkt.

Ganz anders dagegen der Mehrzweckraum von Hedwig Hagenkötter. In ihrem Zimmer liefen alle Fäden zusammen. Hier befanden sich Kaffeemaschine, Spülmaschine und die Telefonanlage. Auf dem Tisch standen Tassen und Zuckerdosen und Ewalds persönlicher Kaffeeweißer sowie Schalen voller Süßigkeiten und die Reste ihrer selbst gebackenen Weihnachtsplätzchen. Regelmäßig gedüngte Topfpflanzen wucherten auf den drei großen Fensterbänken und produzierten Unmengen an Ablegern. An den Schränken, auf dem runden Konferenztisch und an den

Bildschirmen der beiden Computer klebten Post-it-Zettel, und Hedwigs großer Schreibtischblock war mit Blumenornamenten vollgemalt, was wiederum auf langwierige Telefonate schließen ließ. An den Wänden hingen mehrere große Kalender, auf denen sie ordentlich jeden Morgen den vergangenen Tag durchkreuzte. Und zwar mit einem fetten roten Filzstift. Annalena fragte sich, ob sie jetzt, an diesem Sonntag, den gestrigen Samstag durchstreichen durfte oder ob es besser war, das Ausstreichen allein Hedwig zu überlassen. Sie legte den roten Stift zurück.

Markus Wissings Zimmer haftete immer noch die Atmosphäre eines Umzugs an. Gefüllte Kisten stapelten sich an der Wand, Bilder lagen mit dem Motiv nach unten auf zwei Fensterbänken, wahllos waren Bücher in Regalfächer hineingestopft worden – auf dem voll beladenen Schreibtisch stand Stefanie Overbecks Computer und daneben der Dienstrechner des Kommissars. Der PC blinkte, offenbar hatte Wissing ihn gestern Abend nicht einmal ausgeschaltet. Annalena tippte die Maus an, und schon zeigte der Bildschirm eine halbfertige Patience, Schwierigkeitsgrad mittel. Sie legte sie fertig.

Der Raum von Horst Toplischek offenbarte über Jahre gewachsenes Chaos. Annalena stürzte ans Fenster und lüftete. Unter dem Schreibtisch standen ausgetretene Turnschuhe, von denen ein zusätzlicher unangenehmer Geruch ausging. Der Schreibtisch klebte, und auf dem Teppichboden lagen Kuchenkrümel. Keine Topfpflanzen. Über die zwei Garderobenhaken hinter der Tür waren achtlos Regenjacken, Wollpullover und Schals geworfen worden, die muffig rochen. Sogar einen abgewetzten Teppich hatte er sich unter seinen Drehstuhl gelegt. Wie eine Barriere hatte Toplischek zwischen sich und seine Besucher eine Wand von mindestens einem Dutzend Plastikablagekörbchen aufgebaut. Die meisten davon waren mit Papieren und Zeitungsausschnitten gefüllt. Ein Korb enthielt einen Spiegel und einen Kamm, und Annalena stellte sich vor, wie Toplischek vor jedem Verlassen seines Raumes einen kritischen Blick auf sein Äußeres warf und Haupt- und Barthaar kämmte.

In dem Augenblick, als sie das gemeinsame Büro von Wilfried Lütke-Tillmann und Heinz Krabbe betreten wollte, läutete ihr Telefon.

»Hier Udo Overbeck. Ich wollte Sie zum Essen einladen.«

»Tut mir leid, aber ich habe heute Dienst.«

»Na dann … Eigentlich sogar besser. Ich arbeite nämlich auch den ganzen Tag. Wenn ich keine großen und lauten Maschinen benutze, hat der Boss gesagt, kann ich auch sonntags an meinem Sarg weitertischlern. Hört sich schon makaber an, oder? An meinem Sarg. Dabei ist der doch für sie. Für meine Steffi.«

»Leider kann ich nicht weg, wenn aber einer von meinen Kollegen zurückkommt und den Bereitschaftsdienst übernimmt, müsste ich mich für ein Stündchen freimachen können. Geben Sie mir Ihre Handynummer?«

Sie hatten den grauen Nissan von außen begutachtet. Er wirkte normal, war ordnungsgemäß abgestellt und verschlossen worden. Ewald schlug vor, ihn so bald wie möglich von der Spurensicherung abholen zu lassen. »Rein prophylaktisch. Damit Birgit sieht, dass wir sie ernst nehmen.«

»Heute per Sonderschicht oder morgen als normales Dienstgeschäft?«, fragte Markus, während Ewald eine SMS in sein Handy tippte und an Birgit schickte. »Ruf dich später an«, las Markus.

Ewald blickte auf. »Morgen reicht. Der Aribert sitzt vermutlich einfach irgendwo hier im Garten herum und liest ein Buch. Birgit hat mir schon erzählt, dass er seine eigenen Wege geht. Sind ja auch schon lang verheiratet.« Er suchte Markus' Blick. »Das müsstest du ja verstehen. Bei euch läuft es ja wohl nicht mehr so gut, was man so hört.«

Markus schluckte. Er fischte den Autoschlüssel aus der Tasche und sagte: »Lass uns zurückfahren.«

»Nicht noch einen kleinen Spaziergang?« Ewalds Stimme klang angespannt.

»Meinetwegen.«

Gemächlich schlenderten sie durch die gepflegten Parkanlagen und den kleinen Friedhof des Klosters und sahen sich suchend um. Aber da war niemand zu sehen, weder Mönche noch sonntägliche Ausflügler. Niemand saß auf einer Bank und las – und nirgends lag eine Leiche.

Gegen dreizehn Uhr dreißig kamen Ewald Schmeing und Markus Wissing auf die Wache zurück und waren ziemlich eingeschnappt, als Annalena sofort zu ihrem Handy griff und sich verabredete. Schließlich hatten sie von ihrem Ausflug zum korrekt geparkten silbergrauen Nissan fürsorglich drei Pizzen mitgebracht und sich auf ein gemeinsames Essen am großen Konferenztisch in Hedwigs Mehrzweckzimmer eingestellt.

»Ich bin in spätestens zwei Stunden zurück – und sollte was Wichtiges sein, ihr habt ja meine Nummer«, rief sie ihnen mit gespielter Selbstsicherheit zu und griff nach ihrer Strickjacke.

»Aber wir wollten doch gemeinsam überlegen …«, jammerte Ewald kopfschüttelnd.

»Machen wir, wenn ich wieder da bin«, vertröstete sie ihn und stellte sich vor das Alte Amtshaus in die Maisonne, um auf Udo Overbeck zu warten.

»Ich schäme mich plötzlich wegen meines Hungers. Trotzdem muss ich was essen, und wenn ich esse, schäme ich mich noch mehr. Ein Teufelskreis. Gut, dass Sie jetzt da sind. So kann ich mich selbst austricksen, denn Sie haben ja auch Appetit. Ich leiste Ihnen einfach nur ein wenig Gesellschaft. Danke.«

Auf der Holzterrasse eines Gasthauses am Drilandsee, das mit »warmer Küche rund um die Uhr« warb, setzte sich Udo Overbeck Annalena gegenüber. Auf den Wiesen am Seeufer picknickten Familien und hielten ihre winterbleichen Gesichter in die Sonne.

Annalena hatte sich Matjesfilets mit Apfelscheiben bestellt, genau wie Overbeck, und merkte nun, dass sie keinen Appetit hatte. Lustlos zerdrückte sie eine Kartoffel und betrachtete ihr

Gegenüber. Sein schwarzes T-Shirt trug Spuren von Sägemehl. An seinem rechten Ringfinger glänzte der goldene Klemmkugelring, den er Donnerstagabend noch im Ohr getragen hatte.

Sie fragte sich, ob er sich auch den Ring seiner Frau an den Finger oder gar ins Ohr stecken würde. Ihr Vater trug Doppelringe als Zeichen seiner Witwerschaft. Für alles gab es Zeichen. Die Welt war angefüllt mit Symbolen. Sie sah auf ihre Hände und begriff, was andere darin lasen: Sie trug keinen Ehering. Sie war noch zu haben.

»Man fängt plötzlich an, über die eigenartigsten Dinge nachzudenken«, sagte Udo Overbeck und kratzte sich die Stirn. »Ich frage mich zum Beispiel die ganze Zeit, warum meldet sie sich nicht? Ich rede mit ihr, manchmal sogar laut, aber ich kriege keine Antwort. Es ist wie beim Telefonieren von Wiluna aus, da ist öfters das Netz zusammengebrochen. Aber dann brauchte ich nur ein paar Minuten zu warten, und schon war sie wieder da. Dass ich jetzt nie mehr ihre Stimme hören kann, ist einfach nicht zu verstehen. Auch nicht, dass ich trotzdem weiterlebe und Hunger habe und schlafe und wieder aufstehe – das kann doch gar nicht sein. Und dann denke ich zwischendurch, was mache ich da eigentlich? Wieso schreinere ich einen Sarg? Wem nutzt das? Was soll das alles?«

»Es nutzt Ihnen, sonst würden Sie es nicht tun.« Annalena griff nach ihrer Apfelschorle.

»Vielleicht.« Er stützte das Kinn auf beide Handflächen und sah über sie hinweg. »Es nutzt Ihnen – was für ein Trost, genauso hat dieser Friedemann das übrigens auch gesagt.«

Annalena stutzte. »Welcher Friedemann?«

»Ach, den kennen Sie sicher auch. Das ist so ein Typ, der im Wohnwagen lebt und sonst nichts tut, aber allein das, sagt er, also dieses Nichtstun, sei schon ziemlich anstrengend.« Udo versuchte sich an einem Lächeln. Es misslang.

»Woher kennen Sie den denn?«

»Er war gestern in der Schreinerei.«

»Warum denn das?«

Udo hob die Schultern. »Die kennen den da. Der bastelt eben gern, und wenn er auf ein Schwätzchen vorbeischaut, nimmt er die kleinen Holzbretter aus dem Abfall mit für sein legendäres Wohnmobil oder was weiß ich. Müsste man sich fast mal angucken, dieses Teil. Hört sich interessant an.«

Annalena nickte.

»Netter Mann. Hat mir ganz offiziell Beileid gewünscht. Alle anderen drucksen ja nur so herum. Der kannte meine Steffi vom Wochenmarkt.« Er seufzte. »Wissen Sie was, ich glaube, jeder kannte die. Ich hab immer zu ihr gesagt: Du bist das hübscheste Marktweib des gesamten Münsterlandes, aber wenn du nach Australien kommst, wirst du die Schönste des Kontinents sein.« Er schluckte. »Wär sie nur gekommen.«

Die Kellnerin hatte inzwischen die beiden Teller abgeräumt und brachte nun den Nachtisch. Sie stellte ihn auf den Tisch und sagte in strengem Ton: »Herrencreme.«

»Ich weiß gar nicht, ob Sie als Dame überhaupt so was essen dürfen«, versuchte Udo zu scherzen.

Annalena schob ihm ihr Glasschälchen mit dem schokoladensplitterdurchsetzten Vanillepudding zu. »Schaffen Sie auch zwei?«

»Denk schon.« Er begann nachdenklich zu löffeln. »Dieser Friedemann hat gesagt, er kommt auch zur Beerdigung. Der hat ja Zeit. Ich werd wohl eine Anzeige in den ›Kalveroder Nachrichten‹ schalten. Dann kommen alle Zeitungskollegen von Steffi und die Besatzung vom Wochenmarkt. Und sicher auch ihre Kunden. Dann steh ich eben mit denen am Grab. Hab ja sonst keinen mehr hier. Was meinen Sie, muss ich alle, die auf den Friedhof kommen, auch zum Essen einladen? Das könnten an die hundert Leute werden. Und wie organisiert man eigentlich so eine Beerdigung? Die von der Trauerhilfe würden das alles für mich regeln, aber umsonst machen die das natürlich nicht.« Er sah sie bittend an.

Sie begriff und reagierte sehr schnell: »Ich kann Ihnen da leider nicht zur Seite stehen. Nicht nur, dass ich selbst erst seit einer Woche hier wohne und mich noch einleben muss – ich leite auch die Ermittlung im Mordfall Ihrer Frau.«

»Was? Sie?« Er starrte sie ungläubig an.

»Ja, ich.«

»Ich dachte, Sie sind so was wie eine Praktikantin.« Er holte ihre Karte aus seiner Brieftasche und las kopfschüttelnd: »Annalena Brandt, Kriminalhauptkommissarin/Dipl.Verw. Wieso hab ich das bloß vorher nicht gesehen? Ich hab bloß auf die Handynummer geguckt.«

Sie hob die Schultern. »Als Chefin vom Dienst geht es auf meine Kappe, dass wir heute eine Sonderschicht fahren, da sollte ich mich auch um meine Männer kümmern. Bringen Sie mich zurück?«

Annalena hatte noch nicht einmal die Tür hinter sich geschlossen, da stellte Ewald Schmeing klar: »Ich bin dafür, dass wir uns noch mal deine Aufzeichnungen von gestern angucken.«

Mit frisch gefüllten Kaffeetassen in der Hand saßen sie zehn Minuten später vor den Stichworten und den Verbindungslinien und versuchten, die verschiedenen Informationen irgendwie miteinander in Bezug zu setzen.

»Wenn ich nur wüsste, wer dieser nächtliche Besucher war, der immer ohne Licht vorgefahren ist«, überlegte der Dienststellenleiter nach einer Weile laut. »Dann wären wir schon einen Schritt weiter.«

Markus wurde rot und stotterte: »Das war ich.«

Wie in Zeitlupe wandte Ewald Schmeing sich um und fragte gefährlich leise: »Was? Und das erfahre ich erst jetzt?«

»Das wissen jetzt nur du und die da«, Markus wies auf Annalena. »Die anderen geht das nichts an.«

Der Kriminaloberrat schnappte nach Luft. »Also das ist ja wohl die Höhe! Diese Information hätten wir von Anfang an gebraucht. Ja, wo sind wir denn hier? Du hattest ein Verhältnis mit der? Ausgerechnet du! Dann aber raus mit der Sprache: Was weißt du von ihr, was weißt du über sie, hat sie sich bedroht gefühlt? Meine Fresse, da sitzt der Typ die ganze Zeit hier in der Bude, schmollt vor sich hin und macht den Mund nicht auf. Ich müsste dich eigentlich auf der Stelle vom Dienst suspendieren.«

»Eben deshalb hab ich ja nix gesagt«, rechtfertigte Markus sich.

»Weiß deine Frau davon?«, hakte Ewald nach und guckte streng.

»Natürlich nicht.«

»Aber vermutlich der Rest der Stadt. Nur ich mal wieder nicht.«

»Wir wollten nicht, dass es jemand erfährt. Es war unsere Sache, und es ging niemanden was an«, erklärte Markus. »Nur Steffi und mich.«

»Wie naiv bist du denn? Und wenn es nur einer ahnt und als Gerücht auf den Weg bringt – nach spätestens dreimal Weitersagen wird aus so 'nem Gemunkel eine unumstößliche Gewissheit. Ich kenn doch mein Kalverode. Was meinst du, woher ich das von deiner Ehekrise weiß?«

»Wenn du jetzt rumgehst und alle fragst, ob und wer von dieser Sache was gewusst hat, mach ich dir die Hölle heiß«, brauste Markus auf. Sein Kopf lief rot an, wobei sich die schwarz gelackte Elvis-Tolle in einzelne Strähnen auflöste.

»Da brauch ich nicht rumzugehen, die kommen schon von sich aus auf mich zu«, konterte Ewald.

Annalena versuchte, die Streithähne auseinanderzubringen. »Jetzt hört auf, euch zu fetzen. Das kostet nur Energie, und die brauchen wir weiß Gott für was anderes.« Sie wandte sich an Ewald: »Außerdem hab ich mit Markus schon darüber gesprochen. Glaub mir, er weiß definitiv nicht mehr als wir. Wie sollten einfach den ›nächtlichen Besucher ohne Licht‹ wieder durchstreichen. Diese Spur bringt uns nicht weiter, und Markus weiß, dass er einen Fehler gemacht hat. Und überhaupt: In einer ähnlichen Situation hätte sich vermutlich jeder von uns genauso verhalten.«

»Ich hätte mich erst gar nicht in eine solche Situation hineingebracht, das kannst du mir glauben.« Schmeing war aufgestanden und ging mit großen Schritten zwischen den Schreibtischen hin und her.

»Wir brauchen Markus, wir brauchen jeden Mann«, wirkte Annalena auf ihn ein. »Lass ihn in unserem Team. Bitte.«

»Ich weiß nicht.« Gekränkt wandte Ewald sich an Wissing. »Du hättest mit mir darüber reden sollen. Nicht mit Frau Brandt. Aber das ist mal wieder typisch für dich – wendest dich an das schwächste Glied in der Kette. Da hat Thekla schon recht, wenn sie sagt…«

Markus unterbrach ihn vorwurfsvoll: »Du hast doch nie Zeit zum Reden, musst immer nur organisieren oder hängst am Telefon. Und außerdem – was hat denn Thekla damit zu tun?«

»Sie ist unglücklich mit dir. Und jetzt, wo ich diese Geschichte höre – sie hat ja wohl auch allen Grund dazu.«

Markus Wissing starrte seinen Vorgesetzten mit offenem Mund an. Dann wandte er sich an Annalena: »Haben Sie das gehört? Muss ich mir das bieten lassen?«

Hilflos hob sie die Schultern.

In Wiesbaden konnte man sich bei unlösbaren Konflikten an einen Mediator wenden, der zwischen den Streitenden vermittelte. So einen Mediator hätte sie jetzt gerne neben sich gehabt. Sie versuchte, sich an dessen Vorgehensweise zu erinnern und anklagende Behauptungen als Frage zu wiederholen. Aber es klang eigentümlich albern und aufgesetzt, als sie sich an Ewald wandte und wissen wollte: »Du hast also erfahren, dass Frau Wissing unglücklich ist. Und du meinst, es hat was mit ihrem Mann, mit unserem Kollegen Markus Wissing, zu tun?«

»Mit wem denn sonst? Kinder haben die ja keine«, knurrte Ewald und schob seine neue Mitarbeiterin rigoros zur Seite.

»Ich hab euch allen viel zu lange alles durchgehen lassen. Aber damit ist jetzt Schluss. All diese schrecklichen Sachen würden nie passieren, wenn ihr euch ein bisschen zusammenreißen würdet. Aber hier macht ja jeder, was er will. Computerspiele und private Telefonate den lieben langen Tag. Glaubt ja nicht, dass ich das nicht weiß. Nur für Recht und Ordnung sorgt keiner, und ausgerechnet mein Vorzeigekommissar steigt auch noch mit dem Opfer ins Bett! Also, wenn das der Staatsanwalt erfährt, kommen wir garantiert in Teufels Küche!«

»Hey, Chef, jetzt mal langsam. Die Reihenfolge ist falsch«, murmelte Annalena. »Der ist nicht mit ihr ins Bett gegangen, weil sie ein potenzielles Opfer war, sondern weil er sie liebte.«

»Jetzt kommst du auch noch mit Liebe ... der hat seine Frau. Die soll er lieben, verdammte Hacke!«

Annalena sah, wie Markus zusammenzuckte.

In genau diesem Augenblick klingelte das Telefon.

Ewald nahm ab. »Polizeiwache Kalverode, Kriminaloberrat Schmeing am Apparat.« Er hörte zu, wurde blass und setzte sich. Schwer atmend keuchte er: »Scheiße, wir hätten gleich eine Hundestaffel mitnehmen sollen. Gleich das volle Programm. Wir sind immer viel zu vorsichtig. Viel zu sparsam. Und kein Steuerzahler dankt es uns.« Er legte auf und erklärte: »Die haben einen Toten gefunden. Auf dem Klostergelände. Direkt am Eingang zum Friedhof.«

»Die? Wer die? Die Mönche?«, wollte Markus wissen.

»Ein Ehepaar, das mit seinem Hund spazieren ging. Die warten da jetzt auf uns. Stehen vermutlich unter Schock. Wieso mussten ausgerechnet die den finden? Wieso haben wir den nicht gesehen?«

»Wir waren auch am Friedhof«, sagte Markus bestimmt. »Da war keine Leiche! Daran hätten weder ein Hund noch eine Infrarotkamera was geändert.«

»Und wenn sie doch da war, und wir haben sie übersehen?« Ewald zweifelte. »Vielleicht lag sie im Gebüsch?«

»Wir haben nichts übersehen! Die muss da hingelegt worden sein, als wir schon weg waren. Garantiert. Glaub mir, die haben den Toten nach halb zwölf dahin gebracht.«

Annalena hob die Augenbrauen. »Die?«

»Die Mörder oder was weiß ich. Meinst du etwa, wir übersehen so was? Wo wir schon extra hingefahren sind, um nach jemandem oder etwas zu suchen?«, beteuerte Markus.

Ewald telefonierte bereits mit der Gerichtsmedizin und informierte die Notbesetzung der Spurensicherung. Dann stürzte er mit dem Handy in der Hand zur Tür: »Annalena, komm. Und du, Markus, bleibst hier. Wir fahren da jetzt hin. Sofort. Jetzt ist übrigens das Chaos komplett. Nun sind auch noch die Kollegen aus Enschede vor Ort. Mitsamt der niederländischen Spurensicherung und dem ganzen Kladderadatsch.«

»Grenzüberschreitende Ermittlung«, murmelte Annalena und atmete insgeheim auf. Ein Segen, dass bereits im März 2005 im deutsch-niederländischen Polizei- und Justizvertrag eine grenzüberschreitende Zusammenarbeit vereinbart worden war. So waren sie in Kalverode nicht mehr allein auf Horst Toplischek angewiesen.

»Wenn es Aribert Zentner ist, wird es trotzdem unser Fall«, seufzte Ewald, als hätte er ihre Gedanken gelesen, und rückte den von Markus nach hinten geschobenen Fahrersitz wieder nach vorn. »Dann war der Tote von hier, und der Fundort liegt auch in unserem Bereich.«

»Und wenn es sich nicht um Herrn Zentner handelt?«

»Ich fürchte, er ist es. Wir sollten uns da nichts vormachen. Ich hab da so ein Gefühl.«

Der Mann war hager, nackt, und auf seinem weiß geschminkten Gesicht lag ein kindliches Staunen. Die von schwarzem Kajal umrandeten hellgrauen Augen starrten ins Nichts, und seine leuchtend rot geschminkten Lippen schienen ungläubig zu lächeln. Unterhalb der Rippenbögen waren jeweils zwei bogenförmige frische Hautschnitte zu sehen, wie man sie von Nierenoperationen kennt. Sie waren nur grobstichig vernäht – als wäre jemand in äußerster Eile gewesen.

Die Kollegen aus Holland trugen weiße keimfreie Anzüge und blaue Plastikgamaschen und suchten den Fundort nach verwertbaren Spuren ab. Im Halbkreis um den Toten standen die zwölf diensthabenden Mönche des Klosters. Es war gespenstisch still. Nicht einmal die Vögel zwitscherten.

»Das ist Aribert. Aber mein Gott, warum?« Ewald starrte auf den Toten.

»Die Schminke ist wahrscheinlich zu Lebzeiten aufgetragen worden oder direkt nach dem Tod, als der Körper noch warm war. Andernfalls wäre das Wachs unregelmäßiger auf der Haut verteilt«, vermutete der niederländische Rechtsmediziner, der ein hervorragendes Deutsch sprach. »Für mich sieht es so aus, als habe er selbst sich geschminkt. Am Kopf keine Hinweise auf Fremdeinwirkung. Aber der Torso ist rasiert und wurde wie bei einer Operation desinfiziert und aufgeschnitten. Wenn Sie mich fragen: Ich wette, dass man dem da die Nieren entnommen hat.«

»Wer macht denn so was!« Ewald wurde blass und sah auf den Leichnam, der von den holländischen Kollegen in eine Bergungswanne gebettet wurde.

»Scheint was mit der sogenannten Gilde zu tun zu haben«, meinte der Niederländer. »Organhandel. Da gibt's einen ziemlichen Schwarzmarkt und natürlich entsprechende Schwarzmarktpreise. Aber es muss auch jemand sein, der sich medizinisch auskennt. Denn schauen Sie mal, die Leiche sieht nicht blass aus. Der Mann ist nicht verblutet. Unter uns: Wegen der blauen Verfärbung von Zunge und Gaumen würde ich eine Sauerstoffsättigung der Organe annehmen. Das heißt im Klartext: Man hat einfach das Beatmungsgerät nach der Operation abgestellt, sodass er durch Sauerstoffmangel verstorben ist. Er konnte wegen der Muskellähmung durch Succinyl oder der zentralen Atemlähmung nicht mehr atmen. Weitere Einzelheiten kann ich Ihnen aber erst nach der Obduktion mitteilen.«

Annalena sah den Mediziner fragend an. »Das heißt, man hat ihn nach einer möglichen Organentnahme einfach hier abgelegt?«

Der Arzt nickte.

»Und das am helllichten Tag!« Ewald schüttelte den Kopf. »Was für eine Dreistigkeit. Wie zum Hohn!«

»Wie kommen Sie denn darauf?«

»Wir haben heute gegen elf den Park durchsucht. Da war noch nichts.«

Der Kollege aus Holland hob die Augenbrauen.

»Dieser Mann wurde nämlich als vermisst gemeldet. Sein Auto steht vor dem Kloster. Um die Ehefrau zu beruhigen, haben wir nachgesehen«, erklärte Ewald. »Haben Sie schon irgendwas gefunden, was uns weiterhelfen könnte?«

Der Mediziner neben ihm schüttelte den Kopf. »Auch der Fundort hat was gewollt klinisch Reines an sich. Keine Zigarettenkippe, kein Haar, kein abgerissener Knopf, kein Stofffitzelchen – und der Leichnam riecht, als wäre er desinfiziert worden. Rufen Sie mich morgen an. Dann kann ich Ihnen mehr sagen.« Er drückte dem Ersten Hauptkommissar seine Karte in die Hand. »Wir bringen den Leichnam zu uns in die Gerichtsmedizin nach Enschede. Sie können dann Ihre Experten da hinschicken.«

»Desinfiziert – wie die Overbeck«, murmelte Annalena und dachte an das Gespräch mit ihrem Dozenten.

Aber niemand hörte sie.

17. Kapitel

Dieser Mai war gigantisch. Die Bäume explodierten in frischem Grün, die Luft war feucht und träge von Fliederduft, und auf den Wiesen breiteten sich knallgelbe Löwenzahnteppiche aus. Wolken stoben über den blauen Himmel.

Friedemann hatte alle Fenster seines Wohnmobils geöffnet. Er parkte in der Straße, in der sich das Haus von Kitty Siebert befand. Bald würde es Abend werden, und wenn der Zufall es wollte, würden sie sich sehen und einen Schwatz halten. Er musste es dem Schicksal überlassen. Sonst wurde das nichts. Einmal hatte er bei ihr geklingelt, und sie hatten den Abend lang still nebeneinander gesessen und sich nichts zu sagen gewusst. Damals begriff er, dass jede Zeit ihre eigene Qualität hatte und dass es wichtig war, dem Augenblick zu vertrauen, dem Moment, an dem sich bestimmte Aspekte ihrer beider Persönlichkeiten zeigten und miteinander in Kontakt traten. Und diese Momente, er nannte sie für sich »Schnittmengen«, steuerte allein das Schicksal. Er konnte sie nicht erzwingen – und Kitty vermutlich auch nicht.

Er holte sich einen Joghurt aus seinem Kühlschrank, löffelte ihn mit Bedacht, schaltete das Radio ein und hörte die neuesten Nachrichten. Weltpolitisch immer das Gleiche. Gleichbleibend auch das Wissen um die Ohnmacht, als Nullachtfünfzehn-Bürger nichts daran ändern zu können. Kommunalpolitisch heiße Diskussionen über Umgehungsstraßen, über die Schließung von Freibädern und Theatern und den Abriss von Kirchen.

Friedemann sah aus dem Fenster und fragte sich, ob es möglich war, Kirchen mit einer Abbruchbirne niederzureißen. Die standen doch an geweihten Orten, auf Plätzen, die mit heiligen Handlungen verbunden waren und erfüllt von Gottes Gnade. Ließen sich derart geweihte Plätze vor dem Abriss der Gebäude eigentlich entweihen? Konnte man den Segen, der auf ihnen lag, teppichgleich aufheben, zusammenrollen und an einem anderen Ort wieder entfalten?

Von weit her drang die Stimme des Nachrichtensprechers wieder an sein Ohr: »Bei dem Toten handelt es sich nach polizeilichen Angaben um den sechsundsechzigjährigen Aribert Z. aus Gildehaus. Herr Z. war am Sonntag von seiner Frau als vermisst gemeldet worden. Noch am selben Tag entdeckten Spaziergänger die Leiche des Mannes auf dem Gelände des Klosters Bardel. Sachdienliche Hinweise nimmt die Kriminalpolizei in Kalverode oder jede andere Dienststelle entgegen.«

Ihm wurde schwindlig. Er hatte das Gefühl, als wüsste er etwas, kam aber diesem Wissen keinen Deut näher. Nervös trommelte er mit den Fingern auf die Teakholzplatte seines Tischchens. Warum berührte ihn diese Meldung so? Was war los mit ihm? Hatte das in irgendeiner Weise mit ihm zu tun? Seine Hände zitterten.

Er dachte nach. Wer war dieser Mann? Hatte er jemals in seinem Leben jemanden getroffen, der Aribert hieß? Nein. Aber irgendeine Verbindung gab es. Das spürte er. Friedemann überlegte, was er in den letzten drei, vier Tagen gemacht hatte, und ihm fiel, abgesehen von seinem Besuch bei der Kommissarin, nur das Übliche ein. Wie immer hatte er seine Tochter aus der Schule kommen sehen und war gestern, als er gerade zufällig vorbeifuhr, in die Schreinerei gegangen, um von dort eine Kiste handlicher Holzabfälle mitzunehmen.

Ach ja, und da war er dem Ehemann von Stefanie Overbeck begegnet, der extra aus dem fernen Australien angereist war, um hier in Kalverode einen Sarg zu schreinern. Was für ein einsames und trauriges Geschäft! »Und vermutlich nutzlos«, hatte der viel zu junge Witwer ihm gestanden. Daraufhin hatte er, Friedemann, nach einem Trost gesucht und behauptet: »Es hilft Ihnen, es ist eine Art von Trauerarbeit.«

Kopfschüttelnd hatte sich der Tischler daraufhin über all die eigenartigen Worte ausgelassen, die er in den letzten Tagen gehört hatte: »Trauerarbeit, Trauerhilfe, Traueranzeige, Trauerspruch, Trauerfall …« und diese Aufzählung mit einem geseufzten »Trauerspiel« beendet.

Sie waren sich sympathisch gewesen, und Friedemann hatte an den Satz denken müssen, den Stefanie einmal zu ihm gesagt hatte, als sie über ihren Mann sprach: »Wenn einer freiwillig so weit fort geht, ist es nicht sicher, ob man zu ihm zurückfinden kann oder will.« Mit plötzlichem Schmerz wurde ihm bewusst, dass dieser Udo zwar räumlich weit weg gewesen war, sich seiner Frau jedoch sehr nah gefühlt haben musste. Offensichtlich hatte er nie an seiner Ehe gezweifelt. Friedemann beneidete diesen Mann, beneidete ihn auch um seine Fähigkeit zur Trauer.

Stefanie habe immer von einem Möbelstück gesprochen, das alles enthielt, was man brauche, hatte Udo kurz darauf erzählt. Und dass er ihr versichert habe, er würde ihr irgendwann so einen »Wohnschrank«, wie sie es nannte, bauen. Als sie darüber sprachen, hatten sie natürlich ein ganz anderes Möbelstück im Kopf gehabt als das, mit dem er sich nun befasste. Doch diesen Sarg, den müsse er ihr nun schreinern. Das sei er ihr schuldig.

Friedemann hatte diesem großen und schweren Mann die Hand gedrückt und ihm gestanden, dass er Stefanie gekannt hatte.

»Sie war die schönste Marktfrau des Münsterlandes«, murmelte Udo Overbeck, und als Friedemann ihm recht gab, wurde er umgehend zu Stefanies Beerdigung eingeladen.

Friedemann dachte wieder an den Toten, von dem eben im Radio berichtet worden war. Er kannte definitiv keinen Aribert. Aber dennoch gab es eine Verbindung zwischen dem Tod des Herrn Z. und dem Tod von Stefanie. Friedemann spürte es genau. Nur welche? Er hatte das Gefühl, die Lösung fast in der Hand zu haben.

Barfuß stieg er aus seinem Wohnwagen und ging die Straße entlang. Links standen die Häuser mit ihren heckenumrandeten Vorgärten, rechts des asphaltierten Straßenbands plätscherte ein kleiner Fluss, der Goorbach. Hinter Rhododendronbüschen erstreckte sich das Naturschutzgebiet mit seinen aufgeschichteten

Torfhügeln, dem Sonnentau, der Glockenheide und dem Wollgras unter frischem Birkengrün.

Friedemann setzte sich ans Bachufer und hielt einen Fuß in das leicht bräunliche Wasser. Als Kind hatte er diesem Grenzgängergewässer herzzerreißende und in Flaschen verkorkte Depeschen mit weltbewegenden Fragen anvertraut. Der Bach kam aus den Niederlanden, floss durch Kalverode und anschließend, so hatte er damals gedacht, durch alle Länder und Kontinente, um letztendlich in der Ewigkeit zu münden. Nie war eine Antwort gekommen, und das hieß ja wohl, dass die ganze Welt nichts von ihm wissen wollte.

Er lächelte über sich und seine Naivität. Kindheit, das wusste er nun, war kein geschütztes Land und erst recht keine Lebensphase, in der die Dinge da waren, wo sie hingehörten. Was ihn durch die Kindheit gerettet hatte, war sein Glaube an Wunder gewesen. Jetzt war er erwachsen, und es gab keine Wunder, nur noch unbeantwortete Fragen. Aber davon immer mehr.

Er schlenderte am Ufer entlang und pflückte mit den Zehen Gänseblümchen. Am Ende der Straße mit ihren fast vierzig Häusern kehrte er um. Nun lag der Bach linker Hand, und rechts wucherten Fliedersträucher mit weißen und lilafarbenen Dolden in Vorgärten. Eine schwarze Katze kreuzte seinen Weg. »Rechts nach links – Glück bringt's«, murmelte er einen Reim aus Kindertagen. Kurz darauf kehrte die Katze zurück. In ihrer Schnauze zirpte eine Maus in Todesangst. Links nach rechts – bringt was Schlechts, dachte er. Für diese Maus allemal. Aber so war das Leben. Fressen und gefressen werden.

Sollte er die Kommissarin anrufen und nach Aribert Z. fragen? Die würde ihm garantiert nichts sagen. Durfte sie ja auch nicht.

Und überhaupt. Was regte er sich so auf, was ging ihn das alles an? Nichts. Absolut nichts. Sollten doch andere Leute auf den Radioaufruf reagieren.

In diesem Moment hielt der Montagnachmittagbus. Friedemann sah zuerst ihren schwarzen Stock, dann Kitty Siebert selbst, die dem großen Gefährt entstieg. Vermutlich war sie jetzt, außerhalb der Schulzeit, der einzige Fahrgast gewesen. Sie schleppte eine riesige Tüte hinter sich her, und er widerstand dem Impuls, ihr beim Tragen zu helfen. Das war der falsche Ansatz. So käme kein Gespräch zustande. Sie musste auf ihn zukommen. Das war das Gesetz.

Aus der Entfernung von gut zwanzig Metern wirkte sie unter den ausladenden Fliederdolden klein und püppchenhaft, als wäre sie selbst jener Modelleisenbahnanlage entsprungen, für die sie Landschaften und Gebäude schuf. Da stand sie nun, stützte sich auf ihren Stock und drehte sich wie auf einer altmodischen Spieluhr einmal um die eigene Achse.

»Weißt du auch was über rituelle Masken und Schminke?«, wollte Annalena an diesem Abend von ihrem Vater wissen.

»Viel.« Er lächelte. »Das gehört zum Aberglauben dazu. Was genau interessiert dich?«

»Wenn ich das wüsste – vielleicht Maske und die Farbe Weiß. Fällt dir dazu was ein?«

Er überlegte. »Weiß? Weiß sind eigentlich nur die Masken der Toten, ihre Seelenmasken.«

»Aber warum sollte sich jemand, der noch lebt, weiß anmalen? Um die Toten zu beschwören?«

»Weiß geschminkt sind nach alter Überlieferung die Geister kürzlich Verstorbener oder Menschen, die dem baldigen Tod geweiht sind.«

»Damit kann ich nichts anfangen«, maulte Annalena. »Das ist mir zu kryptisch. Welche Bilder genau sind mit der Farbe Weiß verbunden?«

»Es stimmt also doch. Der Aribert – Gott hab ihn selig«, murmelte Walter Brandt. Er wusste mal wieder über alles Bescheid.

»Wer hat dir davon erzählt?«

»Zwei Frauen auf dem Weg zum Friedhof. Die schauen immer bei mir rein, wenn sie die Gräber ihrer Leute besuchen. Und am liebsten natürlich, wenn es Neuigkeiten gibt.«

»Und?«

»Du müsstest es doch wissen. Natürlich gab es Neuigkeiten! Natürlich wird viel geredet. Aber von dir erfährt man ja nichts.«

Ungeduldig schüttelte sie den Kopf. »Und du willst, dass ich dir alles aus der Nase ziehe?«

»Genau.« Ihr Vater lächelte.

»Okay, dann gibt es jetzt ein kleines Verhör. Wann genau sind die Frauen zu dir gekommen?«

»Ziemlich früh. Du warst grad aus dem Haus. Ich vermute, sie haben das abgewartet. So wie ich die kenne, gehen die nämlich davon aus, dass du mir das Reden verbieten könntest, dass ich aber all dein Wissen teile.« Er lächelte. »Die glauben tatsächlich, dass du mir was erzählst. Dabei warst du schon immer eine Geheimniskrämerin.«

»Was genau haben deine Informantinnen erzählt?«

»Dass er weiß geschminkt war im Gesicht, mit schwarz umrandeten Augen und leuchtend roten Lippen. Er soll nichts als einen hautfarbenen Tanga getragen haben. Sie nannten es natürlich ›eine winzig kleine Unterhose‹. Kannst du dir das vorstellen, ein Mann in meinem Alter mit so einem Kleidungsstück? Da ist vermutlich mit den alten Mädels die Phantasie durchgegangen.«

Annalena schluckte. Und wie sie sich das vorstellen konnte. Sie hatte es schließlich gesehen.

»Und sonst?«, hakte sie nach.

»Ganz dürr soll er gewesen sein und aufgeschnitten wie ein noch zu füllendes Spanferkel.«

»Das haben die so gesagt?«

»Genau so.« Wie zur Entschuldigung hob ihr Vater die Hände. »Ich kann auch nichts dafür. Meine Informantinnen reden nun mal nicht um den heißen Brei herum.«

»Und dann?«

»Dann wollten sie von mir wissen, ob da ein Verrückter rumläuft, der alles, was sich schminkt, um die Ecke bringt. Die Stefanie Overbeck hat sich ja auch immer nett zurechtgemacht, wenn sie sich hinter ihren Marktstand stellte.«

»Und was hast du geantwortet?«

»Ich hab ihnen gesagt, dass sie beide sich keine Sorgen zu machen brauchen – sie würden sich ja nicht anmalen.«

»Ich meine ihre Angst vor einem Verrückten«, hakte Annalena nach. »Was hast du darauf geantwortet?«

»Dass du alles im Griff hast. Dass ihr fieberhaft ermittelt. Was man so sagt, um Leute zu beruhigen. So, aber jetzt sag mal: Was ist da wirklich passiert?«

Annalena hob die Schultern. »Ich gäb viel darum, das genau zu wissen.«

»Weiß Birgit Zentner schon Bescheid?«

»Ewald war bei ihr. Die kennen sich ja wohl. Er hat gesagt, sie habe es sehr gefasst aufgenommen. Angeblich hatte sie es gespürt.«

»Ach ja, der Ewald. So hat er sich das sicher nicht vorgestellt.«

Annalena sah ihren Vater an. »Was meinst du damit?«

»Ich glaub, der hat sich schon im Kindergarten in die verguckt.«

»Was? Ich fass es nicht. Der hat uns nix davon gesagt.«

»Wie Dante«, erklärte ihr Vater nachsichtig, »der hat seine Beatrice auch aus der Ferne mit Liebe überschüttet. Man weiß gar nicht, ob man solchen Leuten wünschen soll, dass sich ihr Traum erfüllt. Jetzt kann er ihr als offizieller Tröster die Hand halten. Aber das mit dem siebten Sinn, nimm das bloß nicht zu ernst. Die Birgit steht mit beiden Füßen fest auf der Erde, die spürt so was nicht. Sag mal, war Aribert wirklich angemalt?« Walter Brandt beugte sich vor.

Annalena nickte.

»Und – was sagt Birgit dazu?«

»Es war ihr peinlich, meint Ewald, und dass ihr Mann das in letzter Zeit wohl des Öfteren gemacht hat. Frau Zentner hat auch behauptet, dass das alles nur deshalb passiert sei, weil er in den letzten Monaten so neben der Kappe war. Total japansüchtig soll er mit einem Mal geworden sein. Nur noch Reis, Tee und Sushi, hat Birgit gejammert. Aber ich weiß mittlerweile, dass er tatsächlich ein Butoh-Tänzer war. Vermutlich der einzige hier in der Gegend. Beim japanischen Butoh gehört weiße Körperschminke zum Ritual. Die tanzen, um Gefühle zum Ausdruck zu bringen und sich im Tanz davon zu befreien. Dabei ist der ganze Körper in Bewegung – auch die Gesichtsmuskeln. Die Tänzer ziehen Grimassen, die natürlich umso ausdrucksvoller rüberkommen, je intensiver das Gesicht angemalt ist. Vermutlich braucht man nicht einmal Zuschauer für diesen Tanz. Völlig ohne Eitelkeit. So was würde einigen auf meiner Dienststelle guttun.«

Plötzlich dachte sie an Jörg Ottenhöver und sah ihn geschminkt und in einem Stringtanga vor sich. In ihrer Vorstellung stattete sie seinen Körper mit O-Beinen und einigen zusätzlichen Fettringen aus. Rettungsringen. Sie musste lächeln. Das befreite.

Ihr Vater schien nicht richtig zuzuhören: »Hat Birgit ihn schon identifiziert?«

Sie hob die Augenbrauen. »Klar, zusammen mit Ewald und ihren Töchtern. Oder hättest du das machen wollen?«

»Nein, natürlich nicht.«

»Offenbar hat sie von dem Kollegen in der holländischen Gerichtsmedizin verlangt, dass der ihrem Mann das Gesicht wäscht. ›So kann man den ja keinem vorführen.‹ Originalzitat.«

Walter Brandt nickte. »Das passt zur Birgit. Immer geradeheraus.«

»Könntest du dir vorstellen, dass sie was damit zu tun hat?«

»Die Birgit? Nee, niemals!« Er schüttelte vehement den Kopf. »Die kann sich nicht mal so was vorstellen. Die hatte schon als Kind keine Phantasie. Die Birgit sitzt alles aus.« Er zögerte. »Sag mal, stimmt es, hat man den armen Aribert wirklich aufgeschnitten?«

Annalena nickte. »Ja. Aber stell keine weiteren Fragen. Bitte.«

Sie hatte am Vormittag im Obduktionsbericht gelesen, dass der Mann definitiv nicht verblutet sei. Der Mediziner hatte neben Benzodiazepinen eine curareähnliche Substanz gefunden, weshalb die Vermutung nahelag, dass die Täter die künstliche

Beatmung ihres Opfers abgestellt hatten, bevor dessen Körper wieder spontan atmete. Dadurch wurde ein Herzstillstand ausgelöst.

»Kannst du mir das bitte so übersetzen, dass auch ich das kapiere?«, hatte Jörg Ottenhöver beim Öffnen der weitergeleiteten Mail grimmig verlangt und mit der Sammelruffunktion der Telefonanlage die anderen Kollegen benachrichtigt. »Achtung, jetzt erfahren wir, was humanistische und kriminaltechnische Bildung ist. Die Chefin übersetzt uns nämlich das Amtsdeutsch des niederländischen Pathologen in eine Sprache, die wir alle verstehen, sogar die letzten Döspaddel.«

Sie hatte ihn mit zusammengezogenen Augenbrauen fixiert. Sein Ausbruch von Samstag hatte ihn offensichtlich um keinen Deut entspannter werden lassen.

Als alle um sie herumstanden, hatte sie erklärt: »Laut Obduktionsbericht sind beide Nieren entfernt worden. Derjenige, der den Eingriff vorgenommen hat, hat sich sogar die Mühe gemacht, die Gefäßverbindungen zur Aorta und zur großen Hohlvene zuzunähen. Im Klartext heißt das, dass Aribert Zentner nicht durch den Eingriff selbst verblutet ist. Offenbar wurde er vor der Operation mit Beruhigungsmitteln und angstlösenden Präparaten vollgepumpt und während der Operation künstlich beatmet. Der Bericht endet mit dem Verdacht, dass die Nieren des Verstorbenen bereits jemand anderem eingesetzt worden sind. Hier fällt wieder das Stichwort Organverpflanzung. Unser Gerichtsmediziner schreibt, dass das nur ein Arzt gemacht haben kann oder jemand, der sich verdammt gut mit Chirurgie auskennt und Zugriff auf die entsprechenden Instrumente hat. Nieren können heutzutage bis zu sechsunddreißig Stunden überdauern, was den Schluss zulässt, dass der ›Operationstisch‹ von Aribert Zentner in einem Umkreis von maximal hundert Kilometern liegen muss. Der Mann ist eindeutig auf dem Operationstisch verstorben – und zwar nach der Entnahme beider Nieren. Für uns als Ermittler heißt das: Jemand hat ihn aus dem Klostergarten entführt, operiert, desinfiziert und später seine

Leiche wieder dort abgelegt.« Alle hatten wie erstarrt in ihrem Büro gestanden und zugehört.

»Und jetzt?« Ihr Vater beugte sich vor.

»Wir beschäftigen uns gerade mit den Datenbankeinträgen zu den Leuten, die auf eine Organverpflanzung warten.«

»Hat man ihm etwa das Herz herausgerissen?«, fragte Walter entsetzt und fügte, fast entschuldigend, hinzu: »Meine weiblichen Informantinnen haben was in der Richtung angedeutet.«

Annalena schüttelte den Kopf. »Nein. Deinen Damen solltest du nicht alles glauben.« Dann stellte sie sich an die Spüle und wusch den Salat.

»Mit dir kann man auch gar nicht reden«, seufzte ihr Vater und deckte den Tisch.

Sie blickte ungewöhnlich lange in Friedemanns Richtung. Als er die Hoffnung schon fast aufgegeben hatte, winkte sie ihm zu und verkündete lauthals über die Straße hinweg: »Ich hab meine Inge wiederbekommen. Aber jetzt ist sie blind.«

Friedemann näherte sich vorsichtig. Das könnte ein Anfang sein. »Soll ich tragen helfen?«

»Ja, bitte.«

Jetzt bloß nichts Unbedeutendes sagen, nicht diesen Moment der Annäherung durch sinnentleerte Sätze zerstören. Er spürte seine Anspannung und schwieg. Sie humpelte ihm voraus. Erneut fiel ihm auf, dass sie immer lange Röcke oder lange Kleider trug. Bodenlang und grau.

Seufzend öffnete sie die Gartenpforte, und er folgte ihr in das kleine Haus.

»Dorthin«, befahl sie, und er stellte die Plastiktüte auf einen der drei Küchenstühle. Sie holte die Puppe heraus und setzte sie auf den Stuhl. »Blind«, wiederholte sie und wies auf die leeren Augenhöhlen.

»Blind wie Stefanie Overbeck«, sagte er.

»Ja, aber die ist auch noch tot«, stellte sie klar.

Er schwieg und sah zu, wie sie den Heißwasserkocher in Betrieb nahm. Dann stellte sie zwei Teetassen auf den Tisch.

Er forschte in ihrem Gesicht. Wie sie wohl aussehen mochte, wenn sie lächelte? Vermutlich würde er es niemals erfahren.

Möglicherweise war das der Grund, warum er sie nun anlächelte.

»Jaja. So ist es«, murmelte sie. »Der Tod holt uns alle irgendwann, egal ob reich oder arm. Dran ist ein jeder von uns, und das ist auch gut so.«

Friedemann nickte und blies auf den heißen Hagebuttentee. Er hasste dieses Getränk, aber das tat nichts zur Sache.

»Er hat sich schon wieder einen geholt«, sagte er dann und suchte Kittys Blick.

»Ich weiß.« Sie strich der blinden Puppe über den abgegriffenen Plastikkopf. »Ich war beim Lokführer. Und bei dem hat dann seine Frau angerufen, die Hedwig Hagenkötter, die arbeitet ja auf der Polizei, und dann kam ja auch noch alles im Radio.«

»Aribert«, sagte Friedemann.

»Aribert Zentner«, wiederholte sie. »Von dem brauchten sie wohl die Nieren.«

Friedemann hob die Augenbrauen. Etwas an der Geschichte kam ihm im gleichen Maße bekannt wie unheimlich vor. Wie von plötzlicher Kälte überwältigt schüttelte er sich.

»Weil er sich vegetarisch ernährt hat und nichts getrunken hat, zumindest keinen Alkohol«, ging Kitty ins Detail. »Solche Leute haben gute Nieren.«

»Wer sagt das?«

»Der Hagenkötter. Und er ist gleich auf die Idee gekommen, ein Klinikum an die Modelleisenbahn zu setzen, auch wenn es vor hundert Jahren am Verkehrsknotenpunkt Coesfeld nie eine so große Anstalt gegeben hat. Aber er will jetzt so ein Vorzeigehospital mit Transplantationszentrum und Hubschrauberlandeplatz auf dem Dach. Nur vom Feinsten. Und ich muss das bauen. Auch wenn es historisch nicht korrekt ist.«

»Echt?«

»Ja, er hat es schon bestellt. Ich stand daneben. Alles per Internet. Würd mich nicht wundern, wenn die auch ihre menschlichen Ersatzteile im Internet bestellen.« Als er weiterhin schwieg, fügte sie hinzu: »Der Hagenkötter denkt das auch.«

Friedemann schluckte.

»Er war mal Lokführer, und er weiß alles. Er ist ja auch durch die ganze Welt gereist mit seinen Lokomotiven. Er hat gesagt, überall, wo es Schienen gibt, war er schon mal. Er war aber noch nie auf Borkum oder auf Juist, weil es da keine Eisenbahn gibt.« Sie schüttelte den Kopf. »Zu mir kommt er auch nicht. Weil hier kein Zug vorbeifährt.«

»Menschliche Ersatzteile?«, hakte Friedemann nach.

Sie nickte. »Der hat gesagt, auf dem Schwarzmarkt in Brasilien gibt's eine Niere für weniger als dreißigtausend Euro, das sind bei zwei Nieren schon sechzigtausend, sogar einzelne Arm- oder Beinknochen sind da im Angebot, hat er gesagt. Die kosten allerdings zwischen viertausend und fünfzehntausend Euro.«

»Nein!«

»Doch«, triumphierte sie. »So ein toter Mensch ist nix mehr wert, das kostet sogar was, um den loszuwerden. Aber solange die Organe noch funktionieren, also ordentlich durchblutet werden, hat der Hagenkötter gesagt, kann man den richtig ausschlachten. Eigentlich ist von so einem Menschen alles zu gebrauchen: Augen, Herz, Lunge, Nieren, Knochen, Haut, sogar die Zähne.« Es schien ihr Freude zu machen, ihr Wissen weiterzugeben.

»Und Aribert Zentner?«

»Von dem hat einer beide Nieren gewollt, ist doch logisch. Sonst könnte der ja noch mit einer Niere weitermachen. Das hat man davon, wenn man gesund ist. Guckt sich nicht mal um und ist schon tot.« Sie griff nach ihrem Stock.

»Ich habe es geahnt«, sagte Friedemann in das Schweigen hinein. »Ich habe vermutet, dass so etwas passieren wird und dass ich es nicht verhindern kann. Hab ich das gesagt bei meinem letzten Besuch? Ich kann mich nicht erinnern, aber ich habe da so ein eigenartiges Gefühl, so was wie eine Vision.«

Sie schüttelte den Kopf und stellte mit bitterem Ton klar: »Da haben wir über meinen Verlobten gesprochen, aber als ich das Bild endlich gefunden habe, warst du schon weg. Hier.« Sie griff unter die Tischdecke und holte die Fotografie hervor. »Das ist der Beweis.«

Auf dem Bild lächelte sie. Es zeigte eine Verlobungsgesellschaft, das Paar umrahmt von neun Personen, fünf neben der Braut, vier neben dem Bräutigam, der stolz den rechten Arm um seinen Besitz gelegt hatte. Friedemann betrachtete das Paar. Kitty Siebert trug ein knallrotes Kostüm mit ungewöhnlich kurzem Rock und strahlte mit Siegerlächeln in die Kamera. Sie hatte phantastische Beine, und sie wusste es. Der Mann neben ihr hatte sich offensichtlich nur für sie in einen dunklen Anzug gezwängt. Ungeduldig blickte er in die Kamera, als könne er es kaum erwarten, die Festtagskluft wieder abzulegen. Sein blondes Haar war mit Brillantine nach hinten gekämmt und glänzte in der Sonne.

»Du hast ihn sehr gemocht«, stellte Friedemann klar. »Das sieht man.« Er hatte das Empfinden, jetzt so etwas sagen zu müssen, auch wenn ihn ganz andere Dinge beschäftigten.

Kitty Siebert seufzte. »Das stimmt.«

»Und dann?«

»Dann ist mir diese Geschichte passiert, und er ist in ein anderes Leben gegangen.«

»Ausgewandert?«

»Nein, er wohnt jetzt in Ahaus, ganz nah am Wasserschloss.«

»Das sind ja nicht mal zehn Kilometer.«

»Ich will ihn aber nicht mehr sehen. Für mich ist er ganz weit weg.«

Friedemann schwieg und quälte sich durch eine weitere Tasse Hagebuttentee. Draußen explodierte der Frühling, aber hier drinnen war es kalt.

Kitty Siebert setzte sich die blinde Puppe auf den Schoß.

»Seit ich weg bin von meiner Frau und so viel allein bin«, sagte er, »habe ich manchmal das Gefühl, Dinge zu sehen, die andere nicht erkennen.«

Sie sah ihn lange an. Dann nickte die Puppe auf ihrem Schoß – und Sekunden später nickte auch Kitty. »Das kenn ich.«

»Ich hab das geahnt«, meinte Friedemann. »Ich habe geahnt, dass jemandem die Augen rausgeschnitten werden und jemand anderem der Bauch geöffnet wird.«

»Und du hast das auch gesehen?«, fragte sie.

»Wie man im Traum was sieht«, antwortete er, »ohne die Leute zu erkennen. Ich glaube, das kommt vom Alleinsein, das ist die Belohnung fürs Alleinsein. Wir sehen mehr als andere. Für irgendwas muss es ja auch gut sein.«

»Ich will das gar nicht sehen. Von Anfang an wollte ich das nicht. Ich will nichts davon wissen.«

»Kitty«, beschwor er sie. »Was hast du gesehen? Sag es mir. Es ist vielleicht wichtig.«

Eine Gänsehaut überzog ihre nackten Arme. »Eine Birke beim Dachsweg. Da ist sie überfallen worden. Und sie hat nicht geschrien. Sie war nur erstaunt.«

»Überfallen worden, von wem?«

»Weiß ich nicht, will ich nicht … wissen.« Kitty kapselte sich in ihr Schweigen ein.

Mehr hatte Friedemann nicht aus ihr herausbekommen. Als er in seinen Wagen stieg, dämmerte es schon. Zwielicht. Er mochte diese Stimmung, es schien, als könne sich der Tag noch nicht entscheiden, ob er schon dunkel oder noch hell sein wollte. Sie entsprach seinem Lebensgefühl.

18. Kapitel

An diesem frühen Dienstagmorgen ging er barfuß über den Dachsweg und erinnerte sich an Stefanies schräge Scherze.

»Wir treffen uns da, wo es keinen Dachs mehr gibt, ja?«

»Wo?«

»Na, wie ich schon sagte: Dachs weg! Dachsweg!«

Sie hatte sich auch auf den Weg gemacht. Endgültig. Und war nun weg für immer.

Friedemann Vortkamp aktivierte sein »inneres Auge«: Er sah nicht mehr konzentriert um sich, sondern wartete darauf, dass ihn etwas »ansprang«. Ein Bild, eine Idee, eine plötzliche Erkenntnis.

Am Dachsweg standen keine Häuser. Er führte mitten durchs Amtsvenn, war von Birken und Rhododendronbüschen gesäumt und gehörte zur bevorzugten Route der Kalveroder Pättkesfahrer, die Friedemann vor allem an Wochenenden nervten, wenn sie mit Gebrüll und lautem Geklingel auf ihren Hollandrädern über die Feldwege rasten und seine Wohnmobilidylle störten. Dabei hatte er es als Fünfzehnjähriger genauso gemacht.

Aber jetzt, an diesem Dienstag, war es still. Er registrierte die Hinterlassenschaft der Radfahrer: Zigarettenkippen, Kondome, Papiertaschentücher – eine einzelne graue Socke und noch ein Stück weiter eine zerrissene Strumpfhose. Da musste am Wochenende einiges los gewesen sein.

Der Knopf stach ihm erst ins Auge, als er schon fast aufgeben wollte. Die Knöpfe seiner VIP-Kittelschürzen erkannte er sofort: aus China importierte kleine Perlmuttplättchen, die je nach Lichteinfall anders leuchteten. Dieses Exemplar changierte ins Hellgrüne und musste zu einem von Stefanies grünen Knöpfchenkleidern gehören. Sie hatte mehrere davon besessen, passend zu ihren wunderbar grünen Augen und der gleichfarbigen

Spitzenunterwäsche. Und sie hatte es toll gefunden, ganz langsam, Stück für Stück, entknopft zu werden.

Friedemann seufzte und ging in die Knie. Hier also war es passiert. Er spürte es. Und es tat weh.

Er hatte fast das Empfinden, als sähe er den Knopf abspringen, als man sie lieblos mitsamt diesem Kleid schulterte. Schulterte wie ein Stück erlegtes Wild. Woher kam diese Vision? Besser, er behielt sie für sich, sonst kämen noch die netten Männer mit den weißen Jacken und brächten ihn ins Landeskrankenhaus für Psychiatrie nach Telgte. Marina hätte ihn gern dort gesehen. Das wusste er. Auch wenn sie öffentlich das Gegenteil behauptete.

Friedemann Vortkamp griff zu seinem Telefon und suchte in der hinteren Tasche seiner Jeans nach der Visitenkarte der neuen Kommissarin. Während er es klingeln ließ, begutachtete er weiter den Dachsweg. Sie hatten hier nie auch nur einen einzigen Dachs gesehen. Trieben die sich überhaupt in Moorgebieten rum? Möglicherweise waren ja auch schon alle weg. Ganz weit fort. So weit weg wie sie.

»Polizeiinspektion Kalverode, was kann ich für Sie tun?«, meldete sich Hedwig Hagenkötter unverbindlich freundlich.

»Ich müsste bitte mal kurz mit der Kommissarin sprechen.«

»Wer ist denn da, und worum geht es?«

»Friedemann Vortkamp hier, es geht um Stefanie Overbeck. Ich hab da was gefunden.«

»Dann bringen Sie es bitte her. Frau Brandt ist grad dienstlich unterwegs.«

Herbringen, als wenn das so einfach wäre!

»Was ist es denn?«, fragte Hedwig Hagenkötter, und Friedemann überlegte kurz, ob er es ihr sagen solle, kniff dann aber die Lippen zusammen und schüttelte den Kopf. Ihm kam eine Idee, die Stefanie bestimmt gefallen hätte.

»Ist schon gut, ich bring's vorbei.«

»Aber ziehen Sie um Gottes Willen Latexhandschuhe an, bevor sie den Beweis anfassen.«

»Logo.« Er nickte. Klar, jeder normale Mensch trug permanent eine Schachtel mit Einweghandschuhen mit sich rum. Man konnte ja nie wissen. Nur er natürlich nicht. Aber dafür besaß er einen Spaten.

Das mit Grasbüscheln und Torfstückchen überzogene Stück Boden, das er freigelegt hatte, war etwa achtzig mal achtzig Zentimeter groß. Er bettete es auf eine Plastikplane und hob sein Fundstück vorsichtig in den Wagen.

Er hatte nicht gewusst, dass Erde so schwer sein konnte.

Es wäre sicher vernünftiger gewesen, ein Fähnchen in den Boden zu stecken und die Spurensicherung an diesen Ort zu führen, aber es bereitete ihm eine klammheimliche Freude, dem Befehl von Hedwig Hagenkötter Folge zu leisten und den knappen Quadratmeter Amtsvennboden mit dem kleinen Perlmuttknopf als Beweismittel auf die Wache zu bringen. Damit unterstrich er seine Verrücktheit, und die Hagenkötter und ihr Lokführer würden schon dafür sorgen, dass ganz Kalverode davon erfuhr. Zugleich aber, und vor allem darauf kam es ihm an, würde sich herumsprechen, dass eine Spur gefunden worden war. Trotzdem, damit die Jungs von der Spurensicherung nicht an falschen Stellen suchten, steckte er einen chromblitzenden Nordic-Walking-Stock an den Ort seiner Grabung.

»Nichts«, sagte Jörg Ottenhöver, putzte sich die Brille und sah Annalena vorwurfsvoll an, als trüge sie die Schuld daran, dass er nicht einen Schritt weitergekommen war. Vor ihm lag eine Liste sämtlicher Krankenhäuser im Umkreis von einhundertzwanzig Kilometern – die Niederlande eingeschlossen. »Da gibt es zwar überall Leute, die an der Dialyse hängen und auf neue Nieren warten, aber entsprechende Operationen haben da in den vergangenen sechsunddreißig Stunden nicht stattgefunden. Ich habe mit allen Verwaltungsdirektoren gesprochen. Eine Schwachsinnsrecherche, hab ich ja von Anfang an gesagt. Die illegalen Händler haben doch ihre eigenen Kliniken.«

Er war immer noch »reichlich finster unterwegs«, wie Ewald

Schmeing Ottenhövers Zustand bereits am Montag treffend diagnostiziert hatte. Dafür aber schien der Kriminaloberrat wie auf Wolken zu schweben.

Annalena bemühte sich um Sachlichkeit. »Wir können einfach nichts auslassen. Schreiben Sie bitte Ihre Ergebnisse, auch wenn es sich um negative Ergebnisse handelt, in unser Verlaufsprotokoll.«

Er schnaufte.

»Sie sind also immer noch sauer, weil ich Ihre Informationen zum Thema Hornhautrecherche nicht angemessen gewürdigt habe«, stellte Annalena klar.

»Quatsch, das eine hat doch mit dem anderen nichts zu tun.«

»Doch«, widersprach sie. »Und wissen Sie was: Ich geb Ihnen sogar recht. Inzwischen glaube ich auch, dass es da einen Zusammenhang gibt. Immerhin ist in beiden Mordfällen das Stichwort Organhandel gefallen.«

»Alle Krankenhäuser, die Markus heute Nacht zusammengesucht hat, hab ich angerufen. Systematisch, eins nach dem anderen. Und wofür? Für nix und wieder nix. Wertvolle Zeit für lau verschwendet. Aber wir haben's ja. Wir können ja mit Zeit und Ressourcen um uns schmeißen, wir haben ja die absolute Durchblickchefin. Hätte besser nach Hause gehen und sich ins Bett legen sollen, der Herr Kommissar, anstatt jedes einzelne Kaff im Internet nach Krankenhäusern abzusuchen und sinnlos Steuergelder zu verprassen. Wenn Sie dem dafür auch noch Freizeitausgleich genehmigen, bin ich echt sauer, denn jetzt ist er müde, schläft mit dem Kopp aufm Schreibtisch. Hab ich selbst gesehen.«

»Dann sollten wir ihn nicht wecken.« Annalena wusste, dass sie ihr Gegenüber damit noch mehr auf die Palme brachte.

»Das sollt ich mir mal erlauben, während der Dienstzeit zu schlafen.« Er stand auf und ging zum Rauchen nach draußen, nicht ohne demonstrativ die Tür zuzuknallen.

Annalena sah ihm lange nach und blickte dann auf die geschlossene Tür ihres Nachbarbüros. Wissing ging es überhaupt nicht gut, aber er hatte wenigstens ein eigenes Zimmer und konnte sich zurückziehen. Ganz offensichtlich traute er sich nicht mehr heim. Wenn sie es richtig beobachtet hatte, so hatte er zuletzt von Samstag auf Sonntag im eigenen Bett oder zumindest im eigenen Haus genächtigt. Sonntagabend hatte sie seine besorgt klingende Frau am Telefon gehabt, während er vor ihr stand und ihr per Zeichensprache zu verstehen gab, dass er nicht da sei und keinesfalls mit ihr sprechen wolle.

Weil sie wusste, dass sie eine schlechte Lügnerin war, war Annalena zum ersten Mal an diesem Tag ins Schwitzen gekommen. Und als sie dann auch noch dreist behauptete, Kollege Wissing sei ermittlungstechnisch unterwegs und sicher per Handy zu erreichen, klang es so, als frage sie sich selber, wo er stecke.

Anstatt mit Thekla Klartext zu sprechen, hatte er geschwiegen und sich in seinem Büro eingeschlossen. Dort stand eine zweisitzige milchkaffeebraune Ledercouch, auf der er reichlich zusammengefaltet geschlafen hatte. Als sie am Montagmorgen gekommen war, hatte sein Zimmer nach abgestandener Luft, muffiger Kleidung und nach Schweiß gerochen. Mit tiefen Schatten unter den Augen war er an ihr vorbeigehuscht, ein fadenscheiniges Handtuch über den Schultern, und hatte sich in den kleinen Gemeinschaftsduschraum in den Keller zurückgezogen. Als er von dort wieder auftauchte, genauso gekleidet wie am Tag zuvor, hatte er erklärt, er würde sich heute zusammen mit Wilfried Lütke-Tillmann um Stefanies Auto kümmern und sei bis auf Weiteres bei der Spurensicherung zu erreichen. Von dort war er erst abends in die Dienststelle zurückgekehrt, hatte sich eine Pizza Diavolo und zwei Flaschen alkoholfreies Bier mitgebracht, das alles auf seinem Schreibtisch platziert, aus dem Pappkarton gegessen und aus der Flasche getrunken.

»Ich hab da eine Idee«, teilte er Annalena mit vollem Mund mit. »Und der gehe ich heute Nacht mal nach. Dazu brauch ich Ruhe.«

»Dann halten Sie hier die Stellung?«

Er hatte genickt. Erleichtert. Sie sah ihm an, dass er nichts mehr fürchtete als die Begegnung mit seiner Frau. Aber auf

Dauer würde er nicht davor weglaufen können. Immerhin waren sie so an die Liste der Krankenhäuser gekommen.

Für alle Fälle hatte sie ihm heute, am Dienstag, ein großes Frotteebadetuch mitgebracht. Wenn er schon nicht seine Wäsche wechseln konnte, so sollte er wenigstens ein frisches Handtuch haben. Sie fragte sich, wie lange Markus diese Trennung von Tisch und Bett durchhalten mochte. Leise ging sie in sein Büro und bedeckte ihn mit dem flauschigen Tuch. Er schlief tatsächlich an seinem Schreibtisch, hatte es offensichtlich nicht einmal mehr geschafft, sich auf das kleine Sofa zu legen.

Eigenartigerweise hatte sie das Bedürfnis, ihm über den Kopf zu streichen, aber sie hielt sich zurück.

»Warum ausgerechnet die Verwaltungsdirektoren?«, wollte Annalena wissen, als Jörg Ottenhöver vom Rauchen zurückkam. »Wäre es nicht vernünftiger gewesen, mit den Hausmeistern zu sprechen? Je tiefer man ansetzt, umso mehr Informationen kriegt man meistens.«

»Wenn Sie alles besser wissen, machen Sie's doch selbst!«, fauchte Jörg und verstaute mit viel Zeitaufwand Tabak und Papierchen. Er rauchte exzessiver, seit sie da war. Das hatte Hedwig festgestellt, die sich selbst als gute Beobachterin bezeichnete.

»Herr Ottenhöver, was ist eigentlich los?« Annalena suchte seinen Blick.

Er wandte sich ab.

»Sie haben einen Konflikt mit mir, können wir uns darüber austauschen?« Schon in dem Moment, als sie den Satz aussprach, wusste sie, dass er falsch war.

»Quatsch!« Er stierte auf den Bildschirm seines Computers und murmelte: »Da verstehn Sie sowieso nix von.«

Und dann machte sie einen weiteren Fehler und fragte mit sanfter Stimme nach: »Wir wollen also nicht darüber reden?«

»*Wir* wollen schon mal gar nichts, dass das klar ist. Ich will meine Ruhe und ordentlich arbeiten, aber was Sie hier veranstalten, ist nicht ergebnisorientiert, sondern reinste Wichtigtuerei.«

Annalena schluckte.

»Und nun zu den Verwaltungsdirektoren. Natürlich weiß vor allem der Verwaltungsdirektor einer Klinik, was seine Ärzte so machen. Bei dem laufen doch alle Fäden zusammen, und der hat Zugriff auf jede verdammte Datei in jedem verdammten Klinikrechner. Der kann Statistiken und Zielvorgaben erstellen. Der sieht auf Wochen im Voraus, welcher Operationssaal von welchen Medizinern für welchen Eingriff reserviert ist. Der hat die Ressourcen im Blick und weiß, wo welche Blutkonserven gelagert sind und wer den Schlüssel zum Medikamentenschrank hat. Ohne das Wissen des Verwaltungsdirektors wird in den Operationssälen nicht mal das Licht eingeschaltet. So ist das nämlich bei uns, und nicht nur bei uns, sondern auch in den Niederlanden.« Er seufzte, fischte erneut Tabak und Papierchen aus seiner Schublade und drehte sich konzentriert und ohne aufzuschauen eine Zigarette auf Vorrat.

Sie sah ihn lange an und murmelte dann versöhnlich: »Interessant, tatsächlich, da könnten Sie recht haben. Das leuchtet mir ein.«

Sein Blick hatte etwas rätselhaft Gefügiges und ließ sie an einen Hund denken, der trotz Lob weiterhin angespannt und wachsam bleibt. Versöhnlicher, aber immer noch gereizt fügte Ottenhöver hinzu: »Außerdem läuft über deren Schreibtische die ganze Rechnungsführung. Da kann keiner klammheimlich den Operationssaal betreten und mal schnell im Alleingang eine Organverpflanzung machen, um sich ein bisschen Schwarzgeld reinzuoperieren. So einfach ist das nicht, weder hier noch in den Nachbarländern.«

Sie nickte erneut. »Das heißt, wir müssten nach so was wie einer illegalen Klinik suchen.«

»Exakt.« Er wurde wieder zugänglich. »Und die steht garantiert nicht im Telefonbuch.«

»Was machen wir dann?« Sie versuchte es erneut mit Freundlichkeit. »Sie haben doch sicher schon eine Idee.«

Jörg Ottenhöver schüttelte mit gerunzelter Stirn den Kopf und starrte so angestrengt auf den Boden, als läge dort eine nur schwer entzifferbare Antwort. »Nee. Im Fernsehen gibt's für solche Fälle Undercover-Agenten.« Er gab seinem Drehstuhl einen Schwung und drehte sich, bis sie seinen Rücken sah.

Doch Annalena ließ nicht locker. »An wen hier in Kalverode, oder sagen wir mal, im Umkreis von etwa zwanzig Kilometern, würden Sie sich wenden, wenn Sie etwas bräuchten, eine Niere, eine neue Kniescheibe oder gar ein Herz nebst Lunge? Wem würden Sie zutrauen, dass er oder sie zumindest jemanden kennt, der einen Kontakt vermitteln könnte?«

Sie dachte an die Menschen in dieser Kleinstadt. Gut die Hälfte aller Einwohner war von der Erziehung ihres Vaters geprägt worden.

Der Mann ihr gegenüber drehte seinen Stuhl in ihre Blickrichtung zurück, legte die Stirn in noch tiefere Falten und schnaufte angestrengt. »Der Einzige, dem ich so einen Schweinkram zutrauen würde, ist Alfred. Der hat in allem, was nicht koscher ist, die Finger drin, und der hat – wenn Sie mich fragen – einfach immer zu viel Geld. Wir hatten schon mal die Kollegen von der Drogenfahndung auf ihn angesetzt. Aber die haben nix gefunden. Aalglatt ist der. Macht auf blöd, ist aber bauernschlau. Und das sind die Schlimmsten. Sie kennen ihn übrigens auch. Er wird von allen Caruso genannt, weil er sonntags in der Kirche so laut und so falsch singt.«

»Und wie ich den kenne«, pflichtete Annalena ihm bei, aber er reagierte nicht auf sie, sondern kam so richtig in Fahrt.

»Und das versteh ich eben auch nicht. Wieso macht der eigentlich auf streng katholisch? Jeden Sonntag, den der Herr geschaffen hat, geht's zum Hochamt. Unsereiner geht ja grad mal Weihnachten zum Beten. Der aber zweiundfünfzig Mal im Jahr. Da muss der dat doch nötig haben, oder?«

Er schien diesen Caruso noch weniger zu mögen als seine neue Vorgesetzte und wurde Annalena gegenüber vertraulich: »Im Kirchenchor wollten sie ihn nicht. Trotzdem hält er sich für einen begnadeten Sänger. Früher hieß es immer: Wo man singt, da lass dich nieder – böse Menschen kennen keine Lieder. Aber der da, das ist kein guter Mensch. Also, würd mich nicht wundern, wenn der ab und an mal eines seiner Mädkes verticken würde, nach dem Motto: Die bringt's nicht mehr und geht nur noch als Ersatzteillager durch. Der Typ ist nicht nur Getränkeverleger. Der dealt mit allem. Das ist ein richtiges Schwein!«

Annalena fragte sich, ob Caruso ihrem einstigen Schutzengel vielleicht sein »Mädken« ausgespannt hatte.

»In dem seinem Puff gibt's auch Zimmer für Doktorspielchen und anderes schweinisches Zeug – hab ich gehört«, fuhr Ottenhöver fort, während Annalena auf ihrem Rechner sämtliche abgespeicherten Tatortfotos ordnete und kaum zuhörte. Auf einem der Bilder waren die zwei Puppenschreine nebeneinander angeordnet. Oberflächlich huschte ihr Blick darüber, und mit einem Mal kam ihr etwas an den Kistchen vertraut vor. Ihr wurde heiß. Das da hatte sie doch schon mal gesehen.

»... Lederklamotten sollen die tragen«, fuhr Ottenhöver fort und schüttelte sich.

»Tatsächlich?« Annalena aktivierte den Druckbefehl.

»Ja, den sollten wir uns mal vornehmen.«

»Stimmt, der Ansatz ist gut. Kümmern Sie sich darum?«

Er nickte und glättete einige seiner Falten. »Da kommt 'ne Menge Arbeit auf uns zu.« *Auf uns* registrierte sie überrascht. Als zögen sie gemeinsam an einem Strang und wären dank seines Einsatzes mindestens einen Zentimeter weitergekommen.

»Wir machen um halb zwei eine Dienstbesprechung. Dann unterrichten Sie am besten alle über Ihren Verdacht, und wir diskutieren die nächsten Schritte. Vielleicht steuern die Kollegen ja auch noch einige Details zu Herrn Caruso bei.«

»Dann sollten wir Kamerad Wissing aber rechtzeitig wecken.« Jörg Ottenhöver platzierte seine frisch gedrehte Zigarette mitten auf dem Schreibtisch. »Ich kenn den, der braucht mindestens zehn Minuten, bis der ansprechbar ist. Inzwischen guck ich schon mal, welche Gebäude und Nebengebäude zum Sago-Clan gehören. Notfalls geh ich aufs Katasteramt und ackere mich durch die Grundbücher. Das wollen wir doch mal sehen!«

Er war eindeutig auf den Geschmack gekommen.

»Was wollen wir sehen?« Markus öffnete die Tür seines Arbeitszimmers. Annalenas Badetuch hing ihm wie ein Theaterumhang um die Schultern, seine Haare standen ihm wirr vom Kopf ab. Er bedachte die Kollegen mit einem unendlich müden Blick. »Und wie spät ist es eigentlich?«

Annalena sah auf die Wanduhr. »Halb elf.«

»Gut.« Er gähnte. »Dann fahr ich mal nach Hause und zieh mich um. Bis dann.«

»Was auch wirklich nötig ist«, meinte Jörg Ottenhöver, als Wissing verschwunden war.

»Ist der öfter so drauf?«, fragte Annalena und nutzte Jörgs plötzliche Gesprächsbereitschaft aus.

»Nee, so hab ich den noch nie erlebt. Da scheint ja voll der Stecker raus zu sein.«

»Er wird seiner Frau einiges zu erklären haben. Hoffentlich ist der bis dreizehn Uhr dreißig wieder hier.« Annalena sah ihm besorgt nach.

»Kein Problem, Thekla ist dienstags nie zu Hause. Da isse beim Yoga für Frauen, weil sie sich nur in Gegenwart von Frauen verrenken kann – hat sie selbst so gesagt. Der würd sich doch nie auf den Weg machen, wenn er wüsste, dass die zu Hause ist. Mein lieber Schwan, da muss es ja ganz schön gekracht haben.«

Sie blieb wachsam. Sollte das etwa Jörgs Friedensangebot sein? Eine ganz normale Entschuldigung wegen seines samstäglichen Geschreis wäre ihr lieber gewesen. Andererseits: Alt werden würde sie hier sowieso nicht. Nicht an dieser Dienststelle und nicht in diesem Ort. Sobald der aktuelle Fall – oder waren es doch zwei Fälle? – gelöst war, würde sie sich um eine Versetzung kümmern. Das hier war nicht ihr Platz. So was spürte man ja schnell.

Also beschloss sie, sich mit Jörg zu arrangieren.

Das, was sie später als ihre ganz persönliche Sonnenfinsternis bezeichnen sollte, wurde an diesem Dienstag um exakt elf Uhr und fünfundvierzig Minuten eingeleitet. Der Schatten vor dem

Fenster fiel zunächst auf den Schreibtisch ihres Gegenübers und verdunkelte Sekundenbruchteile später Annalenas Arbeitsplatz. Reflexartig griff sie zum Lichtschalter und nahm wahr, wie Hedwig Hagenkötter ins Zimmer stürmte.

»Ach du meine Güte«, stöhnte die und hob die Hände, als müsse sie um Verzeihung bitten. »Ich hab völlig vergessen, euch zu sagen, dass dieser komische Friedemann was gefunden hat und das nun vorbeibringt. Scheint ja was Großes zu sein, wenn er schon so nah am Haus parkt. Wenn ihr mich fragt, so ganz von dieser Welt ist der ja auch nicht.«

Annalena sprang auf. »Ich kümmere mich darum«, meinte sie und hörte im Hinausgehen noch, wie Jörg der Hagenkötter recht gab: »Weißte wat, für mich is dat 'ne echte Tranfunzel, der kriegt doch nix mehr auffe Reihe.«

Gut, dass wenigstens die sich einig sind, dachte Annalena und stieß an der Tür fast mit Friedemann Vortkamp zusammen.

Er lächelte, und sie spürte, dass sie sich darüber freute.

Dann gab er ihr förmlich die Hand und fragte: »Soll ich es gleich im Wagen lassen?«

»Was denn?«

»Das Beweisstück.« Einladend öffnete er die Tür zu seinem kleinen Reich.

Annalena sah die lederne Sitzgruppe mit dem rechteckigen Tisch. Die Wände waren mit kleinen verschließbaren Holzregalen vollgepflastert. Es wirkte anheimelnd. Am Fenster hinter der Bank hing eine weiße Spitzengardine. Auf dem Tisch lagen Bücher und die heutige Tageszeitung, sie entdeckte sogar ein aufgeklapptes Notebook. »Hübsch, richtig gemütlich haben Sie es hier.«

»Mein Schneckenhaus. Aber schauen Sie mal, was ich gefunden habe! Deswegen bin ich gleich zu Ihnen gekommen.«

Erst jetzt nahm sie die große blaue Plane direkt am Eingang zum Wohnmobil wahr. Darauf lag eine sehr ordentlich abgestochene Grassode.

»Indoor-Rasen?«, versuchte sie zu scherzen.

»Nein, ein Knopf.«

Annalena starrte ihn fassungslos an.

»Ich habe einen Knopf gefunden«, sagte Friedemann und fügte gespielt reumütig hinzu: »Ja, ich habe ihn auch aufgehoben, und das war sicher nicht korrekt, aber dann habe ich ihn wieder genau da hingelegt, wo er gelegen hatte, und die Umgebung des Fundortes gleich mitgebracht.«

Annalena schnappte nach Luft. »Was haben Sie gemacht?«

»Man kann es auch so sagen: Ich habe Ihre Kollegin beim Wort genommen. Als ich meinen Fund vorhin gemeldet habe, schlug die nämlich vor, ich solle ihn einfach mal vorbeibringen. Aber was wollen Sie mit einem einfachen Knopf? Vielleicht gibt's ja auch noch Spuren drumherum. So, da bin ich, und ich finde, ich habe umsichtig mitgedacht. Dafür steht mir ein Lob zu.«

»Das ist doch nicht Ihr Ernst?«

»Doch.« Er grinste. »Ich hab genau das gemacht, was man von mir wollte.«

»Und damit wollen Sie mir sagen, dass wir in Zukunft aufmerksamer zuhören und angemessener reagieren sollen, oder? Danke, eine gute Lektion.«

Er setzte sein zurückhaltendes Woody-Allen-Lächeln ein. »Ich bin nicht hier, um didaktische Einheiten zu verteilen. Dafür wäre doch auch eigentlich Ihr Herr Vater zuständig, oder?«

»Ach ja, klar, Sie kennen ihn ja auch.« Annalena seufzte. »Alle kennen ihn.«

»Keine einfache Hypothek«, gab er ihr recht.

Sie nickte. »Wo kommt denn das Stück Erde her, ich meine, wo genau haben Sie es ausgegraben?«

Er beschrieb es ihr.

»Okay.« Sie griff zum Handy und schickte die Spurensicherung ins Amtsvenn zum Dachsweg, Ecke Erikaweg. Der Auftrag lautete, alles in der Umgebung der ausgegrabenen Grassode zu untersuchen, die durch einen verchromten Wanderstock markiert war. Und zwar in einem Mindestradius von fünfhundert Metern. Dann wandte sie sich an Friedemann. »Und wir zwei fahren zur Kriminaltechnischen Untersuchung.«

»Gern, bitte steigen Sie ein. Sie kennen ja den Weg, und ich freue mich, Sie in meinem Wohnzimmer dort hinfahren zu dürfen.«

Annalena schüttelte den Kopf. Mit leichtem Bedauern gestand sie sich ein, dass sie gerne mit ihm mitgefahren wäre. Weit weg. Vor allen Dingen weg aus Kalverode. »So einfach ist es leider nicht. Es könnte sein, dass Ihr Wagen dort eine Zeitlang stehen bleiben muss. Da nehm ich doch lieber ein Dienstfahrzeug und kutschier Sie im schlimmsten Falle wieder hierher zurück.«

Friedemann Vortkamp wurde blass. »Das geht nicht. Wo soll ich denn wohnen?«

»Ihr Haus, Ihre Familie, Ihre Eltern, Ihre Geschwister?«, zählte sie auf und wunderte sich über sein vehementes Kopfschütteln.

»Mein Auto. Mein Zuhause. Mein fester Fels und starker Hort.« Er wies auf das Wohnmobil.

Sie bemühte sich um ein Lächeln. »Das hört sich ja an wie ein Bibelzitat.«

»Genau genommen gehört es zu einer Melodie von Martin Luther«, gab er zu. »Ich kann es Ihnen auch vorsingen, wenn Sie wollen. Aber ich warne Sie.«

»Wir fahren jetzt erst mal in die KTU nach Münster, und anschließend ist uns ja vielleicht zum Singen zumute. Ich fahr vor. Ist das okay?«

Er hatte genickt und sie wieder mit diesem schüchternen Woody-Allen-Lächeln bedacht, und während sie schaltete, Gas gab, blinkte und bremste und ihn in seinem riesigen Gefährt in ihrem Rückspiegel beobachtete, hatte sie eine bittersüße Sehnsucht verspürt und sich gefragt, wie es wohl wäre, jetzt aus dem einen Leben aus- und in sein Leben und sein Haus auf Rädern einzusteigen. Es hatte was.

»Ich hätte Ihnen wirklich gern mal gezeigt, wie schön es ist, in und mit einem Schneckenhaus zu reisen«, gestand er, als sie beide vierzig Minuten später ihre Wagen verließen. »Man hat immer alles bei sich, was wirklich wichtig ist. In einem Haus oder gar in einer Wohnung würde ich mich wie festgenagelt fühlen.

Und stellen Sie sich vor, Sie hätten dann auch noch Nachbarn, mit denen Sie nicht klarkämen! Wie furchtbar! Wenn mir etwas nicht passt, fahre ich einfach fünfhundert Meter weiter. Alle Menschen sollten so leben, finden Sie nicht? Während der Woche mit dem eigenen Schneckenhaus direkt vor dem Arbeitsplatz – da hat man es nicht weit, Bus- und Bahnverkehr sind entlastet oder fallen sogar weg – und an den Wochenenden raus aufs Land, beispielsweise an den Drilandsee oder gar nach Holland ans Ijsselmeer. Und wenn unsereiner mal schön essen geht, kann er sich anschließend in die eigene Koje legen, die ja direkt vor dem Restaurant geparkt ist.«

Annalena widersprach lachend: »Na, ich weiß nicht. Dann wären doch alle Straßen und Autobahnen mit Wohnwagen verstopft, und – was ich besonders tragisch fände – es gäbe keine schönen Hotels mehr.«

»Natürlich müsste so was organisiert werden«, sagte er. »Ich hab schon darüber nachgedacht. Ich hab ja Zeit.«

Sie lächelte ihn an. »Das sieht man. Zeit für so einen Firlefanz, wie das mit der Grassode.«

»Das hab ich nur für Sie gemacht«, gestand er. »Um Ihnen eine kleine Freude zu bereiten, eine wohlverdiente und knallgrüne Abwechslung in Ihrem grauen Alltag.«

»Na, super! Wenn Sie wüssten, was bei uns gerade los ist. Grau ist da nichts.«

»Ich kann es mir denken. Vermutlich eher rot. Rot wie Blut. Und jetzt auch noch die Geschichte mit Aribert Zentner. Hat sich da schon irgendetwas Neues ergeben?«

Aha, daher wehte der Wind. Annalena wurde skeptisch und wachsam. Es war also nichts als die reine Neugierde, die ihn all das veranstalten ließ, und sie hatte gedacht, er habe sich das ihretwegen ausgedacht. Sie schluckte ihre Enttäuschung runter.

»Kann ich bitte mit reinkommen?«, fragte er wie ein Kind, als sie an der Eingangstür klingelte.

Sie schüttelte streng den Kopf. »Es dauert nicht lang. Warten Sie kurz.«

»Das mit dem Auto ist schon eine heikle Sache«, wurde sie vom Leiter der Ermittlungskommission begrüßt. »Wenn ich mir vorstelle, dass uns das fast durch die Lappen gegangen wäre! Nicht auszudenken. Wir haben vier Papiertaschentücher unter den Vordersitzen gefunden mit vier verschiedenen genetischen Fingerabdrücken. Einer davon ist der Toten zuzuordnen, die anderen drei sind noch nicht identifiziert.«

»Ich hätte einen weiteren DNA-Träger im Angebot«, unterbrach sie ihn schnell. Und ich habe ihn praktischerweise auch schon dabei. Es ist der Mann, der den Knopf gefunden hat, den wir nun samt Untergrund anliefern. Hab ich Ihnen ja alles schon am Telefon erzählt. Dieser Zeuge hatte eine Beziehung zu Frau Overbeck. Das zumindest müssen wir ihm nicht mehr nachweisen.«

»Na, dann soll er doch gleich mal eine Speichelprobe abliefern.« Annalenas Gesprächspartner rief nach einer Mitarbeiterin und schickte sie mit den Worten: »Und nimm besser mal das ganze Besteck mit« zu Friedemann.

Vier verschiedene Spuren. Wenn zwei der Taschentücher, und davon war Annalena fest überzeugt, Friedemann und Markus gehörten und das dritte der Toten zugeordnet wurde, so könnte das vierte eine Verbindung zu dem sein, der Stefanie Overbeck getötet hatte.

Aber waren sie damit auch nur einen Schritt weitergekommen?

Kommissarin Brandt sah aus dem Fenster. Draußen flirtete Friedemann Vortkamp mit einer leicht übergewichtigen kriminaltechnischen Laborantin und lud sie offensichtlich in seinen Wagen ein. Annalena verspürte eine Enttäuschung, die unangemessen schmerzte. Hatte sie wirklich gedacht, er sei an ihr interessiert? Meine Güte, sie lernte auch nichts dazu!

19. Kapitel

»Ich pack das einfach nicht«, stammelte Markus Wissing, während Annalena ihm das Stäbchen hinhielt und sich aussuchen konnte, ob er damit die Speichelprobe oder das Leben als solches meinte.

»Wir müssen auf Nummer sicher gehen«, versuchte sie ihn zu überzeugen. »Ich werde Ihre Probe Anonymus-001 nennen – dann wissen nur Sie und ich, von wem sie ist, versprochen.« Endlich steckte Wissing sich das mit Watte umwickelte Hölzchen in den Mund.

Zwei der vier unter dem Vordersitz des weißen Golf gefundenen Papiertaschentücher hatten innerhalb der vergangenen vierundzwanzig Stunden schon zugeordnet werden können. Eines gehörte Stefanie Overbeck, das andere Friedemann Vortkamp. »Wenn das dritte von Ihnen ist, was ich sehr hoffe, so könnte uns die Suche nach dem, der sich mit Nummer vier die Nase putzte, schon um einiges weiterbringen.«

Markus Wissing nickte ergeben. »Eins von denen ist bestimmt von mir. Wir haben uns ja im Winter kennengelernt, und im Winter läuft jedem mal die Nase.«

Obwohl er die vergangene Nacht zu Hause geschlafen, sich das Haar gewaschen und gefärbt und die Tolle mit reichlich Brillantine in Form gebracht hatte, sah er immer noch aus wie sein eigenes Gespenst. Auch seine durchgängig schwarze Kleidung einschließlich der schwarzen Socken und der Lackschuhe empfand Annalena als übertrieben. Er war der Liebhaber der Toten gewesen, nicht deren Witwer! Dennoch: sie war Kommissarin und keine Stilberaterin und hielt den Mund.

»Vor einer Woche hat sie noch gelebt, und heute Nachmittag wird sie beerdigt.« Markus setzte sich auf Annalenas Schreibtisch und nahm das Wattestäbchen aus dem Mund.

»So wollen Sie da hingehen?« Sie hob die Augenbrauen.

Er nickte.

Annalena suchte nach diplomatischen Formulierungen und räusperte sich: »Also, ich weiß nicht, so ganz in Schwarz … Das ist doch eigentlich das Privileg des Witwers. Was soll der denn davon halten?«

»Sie wollen doch wohl nicht etwa, dass ich in grüner Uniform antrete?«

»Nein, keine Sorge.« Annalena packte das Wattestäbchen in eine Plastiktüte. »Dann sehen wir uns auf dem Friedhof?«

Er nickte. »Sechzehn dreißig. Sind Sie bis dahin zurück?«

»Allemal.«

Jetzt sprach sie mit der leicht übergewichtigen kriminaltechnischen Laborantin, gab ihr die Probe von »Anonymus-001« und machte mehr Druck als nötig. Während sie mit ungeduldigem Unterton die absolute Priorität ihrer Anfrage betonte, fixierte sie ihr Gegenüber mit zusammengezogenen Brauen. Die Laborantin war gestern vor ihren Augen zu Friedemann ins Wohnmobil gestiegen und später mit Handkuss von ihm verabschiedet worden. Hatte diese kleine Aktion eines Speichelabstrichs nicht ungewöhnlich lang gedauert? Garantiert hatte sich Friedemann für den Abend mit der da verabredet, und so, wie Annalena sie einschätzte, hatte die auch zugesagt. Wer weiß, was dann alles passiert sein mochte.

Annalena begann zu schwitzen. Sie wollte es sich gar nicht vorstellen. Warum nur rechnete sie immer mit dem Schlimmsten? Nicht einer von der KTU hatte auch nur in Erwägung gezogen, Friedemanns Wohnwagen zu checken. Die hatten das Stück Erde nebst Knopf in ihren Untersuchungsraum gefahren und gleich mit der Arbeit begonnen. Auf der Grassode waren ein Haar und ein abgebrochener Fingernagel entdeckt worden. Der Fingernagel konnte Stefanie zugeordnet werden, das Haar dem Taschentuch Nummer vier. Die Kommissarin hoffte nun, dass Nummer drei zu Markus Wissing gehörte.

Annalena nahm die Laborantin erneut ins Visier: Sah sie glücklich aus oder müde? Oder etwa beides? Hatte Friedemann sie ins Theater entführt, ins Kino oder in ein feines Restaurant? Und was war dann geschehen? Nein, das alles wollte sie gar nicht wissen. Es war Unfug. Unsinn. Sinnlos. Sie würde sich jeden Gedanken an diesen reiselustigen Solisten mit seinem fahrbaren Schneckenhaus aus der Seele reißen. Würde nicht zulassen, dass dieses scheue Woody-Allen-Lächeln auch nur einen winzigen Platz in ihrem Herzen bekäme. Und überhaupt würde sie Kalverode bald wieder verlassen. Das war sowieso das Beste.

Summend und auffällig gut gelaunt nahm die Laborantin die Speichelprobe entgegen. »Soll ich Sie anrufen, wenn ich das Ergebnis habe?«

Annalena nickte. Ihr »Danke« klang wie eine finstere Verwünschung.

Der Sarg war ein geschlossener Kajak. Ein hölzerner, glänzend polierter Kajak mit vielen kleinen Fenstern und Bullaugen. Die Besucher der Trauerfeier hatten in der Kirche getuschelt und tuschelten jetzt auf dem Friedhof weiter. Einige hatten die Verstorbene gesehen, ihr perfekt geschminktes Gesicht, die engelsgleichen Locken, von denen jeder wusste, dass es sich um eine Perücke handelte – hatten sich nicht alle darüber empört, dass man der Toten die Haare abrasiert hatte? Stefanie Overbeck, geborene Rensing, war vermutlich die einzige Tote auf dem Kalveroder Friedhof, die mit einer großen Sonnenbrille bestattet wurde. Und genau das gab Anlass zu den wildesten Spekulationen. Es schien also zu stimmen, das mit den Augen, und wenn das stimmte, dann war auch das mit den Haaren wahr. So flüsterte man.

»Besser, du holst mich ab als eine meiner vielen Freundinnen«, hatte Walter Brandt seiner Tochter auf dem Handy hinterlassen. »Wenn ich mit einer Bekannten auf dem Friedhof auftauche, werden mir erstens Ungeheuerlichkeiten unterstellt, und zweitens wirst du als Rabentochter abgestempelt. Das muss ja nicht sein.«

Jetzt schob sie ihn in seinem Rollstuhl und mit einem schlechten Gewissen vor sich her. Rabentochter, dachte sie. So oder so werde ich deine Rabentochter sein, spätestens dann, wenn ich wieder von hier wegziehe – und das wird nicht mehr lange dauern.

Würde es sich überhaupt lohnen, die restlichen zwei Umzugskisten auszupacken? Sie war immer noch nicht in ihrer Wohnung angekommen.

In diesem Jahr war das Grün besonders schnell gewachsen, und die ersten Wiesen waren schon gemäht. Über dem Gottesacker lag ein Duft von frischem Gras.

»In Filmen lauern immer Polizeifotografen in den Büschen und porträtieren jeden einzelnen Beerdigungsteilnehmer«, sagte der Vater nun ein bisschen zu laut und mit verhaltener Erwartung in der Stimme. Als wolle er, dass die Tochter mit einem filmreifen Auftritt all seine Verehrerinnen zum Staunen brachte. Doch diesen Gefallen würde Annalena ihm niemals tun.

Stattdessen raunte sie ihm ein »Pscht!« zu.

Es ging schließlich niemanden was an, dass sie aus genau diesem Grund Horst Toplischek mit seiner Digitalkamera zur Trauerfeier bestellt hatte. Ihrem Wunsch, das alles so unauffällig wie möglich zu vollziehen, war er jedoch nicht nachgekommen. Schon in der Kirche hatte sie ihn in der Nische eines Beichtstuhls entdeckt. Von dort aus fotografierte er alle, die sich den Altarstufen näherten, um die heilige Kommunion zu empfangen. Glücklicherweise arbeitete er wenigstens ohne Blitz, und die scharrenden Füße der Gläubigen übertönten das Klicken seiner Kamera. Also hatte er wohl doch ein bisschen über seine Aufgabe nachgedacht. Sie hoffte es.

Hier auf dem Friedhof stand er hinter einer hochgewachsenen Kastanie, war selbst jedoch breiter als der Stamm, weshalb es eigentlich sinnlos war, sich dort zu verstecken. Wer ihn suchte, würde ihn gleich finden. Aber niemand suchte ihn. Annalena hoffte, dass er die Kamera wenigstens auf »Porträt« eingestellt hatte.

Walter Brandt wurde von allen Seiten gegrüßt, und weil sie hinter ihm stand, identifizierte man sie als seine Tochter. Einige erkannte sie. Die meisten nicht.

»Meine Tochter ist nun Kriminalhauptkommissarin hier in Kalverode, und sie ist, wie sich sicher jeder von Ihnen denken kann, im Einsatz«, würgte ihr Vater alle Gespräche ab, die sich in Richtung Erzählung zu entwickeln schienen, und gab Annalena schließlich widerwillig recht: »Es stimmt, an meiner Seite kommst du nicht zu dem, weshalb du eigentlich hier bist. In Ruhe beobachten und Ungereimtheiten wahrnehmen. Lass mich doch einfach allein hier sitzen und mach deinen Job.«

Allein und mit einer weißen Rose in der Hand stand Udo Overbeck neben dem Grab seiner Frau. Als Annalena ihm die Hand reichte, murmelte er: »Am liebsten hätte ich es so tief graben lassen, dass es bis ans andere Ende der Welt reicht. Dann hätte ich sie dort für immer bei mir.«

»Sie wird immer in Ihrem Herzen sein«, antwortete Annalena und schämte sich, als sie sich diesen Satz sagen hörte. Er kam ihr platt und nichtssagend vor. »Ich hab ihr ein Boot gebaut«, gestand er. »Ein Hausboot, ein Wohnboot, ein immerwährendes Zuhause. Und ich habe das Gefühl, dass es ihr gefällt. Kommen Sie auch? Später? Ich habe den großen Saal in der Concordia gebucht.«

Sie nickte und sah sich auf dem Friedhof um. Hier waren sicher acht- bis neunhundert Leute. »Ich werd's versuchen. Werden die alle kommen?«

»Ja, alle, die heute von ihr Abschied nehmen. Denn genau das hätte sie gewollt. So war sie. Ihre Kollegen von der Zeitung, ihre Kollegen vom Markt und ihre Kunden.«

»Das heißt im Klartext, die ganze Stadt?«

»Genau.« Fast lächelte er, nickte ihr noch einmal zu und lud tapfer alle, die ihm die Hand reichten und dabei mit abgewandtem Gesicht ihr Beileid murmelten, in die Gaststätte ein.

Annalena gesellte sich zu Horst Toplischek und bat den Kollegen, auch zur Concordia zu kommen und dort Fotos zu schießen. »Achten Sie bitte darauf, wer mit wem zusammensitzt. Also keine Einzelporträts, sondern besser Gruppenfotos.«

»Wissen Sie eigentlich, wer mir hier und heute noch fehlt?«, fragte Toplischek und rückte seine Brille zurecht.

Sie wandte sich unwillkürlich zur Seite. Sein Mundgeruch war noch schlimmer geworden. Vermutlich hatte er wegen dieser für ihn heiklen Mission den ganzen Tag nichts essen können. Jetzt vermischte sich Zahnfäule mit dem sauren Aufstoßen eines leeren Magens. Er hatte heute garantiert noch keine Pastille aus der PolKa-Dose genommen. Sie bemühte sich, nicht durch die Nase einzuatmen, hob die beide Schultern und sah ihn fragend an.

»Caruso«, verkündete er und fügte hinzu: »Andererseits auch irgendwie verständlich. Bei einer Beerdigung wird ja nicht gesungen. Aber trotzdem: Alfred Sago ist Mitglied der Kalveroder Werbegemeinschaft. Und von der sind sonst alle da. Ich kenn die nämlich.«

»Geben Sie mir ein Zeichen, wenn er doch noch kommt?«

»Klar, lassen Sie einfach Ihr Handy an. Dann schicke ich eine SMS. Hab Sie schon eingespeichert.« Er klang stolz.

Ärgerlich nahm sie aus den Augenwinkeln ihren von älteren Damen umringten Vater wahr. Wie aufgescheuchte Vögel flatterten sie um ihn herum, und ihr besorgtes Gezwitscher war unüberhörbar. Er war zu galant zu allen, und jede dieser fürsorglichen Frauen hoffte auf eine Freundschaft oder gar ein Stück Lebensabend an seiner Seite. Dabei hatte er ihr noch vor wenigen Tagen versichert, dass er sich mittlerweile in seinem Alleinsein nicht nur eingerichtet hatte, sondern auch äußerst wohlfühlte. Aber war das ihr Problem? Warum machte sie sich solche Gedanken?

Sie wandte sich um, und wie aus dem Boden gewachsen stand Friedemann Vortkamp vor ihr.

»Hallo, schon irgendwelche Verdächtigen gesichtet?«

Formvollendet reichte er ihr die Hand. Sie bemühte sich, ihn nicht anzusehen.

»Wär auch zu schön, oder?« Der Fliederstrauß in seiner Hand duftete aufdringlich.

Alle Exliebhaber einschließlich des Ehemanns mit weißen Blumen, schoss es Annalena durch den Kopf. Udo Overbeck mit einer weißen Rose, Markus Wissing mit einem Maiglöckchenstrauß und Friedemann mit weißem Flieder. Ob noch mehr Männer mit weißen Blumen aufkreuzten und sich damit unbewusst als Liebhaber outeten, und was überhaupt hatte die Farbe Weiß zu bedeuten?

»Hallo«, wiederholte Friedemann und beugte sich vor. »Ich hab Sie was gefragt.« Er roch nach einem teuren Aftershave.

Sie sah ihn an.

»Gibt's schon was Neues von Haar und Fingernagel?«

»Selbst wenn, ich dürfte es Ihnen nicht sagen.«

»Na ja, von mir wird es schon nicht sein.« Er klemmte sich den Strauß unter die Achsel und hielt ihr wie zum Beweis seine gepflegten Hände hin.

»Wir werden sehen«, sagte sie und wandte sich zum Gehen.

»Vor einem halben Jahr hätte ich mir nicht vorstellen können, dass ich ihrem Mann mal die Hand reiche«, stellte Friedemann fest.

»So wie es aussieht, wird er Sie auch zum Abschiedskaffee einladen«, sagte Annalena. »Natürlich nicht Sie alleine. Alle, die ihm die Hand reichen, werden in die Concordia gebeten.«

»Echt? Auch mein Nachfolger?«

»Vermutlich.«

Friedemann schüttelte den Kopf. »Das verstehe ich nicht. Ich an Udos Stelle wäre ganz schnell wieder abgereist. Was wird eigentlich aus dem Haus der beiden?«

»Keine Ahnung. Ich muss den Mord aufklären, nicht die Vermögensverhältnisse«, belehrte sie ihn von oben herab und streckte den Rücken. Der sollte ja nicht glauben, dass sie auch nur eine Sekunde gedacht hatte, er sei ein interessanter Typ.

»Hat er Sie auch eingeladen?«, fragte Friedemann.

Annalena nickte.

»Warum tut der sich das an?«

Sie zog die Augenbrauen hoch. »Mich einzuladen?«

»Nein, nicht das. Das Ganze hier. Diesen Spießrutenlauf, diese Blicke, diese Sensationslust. Das Gemurmel und Geraune.« Er wisperte mit verstellter Stimme: »So sieht also einer aus, dessen Frau ermordet wurde. Vielleicht hat er sogar selbst was damit zu tun, garantiert lädt der uns alle jetzt nur ein, um uns zu täuschen. Wir sollen gut von ihm denken, er will uns ködern.«

»Das glauben Sie doch wohl selber nicht.«

»Stimmt, das glaube nicht mal ich.« Er blickte hoch und kniff die Augen zusammen. »Auch das noch. Da rauscht meine Ex an. Zumindest hat sie das Kind zu Hause gelassen.« Er seufzte theatralisch. »Klar, dass die auch hier aufkreuzen muss – nach dem Motto: Viele Frauen, viele mögliche Käuferinnen. Wie ich die kenne, bucht sie ihren selbstlosen Einsatz auch noch als Kundenakquise ab. Meine Marina, meine unbedachte Lebenszeitvernichterin.«

Bevor Annalena fragen konnte, was sie sich unter dem letzten Wort vorzustellen hatte, sah sie eine zierliche und püppchenhafte Frau auf extrem hohen Stöckelschuhen auf sich zuwanken. Da sie bei jedem Schritt in dem hohen Kies zu versinken drohte, glichen ihre Bewegungen einem heiklen Balanceakt. Ihr folgte im Abstand von etwa zwei Metern ein hochgewachsener grauhaariger Mann mit tragisch umflortem Blick und einer weißen Calla in der Hand.

»Darf ich vorstellen?«, raunte Friedemann der Kommissarin zu: »Dort kommt die, die meine Zeit vergeudete, indem sie mich in ihr Leben zog und mir das Denken verbot. Aber ich hab mich rechtzeitig aus ihrer Umklammerung befreien können.«

»Hört sich ja richtig dramatisch an.«

»So war es auch.«

Marina Vortkamp trug ein olivgrünes Seidenkostüm und hatte sich das goldrot gefärbte Haar hochsteckt. In ihrer rechten Armbeuge baumelte eine Tasche aus schwarzem Krokodilleder. Sie maß ihren Exmann mit einem verächtlichen Blick. »Na, wieder mal ein bisschen Zeit totschlagen?« Ihre Stimme war durchdringend, fast schrill.

»Nettes Täschchen«, kommentierte Friedemann ihren Angriff und wies auf die Handtasche. »Sechstausend Euro?«

Triumphierend hob sie den Kopf. »Sieben neun – du hast mal wieder keine Ahnung.«

Annalena starrte die beiden an. Sie hatte nicht gewusst, dass es überhaupt so teure Handtaschen gab.

»Warum bist du hier?«, fragte Friedemann, und Annalena fiel auf, dass er den Begleiter seiner Frau demonstrativ übersah.

»Frag nicht so blöd«, konterte Marina Vortkamp. »Sie war nicht nur eine gute Kundin, sondern auch eine meiner besten Botschafterinnen. Sie trug die VIP-Kleider zu Markte – und zwar im wahrsten Sinne des Wortes. Jeden Samstag und immer farblich passend zum Obst und Gemüse der Saison. Willst du mich nicht vorstellen?«

Annalena nahm wahr, dass die Blicke der Textilfabrikantin sie auszogen, jedes einzelne ihrer Kleidungsstücke verwarfen, ihre Frisur der Lächerlichkeit preisgaben, verächtlich die Schnürschuhe musterten und die Leinenumhängetasche, die sie trug, absolut unmöglich zu finden schienen.

»Die neue Kriminalkommissarin«, sagte Friedemann, und Annalena war ihm unendlich dankbar, dass er nicht erklärend hinzufügte: Übrigens die Tochter unseres gemeinsamen Lehrers Walter Brandt.

»Im Dienst?«, fragte Marina Vortkamp.

Annalena nickte und ärgerte sich. Der war sie ja nun wirklich keine Rechenschaft schuldig. »Ich muss dann auch weiter.« Sie machte sich auf den Weg.

Der schmale Mann in grauen Nadelstreifen nahm Witterung auf. Die da roch nach Sehnsucht. Ja, auch Sehnsucht hatte ihren ureigenen Duft. Eine Mischung aus Vanille und Mottenkugeln. Und der Duft kam ihm bekannt vor. Er hatte ihn vor noch gar nicht so langer Zeit schon mal wahrgenommen.

So viele Menschen und so viele Eindrücke. Deswegen mochte er große Versammlungen, Schützenfeste, Pferde- und Wochenmärkte, Hochämter in katholischen Kirchen – auch wenn hier der Weihrauch ziemlich viel erschlug. Müsste er eine Skala der häufigsten Gerüche anlegen, so käme zuerst der des Geldes, dann der der Einsamkeit. Ausgeglichen, erfüllt oder gar stolz rochen die wenigsten. Dankbarkeit hatte er noch nie gerochen – vielleicht waren deren Duftmoleküle neutral oder zu unauffällig.

Nachdenklich näherte er sich nun der Gruppe von Frauen, die sich um einen Mann im Rollstuhl versammelt hatten und angeregt auf den Sitzenden einschnatterten. Unter dem freundlichen und zugewandten Rosen- und Hefeduft der Damen nahm er eine winzige Nuance jenes Aromas wahr, das er als Frust bezeichnen würde. Es erinnerte an abgestandenes Kartoffelwasser und Staub. Sehnsucht umgab eigentlich alle – da konnten sie noch so viel Parfum und Aftershave auflegen – und vor allem der Schwarzgekleidete dort mit seinem Maiglöckchenstrauß und der Brillantinetolle. Unerfüllbare Sehnsucht in höchster Potenz. Kaum noch auszuhalten.

Der Rollstuhlfahrer dagegen strahlte Selbstsicherheit und Zufriedenheit aus. Alle positiven Duftnoten umwehten ihn wie ein Bukett. Der Fremde mit der Calla im Arm warf ihm einen fast neidischen Blick zu und näherte sich dem Grab und Udo Overbeck. Er hatte schon immer wissen wollen, wie wirkliche Trauer roch.

Sie roch nach Erde, kalter Asche und Salz, vermischt mit einem Hauch frisch gemähten Grases. Gar nicht so schlecht und verwandt mit der Depression. Die dort im Sarg hatte mit jeder Pore ihrer Haut Melancholie ausgestrahlt, doch sie hatte es überspielt mit lauten und zotigen Sätzen. Jetzt würde sie diese Sätze nicht mehr sagen, und vielleicht roch sie nun zufrieden. Er hätte es gerne gewusst. Doch der Kajak mit seinen vielen Bullaugen war schon in die Erde hinabgelassen worden.

Der Witwer roch neben all der Trauer auch nach Holz und Hobelspänen und ein kleines bisschen nach Hoffnung.

Der Mann im Nadelstreifenanzug ließ die Calla auf den Sarg fallen, dankte für die Einladung in die Concordia und wandte sich ab. Mit dem linken Nasenflügel nahm er den beißenden Geruch ohnmächtiger Wut und in Zaum gehaltenen Zornes wahr. Weit weg, aber schmerzhaft präsent.

Er sah sich um und entdeckte die Quelle. Die Frau da hinter den Thujen machte ihm Angst.

Gestern beim Yoga hatte man es ihr zugeraunt: »Es gibt ja zwei Witwer bei der armen Stefanie. Den Ehemann und deinen Markus. Das weißt du schon, oder?«

Sie hatte es nicht gewusst. Aber sie hatte sofort gespürt, dass es stimmte. Als sie heimkam, roch sie, dass er dagewesen war. Seine schmutzige Wäsche lag im Bad, am Waschbeckenrand klebten Rasierschaumreste. Er hatte ihr keine Nachricht hinterlassen. Er liebte sie nicht mehr.

Jetzt stand sie hinter einem Thujabaum und beobachtete ihn. Er war tatsächlich ganz in Schwarz angetreten, mit frisch gefärbtem Haar und glänzender Tolle, mit Maiglöckchen in der Hand. Wie lächerlich, wie peinlich und wie entlarvend. Zum ersten Mal begriff sie, was sich hinter dem Wort Fremdschämen verbarg. Und dann kamen der Zorn und die Wut.

Thekla Wissing zitterte vor Entrüstung. Wie konnte er ihr so etwas antun? Ein Rest von Anstand hinderte sie daran, zum offenen Grab zu laufen und auf ihn einzuprügeln. »Aus ermittlungstechnischen Gründen muss ich da hin«, hatte er sie kurzerhand abgefertigt, als sie ihn um die Mittagszeit telefonisch zur Rede stellte.

»Und wo schläfst du?«, hatte sie nachgefragt, und er hatte kalt und herzlos geantwortet: »In meinem Büro.«

»In seinem Büro«, wiederholte sie nun zwischen zusammengepressten Zähnen. »Vermutlich mit der da. Mit der neuen Kommissarin.«

Die unterhielt sich gerade mit diesem Friedemann. Auch so ein Nichtsnutz. Thekla Wissing sah an sich hinunter und begriff:

In diesem Aufzug konnte sie sich nicht unter die Trauernden mischen. Sie trug ihre Yogaleggings, helle Turnschuhe und einen Strickpullunder. Vermutlich stand ihr das Haar wirr um den Kopf, so oft wie sie es sich heute schon gerauft hatte. Sie hätte sich ordentlicher anziehen sollen.

Aber es war alles so schnell gegangen. Bis vor einer halben Stunde hatte sie noch gar nicht gewusst, dass sie ihn sehen wollte: ihren trauernden Gatten. »Dieser Sausack!«, zischte sie.

Sie verachtete ihn. Der machte ja wohl vor nichts halt. Erst mit der Steffi – geschah der ganz recht, dass die dafür ihr Leben lassen musste – und jetzt mit der neuen Kollegin. Wieso genügte sie ihm nicht? Sie war die beste aller Hausfrauen. Sie sorgte dafür, dass seine Kleidung gepflegt und die Strümpfe ohne Löcher waren. Sie kochte für ihn und schuf ihm ein wohnliches Zuhause. Sie putzte seine Schuhe und verwaltete sein Geld. Bei der Steffi hatte es sicher nicht so perfekt ausgesehen – die mit ihren vielen Nebenjobs. Bekam ja offensichtlich den Hals nicht voll. Neben dem Ehemann in Australien hatte sie sich noch Markus geschnappt, der eigentlich ihr gehörte.

Wie sollte sie mit dieser Schande weiterleben: Ihr Ehemann schwarz gekleidet auf der Beerdigung von diesem Marktweib. Mit weißen Blümchen in der Hand! So sah doch ein Blinder mit dem Krückstock, dass zwischen Steffi und ihm was gelaufen war. Nur der echte Ehemann sah natürlich nichts.

Thekla beobachtete, wie ihr Mann den Rollstuhl des Lehrers schob und zusammen mit dieser neuen Kollegin das Friedhofsgelände verließ, vermutlich um der Einladung des gesetzlichen Witwers in die Concordia zu folgen. Wenn sie jetzt heimginge und sich schnell umzöge, würde sie es auch noch bis zum Beerdigungskaffeetrinken schaffen. Sie war zwar nicht direkt eingeladen, aber Udo Overbeck hatte ja offenbar alle, die ihm über den Weg gelaufen waren, dahin bestellt. Da kam es auf eine mehr oder weniger auch nicht mehr an. Und dann würde sie ihrem Markus laut und deutlich verklickern, was sie von ihm hielt. Vor versammelter Mannschaft. Dass dann jeder Bescheid wusste!

Thekla schnaufte. Die Neue sah so harmlos aus. Mausbraunes Haar mit geradem Scheitel, dazu eine biedere Brille, das obligatorische Perlenkettchen. Brav und ordentlich. Aber bekanntlich waren das ja die Schlimmsten! Was war nur los mit ihrem Mann? Er würde schon noch sehen, was er davon hatte! Jetzt würde sie nicht mehr von morgens bis abends Rücksicht nehmen. Die guten Zeiten waren vorbei. Sie eilte im Stechschritt heimwärts.

Er nahm die Frau genauer ins Visier. Sie stand direkt neben der bereits ausgehobenen Grube und machte den Eindruck, als hätte sie seit Tagen nicht mehr geschlafen. So tiefe Schatten unter den Augen hatte er noch nie gesehen.

Der beißende und eisenartige Geruch von hilfloser Wut, der von ihr ausging, erschütterte ihn. Sie tat ihm leid. Das hatte er nicht gewollt.

20. Kapitel

Die Tische waren mit weißen Papierdecken und grünem Efeu geschmückt. Dazwischen standen flackernde Teelichter. Chamoisfarben, wie das Hotelgeschirr. Das Ganze hatte – jetzt mitten im Mai – etwas Weihnachtliches, und Annalena fühlte sich überhaupt nicht wohl.

Weder die vielen Gäste passten zum traurigen Anlass, noch die plötzlich anschwellende Lautstärke, mit der die Gespräche geführt wurden. Als gäbe es Unmengen von erfreulichen Wiedersehen zu feiern – und keinen einzigen Abschied. Obwohl sie Stefanie Overbeck nicht gekannt hatte, hatte Annalena das Empfinden, dass ihr das Ganze hier nicht gerecht würde. Es war wie ein Verrat. Sie hätte am liebsten laut »Stopp!« geschrien, und noch lieber wäre sie Hals über Kopf in ihre Dienststelle zurückgerannt. Alles fühlte sich falsch an. Auch das eigene Leben.

Ein Blick auf den Vater machte ihr klar, dass der ihre Bedenken nicht teilte. Nach allen Seiten grüßend hielt Walter Brandt Hof. Einmal hatte er sogar mit fast hoheitsvoller Geste dem fotografierenden Horst Toplischek zugewunken. Mit einem besorgten und freundlichen Interesse, das er eigens für diesen Anlass angelegt haben musste, beglückte er alle, die ihn grüßten. Und so gut wie jeder begegnete ihm mit fast rührendem Respekt.

Diese Seite ihres Vaters kannte sie nicht. Sie hatte als Zehnjährige aufs Alexander-Hegius-Gymnasium nach Ahaus gewechselt, war jeden Morgen in Kalverode in den Bus gestiegen und hatte daher mit den Jungen und Mädchen, die in der Obhut ihres Vaters aufwuchsen, kaum noch etwas zu tun gehabt. Aus ihnen waren inzwischen Erwachsene geworden, und all diese Erwachsenen rissen sich immer noch um ein Lächeln des Herrn Brandt. Selbst dieser unsägliche Caruso, den Annalena im selben Moment wahrgenommen hatte, wie Horst Toplischek es ihr per

SMS mitteilte. Breitschultrig und mit dem Gehabe eines Mannes von Welt war er über den Friedhof gestapft, und auch anschließend in der Concordia hatte er sich wie ein Geschäftsmann aufgeführt, ein Kontakte knüpfender Kaufmann zweifelhaften Rufs. Auch ihn hatte Walter Brandt begrüßt wie einen wunderbaren und liebenswerten Freund.

Väter waren und blieben Fremde.

Es schmerzte sie, das begreifen zu müssen.

Jetzt stand Annalena am Herd und bereitete das Abendessen vor, während der Vater auf der Eckbank saß, nun wieder ohne das verständnisvolle Lächeln und den liebevollen Blick. Sie stellte sich vor, dass er beides sorgfältig zusammengelegt, in eine Schachtel gepackt und diese in seinem Schrank eingeschlossen hatte. Er wirkte müde und murmelte: »Meine Güte, sind die alt geworden – und vermutlich sagen die das Gleiche von mir.« Dabei betrachtete er auf Annalenas Laptop jene Fotos, die Horst Toplischek geschossen und ihr gerade rübergemailt hatte.

»Du kennst alle?«

Er nickte. »So gut wie. Kinder werden viel zu schnell erwachsen.« Er sah seine Tochter fast vorwurfsvoll an. »Je schneller sie wachsen, um so eher machen sie solche wie mich zum Greis.«

Annalena hob die Schultern. »Man kann es auch anders sehen. Du warst von Anfang an ein alter Vater. Das war mir früher nicht bewusst, aber auf der Polizeischule hatten fast alle meine Kommilitoninnen Väter, die gerade erst ihren Fünfzigsten feierten. Du dagegen bist über sechzig. Vielleicht altern alte Väter schneller.«

Er protestierte mit hochgezogenen Augenbrauen: »Bald bin ich nicht mehr Frührentner, sondern ein echter, anerkannter und offizieller Pensionär. Super, oder?«

»Freust du dich darauf?«

»Alles Stufen hin zum Tod. Ein Schritt nach dem anderen. Bei solchen Lebensabschnittsveränderungen wird mir das immer besonders klar. Lebensabschnittsveränderungen – ist das nicht ein entsetzliches Wort? Als würde etwas abgeschnitten. Zack, weg damit.«

Er klickte sich weiter durch die Bilder. »Ein begnadeter Fotograf ist ja nun nicht gerade aus unserem Toplischek geworden«, stellte er nach einer Weile fest.

Annalena wandte sich um. »War der etwa auch in einer deiner Klassen?«

Walter Brandt schüttelte den Kopf. »Wo denkst du hin, der ist doch grad mal zehn Jahre jünger als ich. Aber seine Kinder kenne ich. Die haben übrigens am heutigen Event nicht teilgenommen. Irgendwie beruhigend, dass doch nicht ganz Kalverode unterwegs war, auch wenn man im Festsaal der Concordia diesen Eindruck haben mochte.«

Annalena sah auf den Bildschirm des kleinen Rechners. »Guck mal, wen haben wir denn dort?« Er wies mit dem Finger auf eine Gestalt rechts oben im Bild: eine verhärmt aussehende Frau mit großer dunkler Sonnenbrille, die halb hinter einem Thujabaum hervorschaute. Es sah so aus, als trüge sie eine dunkle Strumpfhose, dazu helle Turnschuhe und einen rosafarbenen Strickpullunder. Das graublonde Haar stand ihr wirr um den Kopf.

»Kennst du die?« Annalena sah ihn fragend an.

»Klar, das ist Thekla Wissing. Die Frau deines Kollegen. Glücklich wirkt die nicht.«

Er hatte recht. Thekla sah aus, als hätte sie in dieser Sekunde von dem Seitensprung ihres Mannes erfahren. Fassungslos, entsetzt, ungläubig und wütend zugleich. Doch bevor sich Annalena das Bild noch genauer anschauen konnte, klickte ihr Vater schon weiter und kommentierte alle Porträts und Gruppenaufnahmen mit gedämpftem Gemurmel. Sie ließ die Bilder an sich vorbeirauschen.

Ein paar Klicks weiter ein Porträt von Markus Wissing. Horst Toplischek hatte wirklich jeden fotografiert. Auch die eigenen Kollegen. Dabei war doch klar, dass Markus eindeutig nicht zu den Verdächtigen gehörte. Aber sie hatte ihm *alle* aufgetragen, und daran hielt er sich dann auch. Was für ein gut funktionierender Mitarbeiter! Er hatte den Pfarrer, den Witwer, den Chefredakteur der »Kalveroder Nachrichten« abgelichtet, alle Nachbarn, sämtliche Marktleute, jeden Schulkameraden und alle Kollegen der Dienststelle. Natürlich hatte er auch Annalena Brandt nicht ausgelassen.

»Stopp mal«, sagte sie plötzlich zu ihrem Vater und betrachtete mit gerunzelter Stirn die aktuelle Aufnahme. Markus Wissing wirkte müde. Seine Gesichtshaut war so blass wie die Blütenblätter der Maiglöckchen in seiner Hand.

»Weiße Blumen«, murmelte sie. »Hast du noch weitere Herren mit weißen Blumen entdeckt?«

Er schüttelte den Kopf. »Wenn du willst, achte ich darauf.«

»Ja, mach das.«

Eine Viertelstunde später hatte er die entsprechenden Fotos auf dem Desktop zwischengelagert und rief seiner Tochter zu: »Schau sie dir an: der Witwer mit einer weißen Rose, dein Kollege mit weißen Maiglöckchen und Freund Friedemann mit weißem Flieder. Und dann haben wir hier noch einen Herrn, den ich nicht kenne. Er trägt eine weiße Calla. Siehst du ihn? Er steht direkt neben Marina Vortkamp.«

»Du weißt nicht, wer das ist?«

Walter Brandt schüttelte den Kopf. »Aber ich ahne, wer das sein könnte. Weißt du, meine Freundinnen …« Er setzte dieses Wort mit seinen Zeigefingern in Anführungszeichen und lächelte. »Meine Freundinnen haben mir gesagt, dass die Vortkamp jetzt mit einem Künstler zusammenlebt, ›en fiese Möpp‹, wie sie behaupten. Ich wusste gar nicht, dass es auch einen Doktor in Kunst gibt. Aber heutzutage kann man ja in allem promovieren – man muss nur geschickt genug abschreiben können. Vermutlich will er die Calla malen oder in einem Gedicht verewigen. Ist ja auch ein klassisches Motiv.«

»Und wie heißt er?«

»Was weiß ich.« Er klang gereizt. »Aber sag mal, was hast du nur mit deinem weißen Blumenstrauß?«

»Findest du das nicht auffällig? Vier Herren mit weißen Blumen. Von dreien dieser Männer weiß ich, dass sie Stefanie Overbeck – sagen wir es mal so – näher kannten. Da könnte man doch denken, dass der vierte … Du weißt schon, was ich meine.«

»Die Steffi war nicht so eine. Das war kein Flittchen. Über die Toten nur Gutes.« Er starrte konzentriert weiter auf den Bildschirm.

»Sag mal, was bedeuten weiße Blumen eigentlich?« Annalena hackte Petersilie und gab einen Schuss Weißwein an den Risotto. »Da steckt doch Symbolkraft drin!«

»Klar, weiße Blüten sind ein Sinnbild für Unschuld und Ehrlichkeit. Und die Calla gilt als ein Zeichen der Unsterblichkeit.«

»Weil sie wie eine Wachsblume aussieht? Ich mag sie nicht.« Annalena rümpfte die Nase.

»Vielleicht.« Der Vater klickte sich erneut durch die Fotos und murmelte: »Weiß ist die Farbe des Lichts. Es gibt wunderbare Geschichten zu weißen Pflanzen. Willst du ein paar hören?«

Annalena stellte zwei Teller auf den Tisch und nickte.

»Da ist zunächst einmal der weiße Mauerpfeffer. Nicht nur, dass er als Angehöriger der Hauswurzfamilie vor Blitz schützen soll, angeblich kann man mit ihm voraussagen, ob ein Kranker wieder gesundet oder nicht. Man brauchte die Pflanze nur mit einem Faden an die Zimmerdecke zu hängen und sie dann zu beobachten. Wuchs sie weiter und blühte, so würde der Kranke schon bald wieder munter sein. Verdorrte sie aber, galt das als Zeichen für den sicheren Tod. Eine meiner Zuträgerinnen in Sachen Mystik hat berichtet, wie wichtig es für einen Landwirt sei, seine Rübenpflanzen zu beobachten. Bekommt nämlich eines dieser Gemüse weiße Blätter, so deutet das den Tod des Bauern an. Angeblich haben deshalb zu früheren Zeiten viele Bauern keine Rüben mehr angebaut. Als wäre das eine Garantie fürs Überleben.« Er schüttelte den Kopf. »Die gibt es aber nicht. Am irrsinnigsten übrigens finde ich die Geschichte von den Domherren oder Mönchen, die angeblich drei Tage vor ihrem Ableben auf ihrem Chorstuhl eine weiße Rose finden. Einst soll einer dieser Mönche die Blume zu seinem Nachbarn geschoben haben. Daraufhin wurde die Rose rot, und beide starben. Es heißt auch, dass sich weiße Tauben einer Jungfrau nähern, sobald deren Keuschheit in Gefahr ist.«

»Interessant.« Annalena schob das Notebook beiseite und stellte den Topf mit dem Risotto auf den Tisch. »Passend zu unserem Thema gibt es heute weißen Reis.«

»Drei weiße Almosen sind notwendig, um eine Seele aus dem Fegefeuer zu befreien«, dozierte ihr Vater, »nämlich Salz, Eier und Mehl. Praktisch, oder? Damit konnten die Köchinnen des Pfarrers grundsätzlich viel anfangen. Aberglaube hatte unterschwellig sicher auch was mit Versorgung zu tun. So weit bin ich schon mit meinen Recherchen. Danke, dass du mich heute auch versorgst.« Er griff zur Gabel.

Sie stellte den Weißwein auf den Tisch, setzte sich zu ihm und betrachtete ihn. Für sie war er einfach nur der Vater – aber für die meisten Leute aus Kalverode schien er eine Instanz zu sein. Einer, der wusste, wo es langging und was richtig und was falsch war. Wie respektvoll sie mit ihm umgegangen waren! Nicht nur seine ehemaligen Schüler, sondern auch deren Eltern. Fast hätte sie ihm gesagt, was ihr schon die ganze Zeit durch den Kopf ging: Alle halten dich für den klügsten Mann auf Erden. Aber er würde sie auslachen. Deshalb schwieg sie.

Es war nicht normal, seinen eigenen Vater so toll zu finden. Jeder Psychologe hätte das als fehlende Abnabelung gedeutet. Annalenas Mutter hatte gewusst, dass er nicht perfekt war, aber über seine Fehler geschwiegen. Auch die erwachsene Annalena hörte nur zu gerne, wie toll dieser Vater war. »Was gäbe ich dafür, wenn ich so einen Vater hätte.« Seine Schüler sagten das, die Eltern der Schüler, Nachbarn, Kollegen und seit einem Jahr auch seine diversen neuen Freundinnen.

Für alle hatte er sein Lächeln und den liebevollen Blick parat. Am liebsten hätte sie sich dieses Lächeln und diesen Blick ausgeliehen. Tagsüber, wenn er alleine zu Hause war, brauchte er sie ja doch nicht. Sie dagegen hatte es bitter nötig. Mit diesem Blick würde es ihr gelingen, Jörg Ottenhövers Falten zu glätten, Ewald zu einem Einzelbüro zu überreden und Friedemann Vortkamp elegant die kalte Schulter zu zeigen. Aber der Vater behielt diese Zugewandtheit für sich. Sie war sein Kapital und hatte mit Annalena nichts zu tun. Er war der wunderbare Mensch, sie stand lediglich in seinem Schatten.

»Wunderbarer Mensch«, murmelte sie nun und sah den Vater nachdenklich an.

»Sprichst du von Friedemann?«, fragte der. »Ich hab schon gemerkt, dass der dich nicht ganz kaltlässt.«

Annalena schüttelte ein bisschen zu schnell den Kopf. »So ein Quatsch. Er ist verdächtig! Irgendwas stimmt nicht mit dem. Der weiß mehr, als er sagt. Deshalb interessiert er mich. Nur deshalb.«

»Jaja, schon gut.« Walter Brandt schenkte Wein nach. »Ein netter Junge. Der tut keiner Fliege was zuleide. Streich ihn am besten von der Liste.«

»Wenn das so einfach wäre. Kennst du ihn gut?«

Er blickte kurz auf. »Ich kenne ihn lange. Ein hochbegabtes Kind. Wirklich schade, dass der nicht mehr aus sich gemacht hat. Und warum er sich von seiner Frau getrennt hat ...«

»Vielleicht hat sie ihn ja verlassen, für diesen Fotografen«, bot Annalena an.

Walter Brandt schüttelte den Kopf. »Nein, da kann ich auf meine Zuträgerinnen bauen. Er ist ausgezogen. Angeblich führt sie nicht sein Leben.«

Annalena schüttelte verständnislos den Kopf. »Was für ein Anspruch. Wer befindet sich denn schon im richtigen Leben? Du vielleicht?«

»Ja, ich denke schon.« Er wirkte ungewöhnlich ernst. »Und zwar immer schon.«

Kurz fragte sie sich, ob seine positive Ausstrahlung aus dieser Gewissheit kam, und ihr wurde klar, dass sie ihn um diese Klarheit beneidete.

Schweigend aßen sie ihren Risotto.

Dann war es der Vater, der die Stille durchbrach. »Friedemann hätte studieren sollen. Ihm fällt alles zu, er ist an allem interessiert, er muss sich für nichts anstrengen. Meine Güte, was hab ich damals auf die Eltern eingeredet. Wortführerin in Sachen Familie war die Mutter. Ich sehe sie noch vor mir, wie sie sagte: Unser Friedemann soll selbst entscheiden, was er machen will. Mit zehn Jahren. Da hat so ein Kind doch noch kein Gefühl für die Konsequenzen seiner Entscheidungen. Logisch hat er sich dann für das bequemste aller Leben entschieden. Aufs Gymnasium zu gehen hieße nämlich, früher aufzustehen, mehr zu lernen und jeden Tag zwei mal vierzig Minuten im Bus zu sitzen. Na ja, wem erzähl ich das. Du weißt das ja alles. Wenn wir dich damals gefragt hätten, hättest du auch in Kalverode bleiben wollen. Oder?«

Kurz überlegte Annalena, ob sie ihm jetzt von dem Spottdichter Caruso erzählen sollte und von ihrer Erleichterung, dem entkommen zu sein. Sie wäre auf jede andere Schule gegangen, egal ob Lyzeum oder Sonderschule. Nur weg von der Grundschule Kalverode.

»Und jetzt? Glaubst du, Friedemann lebt sein richtiges Leben?« Sie sah ihren Vater zweifelnd an.

»Wenn ich ihn mir so ansehe, ja. Und glaub mir, wir alle hatten uns bei Gott ein anderes Leben für ihn ausgedacht. Weißt du, der konnte mit drei Jahren schon schreiben und lesen. Hat er sich selbst beigebracht, weil es ihm sonst zu langweilig war. Und Mathematik – okay, in der Grundschule stehen noch nicht die höheren Weihen auf dem Programm, aber trotzdem: Er konnte seinen Mitschülern Bruchrechnen, Teilmengen und die Eleganz des großen Einmaleins schneller näherbringen als wir Lehrer. Vielleicht ist das sein Drama. Ihm fällt alles zu. Und dann verliebt sich auch noch diese Frau in ihn. Dabei hatte er nichts vorzuweisen – außer seinen Charme. Aber der schien Marina zu genügen. Aus Jux und Tollerei entwarf er dann diese eigenartigen Kleider, die meine diversen Freundinnen übrigens durch die Bank als ordinär bezeichnen. Kennst du die VIP-Kittelschürzen?«

Annalena nickte.

»Glaub mir, niemand hätte die wahrgenommen, wenn nicht

die richtigen Frauen im richtigen Moment mit diesen Kleidern angetreten wären und vor allem mit dem, was sie darunter halb verbergen, halb enthüllen. Plötzlich gehörte es zum guten Stil, so herumzulaufen. Deine Mutter hatte übrigens auch zwei davon. Standen ihr gut. Sie hat sie im Garten getragen.«

Annalena kniff die Augen zusammen: »Und du fandest es nicht ordinär?«

»Nein!« Er lachte. »Im Gegenteil. Das sah sehr hübsch aus.«

»Was meinst du, warum ist er dann da ausgestiegen? Man könnte doch meinen, dass sich jeder über ein derart florierendes Unternehmen freut.«

Der Vater hob die Schultern. »So wie ich ihn einschätze, hat es ihn plötzlich einfach nur noch gelangweilt. Vor der Langweile fürchtete er sich am meisten. Das hat er mir schon als kleiner Junge gestanden. Glaub mir, hätte er eine ordentliche Ausbildung gehabt, hätte er einen interessanten Beruf ergreifen können. Aber so – ein Leben zwischen Knöpfen und Kittelschürzen. Würd mich auch nicht reizen. Kennst du die Geschichte von König Midas?« Er wartete ihre Antwort gar nicht erst ab, sondern fuhr fort: »Der wünschte sich, alles, was er berühre, möge sich in Gold verwandeln. Sein Wunsch erfüllte sich. Seine Freunde wurden zu Gold, seine Geliebten, sein Essen und sein Trinken. Sein Kopfkissen und seine Bettdecke. Alles. Diese Wunscherfüllung war ein Fluch. Seltsam, aber an den muss ich oft denken, wenn ich Friedemann sehe. Seine Wünsche haben sich erfüllt – und er ist einsamer und unglücklicher als zuvor.«

Annalena schüttelte den Kopf. »Das meinst du doch wohl nicht im Ernst. Der sollte sich doch freuen, wenn ihm alles gelingt.«

»Er bräuchte mal eine Aufgabe, an der er so richtig scheitert. An der er sich die Zähne ausbeißen kann.«

»Exakt, diese perfekten und makellosen Zähne!« Annalena räumte den Tisch ab. »Vermutlich wagt er sich aber an solche Herausforderungen erst gar nicht heran. Dieser Feigling!«

Sie hatte keine Ahnung, warum sie plötzlich so wütend auf ihn war.

Markus Wissing saß am frühen Abend dieses für ihn so überaus schwarzen Mittwochs in seinem chaotischen Einzelbüro und starrte an die Wand. Wo früher Fotos und Umgebungskarten gehangen hatten, waren nun weiße Flecken, die ein Gefühl von Leere und Heimatlosigkeit vermittelten. Er hätte den Raum streichen sollen.

Bis vor wenigen Wochen hatte in diesem Zimmer der Einsatzleiter der Bereitschaftspolizei sein Hauptquartier gehabt und von hier aus die Bewachung der Atommülltransporte organisiert, die in regelmäßigen Intervallen vom Forschungszentrum Jülich ins Brennelement-Zwischenlager Ahaus befördert wurden. Personell eng war es immer dann geworden, wenn gleichzeitig die Demonstrationen an der Urananreicherungsanlage im benachbarten Gronau und die Fußballspiele der zweiten Liga anstanden. Da hatte dann auch mal die Crew von Kriminaloberrat Schmeing einspringen müssen.

Markus Wissing seufzte. Die Jungs und Mädels von der Bereitschaftspolizei waren nun alle in der Kreisstadt Borken stationiert. Er hätte sich mit ihnen versetzen lassen sollen. Doch damals hatte es eine gegeben, die ihn hier in Kalverode hielt.

Und nun? Was machte er hier eigentlich? Er hatte keine Ahnung, ob und wie es jemals irgendwie weitergehen könnte. Er wusste nur, dass er nicht nach Hause gehen würde. Noch nicht. Möglicherweise nie mehr. Dort drüben stand die zweisitzige abgewetzte Couch, auf der er die vergangenen Nächte verbracht hatte. Er würde auch heute Nacht wieder darauf schlafen. Das war das Einzige, was sicher war und woran er sich in dieser verfahrenen Situation festhalten konnte.

Ihm war alles zu viel: Nicht nur, dass er Stefanie nie wiedersehen würde, sondern auch, dass sich die andere, jene, die ihm augenblicklich das Leben zur Hölle machte, auf dem Friedhof herumgetrieben und von Horst Toplischek hatte fotografieren lassen. Was würde das wieder für ein Gerede geben!

Voller Schadenfreude hatte Horst ihm gerade ein Foto präsentiert, das Thekla Wissing hinter einer Thuja zeigte, und exakt diesen Ausschnitt professionell und mit erkennbarer Bosheit zunächst freigestellt und dann vergrößert. Wenn das alles nicht so traurig wäre, hätte man es fast komisch finden können. Thekla wirkte auf dem Bild wie eine jämmerliche Spionin aus einem besonders schlecht gezeichneten Comic. Furiengleich und mit wild zerrauftem Haar starrte sie direkt in die Kamera.

»Na, was sagste dazu?«, hatte Kollege Toplischek gemeint und spöttisch gegrinst.

Markus merkte, dass in ihm eine Wut heranwuchs, die herauswollte. Dieser selbstgerechte, satte und im eigenen Saft schmorende Toplischek hatte ihm schon immer missfallen und ging ihm heute besonders auf den Keks. Der hatte doch keine Ahnung vom wirklichen Leben – bei dem lief alles nach Plan, der hatte sich mit seiner mittelmäßigen Existenz in einer noch mittelmäßigeren Ehe arrangiert, und ausgerechnet so einer fühlte sich dann auch noch großartig, wenn er ihm ein solches Foto zeigen konnte.

»Ja und?« Markus hatte sich abrupt abgewandt. »Meine Frau kann tun und lassen, was sie will!« Die Wut breitete sich wie heiße Lava in ihm aus, kroch in seine Finger- und Zehenspitzen, pulsierte dort, und in ihm brauten sich Sätze zusammen, die alle mit »Du Vollidiot, du ignoranter Saftarsch …« begannen.

Doch er kam nicht dazu, loszulegen, denn noch bevor er richtig Luft holen und seine Stimme erheben konnte, stand Ewald Schmeing mit finsterster Miene im Raum und knurrte: »Wenn schon mal was schiefgeht, geht alles schief. Ich hab nur schlechte Nachrichten. Um es kurz zu machen: Wir kriegen keine Verstärkung, es gibt kein Personal.« Er sah Markus Wissing an, als hätte der die Macht, die Dinge zum Guten zu wenden.

Der verschluckte seinen Ärger. »Verstehe ich nicht, Sonderkommissionen werden doch aus dem vorhandenen Personal rekrutiert. Da braucht man doch keine neuen Leute.«

»Das vorhandene Personal ist aber schon gebunden«, belehrte Ewald ihn mit Grabesstimme und wiederholte vermutlich in genau dem Tonfall, den er selbst vor zwei Minuten hatte vernehmen müssen: »Die Kapazitäten sind erschöpft. Die aktuelle SK sucht weiter nach dem vermissten Ehepaar – und erst wenn der Fall gelöst ist, sind wir dran.« Er klang verbittert. »Dabei ermitteln die sowieso schon in unserer Gegend – aber dass man sich da mal zusammensetzt, nee, ist nicht drin.«

»Okay, dann konzentrieren wir uns eben noch mehr auf unseren Fall und schreiben die Hoffnung auf Verstärkung ab.« Markus war alles egal. Was sollte es jetzt noch bringen, herauszufinden, wer Stefanie Overbeck und Aribert Zentner das angetan hatte. Lebendig würden die davon auch nicht mehr. Er seufzte demonstrativ.

»Wo steckt eigentlich Annalena?«, wollte Ewald wissen.

»Die hat ihren Vater heimgebracht, und Horst musste ihr dann alle Fotos mailen«, antwortete Markus müde. »Die Leiterin unseres Teams wollte sich die Bilder zu Hause angucken.«

»Damit ist sie ja gut beschäftigt«, bestätigte Horst mit einem Schimmer von Selbstbewusstsein. »Es waren sicher achthundert Leute auf dem Friedhof, und obwohl ich hauptsächlich Gruppenbilder gemacht habe, sind es genau 472 Bilder geworden. Ein paar Porträts sind auch dabei.« Er warf Markus einen vertraulichen Blick zu. »Und wenn unsere Neue sich die alle mit Verstand anguckt, hatse bis Mitternacht gut zu tun. Ich frag mich nur, was das bringen soll. Die kennt doch fast keinen mehr.«

»Aber ihr Vater«, meinte Ewald. »Ihr Vater kennt alle und hat eine gute Menschenkenntnis. Mit dem hat sie den besten Berater – und das auch noch für lau.«

»*Supervisor* heißt das heute«, wurde er von Horst verbessert, der ja vor zwei Monaten eine Fortbildung in fallzentrierter Zeugenbefragung gemacht hatte und immer noch darunter litt, sein dort gewonnenes Wissen nicht einsetzen zu können. Es hatte ihn aufs Tiefste gekränkt, dass dieser Friedemann Vortkamp von Annalena selbst vernommen worden war. Vermutlich hatte sich niemand die Mühe gemacht, die neue Kollegin darüber zu informieren, dass gerade Horst Toplischek ein Experte auf diesem Gebiet war und beinharte Fragen stellen konnte. Die Kommunikation auf ihrer Dienststelle ließ wirklich zu wünschen übrig. In allen Bereichen. Er beschloss, das Thema und vor allem seine ungewöhnlichen Fähigkeiten sehr bald mal zur Sprache zu bringen.

»Zeig mal die Fotos«, bat Ewald ihn nun. »Vielleicht fällt mir ja auch was auf.«

»Klar, vier Augen sehen mehr als zwei«, antwortete Horst wie aus der Pistole geschossen, und Markus verdrehte die Augen. »Hier ist die Datei.« Horst drückte Ewald seinen Stick in die Hand. »Viel Spaß damit. Ich muss dann nämlich mal heim. War heut ein wirklich langer Tag.«

Ewald nickte beiläufig, holte sich einen Stuhl und setzte sich zu Markus an den Schreibtisch. Er legte den Memorystick auf dessen Tastatur. »Dann wollen wir mal. Oder musst du auch heim?«

Markus schüttelte den Kopf. Er fragte sich, ob er überhaupt noch ein Zuhause hatte.

Das Bild mit der Nummer 413 zeigte eine Frau, die weitab von der aktuellen Trauergesellschaft neben einer frisch ausgehobenen Grube stand. Ewald legte seine Hand auf Markus' Unterarm und sagte: »Stopp mal. Das ist doch Birgit. Birgit Zentner. Was macht die denn da? Hatse mir nix von erzählt. Kannste das mal vergrößern?« Er war ganz blass um die Nase.

Die Frau stand offensichtlich direkt neben dem zukünftigen Grab ihres Mannes. Sie wirkte verwirrt und hatte gespenstisch dunkle Schatten unter den Augen. Sie trug eine braune Cordhose, grüne Gummistiefel und einen dunkelgrünen Anorak. Ihr dünnes, helles Haar war zu einem Pferdeschwanz gebunden.

»Ich fahr zu ihr«, sagte Ewald.

Markus sah auf die Uhr. »Jetzt?«

»Ja, jetzt. Es ist noch nicht mal acht. Die braucht jemanden, die tut sich sonst was an! Guck doch mal hin.«

»Die hat doch Kinder.«

»Kinder sind fremde Menschen.« Er schwieg und legte seinem Mitarbeiter vertraulich eine Hand auf die Schulter. »Ich dagegen bin ihr Freund.«

Markus beobachtete, wie Ewald draußen vor der Tür einen Fliederzweig abbrach, gedankenverloren daran roch und in seinen uralten dunkelblauen Golf stieg.

Wie still es in dem Amtshaus sein konnte. Nicht einmal einen Fernseher gab es hier oder so etwas wie einen gemütlichen Aufenthaltsraum mit Ohrensessel und Stereoanlage. Markus versuchte, sich mit fünf Fingern durchs Haar zu fahren, aber das war von dem Gel und dem Haarspray, das er am Morgen aufgetragen hatte, fest und steif wie ein Vogelnest. Kinder sind fremde Menschen. Was für ein Satz! Vermutlich hatte Ewald mal wieder jemanden zitiert. Überall in seinem Haus hingen Zitatenkalender, in der Küche, an seinem Schreibtisch, im Bad und sogar auf dem kleinen separaten Klo und verführten ihn bei den allmorgendlichen Abreißaktionen mal zum Nachdenken, mal zu einem Lächeln, oftmals zu beidem.

Ehefrauen sind erst recht fremde Menschen, dachte Markus und lud sich das Bild mit der Nummer 251 auf den Desktop. Es zeigte Thekla hinter der Thuja.

Eine Frau, mit der ihn nichts mehr verband.

21. Kapitel

»Was weißt du eigentlich über den Neuen der Vortkamp?«

Walter Brandt schüttelte den Kopf und sah seine Tochter an. »Nichts. Nur Vermutungen.«

»Und deine diversen Freundinnen?«

»Die wissen alles – und obendrein noch, was so in der Stadt geredet wird.«

»Super, dann rufst du jetzt eine von denen an!«

»Jetzt?« Er sah auf die Uhr. »Es ist doch schon halb neun! Was werden die von mir denken?«

»Die werden sich garantiert freuen.«

Eine halbe Stunde später fasste Walter Brandt die Ergebnisse seines langen Telefonates zusammen: »Also, dieser Helmut Kramer ist nicht Doktor der Kunst, wie ich annahm, sondern Doktor der Medizin und fast immer von montags bis donnerstags unterwegs. Um Ort und Umstände des Kennenlernens der beiden ranken sich die wildesten Spekulationen, mit denen ich dich jetzt lieber nicht behelligen will. Es wird vermutet, dass er irgendwo in einer Klinik oder in einer Praxis arbeitet. Marina als Arztgattin, das könnte durchaus auf ihrem Wunschzettel stehen. Aufstieg in die Kalveroder Upperclass – bisher ist sie ja nur in der der Reichen, nicht der Klugen.«

Mediziner, dachte Annalena. Mediziner und Maler, Dichter, Bildhauer? Kunst – das konnte alles heißen. »In dieser Woche kann er aber nicht von montags bis donnerstags unterwegs gewesen sein«, merkte sie an. »Sonst wäre er gestern nicht auf der Beerdigung gewesen.«

Walter Brandt sah sie an: »Wieso kaprizierst du dich mit einem Mal so auf den?«

»Wegen der weißen Blume. Es gab genau vier Männer mit

weißen Blumen in der Hand. Dazu noch ein paar Frauen mit Rosen und gelben Lilien. Aber die meisten, und so gehört es sich ja auch wohl, haben Kränze mit Trauerschleifen und Abschiedssprüchen liefern lassen. Damit alle anderen lesen können, wer die Tote wie sehr vermisst. Die Herren mit den weißen Blumen bleiben anonym.«

»So ein Quatsch, du kennst sie doch. Den Witwer, deinen Kollegen, Friedemann und …«

»Ja, und wer ist dann der da? Der mit der Calla?«

»Auf den schießt du dich jetzt also ein?« Walter Brandt runzelte die Stirn.

Sie nickte. »Ja. Ich hab da so ein Gefühl.«

»Dafür hab ich dich studieren lassen, für ein Gefühl? Ich fass es nicht.« Mit gespieltem Entsetzen schenkte er sich und ihr Weißwein nach.

»Immerhin haben wir gelernt, unsere Intuition nicht gleich als dummes Gefühl abzutun«, konterte sie und erinnerte sich an die weiße Blüte in der Hand des hochgewachsenen Mannes. Dieser Typ musste eine Beziehung zu der Toten gehabt haben. Das war die einzige logische Erklärung für seinen Auftritt.

Und dann die Calla. Eine Tarnblume, denn die Blüte war außen grün, als wäre sie ein Blatt. Obszön richtete sich an ihrer wachsweißen Innenseite der Kolben mit seinem Fruchtknoten auf. Das war nicht nur eine Blume, das war auch ein Zeichen. Aber wofür?

Jetzt war er also immer da, weil er nicht mehr zu Hause, sondern in seinem Dienstzimmer wohnte. Egal, zu welcher Zeit Annalena auch kam. An diesem Donnerstag war sie bereits um sechs Uhr früh im Büro gewesen und hatte vorsichtig an seine Tür geklopft. Er hatte sich nicht eingeschlossen. Zusammengekrümmt lag er auf dem Zweisitzer und schnarchte mit offenem Mund. Der Hosenbund seiner Jeans war geöffnet, sein brauner Ledergürtel lag auf dem Schreibtisch und lauerte dort wie eine hinterhältige Schlange.

Sie trat leise an ihn heran und deckte ihn mit der bordeauxroten Microfaserdecke zu, die sie gestern für mögliche Notfälle in ihren Spind gelegt hatte. Er grunzte dankbar, seufzte und drehte sich zur Seite. Sie schämte sich. Ihren Kollegen beim Schlafen zu beobachten, hatte eine Vertrautheit, die ihr peinlich war. Viel zu intim, viel zu nah. Und sie dachte erneut, dass ihr hier in Kalverode grundsätzlich alles zu nah war.

Ihre Kommilitonen, die sich in große Städte hatten versetzen lassen, waren um so viel klüger gewesen als sie. Sie assistierten altgedienten Kommissaren bei Fällen, die sich auf für sie unbekanntem Terrain ereigneten. Deren Blick war ungetrübt. Annalena dagegen hatte das Gefühl, mit jedem Schritt von Erinnerungen heimgesucht zu werden und dabei auf Unmengen von Tellerminen zu treten. Sie hatte die schlechtesten Arbeitsbedingungen überhaupt und dann noch diesen Spiegel im Nacken, der garantiert bald wieder vom Tapeten-Mindmap freigelegt werden würde. Was hatte sie sich nur dabei gedacht? Was wollte sie hier in Kalverode?

»Annalena Brandt, ich glaub's ja nicht! Wir waren gemeinsam im Kindergarten. Damals hieß ich Hildegard. Hildegard Stachelbeck. Inzwischen bin ich verheiratet und heiße Hilde Möllensiep!« Die Frau in der Meldestelle begrüßte sie am Telefon wie eine Bekannte und verfiel sogleich in ein vertrauliches Du. »Hab übrigens schon gehört, dass du wieder im Lande bist. Wir sollten uns unbedingt treffen, um alles zu bekakeln. Ich bin ja nie so wirklich weggekommen, höchstens mal nach Münster und natürlich nach Ahaus zur Berufsschule – na ja, bleibe im Lande und ernähre dich redlich …« Die Kommissarin suchte in ihrer Erinnerung nach einem Gesicht zu dieser Hildegard oder Hilde, die nun mit einer Mischung aus Neugierde und Verbindlichkeit fragte: »Sag, was kann ich für dich tun?« Annalena hatte keinen Schimmer, wie ihre Gesprächspartnerin aussehen mochte.

»Es geht um eine amtsübergreifende Recherche. Reine Routinesache. Dieser Lebensgefährte von Marina Vortkamp, ist der eigentlich schon bei euch gemeldet? Soweit ich weiß, kommt der ja nicht aus Kalverode.«

»Sag bloß, ihr verdächtigt den? Nee, echt, dat ist ja ein Dingens!«

Annalena ärgerte sich: Man wollte nichts als eine winzig kleine Information und trat ahnungslos die wildesten Gerüchte los.

»Klar verdächtigen wir den, wir verdächtigen ganz Kalverode. Dich natürlich auch«, versuchte sie zu scherzen und hoffte, damit das Schlimmste abgewendet zu haben. Sie wusste immer noch nicht, mit wem sie da sprach. Vertraulich fügte sie hinzu: »Ganz unter uns: Der Mann als solcher interessiert mich. Gut aussehender Typ. Was weißt du über ihn?«

»Find ich auch. Also, den würd ich nicht vonne Bettkante stoßen. Warte mal.« Sie hörte, wie diese angebliche Kindergartenfreundin ihren Computer hochfuhr und dabei klarstellte: »Bist wahrscheinlich deshalb so früh dran, damit die anderen nix von deiner Anfrage mitkriegen, oder? Haha, ich kenn doch meine Leute! Würd ich auch so machen.«

»Genau«, bestätigte Annalena und sah auf ihre Uhr. Sieben Uhr fünfzehn. »Du behältst es doch für dich, oder?«

»Logo. Ich fang immer so früh an. So kann ich morgens mal in aller Ruhe ein bisschen im Internet surfen – man kriegt ja sonst nix mehr mit vonne Welt. So, da hab ich ihn. Wart mal. Helmut heißt er, Helmut Kramer, mit dem Namenszusatz Dr. med. Seit dem ersten Februar wohnt der bei der Vortkamp, zumindest ist er seitdem hier gemeldet. Die hat echt Glück mit ihren Männern. Möchte nicht wissen, wie die das macht. So toll siehtse ja nun auch nicht aus, oder? Na ja, Geld ist wohl auch ziemlich sexy.«

Annalena ging nicht darauf ein, sondern kam vertraulich flüsternd wieder zur Sache. Sollte die andere doch glauben, dass jemand in ihr Zimmer gekommen war: »Sag mal, kannst du auch sehen, wie alt der ist?«

»Null Problemo. Muss nur mal kurz in die Datenbank gucken.« Sie rechnete hörbar. »Dreiundvierzig und … Hey, das wird dich interessieren – immer noch ledig. Na?«

»Wo hat er denn vorher gewohnt?« Annalenas Stimme war weiterhin gedämpft.

»In Düsseldorf. Weißte was? Die hat den sicher auf der Kö kennengelernt, bei einem ihrer legendären Powershoppings – so heißt dat nämlich jetzt.«

Annalena gab sich interessiert. »Echt?«

»Ja.« Die Mitarbeiterin der Meldebehörde seufzte sehnsüchtig. »Also wenn ich so viel Kohle hätte …«

»Das magst wohl sagen«, stimmte Annalena zu, obwohl sie nicht genau wusste, was ihre angebliche Kindergartenfreundin mit einem Vermögen machen würde – vermutlich dorthin stecken, wo es alle hinsteckten: in Häuschen, Gärtchen, Auto, Urlaub.

»Also wenn du dir den krallst, sagste mir Bescheid, ja? So ein lecker Bürschlein.«

»Mach ich«, log Annalena. »Ich halt dich auf dem Laufenden.«

»Supi.«

Sie notierte sich den Namen ihrer angeblichen Kindergartenfreundin. Hilde Möllensiep, geborene Stachelbeck. Was für Namen. Dagegen war Brandt ja eine Wohltat. Ihr Vater würde sicher alles über die wissen und ihren Erinnerungen auf die Sprünge helfen.

Markus Wissing trat gähnend in den Raum, reckte sich und grüßte seine Kollegin: »Gibt's schon Kaffee?«

Annalena schüttelte den Kopf: »Hedwig ist noch nicht da.«

»Schade – dann kümmere ich mich mal darum. Und danke fürs Zudecken. Das waren doch Sie, oder?«

Zwanzig Minuten später kam er geduscht, mit einer Kanne Kaffee und zwei Tassen zu ihr ins Büro. »Ich hab den Boiler im Keller zu neuem Leben erweckt. Da unten ist ja zum Glück noch die Dusche aus der Ballettschule. Endlich mal warmes Wasser! Nun fühl ich mich etwas frischer. Frischer, aber nicht besser.«

Sie sah ihn lange an.

Eine Strähne hatte sich aus seinem dunklen Haar gelöst und lag wie ein düsteres Fragezeichen auf der Mitte seiner Stirn. Er hatte das schwarze Hemd von gestern gegen ein dunkelblaues Sweatshirt getauscht, und sie überlegte, ob er möglicherweise auch frische Unterwäsche in seinem Spind lagerte. Aber eigentlich ging es sie nichts an. Überhaupt ging sie das alles gar nichts an, und trotzdem fragte sie ihn: »Wie lange wollen Sie hier noch hausen?«

Er hob die Schultern. »Ich hab keinen Plan. Vielleicht sollte ich mich versetzen lassen. Ich muss hier weg. Weg aus dieser Stadt, weg von meiner Frau. Weg aus diesem Leben. Nichts ist mehr, wie es war, und da ist auch nichts mehr zu retten.«

Annalena wusste, dass Onkel Ewald an dieser Stelle seine Standardlebensweisheit »Die Zeit heilt alle Wunden« angebracht hätte, und sie dachte auch an das Foto der verstörten Frau hinter den Thujen auf dem Friedhof. Ihr taten beide leid, Herr und Frau Wissing, und sie hegte den schrecklichen Verdacht, dass längst nicht alle Wunden von der Zeit geheilt wurden, dass hinter all diesen Sprüchen keine wirkliche Wahrheit steckte. Die Zeit machte einen nur vertraut mit den Narben. Man gewöhnte sich daran.

»Also, was steht heute an?«, unterbrach Markus Wissing ihren Gedankenfluss.

»Ich muss irgendwie an die DNA von diesem Kramer rankommen.«

»Wieso das denn?«

»Haben Sie Toplischeks Bilder gesehen?«

Markus nickte.

»Und haben Sie auch gesehen, wer von den Trauernden weiße Blumen in der Hand trug?«

Er schüttelte den Kopf. »Nee, also auf die Blumen hab ich nicht geachtet.«

»Aber ich. Das war der Witwer, das waren Sie, das war dieser Friedemann und – sehr verwunderlich – der Lebensgefährte von Frau Vortkamp. Ehrlich gesagt, mir gibt das zu denken.«

»Reiner Zufall«, meinte Markus Wissing.

Sie suchte seinen Blick. »Mag sein, aber eigentlich glaube ich das nicht. Vier Männer mit weißen Blumen. Bei dreien ist klar, dass sie der Toten sehr nahestanden. Und von dem vierten wissen wir nichts. Ich finde, dass wir genau das ändern sollten. Wollen Sie dem nicht mal auf den Zahn fühlen?«

»Ich? Wie soll ich das denn machen?«

»Sie gehen hin und tun so, als hätten wir diesen Friedemann auf dem Kieker. Und dass Sie jetzt eben – mehr oder weniger inoffiziell – wissen wollen, was für ein Typ dieser Friedemann ist, ich meine, was Frau Vortkamp oder Herr Kramer von ihm halten.« Annalena zögerte. »Oder ist Ihnen das zu nah?«

»Nein, nein, schon okay. Über Steffi zu reden tut mir gut – egal mit wem. Ich sprech ihren Namen aus, und dann ist es so, als wäre das alles nicht wahr und vielleicht gar nicht passiert. Ich sag einfach gern diesen Namen, Stefanie.«

»Nur nicht zu Ihrer Frau«, entfuhr es Annalena, und sie wurde rot. »Sorry, war nicht so gemeint.«

»Wenn Sie wüssten, wie recht Sie haben!« Er seufzte.

Sie schenkte sich eine Tasse Kaffee ein und entwickelte ihre Strategie: »Ich stell mir das mal so vor: Wenn dieser Doktor Kramer, also wenn der zum Ex seiner jetzigen Lebensgefährtin befragt wird, dann wird er sicher auch ein bisschen über sich erzählen. Und dann lassen Sie ganz nebenbei ein paar Gedanken über unseren aktuellen Fall einfließen. Dann wird er sofort sagen, dass er Frau Overbeck gekannt hat.«

»Bestimmt nicht«, fiel Markus ihr scharf ins Wort.

»Er soll samstags immer zum Markt gegangen sein. Und da gibt's Aussagen. Viele haben ihn am vergangenen Samstag bei ihr gesehen. Er hat auch Spargel gekauft.«

»Ja und?« Markus Wissing stellte sich ans Fenster.

Annalena sah auf ihre Uhr und gab ihm genau dreißig Sekunden Zeit. Das musste genügen. »Also«, holte sie ihn aus seinen Gedanken zurück. »Versuchen Sie irgendwie, an seine DNA zu kommen. Für eine offizielle Ermittlung haben wir aber noch nichts in der Hand. Ich nehm in der Zwischenzeit mit den Kollegen in Düsseldorf Kontakt auf.«

»Ist der denn zu Hause? Ich dachte, der Kramer sei dauernd unterwegs?«

»Wenn Sie sich beeilen, erwischen Sie ihn sicher noch beim Frühstück.«

Dass Annalena ihre Informationen von den diversen Zuträgerinnen ihres Vaters hatte, verschwieg sie ihrem Kollegen. Seit die wussten, dass Walter Brandt sich für den Künstler interessierte, wurde Annalenas Vater über jeden Schritt des fiesen Möpp, wie die Damen ihn nannten, aufs Genaueste unterrichtet.

»Okay, dann trink ich eben meine nächste Tasse Kaffee dort.« Er strich sich die Tolle zurecht und suchte instinktiv sein Spiegelbild. Aber hinter Annalenas Schreibtisch war jetzt das weiße Mindmap.

»Der Ewald kommt heute nicht«, war Hedwig Hagenkötters erster Satz, als sie zu Annalena ins Zimmer stürzte, und ganz außer Atem holte sie auch schon zu einer ausführlichen Erklärung aus: »Weißt du, mein Mann geht ja selten mit mir essen, weil er wegen seiner Modelleisenbahn nie Zeit hat und auch seine Eisenbahnschienen, du weißt schon, die echten, nicht aus den Augen lassen will. Aber gestern war unser Hochzeitstag, und da macht er dann doch mal 'ne Ausnahme.«

Annalena klickte die eben angewählte Düsseldorfer Nummer weg. »Was soll das heißen? Ewald kommt nicht? Mir hat er nichts davon gesagt.«

»Pass mal auf«, fuhr Hedwig fort, ohne auf Annalena einzugehen. »Ich erkläre es dir. Wie wir also gestern Abend ganz ahnungslos den Wintergarten vom Heidehof betreten, um unsere vierunddreißig Jahre zu feiern, was meinst du, wer da sitzt? Unser Ewald. Sitzt da an einem Tisch am Fenster und hält die Hand von Birgit Zentner. Die weint, und er reicht ihr Taschentücher und gießt Weißwein nach. Eine ganze Flasche stand vor denen. Und ich sag so zu meinem Albert: ›Guck mal, mein Chef, der wird auf seine alten Tage noch zum Witwentröster.‹ Wie findest du das?«

»Wie soll ich das finden? Er kennt sie eben von früher. Mein Vater hat gesagt, dass die schon zusammen im Kindergarten waren.«

»Genau«, bestätigte Hedwig. »Hat er mir auch schon erzählt. Und ich sag dir noch eins: Der war immer schon in die verliebt. Passt ihm wohl gut in den Kram, dass es den Aribert nun nicht mehr gibt. Ach Gottchen, der arme Mann ist noch nicht mal unter der Erde, und schon baggert unser Ewald los.«

Annalena musste an einen Satz denken, den der Kriminaloberrat beim Schachspiel mit ihrem Vater zu sagen pflegte: In der Liebe und im Krieg ist alles erlaubt. Daran schien er sich jetzt zu halten. »Ist doch rührend, dass er sich so kümmert.«

»Echt, rührend findest du das? Als er uns gesehen hat, ist er auf mich zugeschossen und hat gesagt, dass er der Zentner bei ihrem schweren Gang beistehen muss und deshalb nicht zum Dienst kommt. Du wüsstest ja wohl, was zu tun ist. Das soll ich dir sagen. Und, findest du das jetzt immer noch rührend?« Abwartend und mit zusammengekniffenen Augen sah sie Annalena an.

Die blieb gelassen: »Na ja, wenn er sowieso dauernd bei der Witwe ist, dann ruf ich ihn da mal an und muss nicht extra den Toplischek zum Nachfragen hinschicken. Vielleicht gab's ja doch irgendwelche Vorfälle, die jetzt, sozusagen im Nachhinein, als Zeichen gedeutet werden. Den Horst brauch ich vielleicht auch für was anderes.«

»Kannst ihn immer noch als Betäubungsmittel einsetzen, so wie der aus dem Mund stinkt«, murmelte Hedwig und studierte die über den Spiegel geklebten Tapetenrollen. »Ich geh nämlich zu der Trauerfeier auch hin. Die ist ja morgen Nachmittag. Ich hab Frühschicht und kann deshalb zu Beerdigungen gehen, wann ich will und zu wem ich will.« Als Annalena nicht reagierte, fügte sie etwas versöhnlicher hinzu: »Also, wenn ich da vielleicht auch auf was achten soll, sag mir einfach Bescheid. Der Ewald hat sowieso nur Sternkes inne Augen. Wo sind eigentlich die anderen?«

»Markus hat vorhin Kaffee gekocht und führt nun eine Vernehmung durch.«

»Bei wem denn? So früh?« Besorgt beugte sie sich vor und flüsterte: »Sag bloß, der hat wieder hier geschlafen?«

Annalena nickte.

»O Gott, wie soll das nur enden?« Als wisse sie, dass die junge Kollegin diese Frage nicht beantworten könne, ging Hedwig Hagenkötter in ihren Mehrzweckraum und fuhr, immer noch kopfschüttelnd, ihren Rechner hoch.

Die Villa lag direkt an einem Seitenarm des Flusses, der sich hier besonders elegant durch den großzügig angelegten Park mit dem perfekten Rasen schlängelte und über den eine japanisch anmutende Brücke führte. Zwei Kilometer weiter und jenseits der Umgehungsstraße würde er sich wieder mit der Dinkel vereinen, eine Ehrenrunde durch die Niederlande drehen und dann in Deutschland in die Vechte münden.

Markus Wissing hatte das Grundstück noch nie zuvor betreten, war nur oft an dem schmiedeeisernen Gitter und der dahinter liegenden Ligusterhecke vorbeigegangen. Die Auffahrt zu dem zweistöckigen rot geklinkerten Haus war so breit, dass dort mühelos zwei Autos nebeneinander fahren konnten. Über die Gegensprechanlage hatte man ihn sehen können, und er hatte demonstrativ seinen Dienstausweis in die Kamera gehalten. »Ich müsste im Rahmen unserer Ermittlungen mal kurz mit Frau Vortkamp sprechen.«

Eine weibliche Stimme, die fast erleichtert klang, hatte geantwortet: »Ja, bitte, kommen Sie doch herein«, und wie von Geisterhand war ein Flügel des großen Tores geöffnet worden.

Nachdenklich ging Markus Wissing durch den gepflegten Garten. Angeblich hatte Friedemann Vortkamp all das hier freiwillig aufgegeben, um sich in die Enge eines Wohnmobils einzukapseln. Dann war wohl doch was dran an dem Gerede! Er musste verrückt gewesen sein.

Marina Vortkamp trug einen rotseidenen Morgenmantel, silberne Pantoletten und hatte sich ihr erkennbar rot gefärbtes Haar auf eine so unnachahmliche Weise hochgesteckt, dass jeder sofort denken musste, man habe sie direkt aus dem Bett und aus den Armen ihres neuen Liebhabers herausgeklingelt. Markus verurteilte sich wegen dieser Assoziation. Er wollte nie wieder an das Unaussprechliche denken und schon gar nicht einen Tag nach Stefanies Beerdigung. Gleichzeitig beängstigte es ihn zutiefst, dass Gedanken nicht nur frei, sondern überaus eigenständig sein konnten. Nein, besser dachte er über ihr gefärbtes Haar nach. Ob die auch jede Woche nachbessern musste, so wie er?

Verdrießlich sah sie auf ihre Armbanduhr und enthüllte perfekt weiße Zähne: »Wir frühstücken gerade, kommen Sie doch herein.« Markus folgte ihr durch eine von samtenen Vorhängen verdunkelte Diele, vorbei an Eichentruhen und Eichenschränken, auf denen »Stehrümkes« standen, wie man hierzulande staubfangende Dekorationsstücke nannte. Ihre Pantoletten klapperten rhythmisch auf dem Marmor.

Als könne sie Gedanken lesen, sagte Marina Vortkamp: »Wenn Sie wegen dem Zentner kommen – da kann ich Ihnen leider nix sagen. Der war zwar mal hier und wollte nachts in unseren Garten, wegen der Brücke und dem Flusslauf. Er hat sogar angeboten, die Kiesel zu harken – nur damit er bei Mondschein am Wasser sitzen kann oder was immer er da vorhatte. Komischer Vogel. Aber solche Leute lass ich nicht aufs Grundstück, nicht dass die mir mein Kind erschrecken.«

Der Tisch in dem sonnendurchfluteten Wintergarten war für fünf gedeckt. Marina Vortkamp griff nach einem Stuhl, wies auf den Platz neben sich und erklärte: »Das hab ich grad für sie herrichten lassen. Gegen eine Tasse Kaffee und ein Brötchen oder Croissant haben Sie ja um diese Zeit sicher nichts einzuwenden.«

Schüchtern murmelte er ein »Danke«, nahm umständlich Platz und sah sich erst dann genauer um.

Ihm schräg gegenüber saß das kleine Mädchen. Ihm fehlte der rechte Schneidezahn und es begrüßte den frühmorgendlichen Besucher: »Hallo, ich bin die Luzie.«

Markus nickte sehr ernst: »Schön, wirklich schön.« Behutsam schob er den Frühstücksteller ein wenig zur Seite, spürte dabei die gestärkte und gebügelte Tischdecke unter den Händen und fragte sich, warum bei ihm zu Hause immer Plastikuntersetzer auf dem Tisch lagen. Was musste da geschont werden? Und vor wem? Sie hatten keine Kinder, keine Katzen, keine Hunde, nicht einmal einen Vogel im Käfig. Warum lag da nicht Leinen auf dem Tisch, so wie hier und wie es bei Stefanie gewesen war. Oder zumindest Baumwolle. Thekla behandelte ihn wie ein Haustier, das die Dinge verschmutzte und in Unordnung brachte. Sogar die Wohnzimmercouch hatte sie mit einer Breitrippkorddecke vor ihm abgesichert, und über die Lederstühle im Esszimmer hatte sie imprägnierte und abwaschbare Hussen gestülpt. Alles musste vor ihm in Sicherheit gebracht werden, als würde er ihr Leben und das gemeinsame Haus allein durch seine Anwesenheit besudeln. Bei Steffi hatten immer Tischdecken und Stoffservietten auf dem Tisch gelegen – so wie hier. Und Kerzen hatten gebrannt. Thekla hasste Kerzen: »Die fackeln uns das Haus ab.« Eine Mischung aus Wut, Empörung und Selbstmitleid machte sich in ihm breit, und er brauchte ein paar Augenblicke, um wieder objektiv zu werden.

»Und das ist Paula«, klärte das kleine Mädchen ihn weiter auf, wobei sie mit dem Zeigefinger auf ihre Tischnachbarin wies. »Sie spricht Englisch mit mir, aber sie kann natürlich auch Deutsch. Alle Menschen können Deutsch.«

Markus begrüßte das blonde und hochgewachsene Au-pair-Mädchen. Ob sie aus England kam? Sie sah aus wie eine Schwedin. »Sehr schön, das freut mich«, sagte er und kam sich steif und albern vor. Das Blut schoss ihm ins Gesicht, und er dachte, dass er eigentlich »Hello, how are you?« hätte murmeln sollen, aber was, wenn die auf Englisch geantwortet hätte? Dann hätte er erst recht im Regen gestanden.

Marina Vortkamp schenkte Kaffee ein. »Paula wird Luzie in fünf Minuten zur Schule bringen. Dann nehmen wir Ihr Anliegen durch, okay?«

»Gern.« Er nickte und griff mit zitternden Händen nach einem Croissant. So also fühlte sich »vornehm« an.

Der Mann trug einen grauen Morgenmantel und darunter einen Pyjama im gleichen Farbton. Er roch nach Zahncreme und Mundwasser und hatte einen trauerumflorten Blick. Sein Haar war schwarz und glänzend und von feinen Silberfäden durchzogen. Sein Blick blieb unwirsch, als er dem frühen Gast die Hand gab.

Marina sprang auf und goss ihm Kaffee ein. »Gut geschlafen?«

Er nickte wortlos und setzte sich.

»Liebster, was ist?« Marinas Stimme klang besorgt.

Helmut Kramer hatte die Ellenbogen auf den Tisch gestützt und das Kinn auf die gefalteten Hände gebettet. Sein Blick war in den Garten gerichtet. »Nichts, was soll schon sein.«

Das ist wirklich ein komischer Heiliger, dachte Markus Wissing, wenigstens lächeln könnte der doch.

Still stand das Au-pair-Mädchen auf, nahm Luzies Hand und verließ mit dem Kind den Raum.

Marina Vortkamp sah ihnen auffällig lange nach, bestrich ihr Brötchen mit Butter und Orangenmarmelade und wandte sich schließlich mit geheucheltem Interesse an Markus Wissing. »Nun, was ist Ihr Anliegen?«

»Ich wollte mit Ihnen über Friedemann Vortkamp sprechen.«

»Wieso? Ist er verdächtig?«

Helmut Kramer hob die Augenbrauen und zeigte damit offensichtlich Interesse.

»Wir haben den Eindruck, dass er das Opfer etwas näher kannte.«

»Sie glauben ernsthaft, Friedemann hatte was mit diesem Marktweib?«, meinte Marina Vortkamp. »Nicht zu fassen. Trägt nicht nur meine Kleider, sondern verführt auch meinen Ex. Das hätte ich nicht gedacht. Na ja, sei's drum. Vorbei ist vorbei.«

Markus spürte, dass alles, was sie sagte, für den anderen bestimmt war. Selbst ihr nachdenkliches Lächeln. Und auch das

Wort Marktweib. Es kränkte ihn. Er ballte beide Hände zur Faust, riss sich zusammen und heftete voller Konzentration seinen Blick auf das angebrochene Croissant, an dessen Ecke die eben erst aufgetragene Butter schmolz.

Innerlich zählte er bis fünf. Dann fasste er zusammen: »Sie wussten also nichts von dieser Beziehung?«

Marina Vortkamp schüttelte so intensiv den Kopf, dass ihre Locken stoben. Auch Kramer deutete ein Nein an und rümpfte dabei die Nase: »Der hat sowieso nicht zu dir gepasst. Der konnte dir doch nichts bieten, dieser Träumer.«

»Das stimmt, ganz anders als du.« Besitzergreifend legte sie ihm eine Hand mit langen und rot lackierten Fingernägeln auf den Unterarm. Kaum wahrnehmbar zuckte er zurück.

Erneut wandte sich Markus an Marina Vortkamp. »Ich habe Sie gestern auf dem Friedhof gesehen. Sie waren mit der Verstorbenen befreundet?«

Wie beklemmend das klang: mit der Verstorbenen. Er verbesserte sich: »Mit Stefanie Overbeck.«

»Befreundet ist zu viel gesagt. Wir kannten uns flüchtig.« Marina Vortkamp hielt kurz inne. »Wirkliche Freundinnen hätten es mir übrigens brühwarm erzählt, wenn mein Ex sie angebaggert hätte. Den Spaß hätten wir uns nicht nehmen lassen. Da hätten wir uns schon ein paar fiese Streiche ausgedacht. Aber Stefanie Overbeck, nee. Die trug eben gerne meine Kleider und war meine beste Referenz, wenn Sie verstehen, was ich meine. Na ja, sie bekam ja auch Sonderpreise, und an ihr sahen die Teile wirklich ungewöhnlich gut aus. Allein schon deshalb war ich ihr diesen Abschied schuldig. Außerdem waren ja wohl alle da, die in Kalverode was zu sagen haben. Sogar mein Friedemann. Na ja, der hat ja auch sonst nichts zu tun. Und zu sagen hat er noch nie was gehabt.«

Sie nahm einen Schluck Kaffee.

Markus deutete ein Nicken an. »Erzählen Sie mir von Herrn Vortkamp, wir wollen ein Gefühl für ihn kriegen. Hat er Eigenheiten, Spleens, Marotten?«

Ruckartig wandte sie sich ihm zu. »Sie meinen, ob er pervers ist?«

Unter ihrem kritischen Blick wurde er rot.

Die Unterstellung, dass sie mit einem abnorm veranlagten Menschen zusammengelebt haben könnte, empörte sie zutiefst. Mit unangenehm schriller Stimme stellte sie klar: »Friedemann ist stinknormal. Man könnte es schon langweilig nennen – und diese VIP-Kollektion hat er wohl eher aus Langeweile als aus erotischem Interesse erfunden … Sie wissen doch, welche Kleider ich meine?«

Er nickte und musste unvermittelt an Thekla denken. Auch sie hatte sich ein Kittelkleid der Marke VIP zugelegt. An ihr jedoch sah das durchgeknöpfte bunte Fähnchen billig aus. Wenn Steffi dagegen diese Kleider trug – verwegen! Markus' Herz zog sich zusammen. Bloß nicht daran denken.

»Klar kenn ich die Kleider. Meine Frau trägt sie auch«, sagte er schnell und wandte sich an Helmut Kramer. »Und Sie? Ist Ihnen Friedemann Vortkamp bekannt?«

»Flüchtig, aber ich lege keinen großen Wert darauf«, antwortete der Mann in dem grauseidenen Morgenmantel und köpfte mit einem harten Schlag sein Frühstücksei. Dann blickte er dem Kriminalhauptmeister direkt in die Augen. Markus stellte fest, dass Kramer ein klein wenig schielte. »Aber die Tote kannte ich«, sagte Kramer nun. »Eine wirklich ungewöhnliche Frau, interessant. Und mit dem frechsten Mundwerk, das mir jemals untergekommen ist.« Über seine Züge legte sich der Hauch eines Lächelns.

»Du hättest sie fotografieren sollen, Schätzchen.« Marina legte erneut ihre Hand auf seinen Arm. »Ein großformatiges Porträt, zwei Meter auf einen Meter. Oder, was ich die ganze Zeit vorgeschlagen habe, Kunstbilder für ein Leporello, wie das heute heißt, aber …« Sie wandte sich an Markus. »Wissen Sie, mein Liebster ist nämlich Kunstfotograf. Es gibt Werbefotografen, Hobbyfotografen, Berufsfotografen und Genies mit dem Blick für das Einzigartige. Und Helmut ist ein Genie. Bist du doch, oder?«

»Stimmt«, meinte Kramer. »Ich hätte sie fotografieren sollen.«

»Und weil du so ein guter Fotograf bist«, fuhr sie fort, »hab ich dir extra ein Atelier gebaut, damit du nicht mehr rumfahren musst mit deinen blöden Arzneimitteln, sondern ganz groß rauskommst. Mit Ausstellungen und eigenen Katalogen. Und dann kommt die Presse und macht Interviews! Mit dir und mit mir. Meine Güte, das wär's!«

Helmut Kramers Gesicht wurde so grau wie sein Morgenmantel, und er knurrte: »Hör auf damit, und zwar sofort!«

22. Kapitel

Die Stille in dem großen Garten war so dicht, dass sie die Belange der Welt in weite Ferne rückte. Totenstille, daher also kam das Wort, dachte Markus. Die nicht mehr Lebenden hüllten die Hinterbliebenen in ein Gespinst aus Schweigen und verweigerten ihnen vertraute Geräusche. Bestimmte Stimmen würden nie und nirgends mehr zu hören sein. Er würde nie wieder Stefanies Lachen hören, ihr zufriedenes Grunzen, ihr glückliches Seufzen. Diese Klänge hatten ihn seit Monaten durch den Tag gerettet. Wie ein Losgewinn, eine Glückspille, ein Luftröhrenschnitt. Und nun: nie wieder.

Das Wissen um Stefanies Gegenwart hatte seinen Alltag erträglich und die Ehe mit Thekla aushaltbar gemacht. Steffis heiser geflüstertes »Hallo, mein Liebster … Knopf hoch« hatte ihm Halt gegeben. Sie hatte immer »Knopf hoch« gesagt und dabei verwegen an den Knöpfen ihres Kleides genestelt.

Langsam schritt er über den Kiesweg des Vortkamp'schen Anwesens und näherte sich dem schmiedeeisernen Tor zur Straße. Es war mit einem Bewegungsmelder versehen und öffnete sich von selbst, hatte Marina ihm versichert, bevor sie sich mit einer Zigarette auf die Terrasse zurückzog. Ob sie ihm von dort nun nachschaute? Er straffte seine Schultern. Haltung bewahren. Das war das Wichtigste in diesen lausigen Zeiten.

Haltung bewahren und nicht haltlos sein. Er sann über das wunderbar altmodische Wort »haltlos« nach und hatte das Empfinden, dass damit sein Zustand auf den Punkt gebracht wurde. Denn da war nichts mehr, was ihn hielt, nichts, was ihn aufhielt, wenn er in einen Kummer fiel, der schwärzer war als die finsterste Nacht.

Thekla hielt zwar seine Kleidung, seine Dinge, sein Haus und seinen Garten in Ordnung, aber sie war in all der Zeit nicht ein

Mal auf die Idee gekommen, ihn, den eigenen Mann einfach mal festzuhalten und an sich zu drücken, um ihn vor den Schrecknissen des Lebens zu bewahren.

Lautlos öffnete sich das Tor. Markus Wissing spürte wieder glatten Asphalt unter seinen Schuhen.

Den Weg zum Alten Amtshaus legte er in gemäßigtem Tempo zurück und bediente sich dabei jenes Laufstils, den er sich schon vor Jahren angewöhnt hatte. Seine in Tausenden von Dienstgängen verfeinerte Schrittfolge sah nach konzentriertem und zielgerichtetem Nachdenken aus. Niemand sollte meinen, man dürfe ihn einfach so ansprechen und aus wichtigen Gedanken herausreißen.

Er überquerte den Augustin-Wibbelt-Platz, auf dem Stefanie jeden Samstag ihren Marktstand gehabt hatte, und wappnete sich innerlich für den Rest des Tages, der irgendwie überlebt werden musste.

Annalena sah ihn an ihrem Fenster vorbeigehen und gab ihm per Zeichensprache zu verstehen, dass sie ihn dringend sprechen müsse. Er hob den Daumen und deutete damit an, dass er seine Mission erfüllt, und, wie Annalena hoffte, ein Haar oder gar einen Blutstropfen des Herrn Kramer ergattert hatte. Markus grüßte im Vorbeigehen Hedwig mit einem halbherzigen Hallo und öffnete die Tür zu Annalenas Büro.

»Ich hab was Irres herausgefunden«, empfing sie ihn. »Stellen Sie sich vor, unser Dr. Kramer ist eigentlich Arzt, aber er hat seine Approbation verloren – wegen irgendwelcher Betrugsgeschichten mit den Krankenkassen.«

Markus putzte sich die Nase. »Aha, deshalb muss er nun als Pharmareferent mit Vertretermustern rumfahren. Seiner Liebsten ist das gar nicht recht. Zumindest hab ich so was rausgehört.«

»Konnten Sie was von ihm an Land ziehen?«

»Sie meinen wegen dem seinem genetischen Fingerabdruck?«

»Genau.«

»Ja, ich habe einen Eierlöffel mitgehen lassen, an dem hat er richtig lange rumgenuckelt. Reines Perlmutt. Ich will aber nicht, dass das Hausmädchen deswegen Ärger bekommt.«

Annalena nickte. »Bestens! Ihn so ganz nebenbei um einen Tropfen Blut zu bitten, wäre ja auch zu auffällig gewesen. So einer wie der schneidet sich garantiert nie beim Rasieren.«

»So einer wie der rasiert sich nicht nass«, diagnostizierte Markus.

»Wir leihen uns das Löffelchen ja auch nur aus und geben alles brav zurück«, versprach sie und nahm die Plastiktüte mit dem Beweisstück an sich. »Herr Toplischek?«, rief sie. »Könnten Sie mal schnell einen DNA-Abgleich machen? Ausnahmsweise mal wirklich schnell? Und zwar noch heute? Sollte das in unserem Labor technisch nicht möglich sein, dann nehmen Sie bitte jetzt diesen Löffel und bringen ihn direkt in die KTU nach Münster.«

»Ts, ts, ts, wieso sind Sie denn auf einmal so hektisch?« Toplischek versprühte beim Näherkommen besonders geruchsintensiven Speichel, nahm das Beweisstück an sich und hielt sich die Plastiktüte mit dem Eierlöffel vor die Augen. »Und womit soll ich das vergleichen?«

»Mit dem vierten noch anonymen Taschentuch«, sagte sie schnell und stöhnte auf: »Mist, genau das ist noch in Münster.«

»Kein Problem«, beruhigte er sie und kam einen Schritt näher.

Annalena verdrehte den Kopf. Warum nahm Kollege Toplischek eigentlich nicht diese verdammten Lutschpastillen? Dabei hatten sie ihm demonstrativ mindestens fünf Döschen davon an seinen Arbeitsplatz gelegt. Sie starrte an die Wand, hielt sich das Ärmelbündchen ihrer Strickjacke vor die Nase und atmete tief ein.

»Okay, dann ruf ich da mal an, dass die mir 'ne Kopie schicken.« Toplischek blieb gelassen.

»Danke, wunderbar. Und – wie lange dauert es dann bei Ihnen?«

Er räusperte sich und stellte wichtigtuerisch klar: »Hm, also ich muss ja den Speichel erst isolieren, und da können Sie schon mal beten, dass da überhaupt noch Zellreste drin sind. Ein Tropfen Blut wäre weitaus besser gewesen. Und dann kommt noch die PCR, um das Fragment zu vervielfältigen, das braucht eben alles seine Zeit.« Er sah um sich und sonnte sich in seinem Wissen. »PCR, Sie wissen schon, Polymerase-Kettenreaktion. Wenn ich mich gleich dranmache, haben wir bis zum Abend ein Ergebnis.«

»Gut, dann legen Sie mal los.«

Annalena suchte Markus' Blick. Der saß auf ihrem Schreibtisch und starrte ins Leere. »Herr Wissing, wie gehen wir nun weiter vor?«

Markus zuckte zusammen.

Toplischek schwenkte den steril verpackten Perlmuttlöffel. Er hatte sich noch keinen Zentimeter wegbewegt. »Was haben Sie es denn so eilig heute?«

Annalena seufzte und sah beide an. »Ewald ist nicht da. Anderweitig engagiert.«

»Ich kann euch auch sagen, wo und wie«, verkündete Hedwig ungefragt. »Der is nämlich wie wild am Poussieren.«

»Was, der ist verliebt?« Horst Toplischek blieb der Mund offen stehen.

»Quatsch!«, meinte Annalena und fuhr fort: »Wir brauchen einen Plan. Ich habe beschlossen, dass wir ganz logisch nach dem Ausschlussverfahren vorgehen. Ein erster Anhaltspunkt könnte das vierte Taschentuch aus dem Auto der Overbeck sein: drei davon konnten wir schon zuordnen, vielleicht gehörte das vierte dem Kramer. Wenn das geklärt ist, haben wir wenigstens eine Spur, der wir nachgehen können, und eine DNA-Probe, die ich ans BKA schicken kann. Verstehen Sie, ich will einfach, dass es vorangeht.« Sie sah Markus Wissing an: »Macht es Sie nicht wahnsinnig, dauernd nur im Nebel zu stochern?«

Der schwieg und biss sich auf die Lippen. Nicht zum ersten Mal, dachte Annalena. Die waren schon ganz wund.

»Das sind wir doch gewohnt hier in Kalverode.« Horst Toplischek grinste maliziös.

Annalena merkte, dass es ihr verdammt schwerfiel, ihren älteren Kollegen zu maßregeln, aber es musste sein. »Herr Toplischek, ich dachte, Sie sind in Ihrem Büro und bei der Arbeit.«

»Ich bin ja schon weg«, meinte Toplischek. »Hedwig, bring mir doch in zwei Stunden einen starken Kaffee. Ich hab Stubenarrest.« Er kam sich vermutlich unglaublich witzig vor. Niemand lachte.

Annalena nickte dem gerade hereinkommenden Jörg Ottenhöver zu. Mit finsterster Mine fuhr der seinen Computer hoch und stülpte sich Kopfhörer auf die Ohren. Dann begann er zu tippen.

Sie ließ ihn gewähren und konzentrierte sich auf Markus. »Hier ein Fitzelchen, dort ein Ansatz, ständig neue Fragen und immer weniger Antworten. Das ist ja nicht auszuhalten. Ich will, dass es jetzt vorangeht. Also, wie war's beim Frühstück in der Villa?«

»Heile Familie«, murmelte Markus und wusste plötzlich, was ihn an dieser Frühstückssituation so gestört hatte. »Eine Vorzeigefamilie wie aus der Fernsehwerbung.«

»Und, was wurde so gesprochen?«

Wissing hob die Schultern. Trotz des vielen Kaffees fühlte er sich unendlich müde. »Dieser Friedemann ist denen ziemlich egal. Da ist schon lang die Luft raus. Marina hat ihn abgeschrieben, und der neue Lover hat es offenbar nicht nötig, eifersüchtig zu sein. Der hält sich sowieso für den attraktivsten Mann unter der Sonne.«

Er blickte sich im Raum um, als suche er etwas. Dann trat er einen Schritt näher und raunte Annalena zu: »Die Stefanie hat für Marinas Kleider Reklame gemacht. Hab ich erst heute erfahren. Deswegen hat sie dauernd diese VIP-Fähnchen angehabt. Die hat sie auch günstiger gekriegt.«

»Vielleicht sollte ich mir auch so ein Kleid zulegen und dann beim Einkauf ein bisschen mit Frau Vortkamp plaudern, falls die sich in den Verkaufsräumen sehen lässt«, schlug Annalena vor.

Markus leckte sich die wunden Lippen und musterte sein Gegenüber. »Ja, könnte Ihnen stehen. Diese Kleider sind nicht für jede Frau. Bei meiner Thekla beispielsweise …« Er schwieg und sah zu Boden.

Annalena dachte an den Nachmittag auf dem Friedhof und an das Foto mit der Frau hinter den Thujen.

Hektisch und mit schwitzendem, rotem Kopf schlug Jörg Ottenhöver auf die Tastatur seines Rechners ein. Er schien innerlich zu kochen. Seine Brille war beschlagen. Annalena ahnte, dass er erneut gekränkt war. Sie hätte ihn in dem Moment, als er den Raum betrat, zu seinen Rechercheergebnissen in Sachen Caruso fragen sollen. Nun war es zu spät. Wieder alles falsch gemacht! Bei diesem Kollegen machte sie offensichtlich immer alles falsch. Hoffentlich kam bei seiner Tastenquälerei ein aussagekräftiges Protokoll heraus.

Markus stand immer noch neben ihr. »Komisch«, sagte er nun und hielt sich auf gleiche Weise wie ihr Vater die Fingerspitze an die Nase. »Eines aber war interessant.«

Sie horchte auf. »Erzählen Sie! Was?«

»Dieser Schönling ist ja nicht nur Arzt, sondern auch Fotograf. Und die Marina hat ihm offensichtlich ein Atelier gebaut. Da ist doch eigentlich nix dabei, oder? Aber dem ist das überhaupt nicht recht, dass wir von diesem Studio wissen. Der hat die Frau vielleicht angegiftet. Frau Vortkamp musste dann auch gleich eine qualmen. Und ihre Finger haben gezittert.«

Annalena schrieb mit Großbuchstaben das Wort ATELIER auf die Raufasertapete. »Vermutlich will er nicht, dass sich das hier rumspricht und dass es heißt, er ließe sich aushalten, er sei käuflich.«

»Isser aber doch, de fiese Möpp.« Jörg Ottenhöver hatte die Kopfhörer abgesetzt und warf den ersten Satz des Tages in die Runde. Er sah dabei nur Markus an und putzte sich die leicht beschlagene Brille. Annalena dachte, dass er ungewöhnlich eng anliegende Ohren hatte. Wenn sie ganz ehrlich war, hatte sie noch nie so eng anliegende Ohren gesehen. Ein Wunder, dass die überhaupt die Brillenbügel hielten. Eigenartigerweise stolperte sie in

Zeiten höchster Konzentration häufig über derart unbedeutende Kleinigkeiten.

»Vielleicht«, sagte sie und zwang sich zu Sachlichkeit, »arbeitet er mit einer besonderen Entwicklungs- oder Drucktechnik und will sich nicht in die Karten schauen lassen.«

»Dass der sich nicht in die Karten gucken lässt, glaub ich allemal.« Markus lief in dem kleinen Zimmer auf und ab. »Der ist auch irgendwie so stickum, also so'n Heimlichtuer. Ich trau dem nicht.«

»Vielleicht hat er den Mord fotografiert«, bot Jörg an und ergänzte in beleidigtem Ton: »Aber ich kann ja sagen, was ich will, auf mich hört ja doch keiner. Und jetzt hängen die Bilder da in seinem Atelier zum Trocknen, sicher schon seit ein paar Tagen – und der lacht sich einen ab, weil wir so blöd sind. Aber wenn der Ottenhöver was sagt, wird einfach nicht hingehört. Und deswegen sag ich auch nichts mehr.« Abrupt stand er auf und griff nach seiner Windjacke. »Alles, was Sie wissen müssen, steht im Protokoll, und das hab ich Ihnen gemailt.« Hinter ihm fiel die Tür ins Schloss.

»Was ist denn mit dem los?«, fragte Markus Wissing.

»Ob er mehr Aufmerksamkeit braucht?« Annalena zuckte mit den Schultern. Sie hatte keine Kapazitäten mehr, um über ihren einstigen Schutzengel nachzudenken.

»Pah, dann soll er doch bei der Telefonseelsorge anrufen – und bei unserer Hedwig landen.« Über das blasse Gesicht des Kriminalhauptmeisters huschte zum ersten Mal an diesem Tag ein Lächeln.

Annalena trat vor ihre Notizwand. »Wo ist eigentlich dieses Atelier?«

»Keine Ahnung, ich hab nicht nachgefragt, aber bestimmt auf der ihrem Firmengelände. Da kann sie ja machen, was sie will.«

»Auch einfach Häuser hinsetzen?« Annalena zog die Stirn kraus. »Das glaube ich nicht. Da braucht sie doch eine Baugenehmigung. Warten Sie mal …«

Sie rief nach Hedwig. »Klär doch mal bitte beim Baureferat,

ob die Vortkamp in jüngster Zeit angebaut oder sogar neu gebaut hat und welcher Architekt damit zu tun hatte. Und dann bräuchten wir die Pläne.«

»Ui, jetzt geht's aber rund. Super, mache ich sofort.«

Annalena sah Markus an. »Und Sie besorgen am besten gleich beim Staatsanwalt einen Durchsuchungsbeschluss für dieses ominöse Atelier. Ich will da heute noch rein. Falls der rumzickt, berufen wir uns auf ›Gefahr in Verzug‹.«

»Echt, besteht Gefahr?« Hedwig legte eine Hand auf die Telefonmuschel. Sie wirkte besorgt. »Kind, du bist ja auch schon ganz blass.«

Das kommt von meinem Zwerchfellflimmern, dachte Annalena. Mein Bauch weiß wieder mal mehr als ich. Sie erinnerte sich an einen Kalenderspruch des Kriminaloberrats: »Das Herz einer Frau sieht mehr als die Augen von zehn Männern.« Nur, was sah ihr Herz, und was machte ihr so zu schaffen? Hatte sie etwa Angst, dass Friedemann was mit den Morden zu tun haben könnte? Ach was, der Typ war ihr so was von schnurzegal.

Sie setzte sich in Hedwigs Mehrzweckzimmer an den großen Konferenztisch. Es hatte was, einfach nur dem Plätschern der Kaffeemaschine zuzusehen. Ein Tropfen nach dem anderen. Genauso musste jetzt verfahren werden. Einfach eins nach dem anderen.

»Eine Unverschämtheit, dass Ewald dich alles machen lässt, nur weil er mit seiner Birgit Händchen halten muss.« Hedwig knetete sich die Finger. »Ich krieg den Bauplan rübergemailt. Du hättest den mal sehen sollen gestern. Wie ein verliebtes Jüngelchen.«

Annalena überhörte den boshaften Unterton. »Siehst du, klappt doch. Sag mal, wenn du morgen sowieso auf den Friedhof gehst, kannst du dann mal gucken, ob da auch der Kramer auftaucht?«

»Der Kramer? Was hat der denn da zu suchen?«

»Eben. Nichts.« Annalena stand auf und goss sich einen Kaffee ein. »Druck mir die Unterlagen bitte aus. Dann kann ich den Plan in das sogenannte Atelier mitnehmen. Ach ja, und sag den

Kollegen Krabbe und Lütke-Tillmann, dass ich sie bei der Aktion dabeihaben will. Wo stecken die eigentlich?«

»Die machen jetzt an dem Auto vom Aribert rum.«

»Und?«

»Der Zentner hat seinen Japaner jeden Samstag poliert und gesaugt. Der fuhr nicht mit dem Dreck von sieben Jahren durch die Gegend. Wenn die da was finden, isses was Frisches, haben sie gesagt.«

»Na, hoffentlich.« Annalena dankte dem Himmel, dass nicht alle so reinlich waren. Sonst lägen die Taschentücher aus Stefanies Wagen schon längst im Müll, und sie hätte gar keine Anhaltspunkte. »Sag den beiden, dass sie das ganze Untersuchungsbesteck mitbringen sollen und dazu mindestens ein Dutzend Kartons – wer weiß, was wir dort alles einpacken müssen. Hoffentlich viel.«

Bei der Vorstellung, auf diese Weise Marina Vortkamp die verächtlichen Friedhofsblicke heimzuzahlen, verspürte sie eine leise Genugtuung. Hätte die gestern nicht so arrogant und von oben herab geguckt, wäre die Kommissarin vermutlich gar nicht auf sie aufmerksam geworden. Irgendwas stimmte nicht mit der und ihrem Partner. Und was das war, würde sie herausfinden.

23. Kapitel

Er fragte sich, warum seine Nerven so blank lagen. Was war los mit ihm? Was machte ihn so nervös? Auf seine Auftraggeber war hundertprozentig Verlass – da war noch nie was passiert, und die Sache lief schon seit Jahrzehnten. Der alte Hase, der ihn dort eingeführt hatte, hatte ihn gebrieft und ihm die Philosophie der sogenannten Gilde erzählt. Da jeder nur so viel wusste, wie er wissen musste, um seinen ganz speziellen Teil des Jobs zu erledigen, war es so gut wie ausgeschlossen, dass einer die anderen verriet.

Er brauchte sich keine Sorgen zu machen. Gar keine! Und dennoch flatterte sein Herz, denn wenn was schiefginge, wäre er dran und hätte seine ganz persönlichen Konsequenzen zu ziehen. Und er wusste, wie die aussahen.

Dabei war doch alles glattgegangen und beide Lieferungen waren noch in der gleichen Nacht per SMS bestätigt worden. Er nahm einen Schluck Kaffee und sah in den Garten. Seine Hände zitterten. Um den Tänzer tat es ihm leid. Er hätte ihn weitertanzen lassen sollen, vielleicht sogar auf dem geharkten Kies in Marina Vortkamps Garten. Was wären das für Fotos geworden: dieses hagere Kerlchen mit seinem dramatisch geschminkten Gesicht zwischen klarem Wasser und weißen Steinen auf grüner Wiese und unter dem ausladenden Lächeln eines honiggelbem Vollmondes.

Er hatte es sich zu leicht gemacht, dachte er nun. Es war alles zu einfach gegangen. Eine Falle des Schicksals, und er war hineingetappt. Warum hatte sich dieser Japanfreak seine seltene Blutgruppe auch so plakativ eintätowieren lassen? Und warum war ausgerechnet jetzt nach Organen dieser Blutgruppe verlangt worden? War das alles vielleicht ein Hinterhalt gewesen, war ein verdeckter Ermittler in die Gilde eingeschleust worden und hatte von ihm und Aribert Zentner gewusst? Er knirschte mit den Zähnen und stöhnte auf.

Er beschloss, allen zu verschweigen, dass er diesen Aribert gekannt hatte. Sie hatten ja auch nur wenige Worte miteinander gewechselt, und er hatte ihn fotografiert. Die Fotos hatten allerdings keineswegs seinem Standard entsprochen. Schon das hatte ihn verwirrt. Hatte er etwa von Anfang an von Ariberts Schicksal gewusst und deshalb nicht so genau hinsehen wollen?

Vielleicht hatte diese Panik ja auch nur was mit seinem schlechten Gewissen zu tun. Er hatte sich nicht einmal die Blutgruppe ganz durchgeben lassen, aber sofort versichert: »Oja, ja, ich kann liefern.« Dabei wäre es ein Leichtes gewesen, sich ratlos zu stellen und lediglich die angefragte Operationsbereitschaft zu bekunden. In diesem Fall wäre er irgendwo hinbestellt worden, hätte den Eingriff an einem gesichtslosen Körper ausgeführt und den Rest den anderen überlassen. Aber nein, er musste mal wieder mustergültig funktionieren und sich als Bester aller Besten erweisen! So hatte er in seinem Atelier nicht nur die Fotos des Tänzers entwickelt, sondern ihn auch dort operiert.

Hatte er wirklich gedacht, das mit dem Atelier könne geheim bleiben? Wo doch in dieser Stadt so unglaublich viel geredet wurde? Selbst wenn Marina und das Kind darüber schwiegen – alle anderen würden sich das Maul zerreißen. Das hatte er von Anfang an gewusst, ganz Kalverode stank nach Klatschmaul.

Nach seiner wütenden Reaktion war Marina empört auf die Terrasse gerannt, um eine Zigarette zu rauchen. Jetzt ging sie an ihm vorbei, und er nahm wahr, dass sie sich nicht beruhigt hatte. Auch das roch er. Es war nicht auszuhalten.

Was für ein Tagesbeginn – warum konnte er seine Nase nicht auf die gleiche Art verschließen wie die Augen? So eine Funktion müsste die Menschheit noch entwickeln. Duftlider – oder wie würde man das nennen? Aber die Sensoren seines olfaktorischen Systems hatten keine Rücksicht auf ihn genommen, und so war er ohne Vorwarnung von der Dunstwolke des Kriminalhauptmeisters überfallen worden, von dieser unguten Mischung aus Trauer, Verzweiflung, Empörung und Hilflosigkeit.

Jetzt kam Marina an den Frühstückstisch zurück, setzte sich

ihm gegenüber und zündete sich eine weitere Zigarette an, ihr eigenes Rauchverbot innerhalb des Hauses missachtend. Sie wirkte gefasst, aber er ließ sich nicht täuschen. »Schämst du dich etwa für dein Fotografieren?« Sie blies ihm den Rauch ins Gesicht.

»Nein, aber es muss nicht jeder wissen, dass du mir ein Atelier gebaut hast.«

»Hör mal zu, ich lass mich nicht anschreien. Von niemandem. Ich warne dich. Mach das nie wieder!«

Mit einer Daumendrehung drückte sie die Zigarette in der leeren Eierschale aus und stolzierte aus dem Zimmer. Die Seide ihres roten Morgenmantels knisterte wie ein frisch entfachtes Feuer. Er fror.

Annalena stand sinnierend vor ihrer Notizwand. Sie hatte gerade die Namen von Marina Vortkamp und Helmut Kramer auf eine frisch angebrachte Tapetenrolle geschrieben, als ihr Computer elektronische Post ankündigte. Durch die geöffnete Tür wandte sie sich an Hedwig: »Hey, du sollst mir den Atelierplan nicht mailen, ich brauch einen Ausdruck, den ich dann mitnehmen kann.«

»Der liegt hier schon. Ich hab dir nix geschickt.«

Sie öffnete ihr Postfach und fand eine Nachricht von Jörg Ottenhöver. Na super.

Sehr verehrte Frau Kriminalhauptkommissarin,
hiermit teile ich Ihnen mit, dass ich gerade beim Arzt war und nun krankgeschrieben bin. Wegen Burn-out. Ich bin eben dem Stress nicht gewachsen. Jetzt muss ich mich ausruhen und gebe Hedwig morgen meine Krankmeldung. Ich glaube nicht, dass ich in den nächsten zwei Wochen einsatzfähig bin. Der Doktor meint das auch.
Ich war gestern im Zirkus und hab mit den Leuten dort gesprochen. Mit dieser Ermittlung war ich vom Kriminaloberrat beauftragt worden. Der Zirkus heißt Indowina und ist sehr klein. Es gibt acht Erwachsene, zwei Pferde und fünf Pudel.
Wer nicht gerade auftritt, muss die Musikanlage bedienen

oder den Vorhang ziehen. Oder an der Kasse sitzen und Karten verkaufen. Die haben da einen Messerwerfer und den stärksten Mann der Welt, eine Gummifrau, die sich total verbiegen kann, zwei Menschen am Trapez und eine Frau, die mit den Füßen jongliert. Der Clown macht auch die Hundedressur. Der Zirkus ist am 29. April nach Kalverode gekommen und hat ab dem 30. jeden Tag zwei Vorstellungen gegeben. Um drei Uhr nachmittags für die Kinder und um acht Uhr abends für die Erwachsenen. Ich habe die Daten überprüft. Unsere Opfer wurden während der Vorstellung getötet. Damit haben alle Indowinas ein Alibi. Ich wollte es Ihnen die ganze Zeit schon sagen, aber Sie wollen von mir ja nichts hören!
Vielleicht krieg ich auch noch eine Kur. Dann bin ich sowieso erst mal ein paar Wochen weg.
Haben Sie eigentlich schon das Protokoll meiner Befragung von Alfred Sago gelesen? Wahrscheinlich nicht!
Hochachtungsvoll
Polizeihauptmeister Ottenhöver i.K.

Annalena starrte auf den Text. Dann schnaufte sie. Das war doch reine Sabotage. Unvermittelt revoltierte ihr Magen. Sie rannte zur Toilette.

Jetzt waren sie also nur noch fünfeinhalb. Eine Unterstützung aus Münster oder Düsseldorf war weit und breit nicht abzusehen.

Dann druckte sie sich die E-Mail aus und ging damit zu Hedwig Hagenkötter. »Was heißt dieses ›i.K.‹? Kannst Du mir das erklären?«

»Im Krankenstand.« Hedwig schüttelte den Kopf. »Sag mal, der hatse doch nicht mehr alle, oder?«

»Seh ich auch so, aber auf den können wir nun nicht mehr bauen. Gut, dass er wenigstens noch beim Zirkus war. Das wird doch wohl alles stimmen?«

»Jaja, klar«, beruhigte Hedwig sie. »Da musste dir keine Sorgen machen. Da isser schon korrekt. Haste denn sein Protokoll gelesen?«

Annalena schüttelte den Kopf. »Hab ich auch gar keine Lust zu.«

»Weißt du was, das machen wir jetzt zusammen. Öffne doch mal die Datei.«

Befragung des Verdächtigen Alfred Sago in der Mordsache Stefanie Overbeck am Donnerstag, 10. Mai, 11:45 Uhr in dessen Büro. Das Gespräch ist eine Abschrift der Aufnahme von Kassette 367 (siehe Archiv).

Anwesend: Polizeihauptmeister Jörg Ottenhöver (im Folgenden PH) sowie der Zeuge Alfred Sago, Besitzer des Getränkegroßmarktes Sago oHG (im Folgenden AS).

PH: Du hast am 28. März bei Frau Overbeck eine Anzeige aufgegeben.

AS: Ja.

PH: Warum?

AS: Um Dienstleistungen anzubieten.

PH: Was für Dienstleistungen?

AS: Private. Geht dich nichts an.

PH: Welchen Eindruck hattest du von Frau Overbeck? War sie nervös, anders als sonst?

AS: Nee. Weiß aber nicht, wie die sonst so drauf ist.

PH: Warum ist die Anzeige so klein gesetzt und nicht mit deinem Namen erschienen?

AS: Darum.

PH: Jetzt werd nicht frech. Das ist keine Antwort.
Anmerkung: Zeuge spuckt PH auf die Schuhe.

PH: Das betrachte ich als freiwillige Speichelprobe. Aber mach so was besser nicht noch mal. Also? Ich warte. *Anmerkung: Beweisstück geht in die KTU.*

AS: Geht dich nichts an.

PH: Im Rahmen der aktuellen Ermittlung geht mich alles was an. Wo warst du am Samstagnachmittag vor einer Woche, am 30. April?

AS: Hier in meinem Laden. Was meinst du, was da los war! Den ganzen Tag haben die Leute wie verrückt Bier und Sprudel gekauft. Und ab fünf musste ich auch noch die Planwagen beliefern. Pro Wagen mindestens ein Fass Bier und ein Schnapssortiment. Jedes Jahr das Gleiche, fällt denen immer zu spät ein, dass der Tag der Arbeit in dieser Gegend ein Arbeitstag für Pferde ist.

PH: Stimmt. Mein Kegelklub ist auch dabei, wir fahren dieses Jahr mit zwei Pferdestärken die Wasserschlösser ab. Wie viele Wagen waren das denn genau, die du beliefert hast?

AS: Mindestens zwanzig. *Anmerkung: Liste befindet sich im Anhang.*

PH: Und dann?

AS: Dann musste ich um acht Uhr abends noch mal ausrücken, weil denen in der Jazzkneipe bei ihrer traditionellen Altbiernacht das Bier ausgegangen ist. Keinen Plan haben diese Leute.

PH: Gut, wir werden das überprüfen. Und was war am vergangenen Samstag, den 7. Mai? Und zwar nachmittags?

AS: Ha, da war ich doch bei euch und hab dieser nervigen Tussi verklickert, dass der Friedemann was mit der Steffi hatte. Da hab ich meinen Laden nämlich um zwei Uhr geschlossen.

PH: Und danach?

AS: Bin ich zum Ewald, weil mich die Frau so genervt hat, und anschließend wieder ins Büro, weil ich den Umsatz vom letzten Monat noch an den Steuerberater mailen wollte. *Anmerkung: PH stellt anhand des Sendeprotokolls fest, dass die Meldung am zu überprüfenden Tag um 17:15 Uhr übermittelt wurde.*

AS: Wenn du mal kommst, oder dein ganzer Kegelklub, mach ich euch einen echt guten Preis.

PH: Nein, danke. Ich lass mich nicht kaufen. *Anmerkung: PH fordert den Befragten auf, in den nächsten Tagen vorbeizukommen, um das Protokoll zu unterschreiben.*

Ende

»Da siehst du es«, sagte Hedwig. »Der ist überkorrekt. Da kann man nichts sagen. Sogar Frechheiten wie nervige Tussi nimmt der in seine Abschrift mit auf, hätt er ja nicht müssen.«

»Allerdings – aber er hat uns so auch klargemacht, dass er sich nicht kaufen lässt«, murmelte Annalena und wandte sich ihrem inzwischen eingetroffenen Mitarbeiterstab zu. »Wir haben jetzt halb zwölf. Zeit für eine kurze Dienstbesprechung und Neuverteilung der Aufgaben. Jörg fällt fürs Erste aus, und Ewald ist hoffentlich ab übermorgen wieder da.«

Eigenartigerweise wurde diese Mitteilung von allen kommentarlos geschluckt.

»Ich bin dabei, aber nur, wenn ich vorher 'ne runde Döner holen kann«, sagte Heinz Krabbe und fügte hinzu: »Wär dir sicher nicht recht, wenn wir alle zum Mittagessen abhauen, oder?«

»So ist es.« Sie sah in die Runde. »Döner für sechs?« Alle nickten.

Seine Großmutter hatte ihn liebevoll Spökenkieker genannt, wenn er mit solchen Geschichten kam. Er wusste bis heute nicht, ob er sich über diese Gabe freuen sollte, die ihm im Laufe der Zeit immer mehr Angst machte. So auch jetzt. Friedemann sah an sich hinunter. Er hatte etwas wahrgenommen, eigentlich mehr gespürt als gesehen, und war aufgeschreckt. Er war nass geschwitzt und fühlte sich fremd im eigenen Körper. Wie von Gespenstern besetzt. Das Gesehene hatte die Qualität eines sehr alten und vergilbten Schwarz-Weiß-Fotos gehabt und zeigte eine Gegend, die ihm vertraut schien. Am Rande dieses Bildes, fast so, als kippe er schon aus der Fotografie heraus, stand ein verwitterter Wohnwagen, eines dieser einachsigen Schwalbennester aus den Sechzigerjahren – umgeben von üppig blühenden Rhododendren.

Er wusste nicht, wie lange seine Abwesenheit diesmal gedauert hatte. Nun war es zwölf Uhr. Hatte er nicht gerade erst seinen Neun-Uhr-Kaffee getrunken?

Die Zwischenwelt, wie er sie nannte, kam ohne Vorwarnung,

manchmal konnte er gerade noch an den Straßenrand fahren, bevor er von einer Sekunde zur anderen in finsterste Schluchten fiel. Das war auch der Grund, warum er immer in Gegenden blieb, die ihm vertraut waren und in denen die Leute ihn kannten. Zu seinen allerschlimmsten Albträumen gehörte es, im St. Rochus-Hospital in Telgte aufzuwachen und dort für immer in die Psychiatrie weggesperrt zu werden. Er war ja nicht krank. Er hatte nur nicht gelernt, diese eine zusätzliche Wahrnehmung abzustellen, hatte den Schalter nicht gefunden, um sie auszuschalten.

Der marode Caravan seiner plötzlichen »Wahrnehmung« erwartete ihn. Stand wie ein Tagesziel auf seiner sonst zumeist leeren Agenda, und er spürte: Er musste ihn finden.

Fast selbstständig steuerte sein Wohnmobil der Luxusklasse in das Moorgebiet hinein. Friedemann saß hinter dem Steuer und gab seinen Impulsen nach. Er versuchte, nicht zu denken, was verdammt schwer war.

Behutsam fuhr er durch die Orte Alstätte und Graes und ließ sich von seiner Intuition in die nördliche Ecke des Amtsvenns leiten, die in den Niederlanden lag. Früher war dies eine Art grüne Grenze gewesen, aber seit dem Schengener Abkommen gab es kaum noch Schmuggel. Als Kind hatte er einmal eine Stange Zigaretten gefunden und ein kleines bisschen Shit, den er für mehr verticken konnte als die ganzen Fluppen. »Schatzsuche« hatten sie diese Ausflüge genannt. Er spürte, dass ihn bei seiner heutigen Schatzsuche kein Glück erwartete.

Unter Naturschutz stehende Knäkenten schwammen auf einem der wassergefüllten Torfstiche und näherten sich einem frisch aus Afrika oder Indien angereisten Tüpfelsumpfhuhn, dessen Federspitzen wie weiße Perlen glänzten und das dabei war, sich sein Nest zu bauen. Alle hatten etwas zu tun. Auch er. Friedemann verließ sein Cockpit und machte sich auf den Weg.

Wenige Minuten später erreichte er eine Lichtung mit wenigen Birken, riesigen Farnen und Rhododendronbüschen, und noch bevor er greifbar etwas wahrnehmen konnte, verkrampfte sich sein Magen. Dabei war er nur ein paar abgebrochenen Ästen gefolgt. Ins tiefste Gebüsch.

Das einst blau-weiße »Schwalbennest«, auf das er nach etwa zweihundert Metern Fußweg stieß, war offensichtlich schon vor Ewigkeiten hier entsorgt worden. Türen und Fenster des kugeligen Wohnwagens standen offen und ließen verrostete Scharniere erkennen, die Reifen hatten schon vor Jahrzehnten ihre letzte Luft gelassen. Der schmale Weg war von der Natur zurückerobert und von dichten Farnen überwuchert worden. Nur ein paar geknickte Zweige ließen erkennen, dass vor gar nicht so langer Zeit jemand diesen Pfad benutzt hatte. Friedemann schlich sich an den Wagen heran und stieß die angelehnte Tür weit auf.

Ein Schwall von Fliegen kam ihm entgegen. Und ein entsetzlicher Gestank. Er schrak zurück.

Die beiden aufgedunsenen Körper im Inneren des Wagens nahm er nur aus den Augenwinkeln wahr. Sie schienen gleich zu platzen. Er roch, dass sie tot waren. Sie waren anders tot als Stefanie oder Aribert Zentner. Endgültiger, wenn es überhaupt so was gab. Mit zitternden Fingern tippte er eine Nummer in sein Handy. Es war genau zwölf Uhr sechsundvierzig.

»Jetzt wird aber gelüftet. Das stinkt ja hier nach Knoblauch, kaum auszuhalten!« Hedwig riss die Fenster des Gemeinschaftsraumes auf. Zusammengeknüllte Papiertaschentücher wirbelten auf dem runden Tisch durcheinander.

»Gibt's denn wenigstens noch 'nen Kaffee vor unserer Besprechung?«, maulte Horst Toplischek. »Ist plötzlich so'n Stress hier. Gestern musste ich schon den ganzen Tag fotografieren, heute nur Probenabgleich im Labor und am Computer und dann auch noch eine Sitzung nach der andern. Sag mal, ist so ein Burn-out-Syndrom eigentlich ansteckend?« Ohne hinzusehen, steckte er sich einen Pfefferminzdrops in den Mund.

»Gibt's denn schon was Neues aus dem Labor?« Annalena stellte sechs Tassen auf den Tisch.

Horst Toplischek nickte.

»Und?«

»Das vierte Taschentuch und der Perlmuttlöffel sind ein und derselben Person zuzuordnen.«

»Was, und das sagen Sie erst jetzt, einfach so, so ganz nebenbei?«

»Wie hätte ich es denn sonst sagen sollen?« Er steckte sich eine weitere Pfefferminzpastille in den Mund. »Außerdem läuft die Spur ins Leere.«

Annalena zwang sich zur Ruhe. »Ach was, und das entscheiden Sie allein?«

Er nickte selbstsicher. »Weil dieses Profil nicht an den Opfern auftaucht. Weder bei Stefanie Overbeck noch bei Aribert Zentner. Genauer gesagt, habe ich es nur an drei Dingen gefunden, von denen wir nicht mal sicher wissen, ob die was mit dem Mord zu tun haben. Das wären also das Taschentuch, die Schließe von dem grünen Büstenhalter und der abgerissene Knopf. Die Daten von Knopf und Taschentuch haben mir die aus Münster grad erst geschickt.«

»Was könnte das heißen?« Annalena sah fragend in die Runde.

Hedwig zuckte mit den Schultern.

»Der Mörder hat kein eigenes genetisches Material, oder er selbst ist so steril verpackt, dass nichts aus ihm rausfällt – Stichwort Ganzkörperkondom«, bot Heinz Krabbe an und grinste.

Wilfried Lütke-Tillmann widersprach. »Nee, ich würd sagen, der Typ vom Taschentuch hat ihr erst den Knopf vom Kleid gerissen und dann den BH ausgezogen. Aber das heißt ja noch lange nicht, dass er der Mörder ist.«

»Die hat keinen Fremden an sich rangelassen, der sie ausziehen konnte«, brauste Markus auf.

»Es sei denn, sie kannte ihn, oder sie war schon bewusstlos«, gab Hedwig zu bedenken.

»Oder er wollte ein Aktfoto von ihr machen und hat ihr deshalb den BH ausgezogen«, legte Heinz Krabbe nach.

»Wo haste denn nur solche Phantasien her?«, fragte Hedwig besorgt.

Annalena sah auf die Uhr. »Wir sollten jetzt mit unserer Besprechung beginnen.«

In dieser Sekunde läutete das Telefon. Es war genau zwölf Uhr sechsundvierzig.

Markus Wissing nahm ab.

Der Anrufer, Friedemann Vortkamp, berichtete von einem grauenhaften Fund, konnte aber seinen genauen Standort nicht angeben. Er behauptete, sich so zu fühlen, als hätte er sich verirrt, weshalb eine Handyortung veranlasst wurde. Vortkamp wurde gebeten, auf die Einsatzkräfte zu warten. Wortwörtlich stand später im Protokoll: »Der Zeuge macht einen ruhigen Eindruck.«

Exakt um dreizehn Uhr fünf rückten Kriminalhauptkommissarin Annalena Brandt, Kriminalhauptmeister Markus Wissing sowie die Mitarbeiter des Erkennungsdienstes, Oberwachtmeister Heinz Krabbe und Hauptmeister Horst Toplischek, zum gemeldeten Fundort aus.

Wilfried Lütke-Tillmann übernahm gemeinsam mit der Sachbearbeiterin Hedwig Hagenkötter von der Wache aus die Koordination und informierte die Ermittlungsstäbe in Münster und Düsseldorf.

Markus Wissing saß am Steuer des blau-weißen Einsatzbusses und schien um eine weitere Nuance blasser geworden zu sein. »Ich fass es nicht, was hat denn dieser Friedemann da zu suchen, überall wo wir hinkommen, ist der auch schon gewesen oder hat was gesehen, gefunden oder was weiß ich. Hat der denn sonst nix zu tun?«

»Was meinen Sie damit?« Annalena entfaltete betont ruhig den Plan des Katasteramtes.

»Wieso muss ausgerechnet der diesen Caravan Marke Schwalbennest finden, und vorher sieht er einen Büstenhalter in den Bäumen, und dann stolpert er auch noch über den Knopf, der zu Stefanies Kleid gehört. Normal ist das nicht.«

»Stimmt, eine ungewöhnliche Häufung von Zufällen.«

»Und wenn das alles kein Zufall ist?«, bemerkte Heinz Krabbe von der Rückbank.

Annalena schwieg. Genau diesen Gedanken versuchte sie seit einer halben Stunde zu verdrängen.

Der unermessliche Lärm rotierender Hubschrauberflügel durchbrach die Stille der Moorlandschaft, noch bevor sie den Wagen verlassen hatten.

»Wo kommt der denn her?«, fragte Heinz Krabbe.

»Vermutlich grenzübergreifende Amtshilfe«, meinte Horst Toplischek erleichtert. »Dann können die sich auch gleich den Fundort angucken. Ich bin da nämlich nicht so scharf drauf. Wenn es das Ehepaar sein sollte, weißte, die werden ja schon seit mehr als zwei Wochen vermisst, und es war verdammt warm in letzter Zeit ... Nein, ich will gar nicht wissen, wie die jetzt aussehen, echt nicht!« Er schüttelte sich.

»Du meinst, die aus Düsseldorf haben sofort die Niederländer geschickt?« Heinz Krabbes Stimme kippte vor Aufregung.

Horst nickte. »Logo. Mit zweihundertvierzig Stundenkilometern ist der Hubschrauber viel schneller als wir. Die trauen uns doch nix zu. Für die sind wir dumm wie Brot.«

Annalena sah auf die Karte. »Wir befinden uns ja auch schon in den Niederlanden.«

Der Helikopterwind knickte Äste und drückte Büsche zu Boden. Dann landete der Hubschrauber, und die plötzliche Stille tat fast weh. Vier Personen, perfekt in Schutzanzüge verpackt und mit Brille und Mundschutz versehen, sprangen heraus und enterten nach einem flüchtigen Nicken den Wohnwagen. Nicht einmal dreißig Sekunden später standen sie wieder auf der Lichtung, und einer der Kriminaltechniker forderte per Handy einen Wagen und zwei Bergungswannen an. »Da ist nichts mehr zu machen«, erklärte er auf Deutsch, wandte sich ab und sprach schnell und hektisch auf Niederländisch in sein Handy.

Annalena sah fragend zu Markus hinüber. Der fasste das Gehörte auf Deutsch zusammen: »Bei den Toten handelt es sich um Mann und Frau. Bei beiden großer und mittiger Brustbeinschnitt. Sternumdurchtrennung. Verwesung schon weit fortgeschritten. Todeszeitpunkt liegt mehr als zehn Tage zurück. Die nehmen die Leichen mit in ihre Gerichtsmedizin.«

»Wenigstens das.« Horst Toplischek schien erleichtert.

»Aber wenn es das vermisste Ehepaar ist?« Annalena hob die Augenbrauen. »Fällt das dann nicht in unseren Bereich?«

»Bei uns hier an der Grenze ist jeder für alles zuständig«, sagte Heinz Krabbe schnell. »Soll'n die die doch mitnehmen. Mir ist das nur recht.«

Etwa vierhundert Meter abseits vom Geschehen stand Friedemanns dreiachsiges Wohnmobil. Die hintere Tür war geöffnet. Der Zeuge saß auf den Stufen seiner Fahrerhaustreppe und lächelte blass.

Annalena ging auf ihn zu. »Wie sind Sie eigentlich hierhergekommen?«

»Weiß nicht genau. Nur so ein Gefühl.« Er hob eigenartig hilflos die Schultern und wiederholte: »Nur so ein komisches Gefühl.« Er wies auf den blau-weißen Wohnwagen. »Sind das die Vermissten aus der Zeitung?«

Annalena hob die Schultern und setzte sich neben ihn. »Wir wissen es noch nicht. Ich brauche Ihre genaue Aussage, was Fundort und Fundsituation betrifft.«

»Ja, klar.«

Gemeinsam beobachteten sie die niederländischen Ermittler, die um den alten Caravan herum eine Polizeiabsperrung installierten und rot-weiß gestreifte Bänder an den Bäumen befestigten.

»Übernehmen das jetzt die Jungs von nebenan?«, fragte Friedemann.

»Die Ermittlung?«

Er nickte.

Sie hob die Schultern und fragte sich, wo die Düsseldorfer Sonderkommission sein mochte, die seit angeblich zwei Wochen hier in der Gegend verdeckt ermittelte. Wenn Wilfried alle Telefonate erledigt hatte, müssten die Kollegen ja bald hier aufkreuzen. Hätte sie nun Genugtuung verspüren müssen? Schadenfreude? Die aus der Großstadt hielten die Kalveroder Mannschaft für Deppen – aber sie und ihre Leute hatten das Ehepaar gefunden.

»Wenn ich noch rauchen würde, könnt ich jetzt eine vertragen«, meinte Friedemann leise.

»Ich auch.« Fast hätte sie gelächelt.

Außerhalb der holländischen Absperrung standen Horst Toplischek, Markus Wissing und Heinz Krabbe und beobachteten die Niederländer. Wie zufällige Passanten lehnten sie an den Bäumen, keine Ermittler, sondern drei lässige Spaziergänger um die Mittagszeit. Annalena wunderte sich. Die ließen sich den Fall einfach so wegnehmen!

Einer der niederländischen Kollegen rief ihnen was zu, worauf Horst mit dem Kopf zu Annalena wies. Der Holländer kam auf sie zu. »Wir übernehmen das und melden uns dann bei Ihnen. Hier ist meine Karte.«

»Aber wir waren zuerst da!«, murmelte Annalena halbherzig und reichte ihm ihre Karte.

»Klären Sie das mit Ihren Vorgesetzten. Wir wurden von Düsseldorf um Amtshilfe gebeten, und wir nehmen die Toten jetzt mit. Ein paar Leute Ihrer Sonderkommission warten übrigens schon in Enschede auf uns, die anderen hab ich hierher bestellt. Wenn Sie warten, können Sie denen gleich alles erzählen. Fassen Sie bis dahin am besten nichts an.«

Er ging wieder davon.

Annalena stand auf. Sie hatte keine Lust, auf die Leute der Sonderkommission zu warten. Seit zwei Wochen rannten die hier herum und hatten sich nicht einmal vorgestellt. Sie nickte dem Zeugen zu. »Ich muss dann los.«

»Schade. Tot ziens, wie der Niederländer sagt, auf Wiedersehen.«

Dieses »Schade« klang ehrlich, und ihr wurde klar, dass sie gern noch weiter neben ihm auf den Stufen gesessen hätte, am liebsten mit einem Blick nur auf Wollgras, Heidekraut und Birkengrün, ohne das Rot-weiß der Polizeiabsperrung, ohne den Helikopter und ohne das Wissen um die Mannschaft einer überkompetenten Sonderkommission, die jeden Moment eintreffen könnte. Sie war so müde. Das Wochenende fehlte ihr. »Kommen Sie dann bei uns vorbei? Für eine Zeugenaussage?«

Er nickte. »Heute noch?«

»Ja.« Im Gehen bemerkte sie ein Glitzern aus dem Wohnwagen heraus und blieb abrupt stehen.

Diese Schrankgriffe, diese zierlichen messingfarbenen Beschläge, woher kannte sie die?

Das konnte doch nicht sein! Immer, wenn ihr dieser Friedemann vertraut schien, geschah etwas, das ihn verdächtig machte. Sie kniff die Augen zu schmalen Schlitzen. Es waren die gleichen Messingbügel wie an den Puppenschreinen.

Trotz der warmen Maisonne lief es ihr kalt über den Rücken, und sie winkte Heinz Krabbe zu sich.

»Was ist?«

»Ich will nur, dass du neben mir stehst, wenn ich Herrn Vortkamp was frage, vier Ohren hören mehr als zwei.«

»Bin schon da.« Der Oberwachtmeister stützte beide Hände in die Hüften. Sein Gesicht war auffällig rot, vermutlich hatte er sich in der letzten halben Stunde einen Sonnenbrand geholt.

»Wer hat die Schrankwand gebaut?«

»Ich«, verkündete Friedemann nicht ohne Stolz. »So sieht es immer ordentlich aus, und ich weiß, wo was ist.«

»Sie haben auch die Puppenschreine gebaut«, stellte die Kommissarin klar.

Friedemann blieb still auf seiner ausklappbaren Treppe sitzen und seufzte. »Kann schon sein.«

»Warum?«

»Warum was?«

Sie wandte sich an ihren Kollegen. »Bau mal eine von den Schranktüren aus. Und zieh dir dazu die Handschuhe an.«

»Sie haben die Schreine gebaut und die Puppen von Frau Siebert da reingelegt!«

Friedemann wurde blass.

»Sie waren es«, behauptete Annalena.

»Ich könnte es gewesen sein, ja.« Er nickte.

»Wie – Sie könnten?«

»Das ist eine lange Geschichte.«

»Gut, ich höre.«

Sie setzte sich wieder zu ihm, und ließ Heinz Krabbe hinter ihnen im Wohnwagen rumoren. Es hatte was Beruhigendes.

Tatsächlich brauchte er aber nicht viel mehr als zehn Minuten, um zu erzählen, was mit ihm los war.

»Sagen Sie mal, waren Sie wegen ihrer Vorahnungen oder Ihrer ›Zwischenwelt‹, wie Sie es nennen, schon mal beim Arzt?«

Er schüttelte den Kopf.

»Sie hätten zu uns kommen sollen, anstatt diese Dinger zu bauen.«

»Ich wusste ja nicht, dass ich sie gebaut habe. Also, ich mach das nicht bewusst. Wie gesagt, mir wird schwindlig, und dann komm ich irgendwann wieder zu mir und hab keine Ahnung, was passiert ist in der Zeit, in dieser Zwischenwelt. Das ist das Problem. Ich hab schon mal überlegt, mich selbst per Kamera unter Dauerbeobachtung zu stellen … Kann ich mir leisten«, fügte er trotzig hinzu, als sie ihn erstaunt anschaute.

»Und Sie fühlen sich gar nicht krank?«

»Nur erschöpft, danach bin ich immer sehr erschöpft.«

Heinz Krabbe schien die letzten Worte gehört zu haben. »Wenn er gleich alles zugibt, brauch ich die Türchen ja nicht mehr auszubauen.«

Sie sah Friedemanns erschrockenen Blick.

»Ich brauch übrigens sofort Ihre Fingerabdrücke, Ihre DNA haben wir ja schon. Und außerdem muss ich wissen, wo Sie am Samstag, dem 30. April, sowie am vergangenen Samstag waren.«

Der Mann starrte sie an und wurde blass: »Sie wollen doch wohl nicht sagen, dass Sie mich verdächtigen?«

»Doch. Genau das.«

Zitternd stand er auf, wand sich an Heinz Krabbe vorbei und

verschwand im hinteren Teil seines reisebusgroßen Wohnwagens. Annalena gab dem Kollegen ein Zeichen, erst einmal abzuwarten.

Kurz darauf kam Friedemann Vortkamp mit zwei Tischkalendern zurück.

»Da sich die Tage so gleichen, hab ich mir angewöhnt, jeden Morgen beim Frühstück aufzuschreiben, was ich am Vortag gemacht habe. Um welche Daten ging es noch mal?« Er wirkte wieder selbstbewusst.

»Um den 30. April und den 7. Mai.« Annalena blieb skeptisch und fragte sich, ob er möglicherweise die vergangenen Tage genutzt hatte, um dieses »Tagebuch« zu fälschen. Er hatte ja Zeit. Sie traute es ihm zu. Sie traute ihm plötzlich alles zu.

Er setzte sich neben sie auf die Treppe, reichte ihr seinen Kalender des vergangenen Jahres und begann, in dem aktuellen zu blättern. Sie suchte die Seiten ab September des letzten Jahres. Tatsächlich hatte er mit unterschiedlichen Stiften an jedem Tag einen Eintrag gemacht. Kurze und kommentarlose Aufzählungen: Wen er getroffen, was er gegessen und welches Buch er ausgelesen hatte – jeweils mit Noten. Sie konzentrierte sich auf die Donnerstage. Er hatte bis weit in den November hinein an fast jedem Donnerstag die Initialen S und O in seine Agenda geschrieben und ab und zu das Essen, das sie sich gekocht hatten. Danach nicht mehr. Gleichzeitig staunte Annalena darüber, wie viele Bücher er im Winter gelesen hatte.

»Am 30. April war ich bei Kitty Siebert«, sagte er nun und hielt ihr seinen Eintrag hin. »Gespräch über die Liebe mit KS« stand dort und »ihre Suche nach Verlobungsbild«. Sowie zweimal eine kurze Wellenlinie.

»Was bedeutet das?« Annalena hob die Augenbrauen.

Er wurde rot. »Das ist ein Symbol für mein Empfinden, dass ich ein paar Stunden ›weg‹ war. Für meine ganz persönliche Statistik.«

Annalena durchforstete ihr Kalenderexemplar und überflog die Eintragungen des letzten Jahres. »Passiert Ihnen ungefähr zweimal im Monat«, diagnostizierte sie.

»Nicht so laut«, flüsterte er. »Ist mir peinlich genug.« Und dann verkündete er in einem Ton, dass auch Heinz Krabbe es hörte: »Ja stimmt, und am letzten Samstag war ich den ganzen Nachmittag im Zirkus. Da hab ich meine Frau und Luzie gesehen. Von drei bis sechs.«

»Irgendwelche Zeugen?«

Er nannte Namen.

»Wir werden das überprüfen. Und jetzt fahren Sie hinter uns her. Wir brauchen wie gesagt Ihre Fingerabdrücke.«

Er schluckte. »Sie glauben mir nicht?«

»So ist es.«

Als sie die asphaltierte Straße am Rande des Amtsvenn erreichten, kamen ihnen drei schwarze BMWs entgegen, in denen junge Männer mit karierten Freizeithemden und Sonnenbrillen saßen.

So also reisten Sonderermittler.

24. Kapitel

Von Anfang an hatte er gewusst, dass es unmöglich war, alles wiedergutzumachen. Dass er es trotzdem versuchte, war ein offensichtlicher Beweis seiner Dummheit. Helmut Kramer bestieg seine silberne Limousine und öffnete per Fernbedienung erst das Garagen- und dann das Haupttor zur Straße. Elegant knirschte der Kies unter den breiten Reifen seines Wagens. Obwohl er heute keine Termine hatte, trug er seine Businesskleidung: einen hellgrauen Flanellanzug, ein hellblaues Hemd und dazu eine dunkelblau gemusterte Krawatte.

So sah die Mutter ihn am liebsten. Noch lieber hatte sie ihn im Arztkittel gesehen. Ihr persönlicher Halbgott in Weiß, leider jedoch mit der Unfähigkeit, sie zu erlösen.

Er schaltete sein Handy aus. Sie hasste Klingeltöne, sie hasste jede Ablenkung – sie verlangte seine ganze Aufmerksamkeit.

Es hatte keinen offiziellen Durchsuchungsbeschluss für das Atelier gegeben. Der Staatsanwalt bestand auf Fakten und ließ sich auf keine Diskussionen ein. Entschlossen hatte sich Annalena daher gegen elf Uhr an diesem Vormittag an Markus Wissing und Wilfried Lütke-Tillmann gewandt. »Für mich sieht das eindeutig nach Gefahr im Verzug aus. Was meinen Sie, was meinst du?«

»Solange ich diese Entscheidung nicht auf meine Kappe nehmen muss ...«, murmelte Markus. »Irgendwas zu tun ist immer besser, als einfach abzuwarten.«

Annalena griff nach ihrer Windjacke. »Seh ich auch so. Dann nehmen wir uns dieses Atelier jetzt mal vor.«

Das erst vor wenigen Wochen fertiggestellte Gebäude hatte laut ausgedrucktem Plan der Baubehörde eine Grundfläche von einhundertzwanzig Quadratmetern und bestand aus einem Hauptraum, einer Art Küche sowie einem winzigen Bad mit Waschbecken, Toilette und Eckdusche.

Seine Außenwände waren an der nördlichen Seite etwa fünf, an der südlichen drei Meter hoch, und auf das im idealen Winkel geneigte Dach hatte Marina Vortkamp eine Solaranlage installieren lassen.

Eng aneinandergereihte schießschartenähnliche Fenster überzogen die Ost-, Süd- und Westwände und ließen sich per Fernbedienung mit lichtundurchlässigen Rollos verschließen. Das Gebäude schloss direkt ans Stofflager an und war offensichtlich auch von dort durch eine Tür zu erreichen.

Zu viert begutachteten sie die doppelflügelige Eingangstür, als die vom Pförtner informierte Marina Vortkamp keuchend hinter ihnen auftauchte. »Was soll das denn?«

Annalena suchte Markus Wissings Blick. Sie hatten vereinbart, dass er als Einsatzleiter auftrat. »Frau Vortkamp, ist das das Atelier Ihres Lebensgefährten? Dieses Studio, über das wir heute früh gesprochen hatten?«

»*Wir* haben über gar nichts gesprochen«, zischte die Frau und fügte mit einem Blick auf Wilfried Lütke-Tillmann hinzu: »Und selbst wenn, das hier ist Privatgelände.« Es gelang ihr perfekt, die Kommissarin aus ihrem Wahrnehmungsfeld auszublenden.

»Wir müssen da rein.« Markus blieb beharrlich.

»Aber wieso? Erklären Sie es mir.«

»Haben Sie einen Schlüssel? Sonst brechen wir die Tür auf.«

Jetzt überzog Röte das perfekt geschminkte Gesicht, und Annalena hatte den Eindruck, als begänne die Make-up-Schicht zu bröckeln: »Sind Sie wahnsinnig? Die ist aus Aluminium und Sicherheitsglas. Was meinen Sie, was die gekostet hat – und überhaupt, wo ist Ihr Durchsuchungsbeschluss?«

»Gefahr im Verzug«, brummte Heinz Krabbe und wippte ungeduldig vor und zurück.

Markus fuhr sich durch die glänzende Haartolle und wies auf den Einsatzbus. »Wir haben Brecheisen an Bord.«

»Was ist denn passiert?«

»Wir haben Hinweise bekommen«, log Annalena und trat einen Schritt vor.

»Hinweise?« Marina Vortkamps Stimme kippte ins Hysterische. »Hier herrscht nichts als Neid und Missgunst! Und Sie fallen darauf rein! Typisch! Sie sind ja auch neu hier!«

Die Fabrikbesitzerin griff zu ihrem Smartphone und drückte eine Kurzwahl. Sie fluchte.

»Wenn es nichts zu verbergen gibt, können Sie uns doch reinlassen«, bot Annalena versöhnlich an.

Die elegante Frau vor ihr schnappte nach Luft: »Ja, sind Sie denn von allen guten Geistern verlassen? Fotolabors sind äußerst lichtempfindlich, und ich weiß nicht, was er gerade in seinen Entwicklungsschalen hat. Wenn Sie da jetzt die Tür aufreißen, dann war Helmuts Arbeit umsonst. Und grad am letzten Wochenende hat er von morgens bis abends fotografiert.«

»Dann fragen wir ihn eben«, mischte Heinz Krabbe sich ein. »Wir wollen nichts kaputt machen, wir gehen nur unseren Hinweisen nach. Wie ist denn seine Handynummer?«

»Er geht nicht ran.« Marina Vortkamp hörte sich plötzlich besorgt an. »Heute Abend ist er aber wieder zu Hause. Warten Sie doch so lange.«

»Ich bitte Sie!« Annalena fixierte ihr Gegenüber. »Belichtete Papiere, die den ganzen Tag in Entwicklungsschalen liegen, können Sie sowieso vergessen. Entweder er hat noch gar nicht angefangen, oder die fertigen Bilder trocknen bereits. Also, wir gehen da rein. So oder so.« Sie sah Heinz Krabbe an. »Hol mal das Brecheisen.«

Es war ein Kampf der Blicke. Annalena gewann. Marina Vortkamp wandte sich zur Seite und murmelte: »Moment.« Als hätte sie durch diese winzige Bewegung wieder Kraft geschöpft, fügte sie hinzu: »Ich komme aber mit.«

»Nur zu, nur zu«, meinte Heinz Krabbe. »Hauptsache, wir kriegen einen Zugang.«

Wiederwillig schloss sie die Tür auf und drückte reflexartig den Lichtschalter, der sich in Schulterhöhe rechts neben der

Tür befand. Der Raum erstrahlte wie ein in Flutlicht getauchtes Fußballfeld und wirkte auf den ersten Blick ebenso groß. Es roch warm und stickig. Marina betätigte eine Kombination von Schaltern. »Ich kann die Fenster öffnen, dann gibt's frische Luft.«

»Nein, bloß nicht!« Annalena hob abwehrend beide Hände.

»Sie hat recht, nur keinen Durchzug«, erklärte Markus und blickte sich professionell um. »Alles soll an seinem Platz bleiben.«

Rechts von ihnen gab es so etwas wie eine Bühne. Ein Stahlseil spannte sich unterhalb der Fenster an den Wänden entlang. An ihm hingen grobkörnige Schwarz-Weiß-Bilder im DIN-A4-Format. Annalena trat näher. Es waren ausnahmslos Landschaftsaufnahmen und Stillleben. Blattspitzen, Blütenknospen, Zweige vor wolkenverhangenen Himmeln, Wolkenberge wie bei Caspar David Friedrich, sogar ein Tüpfelsumpfhuhn. Alles in Schwarz-Weiß. Perfekt ausgeleuchtet, perfekt komponiert, jedes Bild eine eigene Geschichte. Der Mann hatte Talent. Das musste man ihm lassen.

Durch die offene Flügeltür erkannte sie im küchenähnlichen Raum Laborschalen, Dunkelkammerleuchten, Pinzetten, Bilderzangen, Baumwollhandschuhe, Schwimmthermometer, Messbecher und ein ganzes Arsenal von Chemikalienflaschen. An der Stirnseite des Hauptraumes stand ein zum Schreibtisch umfunktionierter Tapeziertisch. Darunter eine blitzblanke weiße Badewanne auf gusseisernen Löwenfüßchen. Leer. Zwei Plastikkanister neben der Wanne waren mit »Octenidin« und »Phenoxyethanol« beschriftet und verströmten Krankenhausgeruch.

»Die braucht er für seine übergroßen Abzüge«, reagierte Marina auf Annalenas fragenden Blick.

»Trotzdem, bringt die Wanne ins Labor«, bestimmte die Kommissarin und wandte sich erneut dem Tisch zu, auf dem ein zusammengeklapptes Notebook lag. Rechts davon befand sich ein kleines Regal mit Scanner und Farbpatronen, und dahinter stand ein unglaublich großer Plotter.

»Was suchen Sie eigentlich?« Marinas Stimme war schneidend wie ein Messer.

»Wir wissen es nicht genau.« Markus ging in die Hocke. »Fußbodenheizung?«

Sie nickte beiläufig und baute sich vor ihm auf: »Also, welche Verleumdungen hat man Ihnen zugetragen?«

Statt zu antworten, musste er unvermittelt an Thekla denken. Die träumte schon lange von einer Fußbodenheizung im ganzen Haus. »Nie mehr kalte Füße.« Ihr Standardsatz seit inzwischen siebzehn Wintern. Nun blickte er auf den grauen Korkboden hinunter und wusste mit erschreckender Klarheit, dass es keinen achtzehnten Winter mit Thekla geben würde. Nicht einmal mehr den jetzigen Sommer. Es war vorbei. Irgendwas in ihm hatte diese Entscheidung für ihn getroffen.

Annalena durchschritt das fast leere Atelier. Wilfried Lütke-Tillmann nahm indessen Computer und Schneidetisch ins Visier. Als sie sich ihrem Kollegen näherte, raunte er ihr zu: »Wahnsinn, die haben wirklich an nichts gespart. Allein der Plotter kostet mindestens zehntausend Euro!«

Annalena wandte sich an die Fabrikantin: »Bitte schalten Sie den Computer ein.«

Die zischte zurück: »Haben Sie schon mal was von Privatsphäre gehört? Ich kann ihn zwar einschalten, aber sein Passwort kenne ich nicht.«

»Gut, dann nehmen wir ihn mit.«

Die schöne Frau Vortkamp schnappte nach Luft und suchte nach Worten.

Sachlich verlangte Annalena von ihren Kollegen: »Ich will, dass ihr jedes Fitzelchen Papier einpackt. Alles. Also auch Papierkörbe leeren, ins Bad gucken, den Hausmüll unter die Lupe nehmen. Wieso gibt es hier weder Radio noch Fernseher? – Nicht mal ein Buch!«

»Er braucht die Stille zum Arbeiten«, stellte Marina Vortkamp mit hoch erhobenem Kopf klar.

Die Wände des Studios waren im unteren Drittel mit weiß gestrichenen abgeplatteten Kassetten getäfelt und erinnerten Annalena an die Wandverkleidung in Friedemanns Wohnwagen.

Allerdings hatten diese keine Griffe. Auf den Paneelen ruhten versteinerte Schnecken und Muscheln. Annalena entdeckte nicht ein einziges Staubkorn.

Mit ausgestreckten Fingern fuhr sie die Kassetten entlang und tippte dabei leicht gegen die Holzfüllungen. Alles vom Feinsten. In der Nähe der Labortür gab eine der Verkleidungsplatten plötzlich nach. Sie markierte sie mit einem Kreidestrich und wollte sie gerade etwas genauer untersuchen, als Wilfried Lütke-Tillmann rief: »Hey, guckt mal! Hier gibt's noch 'ne zweite getarnte Tür und dahinter ist ein riesiger Kühlschrank – und zwar mit Vorhängeschloss!«

Neugierig näherten sie sich dem winzigen Kabuff hinter dem Fotolabor. Vertraulich raunte Wilfried seiner Vorgesetzten zu. »So was kenn ich nur aus den Haushalten von Alkoholikern … ob wir es hier nicht doch nur mit einem heimlichen Säufer zu tun haben?«

»Das wäre mein kleinstes Problem«, murmelte diese und sah sich um. Draußen vor der Tür stand Marina Vortkamp und rauchte hektisch. Annalena stellte sich neben sie. »Was ist in dem Kühlschrank?«

Die Fabrikantin hob die Schultern. »Woher soll ich das wissen. Ist sein Atelier, sein Vorratslager. Ich misch mich nicht in alles ein.« Ihr Tonfall war anklagend.

Die Kommissarin wandte sich an ihre Kollegen: »Gut, dann holt mal den Bolzenschneider und knackt das Schloss.«

Marina biss sich auf die Lippen und schwieg.

Annalena trat ganz nah an sie heran: »Wenn Sie einen Schlüssel haben, so sollten sie uns den jetzt geben. Letzte Chance!«

»Ich hab keinen Schlüssel. Und er wird schon wissen, warum er den Inhalt unter Verschluss hält. Er ist ja nicht nur Künstler und Fotograf, sondern auch Pharmareferent. Da sind garantiert Medikamente drin. Auch verschreibungspflichtige Sachen. Und das Vorhängeschloss ist Pflicht. Sie müssen ja auch Ihre Waffen wegschließen. Wenn Sie das jetzt aufbrechen – ist mir doch egal, aber Sie tragen die Verantwortung.«

Unvermittelt hielt Heinz Krabbe beiden Frauen mit gerümpfter Nase einen Papierkorb unter die Nase. »Das kann ich ja wohl gleich in die Mülltonne werfen, oder? Scheint ja ein leidenschaftlicher Obstesser zu sein, lauter Bananen- und Apfelsinenschalen.«

Annalena sah in den Abfalleimer und ihr Zwerchfell vibrierte. Friedemann Vortkamp schoss ihr durch den Kopf. Ob es bei dem auch so anfing? Wurde dem auch so schwindlig, bevor er seine »Zwischenwelt« betrat? Sie kniff mehrmals die Augen fest zusammen. Zwischen Zigarettenkippen, Kaugummiresten und schimmelnden Orangenschalen entdeckte sie Dutzende von Papierschnipseln. Es handelte sich eindeutig um ein sehr klein gerissenes Foto.

»Mülleimer? Bloß nicht. Der kommt mit auf die Wache. Wir nehmen alles mit. Pack am besten den ganzen Kübel ein.«

Angeekelt blickte er zur Seite: »Das sag ich dir aber gleich, ich werte das nicht aus.«

Marina Vortkamp rümpfte die Nase.

Aus dem Inneren des Ateliers war ein lautes Scheppern zu hören, als Wilfried Lütke-Tillmann mit einem Bolzenschneider das Vorhängeschloss zum Kühlschrank knackte und die Eisenkette zu Boden rasselte. Sofort versammelten sich alle um den Eisschrank. Annalena streifte sich Latexhandschuhe über und öffnete die Tür, in deren Inneren Weißweinflaschen standen. Sämtliche Kühlfächer waren mit Arzneimittelpackungen gefüllt.

Nicht einmal eine Minute später trat Marina Vortkamp triumphierend hinter die Truppe und kommentierte: »Hab ich doch gleich gesagt. Medikamente. Und das war's dann ja wohl. Verlassen Sie jetzt das Atelier.«

Annalena beachtete sie nicht. »Was sind das für Medikamente?«

Laut las Markus Wissing vor: »Da haben wir Ampullen mit Propofol und Suxamethoniumchlorid und das hier … Moment, das ist gegen Rheuma und heißt Resochin. Und dann Insulinampullen – und das hier könnte Morphin sein.« Resolut nahm er eine von Dutzenden blau-weißer Schachteln aus dem Gemüsefach und hielt sie sich vor die Augen. »Was haben wir denn da? Sildenafil. Und gleich so viel. Nie gehört.«

»Echt nicht?« Wilfried wurde rot und räusperte sich. »Ich glaub, das ist Viagra.«

Alle starrten ihn an.

»Versiegelt den ganzen Kühlschrank«, wies Annalena die Kollegen an. »Aber listet vorher alle Medikamente auf, die da drin sind, und auch wie viel jeweils davon da ist.« Sie reichte Markus ihr Diktafon.

»Hier soll vorerst keiner ohne uns reingehen«, erklärte sie der neben ihr stehenden Marina Vortkamp. »Und dann schaun wir mal. Wilfried, ich will auch, dass die Verbindungstür zum Stofflager gesperrt wird.«

»Mein Anwalt wird mit Ihnen Kontakt aufnehmen.« Marina Vortkamp stolzierte über den Hof davon.

»Bei so'ner scharfen Braut könnt ich auch gut Viagra brauchen«, seufzte Heinz Krabbe aus tiefster Seele.

25. Kapitel

»Na, alles geklärt?« Hedwig Hagenkötter klang aufgekratzt.

Annalena schüttelte den Kopf und hielt ihren Männern die Tür auf. »Bringt erst einmal alles hier ins große Zimmer.«

»Genau. Jetzt ist da wieder Platz.« Hedwig wies auf die leere Tischplatte.

»Guck mal«, Heinz Krabbe stellte sich neben die Sachbearbeiterin und öffnete mit zugehaltener Nase die Plastiktüte mit dem Mülleimer. »Ich hätte den ja gleich in den Container gekippt, aber Annalena wollte unbedingt, dass das mit hierherkommt. Wie das stinkt!« Er schüttelte sich.

»Zeig mal!«

Die Kommissarin kam aus Markus' Zimmer und kippte nun resolut den Inhalt des Kramer'schen Papierkorbs auf ein dreieckiges Tablett.

»Hedwig, wenn du noch Zeit hast, dann such doch mal die Schnipsel zusammen und schaff das Ganze irgendwie nach Münster. Soweit ich weiß, gibt es da einen Scanner, der geschredderte Dokumente wieder zusammensetzt. Ich will wissen, was das für ein Bild ist.«

»Puzzle?« Hedwig hob den Kopf. Ihre Augen blitzten. »Darin bin ich einsame spitze, das schaff ich schneller als jede Maschine, und wir sparen uns die Zeit fürs Hin- und Herfahren. Lass mich machen. Bitte!« Sie griff in eine Schublade, stülpte sich Latexhandschuhe über und separierte die Fotoschnipsel vom Restmüll. »Wenn jemand das rauskriegt, dann bin ich es. Schließlich musste ich jahrelang für meinen Mann die Teilchen von den Faller-Häuschen vorsortieren.«

Annalena zögerte: »Aber du weißt doch sowieso nicht mehr, wo dir der Kopf steht vor lauter Arbeit.«

»Inner halben Stunde hab ich das Ding fertig«, versprach Hedwig. »Wirst schon sehen.« Mit rot gefleckten Wangen machte sie sich ans Werk.

»Dann viel Erfolg.«

Annalena seufzte. Hoffentlich war das nicht nur ein missratenes Foto.

Schweigend hatte sich Markus Wissing nach der Abnahme von Friedemanns Fingerabdrücken in sein Büro zurückgezogen. Dort tippte er die Liste der Kühlschrankmedikamente in eine Datei. Er hatte sich die komplizierten Bezeichnungen zum Teil auf das Diktiergerät buchstabiert. Die Verbindungstür zwischen seinem Zimmer und dem Arbeitsraum der Kommissarin stand offen. Zum ersten Abgleich der Substanzen reichte Annalena ihm den Obduktionsbericht, den die Kollegen aus Holland zum Fall Aribert Zentner erstellt hatten. Und die Holländer untersuchten nun ja auch die zwei Leichen aus dem alten Caravan. Falls es Parallelen zwischen den Fällen gab, so würde man sie informieren.

»Brauchen Sie auch die Infos zum Fall Overbeck?«

Markus schüttelte den Kopf. »Nein, die hab ich schon.«

Tatsächlich hatte er alles, was mit Stefanie zu tun hatte, in einen Extraordner auf seinen Desktop gelegt, und er hatte in sämtlichen Berichten die Worte: »Opfer« und »Getötete« durch »Steffi« und »Stefanie« ersetzt. Insgesamt neunzehnmal. Aber dadurch war sie ihm nicht nähergekommen. Sie war schon ganz weit weg.

Insgeheim war Annalena immer noch ärgerlich über die Art, wie die holländischen Kollegen sie und ihre Crew abgefertigt hatten und auf die bereits anreisenden verdeckten Ermittler verwiesen, doch ihr unterschwelliges Unbehagen wurde von einer eigenartigen Spannung überlagert. Etwas lag in der Luft. Sie spürte es, als stünden sie kurz vor einem Durchbruch. Und dann dieses seltsame Gespräch mit Friedemann. Es hatte ihm gutgetan, über seine Spökenkiekerei zu reden. Welche Instanz in ihr verbot ihr eigentlich, ihn sympathisch zu finden?

Sie sah Hedwig im Nebenraum sitzen. Die Lesebrille zitterte

auf der Nasenspitze, als sie ohne aufzusehen verkündete: »Eine Kante hab ich schon.«

Auf dem rudimentär zusammengesetzten Fotopuzzle waren Teile eines blühenden Apfelbaums und ein Stück Zaun zu erkennen. Das mögliche Beweismittel entpuppte sich jetzt als ein Bild im DIN-A4-Format. Es war akribisch in winzige Fetzen zerrissen worden und bestand aus mindestens hundert Teilchen. Definitiv zuzuordnende Partikel hatte Hedwig bereits mit Fixogum befestigt. Die Ränder des Bildes standen. Sorgfältig arbeitete sie sich zur Mitte vor, als sie plötzlich stutzte: Vier winzige Teilchen passten ineinander und zeigten einen nackten, weißen und sehr schmalen Fuß auf taunasser Wiese. Verbissen setzte sie Kante an Kante.

Annalena stellte sich vor ihr Mindmap und zog Verbindungslinien. Die drei weißen Blüten ließen sich einem Schreiner vom anderen Ende der Welt, einem aus dem Produktionsprozess ausgestiegenen Konsumenten und einem Mediziner zuordnen, der nun als Pharmareferent tätig war. Sie starrte auf die beschriebene Wand.

»Annalena, guck mal, wer hier tanzt!« Hedwig sah von ihrem Puzzle hoch.

Gemeinsam beugten sie sich über das noch nicht ganz zusammengesetzte Foto des verblichenen Herrn Zentner, fast nackt, weiß geschminkt und mit ausgebreiteten Armen zeigte es ihn vor einem blühenden Apfelbaum. Sein Gesicht, weißer als die Apfelblüten, war zu einer grotesken Grimasse verzerrt.

»Hey, was ist denn das da?« Annalena wies auf den rechten Hüftknochen des Tänzers. »Hol mal die Lupe.«

Hedwig gab einen Zischlaut vor sich. »Guck mal, dat gibbet doch nicht. Der war ja tätowiert! Also nee, in dem Alter!« Sie empörte sich.

»Lass mal sehen.« Annalena verschob das Vergrößerungsglas. In die Haut des fast nackten Tänzers waren in einem dunklen Kreis einige Buchstaben eingezeichnet. Sie richtete die Lupe etwas anders aus und las vor: »›AB Rh neg‹ – das ist doch eine Blutgruppe, oder?«

Hedwig nickte. »Kann schon sein, aber was soll das?«

»Das ist eine seltene Blutgruppe. Bei einem Unfall wissen die Ärzte dann gleich Bescheid.«

Der Allgemeinmediziner und Pharmareferent Helmut Kramer setzte sich nach dem Besuch bei seiner Mutter in sein silbergraues Auto. Unvermittelt war der Tag grau geworden. Martha Kramer hatte dieses Dunkel über seine Existenz gestülpt. Darin war sie perfekt. Die Mutter. Die Unersättliche. Mit einem riesigen Katalog von Forderungen hatte sie ihn entlassen, und er hatte »Mach ich, Mutter«, geantwortet. »Ich kümmere mich darum. Ich kümmere mich um alles.«

»Bist ein guter Junge!« Noch jetzt spürte er ihre Krallen an seinem Arm und den Kuss, den sie ihm mit harten Lippen auf die Stirn gedrückt hatte. Er fror.

Draußen schien die Sonne, die Spaziergänger im gepflegten Park trugen Sommerkleider und kurzärmelige Hemden und suchten Schattenplätze. Helmut Kramer schaltete die Autoheizung ein und holte tief Luft. Erst einmal wegfahren von diesem bedrückenden Ort – raus aus dem Einflussbereich der Mutter. Wieso versprach er ihr immer wieder das Unmögliche – und warum hatte er all seine absurden Versprechen immer eingelöst? An seinen Geburtstagen hatte sie gefeiert werden wollen. Schon als Vierjähriger hatte er sich mit einem Diener vor ihr verbeugen und die Worte aussprechen müssen, die sie ihm eingetrichtert hatte: »Mama, ich danke dir, dass du mich geboren hast!« Er war ihr alles schuldig. Sein ganzes Leben. Nicht mehr und nicht weniger. Und es war nie genug.

Er schaltete sein Smartphone ein. Marina bat dringend um Rückruf. Noch eine, die was von ihm wollte. Das konnte warten. Er brauchte Klarheit. Er war so unendlich erschöpft. Martha nahm ihm jede Kraft.

Sein Auto war ein Schneckenhaus, in dem er sich geschützt fühlte. Der Motor brummte tröstlich, heiße Luft fuhr ihm sanft durchs Haar.

In Höhe der Stadt Datteln bekam er endlich warme Füße und so viel Gelassenheit, dass er seine Gedanken ordnen konnte.

Von Anfang an nichts als Lügen, dachte er nun. Lügen bereits in der Sekunde ihres Kennenlernens, als sie ihn mit diesen unglaublich grünen Augen angeblitzt, mit ihm geflirtet und nach »Ich bin frei« gerochen hatte. Passend zur Augenfarbe trug sie eines dieser olivfarbenen, seidig schimmernden Kleider aus Marinas Kollektion. Es war Samstag, der 30. April gewesen, und die Spargelstangen hatten wie ein Heer verwegener Phalli auf ihrem Marktstand gestanden und die Luft flirrte vor Lust.

An diesem Wochenende hatte der Zirkus Indowina seine erste Vorstellung gegeben, und Marina war mit dem Kind zu den Clowns, den Messerwerfern und den dressierten Hunden aufgebrochen.

Er hatte seine Bücher geführt, E-Mails geschrieben und war gegen Nachmittag mit seinen Fotoapparaten ins Amtsvenn gefahren, hatte seinen Wagen auf dem Parkplatz des Restaurants Heidehof abgestellt und auf die Uhr gesehen. Um sechzehn Uhr zeigte sich die Heidelandschaft in ihrem besten Fotografierlicht.

Fasziniert von den Rinden und den geflügelten Früchten der Moorbirke war er mit seiner klickenden Kamera über winzige Pfade immer weiter in das Venn eingedrungen, hatte seine Motive gezoomt und gewusst, dass diese, auf ein Bild gebannt, zwanzigfach vergrößert und schwarz-weiß entwickelt, Märchen von Landschaften fremder Planeten erzählen würden. Immer weiter war er den Wegen gefolgt, hatte sich von Schatten und Lichtreflexen verführen lassen und dann plötzlich nicht mehr gewusst, wo er war.

Bevor er sie sah, hatte er ihn bereits gewittert, diesen eigenwilligen Duft aus Zitrone, überlagerten Äpfeln und frisch gestochenem Spargel wahrgenommen. Sie schritt über einen Teppich aus blühendem Heidekraut.

Er hatte sie sofort erkannt. »Und, das ganze Gemüse verkauft?«

»So gut wie. Den Rest esse ich selber.« Ihre Augen blitzten. »Was machen Sie denn hier?«

»Fotografieren und den rechten Weg suchen«, gestand er. »So blöd es klingt, ich habe mich verlaufen.«

»Dann werde ich Sie retten«, bot sie an. »Mein Auto steht gleich dort. Knopf hoch.« Sie hatte die Knopfleiste ihres Hemdblusenkleides so weit geöffnet, dass die olivgrünen Spitzen ihres BHs zu sehen waren.

»Wenn ich vom Markt komme, brauche ich ein bisschen Abstand«, erklärte die Frau, als sie ihn in ihrem alten Golf zum Restaurant kutschierte. »Dieser Spazierweg liegt genau in der Mitte. Zwischen meinen beiden Welten.« Sie lachte und beugte sich vor und roch nach Verheißung. Er musste niesen. In ihrer Wagentür steckten Papiertaschentücher, und er putzte sich die Nase. Es war siebzehn Uhr fünfzehn. Eigenartig, dass er sich diese Uhrzeit so genau gemerkt hatte. Vielleicht, weil exakt drei Minuten später sein Smartphone klingelte.

Er hatte noch nie so grüne Augen gesehen wie die der Frau an seiner Seite, und das sagte er ihr auch. Sie lächelte geschmeichelt und verriet: »Als Kind glaubte ich tatsächlich, das sei mein Kapital. Ich wollte Model für Augen werden, Augencremes, Brillen, Lidschatten und Wimperntusche vorführen. Aber diesen Berufszweig gibt es so leider nicht.«

Als sie ihn auf dem Parkplatz des Restaurants aussteigen ließ, lud er sie zu einem Kaffee ein, und sie saßen sich an einem der kleineren Fenstertische im Heidehof gegenüber. Während er ihr nachschenkte, mit ihr flirtete und sie zu einem Cognac überredete, tickte die Nachricht auf seinem Smartphone wie eine Zeitbombe und versetzte ihn in eine eigenartige Panik. Er wusste, dass er es tun würde, fragte sich aber wo und wann, und vor allen Dingen wie.

Der Anruf war zur Unzeit gekommen, dachte er. Wie all diese Anrufe zur Unzeit kamen. Immer. Aber es war zu spät. Er konnte nicht mehr zurück. Die sogenannte Gilde hatte sein Wissen und seine Seele gekauft und dafür seine Mutter auf Rosen gebettet. Und jetzt stand eine Keratoplastik an, für die sie Augenhornhaut brauchten. So schnell wie möglich. Sie kannten weder Geduld noch Erbarmen. Er, Helmut Kramer, fühlte sich erbärmlich. Die Frau ihm gegenüber redete und lächelte. Sie hatte perfekte Zähne und einen hübschen Leberfleck im rechten Mundwinkel. Vermutlich küsste ihr Liebhaber den besonders gern.

Unvermittelt dachte er an das durchtrainierte Paar, das vor gut zwei Wochen auf den Operationstischen vor ihm gelegen hatte. Er hatte nur ihre vorbereiteten Körper gesehen. Nicht die Gesichter. Da war es um einiges leichter gewesen. Er hatte seinen Job gemacht, Herz und Lunge entnommen und war wieder abgereist. Den Rest besorgten die Jungs, und Helmut Kramer fragte sich, ob die Gilde auch über einen geheimen Friedhof verfügte. Es wäre ihr zuzutrauen.

»In Australien«, sagte die Frau vor ihm gerade.

Er schüttelte sich und kam in die Gegenwart zurück. »Was ist in Australien?«

»Dort lebt mein Mann und bastelt an unserer Zukunft.«

Helmut Kramer nickte nachdenklich. Hätte er ihr verraten sollen, dass es für sie keine Zukunft mehr geben würde? Er gestand sich ein, dass er insgeheim auf eine andere Lösung wartete. Aber wie hätte die aussehen sollen? Ein Telefonat, das alles rückgängig machte? So etwas gab es nicht.

Sie waren die einzigen Gäste, und auf dem Parkplatz des Restaurants standen nur ihre beiden Wagen. Im Hintergrund wurden Tische für eine große Abendgesellschaft eingedeckt. Der Kellner brachte die Rechnung, ohne seine Gäste anzusehen – sein Blick galt der Frau, die im Nebenraum Blumengestecke arrangierte.

Als Stefanie Overbeck sich in ihr Auto beugte und im Handschuhfach nach ihrer Visitenkarte suchte, entschied er sich. Es gab keine Wahl. Er musste nehmen, was kam. Egal, wie grün und verführerisch diese Augen strahlten. Alles, was er für seinen Spontanangriff brauchte, hatte er bei einem Gang zur Toilette vorbereitet.

Die Spritze wirkte sofort. Sie sah ihn erstaunt an, überrascht und irgendwie spöttisch, dann wand sie sich und nahm Mittel- und Ringfinger zur Hilfe, um sich die Augen aufzureißen. Was passierte da mit ihr? Er staunte darüber, wie schnell ihr Blick brach. Er funktionierte nach Plan, arbeitete schnell und präzise und verfrachtete sie in sein Auto. Dann fuhr er sie zu der Adresse, die man ihm geschickt hatte, und die er wohlweislich nicht in sein Navigationsgerät eingab.

Dort operierte er sie und verbot sich, an ihre Stimme zu denken oder gar an das, was sie erzählt hatte. Der Geruch des Antiseptikums half ihm dabei und verwandelte ihn in ein funktionierendes Instrument.

Der Rest wurde von den »Jungs« geregelt, wie die »Jungs« immer alles regelten. Die sorgten auch dafür, dass das Auto der grünäugigen Frau in der Nacht vom Restaurantparkplatz entfernt und in die Garage der Operierten zurückgestellt wurde. Sie verwischten alle Spuren und belieferten ihn mit Isothermbehältern und physiologischen Sera. Er kannte keinen von ihnen und hatte das Gefühl, dass sowieso immer andere kamen.

Die Operationen erinnerten ihn an seine Kindheit, und er ahnte, dass es letztendlich immer wieder der Geruch von Antiseptika war, der ihn wie eine Maschine arbeiten ließ. Eine Maschine, die präzise ihre Aufgabe vollzog und weder dachte noch fühlte. Dieser Duft kam aus der Martha-Zeit und hatte mit ihm die Jugend überlebt. Alles lief nach Plan. Man würde diese Frau nicht vermissen, und niemand würde um sie trauern. Sie hatte nur diesen einen Mann, und der lebte am Ende der Welt.

Wie hatte er sich nur so irren können.

Ganz anders war es bei dem Tänzer gewesen, und all das wäre nicht passiert, hätte das Kind nicht weiterhin auf seine Zirkusbesuche bestanden. Dann hätte er sagen können: »Tut mir leid, aber diesen Termin muss ich leider absagen.« So lautete der Code, mit dem er ihnen klarmachte, dass er nicht alleine war und dass sie einen anderen aus der Bereitschaft beauftragen mussten. Er hatte schwören müssen, diesen Satz niemals als Ausflucht zu benutzen. Und er hielt sich an seinen Schwur.

Luzie hatte sich in einen Clown und fünf Pudel verliebt. Die musste sie täglich sehen, auch an diesem Samstag, dem 7. Mai. Marina begleitete ihre Tochter.

Kaum hatten die zwei das Haus verlassen, hatte sich sein Smartphone gemeldet, als hätten »die« nur darauf gewartet, und er sagte zu. Er ahnte sofort, wen sie meinten, und belud sein Auto mit den notwendigen Utensilien.

Kurz darauf hatte er in diesem uralten Apfelgarten des Klosters Bardel die knorrigen Bäume und den von Blütenblättern bedeckten Boden fotografiert und auf den Butoh-Tänzer gewartet. Der kam zu einer Zeit, zu der man in Kalverode Kaffee zu trinken und Kuchen zu essen pflegte. Wäre der doch heute mal zu Hause geblieben, dachte der Fotograf, und ihn beschlich ein ungutes Gefühl: Es ging zu leicht. Es war zu einfach.

Hinter einem Baum stehend beobachtete Helmut Kramer, wie der Alte sich entkleidete, und fragte sich, woher die Gilde von ihm wusste. Sie hatten zwei Nieren genau dieser Blutgruppe »bestellt«. Loggten sie sich in seine E-Mails ein? Hatten sie die Bilder gesehen, mit denen er Freunde und Bekannte über Kalverode informierte?

Der hagere Mann stellte sich vor seinen tragbaren CD-Player, betätigte die entsprechenden Knöpfe und begann zu tanzen. Anscheinend fühlte er sich unbeobachtet. Seine Grimassen waren an diesem Nachmittag besonders eindrucksvoll und wechselten vom Antlitz der Engel hin zu Teufelsfratzen.

Die abgelegten Kleider des Tänzers rochen nach Lieblosigkeit und Kühle. Er war den Seinen fremd geworden. Vermutlich würde niemand um ihn trauern.

Der Fotograf konnte nicht anders: Er musste ihn fotografieren. Erst in Schwarz-Weiß, später in Farbe. Der Mann tanzte selbstvergessen und verzog sein Gesicht zu beklemmenden Grimassen. Er ist eigentlich schon drüben, hatte Helmut sich beruhigt und auf dem Display seiner Kamera eines der eben gemachten Bilder vergrößert: Die Blutgruppe stimmte. Er wusste, dass er funktionieren würde. Er hatte immer funktioniert, und auf ihn war Verlass.

Wie in Trance bewegte sich der Tänzer zu sehr leiser Musik. Wenn Helmut Kramer es nicht besser gewusst hätte, hätte er ihn für einen männlichen Elfen gehalten; doch er hatte schon mehrmals sehen können, wie sich die weiße Gestalt in einen ganz normalen Menschen zurückverwandelte und mit einem japanischen Wagen davonfuhr.

Dann war er an ihn herangeschlichen.

Das kleine Männlein schien den Stich in seine linke Pobacke kaum wahrzunehmen und blickte den Fremden mit fast kindlichem Erstaunen an. Dann schlief es ein, so wie Babys einzuschlafen pflegen – von einer Sekunde zur anderen. Helmut Kramer nahm ihn auf den Arm und trug ihn zu seinem Auto. Er wog so wenig wie ein Kind.

Der Arbeitstisch seines Ateliers war perfekt ausgeleuchtet. Darunter stand die gusseiserne »Entwicklungswanne«, wie Marina zu sagen pflegte. Er goss die Lösungen aus den Kanistern hinein und nahm wahr, wie sich das Atelier mit dem vertrauten Geruch des Antiseptikums füllte. Dann zog er seinen Chirurgenkittel an.

Hinter einer Kassette neben der Tür zum Labor lagerten die Transportbehälter.

Zwei Stunden später stand der auf exakt vier Grad heruntergekühlte Isothermbehälter mit den Nieren des frisch operierten Mannes auf dem Beifahrersitz neben ihm. Aus dem Auto heraus teilte er der Zentrale mit, wo der Schlüssel zum Atelier lag. Wenn er zurückkäme, hätten die Jungs Ordnung gemacht, den Schlüssel am vereinbarten Punkt hinterlegt. Alles sähe aus, als sei nie etwas gewesen.

Das Ganze war noch nicht einmal eine Woche her. Nun sah Helmut Kramer auf den Wesel-Datteln-Kanal. Er war so müde. Auch zu müde, um sich zu fragen, warum die Jungs die Leiche ausgerechnet in den klösterlichen Apfelgarten zurückgebracht hatten. Und war nicht eigentlich ausgemacht gewesen, dass die zu Operierenden ihm fremd sein müssten?

Als das Smartphone erneut klingelte, meldete er sich mit müder Stimme: »Ja, Marina, was ist?«

Sie klang panisch: »Die Polizei ist wieder hier. Heut Morgen war'n die auch schon da. Und jetzt haben sie die Kassettenverkleidung von deinem Atelier abgenommen und dabei so komische Behälter gefunden. Die wollen wissen, wo du bist. Was soll das alles?«

»Ich bin in Datteln«, sagte er, »Datteln, wie die süßen Früchte.«

»Das haben die auch schon rausgekriegt, die haben dein Handy geortet.«

Er hörte, wie sie sich eine Zigarette anzündete. Sie hatte keine Ahnung.

»Ist gut«, murmelte er.

»Aber was ist los? Erzähl!«

»Später.« Er beendete das Gespräch und stellte sein Handy ab.

Es würde kein Später mehr geben.

Langsam öffnete Helmut Kramer seinen Arztkoffer und zog jenes Serum auf eine Spritze, das die Gilde ihm als letzten Ausweg gegeben hatte. Vor dem Verrat.

Dann schrieb er seinen Abschiedsbrief. Er hatte nichts mehr zu verlieren. Er nannte die Namen von Stefanie Overbeck und Aribert Zentner und gestand, vor genau dreizehn Tagen ein unbekanntes Ehepaar »behandelt« zu haben. Jetzt würde sich erweisen, ob das Netz der Gilde wirklich so dicht war, dass niemand zu den Drahtziehern vordrang.

Bevor ihn die Dunkelheit ganz einhüllte, dachte er, dass die Königinmutter weiterhin mit ihm unzufrieden gewesen wäre, wie sehr er sich auch anstrengte. Er hätte es ihr niemals recht machen können. Er staunte über diesen klarsichtigen Gedanken.

»Versuchen Sie es noch mal«, sagte Annalena zu Marina Vortkamp. »Vielleicht ist er ja im Netz und geht nur nicht ans Telefon. Dann können wir ihn wenigstens orten.«

»Probieren Sie es doch selbst. Ich hab ihm eine Nachricht auf die Box gesprochen, aber er ruft nicht zurück.« Sie gab ihnen die Nummer.

Horst Toplischek funktionierte schneller, als Annalena gedacht hätte, und fand innerhalb weniger Minuten die Koordinaten und den exakten Standort von Kramers Handy.

»Datteln, direkt am Kanal. Und er scheint sich nicht fortzubewegen.«

»Bleiben Sie am Ball, wir fahren los.« Sie warf Markus Wissing mit der gleichen Geste den Wagenschlüssel zu, wie sie es bei Ewald Schmeing gesehen hatte. Er fing ihn auf und hätte fast gelächelt. »Soll ich fahren?«

Sie nickte.

Als die beiden Kommissare etwa dreißig Minuten später den Parkplatz am Kanalufer erreichten, war Helmut Kramer bereits tot.

Danksagung

Ich danke meiner lieben Vorleserin und Ideengeberin Angela Wax-Rüdiger, die mich Kapitel um Kapitel begleitete und gelegentlich auch mal Stopp rief, wenn ich aus dem Ruder zu laufen drohte. Des Weiteren danke ich Professor Dr. Herbert Seibold, der die medizinisch-forensischen Details einer genauen Prüfung unterzog und mir interessante Tipps gab. Ein ganz besonderer Dank gilt meinem Mann Thomas für das geduldige und aufmerksame Lesen und die hilfreichen Gespräche und Anmerkungen nach Lektüre des Rohmanuskriptes.

Mein Dank gilt auch Dr. Annika Krummacher für das konstruktive Lektorat und die klugen Kürzungen.

Alle Personen und Handlungen dieses Romans sind frei erfunden.

Bei den Informationen, die Walter Brandt für sein Lexikon sammelt, habe ich mich inspirieren lassen vom »Handwörterbuch des deutschen Aberglaubens« in zehn Bänden, herausgegeben von Hanns Bächtold-Stäubli unter Mitwirkung von Eduard Hoffmann-Krayer, Berlin/New York 1987.